todo para el asesino

ERICA SPINDLER

Editado por Harlequin Ibérica.
Una división de HarperCollins Ibérica, S.A.
Núñez de Balboa, 56
28001 Madrid

© 2005 Erica Spindler. Todos los derechos reservados.
TODO PARA EL ASESINO, N° 24
Título original: Killer Takes All
Publicada originalmente por Mira Books, Ontario, Canadá.
Traducido por Victoria Horrillo Ledesma

Todos los derechos están reservados incluidos los de reproducción, total o parcial. Esta edición ha sido publicada con permiso de Harlequin Enterprises II BV.
Todos los personajes de este libro son ficticios. Cualquier parecido con alguna persona, viva o muerta, es pura coincidencia.
™ TOP NOVEL es marca registrada por Harlequin Enterprises Ltd.

®™ son marcas registradas por Harlequin Enterprises Limited y sus filiales, utilizadas con licencia. Las marcas que lleven ™ están registradas en la Oficina Española de Patentes y Marcas y en otros países.

I.S.B.N.: 84-671-3922-6

NOTA DE LA AUTORA

Gracias a todos aquellos que me ayudaron a completar *Todo para el asesino* y me brindaron con generosidad y entusiasmo su tiempo y experiencia. Quisiera dar las gracias en especial a:

Michele Graus, propietaria de Gamer's Conclave, por hacerme comprender el mundo de los juegos de rol. Su paciencia con esta principiante fue asombrosa. ¡Gracias!

Judy Midgley, CRS Coldwell Banker Realty, Carmel-by-the-Sea, California, por tomarse un día entero para enseñarme inmuebles desde Carmel-by-the-Sea a Monterey. Fue tan divertido como didáctico. ¡Gracias, Judy!

Warren *Pete* Poitras, sargento inspector del Departamento de Policía de Carmel-by-the-Sea por el tiempo, el paseo y los consejos. Todo ello fue de gran valor para mí.

Gracias también a Frank Minyard, doctor en medicina y forense de la parroquia de Orleans; a la coronel Mary Baldwin Kennedy, directora de comunicaciones de la Oficina del Sheriff (Sección de Investigación Criminal) de la parroquia de Orleans; al capitán Roy Shakelford, del Departamento de Policía de Nueva Orleans; a Jason Blitz, de Manchen Motors, y a John Lord, Jr., de Arms Merchant, LLC.

Gracias además a todos los que hacen de cada día un buen día: a mi agente, Evan Marshall; a mi editora, Dianne Moggy; a todo el equipo de Mira; a mis ayudantes, Rajean Schulze y Kari Williams. Y, en último lugar y sin embargo siempre el primero, a mi familia y mi Dios.

Lunes, 28 de febrero de 2005
1:30 a.m.
Nueva Orleans, Luisiana

Stacy Killian abrió los ojos, completamente despierta. El ruido que la había despertado sonó de nuevo.
Pop. Pop.
Disparos.
Se incorporó y en un solo movimiento lleno de fluidez pasó las piernas por encima del borde de la cama y echó mano de la Glock calibre 40 que guardaba en el cajón de la mesilla de noche. Diez años de trabajo policial habían condicionado su reacción inmediata, sin titubeos, a aquel sonido en particular.

Comprobó la cámara de la pistola, se acercó a la ventana y apartó levemente la cortina. La luna iluminaba el jardín desierto: algunos árboles raquíticos, un balancín destartalado, la caseta vacía de César, el cachorro de labrador de su vecina, Cassie.

Ningún sonido. Ningún movimiento.

Stacy salió del dormitorio sigilosamente, descalza, y entró en el despacho contiguo empuñando el arma. Tenía alquilada la mitad de un pabellón de medio siglo de antigüedad, de una sola planta, alargado y sin pasillos, un tipo de vivienda que se hizo popular en la región antes de que se inventara el aire acondicionado.

Se giró a derecha e izquierda, fijándose en cada detalle: los montones de libros de consulta para el trabajo que estaba escribiendo sobre el *Mont Blanc* de Séller; el ordenador portátil, abierto; la botella de vino tinto barato a medio beber. Las sombras. Su espesura, su quietud.

Como esperaba, cada cuarto parecía una repetición del anterior. El ruido que la había despertado no procedía del interior de su apartamento.

Llegó a la puerta de entrada, la abrió con cuidado y salió al porche delantero. La madera combada crujía bajo sus pies, el único sonido en la calle por lo demás desierta. Se estremeció cuando la noche húmeda y fría la envolvió.

El vecindario parecía sumido en el sueño. Apenas brillaban luces en ventanas y porches. Stacy recorrió la calle con la mirada. Se fijó en varios vehículos que no conocía, pero aquello no era extraño en una zona habitada en su mayor parte por estudiantes. Todos los coches parecían vacíos.

Permaneció a la sombra del porche, sondeando el silencio. De pronto, desde muy cerca, le llegó el estrépito de un cubo de basura al caer al suelo. Siguieron unas risas. Chicos, pensó.

Frunció el ceño. ¿Habría sido ese ruido (distorsionado por el sueño y un instinto del que ya no se fiaba) lo que la había despertado?

Un año antes ni siquiera habría contemplado la idea. Pero un año antes era policía, detective de homicidios en el Departamento de Policía de Dallas. Aún sufría los efectos de una traición que no sólo la había despojado de la confianza en sí misma, sino que la había impulsado a hacer algo para atajar la creciente insatisfacción que sentía respecto a su vida y su trabajo.

Asió la Glock con firmeza. Ya que se estaba quedando helada, bien podía llegar hasta el final. Se puso los zuecos de jardín que, llenos de barro, había dejado sobre una rejilla, junto a la puerta. Cruzó el porche y bajó las escaleras que daban al costado del jardín. Dio la vuelta hasta la parte de atrás y comprobó que nada parecía fuera de su sitio.

Le temblaban las manos. Intentó sofocar la ansiedad que luchaba por aflorar en ella. El miedo a haber perdido la cabeza, a haberse convertido en una chiflada.

Aquello había ocurrido antes. Dos veces. La primera, justo después de mudarse. Se había despertado creyendo oír disparos y había puesto en pie a todo el vecindario.

Y en aquellas ocasiones, al igual que ahora, no había descubierto nada, salvo una calle aletargada y silenciosa. La falsa alarma no la había congraciado con sus nuevos vecinos. A la mayoría le había molestado, como era natural.

Pero a Cassie, no. Cassie, por el contrario, la había invitado a tomar chocolate caliente en su casa.

Stacy dirigió la mirada hacia el lado del pabellón que ocupaba Cassie, hacia la luz que brillaba en una de las ventanas traseras.

Se quedó mirando la ventana iluminada y el recuerdo del ruido que la había despertado inundó su cabeza. Los disparos habían sonado tan alto que sólo podían proceder del apartamento de al lado.

¿Por qué no se había dado cuenta enseguida?

Aturdida por la angustia, corrió a las escaleras del porche de Cassie. Al llegar a ellas tropezó y se incorporó. Un puñado de razones tranquilizadoras desfilaron por su cabeza a toda velocidad: el ruido era un engendro de su subconsciente; el insomnio le hacía imaginar cosas; Cassie estaba profundamente dormida.

Llegó a la puerta y comenzó a aporrearla. Esperó y volvió a llamar.

—¡Cassie! —gritó—. Soy Stacy. ¡Abre!

Al ver que no respondía, agarró el pomo y lo giró.

La puerta se abrió.

Stacy asió la Glock con las dos manos, abrió la puerta despacio sirviéndose del pie y entró. Un perfecto silencio le dio la bienvenida.

Llamó de nuevo a su amiga y advirtió la nota de esperanza que había en su voz. El temblor del miedo.

Mientras se decía que la mente le estaba jugando una mala pasada, vio que no era así.

Cassie yacía boca abajo en el suelo del cuarto de estar, medio dentro, medio fuera de la alfombra de estameña ovalada. Una gran mancha oscura rodeaba como un halo su cuerpo. Sangre, pensó Stacy. Un montón de sangre.

Comenzó a temblar. Tragó saliva con esfuerzo, intentó dominarse. Salirse de sí. Pensar como un sabueso.

Se acercó a su amiga. Se agachó junto a ella y sintió al mismo tiempo que se deslizaba en la piel de un policía, separándose de lo que había ocurrido, de a quién le había ocurrido.

Apretó la muñeca de Cassie para buscarle el pulso. Al comprobar que no tenía, recorrió el cuerpo con la mirada. Parecía que le habían disparado dos veces, una entre los omóplatos, la otra en la nuca. Lo que quedaba de su pelo corto, rizado y rubio se veía embadurnado de sangre. Iba completamente vestida: pantalones vaqueros, camiseta azul cielo, sandalias Birkenstock. Stacy reconoció la camiseta; era una de las favoritas de Cassie. Se sabía de memoria lo que ponía en la pechera: *Sueña. Ama. Vive*.

Las lágrimas la ahogaron de pronto. Intentó contenerlas. Llorar no ayudaría a su amiga. Pero conservar la calma quizá sirviera para atrapar a su asesino.

Un ruido le llegó desde la parte de atrás de la casa.

Beth.

O el asesino.

Agarró firmemente la Glock a pesar de que le temblaban las manos. Se levantó con el corazón acelerado y se adentró en el apartamento con el mayor sigilo posible.

Encontró a Beth en la puerta de la segunda habitación. A diferencia de Cassie, estaba tumbada de espaldas, con los ojos abiertos, inexpresivos. Llevaba un pijama rosa de algodón con un estampado de gatitos rosas y grises.

También le habían disparado. Dos veces. En el pecho.

Stacy comprobó rápidamente si tenía pulso procurando no alterar ninguna prueba. Al igual que en el caso de Cassie, no encontró signos vitales.

Se incorporó y se giró hacia el lugar de donde le había llegado aquel ruido.

Un gemido, pensó. Un arañar en la puerta del cuarto de baño. César.

Se acercó al cuarto de baño mientras llamaba suavemente al perro. El animal respondió con un ladrido agudo y Stacy abrió la puerta con cuidado. El labrador se abalanzó a sus pies, gimiendo agradecido.

Al levantar en brazos al cachorro tembloroso, Stacy vio que se había hecho sus necesidades en el suelo. ¿Cuánto tiempo llevaba encerrado?, se preguntó. ¿Lo había encerrado Cassie? ¿O el asesino? ¿Y por qué? Cassie encerraba al perro en su caseta de noche y cuando no estaba en casa.

Con el animal bajo el brazo, inspeccionó rápida pero minuciosamente el apartamento para asegurarse de que el asesino se había ido, a pesar de que sentía en las entrañas que así era.

Suponía que había salido en los escasos minutos que ella había tardado en recorrer el camino entre su dormitorio y el porche delantero. No había oído cerrarse la puerta de un coche, ni encenderse un motor, lo cual significaba que había escapado a pie... o quizá no significara nada en absoluto.

Tenía que llamar a emergencias, pero aborrecía la idea de dejar la investigación en manos de otros antes de averiguar cuanto pudiera examinando la escena del crimen. Miró su reloj. Si llamaba a emergencias para notificar el homicidio y había algún coche patrulla cerca, la policía se presentaría enseguida. Tres minutos o menos desde el momento en que se recibiera la llamada, calculó mientras regresaba al lugar de los hechos. Si no, quizá dispusiera de un cuarto de hora.

A juzgar por lo que tenía ante los ojos, estaba segura de que Cassie había muerto primero y Beth después. Era probable que Beth hubiera oído los dos primeros disparos y se hubiera levantado a ver qué ocurría. No habría reconocido inmediatamente aquel ruido como la descarga de un arma. Y, aunque hubiera sospechado que podían ser disparos, se habría persuadido de lo contrario.

Eso explicaba que el teléfono estuviera intacto en la mesilla de noche, junto a la cama. Stacy se acercó a él y levantó el auricular usando el borde de la camisa de su pijama. El tono de marcado sonó, tranquilizador, junto a su oído.

Barajó las posibilidades. La casa no parecía haber sido objeto de un robo. La puerta no había sido forzada, estaba cerrada sin llave. Cassie había invitado a entrar al asesino. Él (o ella) era un amigo o un conocido. Alguien a quien Cassie estaba esperando. O alguien a quien conocía. ¿Le habría pedido el asesino que encerrara al perro?

Dejó para más tarde aquellos interrogantes y llamó a la policía.

—Doble homicidio —le dijo a la operadora con voz temblorosa—. En el 1174 de City Park Avenue.

Luego, apretando a César contra su pecho, se sentó en el suelo y lloró.

Lunes, 28 de febrero de 2005
1:50 a.m.

El detective Spencer Malone detuvo su impecable Chevrolet Camaro rojo cereza de 1977 delante de la casa del barrio de City Park. Su hermano mayor, John, había comprado el coche a estrenar, y el Camaro había sido su ojito derecho, su orgullo y su alegría hasta que se casó y empezó a tener niños a los que llevar y traer a la guardería o a las fiestas de cumpleaños.

Ahora el Camaro era el orgullo y la alegría de Spencer.

Spencer echó el freno y miró la casa a través del parabrisas. Los primeros agentes en llegar habían acordonado la zona; la cinta policial amarilla cruzaba el porche delantero, algo destartalado. Tras ella montaba guardia un agente que iba anotando el nombre de quienes hacían acto de presencia y la hora de su llegada.

Spencer entornó los ojos al ver que era un novato que apenas llevaba tres años en el cuerpo, uno de sus más firmes detractores.

«Connelly. El muy capullo».

Respiró hondo, intentando controlar su mal humor, aquel pronto que en tantas broncas le había metido. El mal carácter que le había impedido ascender, que había contribuido a que todo el mundo hubiera aceptado con tanta facilidad las acusaciones que habían estado a punto de poner fin a su carrera.

Cabreado y vehemente. Una fea combinación.

Spencer ahuyentó aquellos pensamientos. Aquel caso era suyo. Él estaba al mando. No iba a cagarla.

Abrió la puerta del coche y salió al mismo tiempo que el coche del detective Tony Sciame se detenía ante la casa. En el cuerpo de policía de Nueva Orleans, los detectives no tenían compañeros fijos; se turnaban. Cuando surgía un caso, el siguiente en la lista se hacía cargo de él. El detective en cuestión elegía a otro para que lo ayudara, y esa elección dependía de factores tales como la disponibilidad, la experiencia y las relaciones de amistad.

La mayoría tendía a buscar a alguien con quien congeniara. Una especie de compañerismo simbiótico. Tony y él trabajaban bien juntos por diversas razones. Cada uno llenaba las lagunas del otro, por así decirlo.

Spencer tenía muchas más lagunas que llenar que Tony.

Tony era un carroza, un veterano que llevaba treinta años en el cuerpo, veinticinco de ellos en Homicidios. Felizmente casado desde hacía treinta y dos años, durante los cuales había engordado a razón de medio kilo por año, tenía cuatro hijos (uno ya mayor, que se había independizado, otro que vivía en casa y dos que estudiaban en la Universidad Estatal de Luisiana en Baton Rouge), además de una hipoteca y un perro roñoso llamado Frodo.

Aunque hacía poco que eran compañeros, ya se les comparaba con Laurel y Hardy, el Gordo y el Flaco. Spencer hubiera preferido que los compararan con Gibson y Glover (reservándose para sí mismo el personaje guapo y rebelde que interpretaba Mel Gibson), pero sus colegas no parecían muy por la labor.

—Eh, tú, Niño Bonito.

—Gordinflón.

A Spencer le gustaba meterse con Tony por su barriga; su compañero le devolvía el favor dirigiéndose a él como *Niño Bonito*, *Junior* o *Mandamás*. Daba igual que Spencer, a sus treinta y un años y con nueve de servicio a sus espaldas, no fuera ni un novato ni un crío. Era nuevo tanto en el rango de detective como en la división de Homicidios, lo cual, en el mundillo del Departamento de Policía de Nueva Orleans, bastaba para convertirlo en blanco de continuas bromas.

Tony se echó a reír y se dio una palmada en la tripa.

—Estás celoso.

—Lo que tú digas —Spencer señaló la furgoneta del equipo de criminalística—. Los técnicos se nos han adelantado.

—Valientes gilipollas. Son unos trepas.

Echaron a andar el uno al lado del otro. Tony miró el cielo sin estrellas.

—Me estoy haciendo viejo para esta mierda. Cuando me avisaron Betty y yo le estábamos echando la bronca a nuestra hija pequeña por saltarse el toque de queda.

—Pobre Carly.

—Y un cuerno. Esa chica es un peligro. Cuatro hijos, y justo la pequeña es un demonio. ¿Ves esto? —señaló la coronilla, casi calva, de su cabeza—. Todos han contribuido, pero Carly... Tú espera y verás.

Spencer se echó a reír.

—Tengo seis hermanos. Sé cómo son los niños. Por eso no pienso tenerlos.

—Lo que tú digas. Por cierto, ¿cómo se llamaba?

—¿Quién?

—Tu cita de esta noche.

La verdad era que había salido con sus hermanos Percy y Patrick. Habían tomado un par de cervezas y una hamburguesa en la Taberna de Shannon. Lo más cerca que había estado de marcarse un tanto había sido colar la octava bola en la tronera del rincón para derrotar a Patrick, el as del billar de la familia.

Pero Tony no quería que le contara eso. Los hermanos Malone eran una leyenda en la policía de Nueva Orleans. Guapos, pendencieros y juerguistas, con fama de mujeriegos.

—Yo no voy contando esas cosas por ahí, socio.

Llegaron junto a Connelly. Spencer lo miró a los ojos y el recuerdo lo asaltó de nuevo. Estaba trabajando en la Unidad de Investigación del Distrito 5, a cargo del dinero destinado a los soplones. Quinientos pavos, una miseria en los tiempos que corrían, pero suficiente para que lo arrastraran por el fango cuando el dinero desapareció. Suspendido de empleo y sueldo, acusado y enjuiciado.

Los cargos fueron sobreseídos, su nombre quedó limpio. Al final resultó que el teniente Moran, su inmediato superior, el que había puesto la caja a su cuidado, le había tendido una trampa. Porque «confiaba en él». Porque creía que «estaba a la altura de esa responsabilidad», a pesar de que sólo llevaba seis meses en la Unidad.

Lo más probable era que Moran lo creyera un primo.

Si no hubiera sido porque su familia se había negado a aceptar su culpabilidad, el muy cabrón se habría salido con la suya. Si Spencer hubiera sido declarado culpable, no sólo lo habrían expulsado del cuerpo: habría ido a la cárcel.

Al final, había malgastado un año y medio de su vida.

Cuando pensaba en ello todavía se ponía enfermo. Le enfurecía recordar cuántos compañeros se habían vuelto en su contra, incluida aquella sabandija de Connelly. Hasta entonces, había considerado el cuerpo de policía de Nueva Orleans como una especie de extensa familia cuyos agentes eran sus hermanos y hermanas.

Y, hasta ese momento, la vida había sido para él una gran fiesta. *Laissez les bon temps rouler*, al estilo de Nueva Orleans.

Todo eso había cambiado por culpa del teniente Moran. Aquel tipo había convertido su vida en un infierno. Había destruido sus ilusiones acerca del cuerpo y de lo que significaba ser policía.

Las juergas ya no eran tan divertidas. Ahora veía las consecuencias de sus actos.

Para impedir que se querellara, el Departamento le había pagado los atrasos y lo había ascendido a la DAI.

La División de Apoyo a la Investigación. Su trabajo soñado.

A fines de los años noventa el Departamento se había descentralizado sacando de su sede algunas unidades de investigación, como las de Homicidios y Crimen Organizado, y dividiéndolas entre las ocho comisarías de distrito de la ciudad. Los habían empaquetado a todos, con prisas y de cualquier manera, en una Unidad de Investigación Criminal que desempeñaba distintas funciones. Los detectives de UIC no se especializaban; se ocupaban de todo tipo de casos, desde robos a delitos relacionados con las mafias, pasando por los homicidios sin premeditación.

Sin embargo, para los mejores detectives de homicidios (aquéllos que contaban con más experiencia y formación, la flor y nata del cuerpo), se había creado la DAI. Enclavada en la sede central de la policía, sus detectives se ocupaban de homicidios *enfriados* (los que, después de un año, seguían sin resolverse) y de todo tipo de asuntos jugosos: crímenes sexuales, asesinatos en serie, secuestros de niños...

Algunos decían que la descentralización había sido un gran éxito. Otros la consideraban un embarazoso fracaso. Sobre todo, en lo que se refería a los casos de homicidio. Al final sólo una cosa había quedado clara: le ahorraba dinero al departamento.

Spencer había aceptado el manifiesto soborno del departamento porque era poli. Más que de su profesión, se trataba de su identidad. Nunca se había considerado otra cosa. ¿Cómo iba a hacerlo? Llevaba el trabajo policial en la sangre. Su padre, su tío y su tía eran policías. Y también varios primos y todos sus hermanos, menos dos. Su hermano Quentin había abandonado el cuerpo después de dieciséis años de servicio para estudiar Derecho. Pero, aun así, no se había alejado demasiado del «negocio» familiar. Como letrado de la fiscalía de distrito de la parroquia de Orleans, contribuía a sentenciar a los tipos a los que los otros Malone se encargaban de atrapar.

—Hola, Connelly —dijo Spencer secamente—. Aquí estoy, de vuelta del mundo de los muertos. ¿Sorprendido?

El agente miró hacia otro lado.

—No sé a qué se refiere, detective.

—Y un cuerno —se inclinó hacia él—. ¿Te causa algún problema trabajar conmigo?

El agente dio un paso atrás.

—No, señor, ningún problema.

—Me alegro. Porque he venido para quedarme.

—Sí, señor.

—¿Qué tenemos?

—Doble homicidio —al novato le tembló ligeramente la voz—. Dos mujeres. Estudiaban en la universidad —miró sus notas—. Cassie Finch y Beth Wagner. Avisó esa vecina de ahí. Se llama Stacy Killian.

Spencer miró hacia donde le indicaba. Una joven que sostenía en brazos un perrito dormido permanecía de pie en el porche. Era alta, rubia y, por lo que podía ver desde allí, bastante atractiva. Parecía llevar un pijama debajo de la chaqueta vaquera.

—¿Qué ha contado?

—Creyó oír disparos y fue a investigar.

—A eso lo llamo yo una maniobra inteligente —Spencer sacudió la cabeza con fastidio—. ¡Civiles!

Echaron a andar hacia el porche. Tony lo miró de reojo.

—Bien hecho, Niño Bonito, le has puesto en su sitio. Menudo capullo.

Tony nunca había sucumbido al vapuleo de Malone, que se había convertido en el pasatiempo favorito de muchos en el Departamento de Policía de Nueva Orleans. Había permanecido a su lado y al de todo el clan Malone a la hora de defender su inocencia. Y eso no siempre había sido fácil. Spencer lo sabía. Sobre todo, cuando empezaron a acumularse las pruebas en su contra.

Había algunos que todavía no se habían convencido de su inocencia... o de la culpabilidad del teniente Moran, ni siquiera a pesar de su readmisión en el cuerpo y de la confesión y suicidio de Moran. Creían que la familia Malone lo había «preparado» todo de algún modo, usando su considerable influencia en el Departamento para que el asunto cayera en el olvido.

Aquello sacaba a Spencer de sus casillas. Detestaba haber contribuido, aunque fuera involuntariamente, a empañar la reputación de su familia, y odiaba las miradas recelosas y los chismorreos de sus compañeros.

—Ya se les pasará —murmuró Tony como si le hubiera leído el pensamiento—. Los polis no tenemos tan buena memoria. Es por el envenenamiento por plomo, en mi modesta opinión.

Spencer le sonrió mientras subían los escalones.

—¿Tú crees? Yo me inclino más bien hacia una exposición prolongada al tinte azul.

Cruzaron el porche. Spencer era consciente de la mirada de la vecina clavada en él. No la miró. Más tarde habría tiempo para su angustia, y para hacer preguntas. De momento, tenían otras cosas entre manos.

Entraron en la casa. Los técnicos estaban trabajando. Spencer experimentó un leve arrebato de euforia al recorrer con la mirada el lugar de los hechos.

Deseaba trabajar en Homicidios desde que tenía uso de razón. De niño, escuchaba embobado las discusiones de su padre y su tío Sammy sobre los casos en que trabajaban. Luego había mirado con maravillado asombro a sus hermanos John y Quentin. Cuando el Departamento se había descentralizado, quiso integrarse en la DAI.

La DAI era la leche. Lo mejor de lo mejor.

Él era demasiado chapucero para conseguir un puesto en aquella unidad. Y sin embargo allí estaba, en pago por su cooperación y su buena voluntad.

No era tan orgulloso como para haberse negado a aquel soborno.

Fijó la atención en la escena que tenía ante sí. Era el típico apartamento de estudiantes. El suelo estaba cubierto de muebles baratos de tercera y cuarta mano, de ceniceros a rebosar y de botes de Coca-cola *light*. Un piso de chicas, pensó. Si allí viviera un chico, las latas serían de cerveza Miller. O quizá de Abita, la cerveza característica del sur de Luisiana.

La primera víctima yacía boca abajo en el suelo. Le habían volado parcialmente la parte de atrás de la cabeza. El forense ya le había cubierto las manos con bolsas.

Spencer dirigió la mirada hacia un joven detective al que conocía del Distrito 6. No recordaba su nombre.

Tony, sí.

—Eh, Bernie. ¿Eres tú el que nos ha llamado?

—Sí, lo siento. No es un homicidio involuntario, así que he pensado que cuanto antes os hagáis cargo, mejor.

El joven parecía nervioso. Era nuevo en la Unidad de Investigación Criminal. Seguramente sólo se había encargado de tiroteos entre bandas callejeras.

—Mi compañero, Spencer Malone.

Algo brilló en los ojos del joven. Spencer supuso que había oído hablar de él.

—Bernie St. Claude.

Se estrecharon la mano. Ray Hollister, el forense de la parroquia de Orleans, levantó la vista.

—Veo que está aquí la banda al completo.

—Los jinetes de medianoche —dijo Tony—. Qué suerte la nuestra. ¿Ya has trabajado con Malone, Ray?

—Con éste, no —el oficial inclinó la cabeza en su dirección—. Bienvenido al club de los homicidios a medianoche.

—Me alegra estar aquí.

Un par de técnicos bufaron al oírle.

Tony le lanzó una sonrisa.

—Lo peor de todo es que lo dice en serio. No te entusiasmes tanto, Niño Bonito, o darás que hablar.

—Bésame el culo, Tony —dijo Spencer con buen humor, y fijó de nuevo su atención en el forense—. ¿Qué ha descubierto hasta ahora?

—De momento parece todo bastante claro. Dos disparos. Si el primero no la mató, la mató el segundo.

—Pero ¿por qué le dispararon? —se preguntó Spencer en voz alta.

—Ése es su trabajo, muchacho, no el mío.

—¿La han violado? —preguntó Tony.

—Creo que no, pero la autopsia nos lo dirá.

Tony asintió con la cabeza.

—Vamos a echarle un vistazo a la otra víctima.

—Que se diviertan.

Spencer no se movió; se quedó mirando la salpicadura de sangre en forma de abanico que había en la pared, junto a la víctima. Volviéndose hacia su compañero, dijo:

—El asesino estaba sentado.

—¿Cómo lo sabes?

—Fíjate —rodeó el cuerpo y se acercó a la pared—. Las manchas de sangre van hacia arriba.

—Que me aspen.

Hollister se quedó pensando.

—Las heridas corroboran esa teoría.

Spencer miró a su alrededor, excitado. Su mirada se posó en una mesa y una silla.

—Estaba ahí —dijo, acercándose a la silla. Se agachó a su lado para no alterar las pruebas. Visualizó la secuencia de los hechos: el asesino sentado, la víctima que se vuelve hacia él. Y luego *bang, bang*.

¿Qué estaban haciendo? ¿Por qué quería matarla él?

Dirigió la mirada hacia la mesa polvorienta. Había en ella una silueta sutil, del tamaño y forma de un ordenador portátil.

—Echa un vistazo a esto, Tony. Creo que aquí había un ordenador.

La colocación de la mesa apoyaba su hipótesis: en la pared contigua había un enchufe y un cajetín telefónico.

Tony asintió con la cabeza.

—Podría ser. Pero también podría ser un libro, o un cuaderno, o un periódico.

—Tal vez. Fuera lo que fuese, ya no está. Y parece que ha desaparecido hace poco —se puso unos guantes de látex y pasó un dedo por la marca rectangular. Al ver que no había polvo, le hizo una seña al fotógrafo y le pidió que hiciera unas fotos de la parte de arriba de la mesa y de la silla.

—Vamos a asegurarnos de que empolven bien esa zona.

Spencer, que sabía que se refería a empolvar las superficies en busca de huellas dactilares, asintió con la cabeza.

—Vale.

Tony y él siguieron adelante. Encontraron a la segunda víctima. También le habían disparado. El escenario, sin embargo, era totalmente distinto. La chica tenía dos disparos en el pecho y yacía de espaldas, en medio de la puerta de la habitación. La parte de delante del pijama estaba ensangrentada y un círculo rojo rodeaba su cuerpo.

Spencer se acercó a ella, le buscó el pulso y miró a Tony.

—Estaba en la cama, oyó los disparos y se levantó a ver qué pasaba.

Tony parpadeó y, apartando la vista de la víctima, miró a Spencer con una expresión extraña.

—Carly tiene un pijama igual. Se lo pone todo el tiempo.

Una coincidencia insignificante, pero que recordaba demasiado a casa.

—Atraparemos a ese cabrón.

Tony asintió con la cabeza y acabó de examinar el cuerpo.

—El robo no era el móvil —dijo Tony—. Tampoco quería violarlas. No hay signos de violencia.

Spencer frunció el ceño.

—Entonces, ¿por qué las mató?

—Tal vez la señorita Killian pueda ayudarnos.

—¿Tú o yo?

—A ti se te dan mejor las mujeres —Tony sonrió—. Adelante.

Lunes, 28 de febrero de 2005
2:20 a.m.

Stacy se estremeció y volvió a colocar a César contra su pecho. El cachorro, apenas destetado, protestó con un gemido. Debería haberlo dejado en su cesta, pensó Stacy. Le dolían los brazos; y en cualquier momento el perrillo se despertaría y querría jugar.

Pero se había resistido a separarse de él. Aún no se sentía con fuerzas.

Frotó la mejilla contra su cabeza suave como la seda. En el tiempo transcurrido entre su llamada y la llegada de los primeros policías, había vuelto a su apartamento, guardado su Glock y recogido una chaqueta. Tenía permiso de armas, pero sabía por experiencia que un civil armado en la escena de un crimen era, en el peor de los casos, sospechoso y, en el mejor, una distracción.

Nunca antes se había hallado a aquel lado de los acontecimientos (la espectadora impotente, amiga de una de las fallecidas), aunque el año anterior había estado aterradoramente cerca. Su hermana Jane había escapado por poco de las garras de un asesino. En aquellos momentos, cuando había creído perderla, Stacy había decidido que estaba harta. De la insignia. De lo que la acompañaba. De la sangre. De la crueldad y la muerte.

De pronto se le había hecho patente que ansiaba una vida normal, una relación sana. Con el tiempo, una familia propia. Y eso no sucedería mientras siguiera en aquella profesión. El trabajo policial la había marcado de un modo que hacía imposible lo «normal» y lo «sano». Como si llevara una *M* invisible. Una *M* de mierda. Lo peor que la vida podía ofrecer. La más espantosa degradación humana.

Se había dado cuenta de que nadie podía cambiarle la vida, salvo ella.

Y allí estaba otra vez. La muerte la había seguido.

Sólo que esta vez había encontrado a Cassie. Y a Beth.

Un súbito arrebato de ira se apoderó de ella. ¿Dónde demonios estaban los detectives? ¿Por qué tardaban tanto? A aquel paso, el asesino estaría en Misisipi antes de que aquellos dos acabaran de examinar la escena del crimen.

—¿Stacy Killian?

Ella se volvió. El más joven de los dos detectives se hallaba tras ella. Le enseñó su insignia.

—Soy el detective Malone. Tengo entendido que fue usted quien nos llamó.

—Sí.

—¿Se encuentra bien? ¿Necesita sentarse?

—No, estoy bien.

Él señaló a César.

—Bonito cachorro. ¿Es un labrador?

Ella asintió con la cabeza.

—Pero no es... era... de Cassie —detestaba el modo en que se adensaba su voz y luchó por controlarla—. Mire, ¿podríamos empezar de una vez?

Él levantó las cejas ligeramente, como si lo sorprendiera su brusca respuesta. Seguramente le parecía fría e indiferente. No podía saber lo lejos que estaba de la verdad: aquello la afectaba tanto que apenas podía respirar.

Malone sacó su cuaderno de notas, una libreta de espiral de tamaño bolsillo, idéntica a las que antes usaba ella.

—¿Por qué no me cuenta exactamente qué ha pasado?

—Estaba durmiendo. Me pareció oír disparos y fui a ver cómo estaban mis amigas.

Algo cruzó el semblante del detective y se esfumó.

—¿Vive aquí? —indicó su apartamento.

—Sí.

—¿Sola?
—No sé si eso importa, pero sí, vivo sola.
—¿Desde hace cuánto tiempo?
—Me mudé la primera semana de enero.
—¿Y antes dónde vivía?
—En Dallas. Me mudé a Nueva Orleans para estudiar en la universidad.
—¿Conocía bien a las víctimas?
Las víctimas. Stacy hizo una mueca al oír aquella expresión.
—Cassie y yo éramos amigas. Beth llegó hará cosa de una semana. La antigua compañera de piso de Cassie dejó los estudios y volvió a casa.
—¿Diría que eran buenas amigas? Sólo se conocían desde hace... ¿cuánto? ¿Un par de meses?
—Supongo que no deberíamos serlo. Pero sencillamente... conectamos.
Él no parecía muy convencido.
—¿Dice que se despertó al oír disparos y que fue a ver a sus amigas? ¿Por qué estaba tan segura? ¿No podían haber sido petardos? ¿O el tubo de escape de un coche?
—Sabía que eran disparos, detective —apartó la mirada y luego volvió a clavarla en él—. Fui policía diez años. En Dallas.
Él levantó un poco las cejas otra vez; obviamente, aquel dato alteraba sustancialmente la opinión que se había formado de ella.
—¿Qué pasó luego?
Stacy le explicó que salió al porche, rodeó la casa y vio la luz de Cassie encendida.
—Entonces me di cuenta de que el ruido... procedía de la casa de al lado.
El otro detective apareció en la puerta. Malone siguió la mirada de Stacy y se giró. Ella aprovechó la oportunidad para observarlos a ambos. El policía veterano emparejado con el novato engreído, un dúo inmortalizado en multitud de películas de Hollywood.
Stacy sabía por experiencia que la pareja de ficción resultaba mucho más efectiva que su modelo en la vida real. Con excesiva frecuencia, el más mayor estaba quemado o era un vago, y el más joven un fanfarrón.

El otro se acercó a ellos.

—Detective Sciame —dijo.

Al oír su voz, César abrió los ojos y movió la cola. Stacy lo dejó en el suelo y le tendió la mano al detective.

—Stacy Killian.

—La señorita Killian fue policía.

El inspector Sciame volvió a mirarla. Sus ojos castaños tenían una expresión cálida y amistosa. Y también inteligente. Tal vez fuera un vago, pensó ella, pero era listo.

—¿Ah, sí? —dijo él mientras le estrechaba la mano.

—Detective de primer grado. Homicidios, Departamento de Policía de Dallas. Llámenme Stacy.

—Yo soy Tony. ¿Qué haces en nuestra hermosa ciudad?

—Estudio en la universidad. Literatura inglesa.

Él asintió con la cabeza.

—Te hartaste del trabajo, ¿eh? Yo también he pensado en dejarlo unas cuantas veces. Pero ahora que estoy a punto de jubilarme no tiene sentido cambiar de aires.

—¿Por qué decidiste ponerte a estudiar? —preguntó Malone.

—¿Y por qué no?

Él frunció el ceño.

—La literatura inglesa está muy lejos de la investigación policial.

—Exacto.

Tony señaló la mitad de la casa en la que vivía Stacy.

—¿Echaste un vistazo a la escena del crimen?

—Sí.

—¿Qué opinas?

—A Cassie la mataron primero. A Beth, cuando se levantó a ver qué pasaba. El robo no es el móvil. Ni la violación, aunque eso tendrá que decidirlo el patólogo. Creo que el asesino era un amigo o un conocido de Cassie. Ella lo dejó entrar y encerró a César.

—Tú eras amiga suya —dijo Malone.

—Cierto. Pero yo no la he matado.

—Eso dices tú. La primera persona en llegar a la escena...

—Es siempre sospechosa. El procedimiento estándar, ya lo sé.

Tony asintió con la cabeza.

—¿Tienes armas, Stacy?

A ella no le sorprendió la pregunta. En realidad, la agradecía. Le hacía concebir esperanzas de que el crimen se resolviera.

—Una Glock calibre 40.

—La misma que llevamos nosotros. ¿Tienes permiso?

—Claro. ¿Queréis ver las dos cosas?

Él dijo que sí y ella tomó de nuevo al cachorro en brazos y entró. Los detectives la siguieron. Stacy no protestó. El procedimiento policial estándar, otra vez. Dado que era la primera persona que había llegado al lugar de los hechos, era sospechosa, aunque fuera sólo momentáneamente. Ningún detective que se mereciera su salario permitía que un posible sospechoso entrara en su casa en busca de un arma. O de cualquier otra cosa, para el caso. Nueve de cada diez veces, dicho sospechoso desaparecía por la puerta de atrás. O volvía a salir con la pistola en alto.

Tras dejar a César en su dormitorio, sacó la pistola y el permiso. Los detectives examinaron ambas cosas. Saltaba a la vista que la Glock no se había disparado recientemente y Tony se la devolvió.

—¿Cassie tenía novio?

—No.

—¿Algún enemigo?

—No, que yo sepa.

—¿Solía salir por ahí de marcha?

Ella sacudió la cabeza.

—Iba a la facultad y le gustaban los juegos de rol. Nada más.

Malone frunció el ceño.

—¿Los juegos de rol?

—Sí. Sus favoritos eran *Dragones y Mazmorras* y *Vampiro: la Mascarada*, aunque también jugaba a otros.

—Perdón por mi ignorancia —dijo Tony—, ¿son juegos de mesa? ¿Videojuegos?

—Ninguna de las dos cosas. Cada juego tiene unos personajes y un escenario fijos que decide el maestro de juego. Los participantes interpretan el papel de sus personajes.

Tony se rascó la cabeza.

—¿Es un juego de acción?

—No, qué va —ella sonrió—. Yo no juego, pero, por lo que me contó Cassie, se juega con la imaginación. El jugador es como un actor interpretando un papel, sigue un guión que se va desarrollando sin vestuario, ni efectos especiales, ni decorados. Las partidas pueden jugarse en persona o por correo electrónico.

—¿Tú no juegas? —preguntó Malone.

Stacy se quedó callada un momento.

—Cassie me invitó a unirme a su grupo, pero lo que me contó sobre el juego no me pareció atractivo. Peligros a cada paso, sobrevivir confiando sólo en tu propio ingenio... No me apetecía jugar a eso. Ya lo he vivido. Cada día que pasé en el cuerpo.

—¿Conoces a alguno de sus compañeros de juego?

—En realidad, no.

Malone levantó una ceja.

—En realidad, no. ¿Qué significa eso?

—Me presentó a varios. A veces los veo por la universidad. Suelen jugar en el Café Noir.

—¿El Café Noir? —preguntó Tony.

—Una cafetería en Esplanade. Cassie pasaba mucho tiempo allí. Y yo también. Estudiando.

—¿Cuándo viste por última vez a la señorita Finch?

—El viernes por la tarde... en la facul...

Se le erizó el vello de la nuca. El recuerdo de su último encuentro la asaltó súbitamente. Cassie estaba muy contenta, había conocido a alguien que jugaba a un juego llamado *Conejo Blanco*. Esa persona había prometido ponerla en contacto con lo que ella llamaba el «Conejo Blanco Supremo». Iba a organizarle un encuentro a solas con él.

—¿Killian? ¿Has recordado algo?

Ella se lo contó, pero no parecieron impresionados.

—¿El Conejo Blanco Supremo? —preguntó Tony—. ¿Qué rayos es eso?

—Como os decía, yo no juego. Pero tengo entendido que en los juegos de rol hay algo llamado el maestro de juego. En *Dragones y Mazmorras*, es el Maestro de la Mazmorra, que básicamente controla el juego.

—Y, en ese otro juego, a esa persona se la llama el Conejo Blanco Supremo —dedujo Tony.

—Sí —continuó ella—. Me dio mala espina que fuera a encontrarse con ese tipo. Cassie era muy confiada. Demasiado. Le recordé que no conocía a ese tipo e insistí en que eligiera un sitio público para encontrarse con él.

—¿Qué respondió ella a tus advertencias?

¿Qué crees, que algún chiflado va a cabrearse y a pegarme un tiro?

—Se rió —dijo Stacy—. Me dijo que no me tomara las cosas tan a pecho.

—Entonces, ¿el encuentro tuvo lugar?

—No lo sé.

—¿Te dio algún nombre?

—No, pero tampoco le pregunté.

—La persona que había prometido hacer las presentaciones, ¿dónde la conoció?

—No me lo dijo y yo tampoco se lo pregunté —Stacy notó una nota de frustración en su propia voz—. Creo que era un hombre, aunque ni siquiera estoy segura de eso.

—¿Algo más?

—Tengo una corazonada.

—¿Intuición femenina? —preguntó Malone.

Ella achicó los ojos, irritada.

—La intuición de una detective con mucha experiencia.

Vio que el otro torcía la boca, como si le hiciera gracia.

—¿Qué hay de su compañera de piso? —preguntó Tony—. Beth. ¿Ella también jugaba a eso?

—No.

—¿Tu amiga tenía ordenador? —preguntó Malone.

Stacy fijó la vista en él.

—Un portátil. ¿Por qué?

Él no contestó.

—¿Jugaba a esos juegos por ordenador?

—A veces sí, creo. Pero casi siempre jugaba en vivo, con su grupo de juego.

—Entonces, se puede jugar *online*.

—Creo que sí —los miró a ambos—. ¿Por qué?

—Gracias, Killian. Has sido de gran ayuda.

—Esperad —agarró del brazo al mayor de los dos—. Su ordenador ha desaparecido, ¿verdad?

—Lo siento, Stacy —murmuró Tony con aparente sinceridad—. No podemos decirte nada más.

Ella habría hecho lo mismo, pero aun así se molestó.

—Os sugiero que investiguéis ese juego, el Conejo Blanco. Preguntad por ahí, a ver quién juega. De qué va el juego.

—Lo haremos, Killian —Malone cerró su libreta—. Gracias por tu ayuda.

Ella abrió la boca para añadir algo, para preguntar si la mantendrían al corriente de sus avances, y volvió a cerrarla sin decir nada. Porque sabía que no lo harían. Aunque aceptaran, no sería más que una promesa vacía.

Ella no tenía derecho a aquella información, se dijo mientras los miraba alejarse. Era una ciudadana de a pie. Ni siquiera era familia de las víctimas. Ellos no estaban en la obligación de ofrecerle nada, salvo cortesía.

Por primera vez desde que había abandonado el cuerpo, comprendió las implicaciones de lo que había hecho. De lo que era.

Una civil. Fuera del círculo azul.

Sola.

Stacy Killian ya no era una poli.

Lunes, 28 de febrero de 2005
9:20 a.m.

Spencer y Tony entraron en el cuartel general de la policía. Situado en el Centro Municipal, en el 1300 de Perdido Street, el edificio acristalado albergaba no sólo la sede del Departamento de Policía, sino también la oficina del alcalde, el cuartel general del Departamento de Bomberos de Nueva Orleans y el Concejo Municipal, entre otras cosas. La División de Integridad Pública, la versión de Asuntos Internos del Departamento de Policía de Nueva Orleans, tenía su sede fuera del cuartel general, al igual que el laboratorio de criminalística.

Ficharon y tomaron el ascensor hasta la DAI. Cuando las puertas se abrieron con un suave susurro, Tony se fue derecho a la caja de pastas de desayuno, y Spencer fue a ver si tenía mensajes.

—Hola, Dora —le dijo a la recepcionista. Aunque era una empleada municipal, llevaba uniforme. Su opulenta figura, muy ancha de pecho, estiraba los confines de la tela azul, dejando al descubierto atisbos de encaje rosa—. ¿Algún mensaje?

La mujer le dio las hojitas amarillas donde se anotaban los mensajes al tiempo que lo miraba de arriba abajo con admiración.

Él no hizo caso.

—¿Está la comisaria?

—Te está esperando, semental —él la miró levantando una ceja y ella se echó a reír—. Vosotros los blancos no tenéis sentido del humor.

—Ni sentido del estilo, tampoco —dijo Rupert, otro detective que pasaba por allí.

—Tiene razón —dijo Dora—. Rupert sí que sabe vestir.

Spencer miró al otro y se fijó en su elegante traje italiano, en su corbata de colores y en su luminosa camisa blanca. Luego se miró a sí mismo. Vaqueros, camiseta de cambray, chaqueta de *tweed*.

—¿Qué?

Ella soltó un bufido.

—Ahora trabajas en la DAI, lo mejor de lo mejor, cariño. Tienes que vestirte como es debido.

—Eh, Niño Bonito, ¿estás listo?

Spencer se giró y sonrió a su compañero.

—Ahora no puedo. Estoy en plena lección de moda.

Tony le devolvió la sonrisa.

—En pleno sermón, querrás decir.

—No empieces —Dora lo miró sacudiendo el dedo—. Tú no tienes remedio. Eres un desastre.

—¿Quién? ¿Yo? —él estiró los brazos. La barriga le sobresalía por encima de los pantalones Sansabelt, cuya tela estaba tan repasada que brillaba, y tensaba los botones de la camisa de cuadros sin mangas.

Dora soltó un soplido de fastidio mientras le daba sus mensajes. Volviéndose hacia Spencer, dijo:

—Tú ven a ver a Dora, cariño, que yo te dejaré como nuevo.

—Lo tendré en cuenta.

—Hazlo, corazón —dijo ella a su espalda—. A las mujeres nos gustan los hombres con estilo.

Spencer se echó a reír.

—Tiene razón, corazón —bromeó Tony—. Te lo digo yo.

Spencer se echó a reír.

—¿Y tú cómo lo sabes? ¿Por cómo huyen en estampida?

—Exacto.

Doblaron la esquina y se encaminaron a la puerta abierta del despacho de la comisaria.

Spencer tocó en el marco.

—¿Comisaria O'Shay? ¿Tiene un minuto?

La comisaria Patti O'Shay levantó la vista y les indicó que entraran.

—Buenos días, detectives. Tengo entendido que la mañana está siendo muy ajetreada.

—Tenemos un homicidio doble —dijo Tony, dejándose caer en una de las sillas que había frente a ella.

Patti O'Shey, una mujer elegante y sobria, era una de las tres únicas comisarias que había en el Departamento de Policía de Nueva Orleans. Era lista y dura, pero también ecuánime. Se había dejado la piel para llegar donde estaba, había tenido que trabajar con el doble de ahínco que un hombre y superar dudas, prejuicios machistas y una tupida red de rancio corporativismo masculino. Había ascendido a la División de Apoyo a la Investigación el año anterior y algunos creían que algún día llegaría a jefa del Departamento.

Se daba también el caso de que era la hermana de la madre de Spencer.

A Spencer le costaba reconciliar a aquella mujer con la que de pequeño lo llamaba «Boo». La que le daba galletas a escondidas cuando su madre no miraba. La tía Patti era su madrina, y para los católicos eso significaba un vínculo especial. Un vínculo que ella se tomaba muy en serio.

Sin embargo, el día que Spencer entró a trabajar en la unidad, le dejó bien claro que allí era su jefa. Y nada más.

Ella fijó en Spencer una mirada que no pasaba nada por alto.

—¿Creéis que los de la UIC se han precipitado al llamarnos?

Él se irguió y carraspeó.

—En absoluto. No se trata de un homicidio involuntario.

Ella desvió su mirada hacia Tony.

—¿Detective Sciame?

—Estoy de acuerdo. Será mejor que nos hagamos cargo enseguida, antes de que las pistas se enfríen.

—Las dos víctimas murieron por arma de fuego —prosiguió Spencer.

—¿Nombres?

—Cassie Finch y Beth Wagner. Estudiantes en la Universidad de Nueva Orleans.

—Wagner se había mudado hacía una semana —añadió Tony—. Pobre chiquilla, menuda putada.

O'Shay no pareció molestarse por su forma de hablar, pero Spencer hizo una mueca.

—No parece que el móvil fuera el robo —dijo—, aunque falta el ordenador de una de las víctimas. Tampoco fueron violadas.

—Entonces, ¿cuál es el móvil?

Tony estiró las piernas.

—Esta mañana no nos funciona la bola de cristal, comisaria.

—Muy gracioso —dijo ella en un tono que afirmaba a las claras lo contrario—. ¿Cuál es su hipótesis, entonces? ¿O es pedirle demasiado después de haber comido sólo un par de dónuts?

Spencer se apresuró a intervenir.

—Parece que a Finch la mataron primero. Suponemos que conocía a su asesino, que lo dejó pasar. Seguramente mató a Wagner porque estaba allí. Naturalmente, de momento sólo son conjeturas.

—¿Alguna pista?

—Unas cuantas. Vamos a pasarnos por la universidad, por los sitios por donde solían salir. Hablaremos con sus amigos, con sus profesores... Con sus novios, si tenían alguno.

—Bien. ¿Algo más?

—Hemos interrogado a los vecinos —continuó Spencer—. Con la excepción de la mujer que nos llamó, nadie oyó nada.

—¿Su historia cuadra?

—Parece auténtica. Es una ex policía. Del Departamento de Policía de Dallas. De Homicidios.

Ella frunció un poco el ceño.

—¿Ah, sí?

—Voy a ver qué tenemos sobre ella en la base de datos. Llamaré a la policía de Dallas.

—Hazlo. ¿Los de la oficina del forense han avisado a los familiares?

—Sí.

O'Shey echó mano del teléfono y les indicó que la reunión había acabado.

—No me gustan los homicidios dobles en mi jurisdicción. Y menos aún sin resolver. ¿Entendido?

Ellos dijeron que sí, se levantaron y se acercaron a la puerta. O'Shey llamó a Spencer antes de que la alcanzara.

—Detective Malone... —él miró hacia atrás—. Vigile su temperamento.

Él le lanzó una sonrisa.

—Lo tengo bajo control, tía Patti. Palabra de monaguillo.

Mientras se alejaba la oyó reír. Seguramente porque recordaba que como monaguillo había sido un completo desastre.

Lunes, 28 de febrero de 2005
10:30 a.m.

Spencer entró en el Café Noir. El olor a café y galletas horneadas lo golpeó como un mazazo. Hacía mucho tiempo que había desayunado: un hojaldre relleno de salchicha en un figón de carretera, al rayar el alba.

Lo de las cafeterías no le entraba en la cabeza. ¿Tres pavos por una taza de café con nombre extranjero? ¿Y qué era eso de taza alta, supergrande y gigante? ¿Qué tenían contra las tazas pequeñas, medianas y grandes? ¿O incluso con las extragrandes? ¿A quién querían engañar?

Una vez había cometido el error de pedir un americano, creyendo que le servirían una buena taza de café americano a la vieja usanza. Pero aquello no se parecía en nada.

Un chorro de café solo y agua. Sabía a pis quemado.

Decidió ahorrarse el dinero y esperó a volver al cuartel general para tomarse un café. Al mirar alrededor vio que, hasta donde alcanzaba a ver, aquélla era la típica cafetería. Colores terrosos y densos, asientos grandes y confortables intercalados entre mesas para estudiar o conversar. El edificio, situado en una parcela triangular de las que en Nueva Orleans se llamaban *suelo neutral*, tenía incluso una chimenea vieja y grande.

Para lo que servía, pensó Spencer. A fin de cuentas, estaban en Nueva Orleans. Calor y humedad y entre veinticinco y siete grados nueve meses al año.

Se acercó al mostrador y le preguntó a la chica de la caja por el propietario o el encargado. La chica, que parecía tener edad de ir a la universidad, sonrió y señaló a la rubia alta y espigada que estaba surtiendo el bufé.

—Es la dueña, Billie Bellini.

Él le dio las gracias y se acercó a la mujer.

—¿Billie Bellini? —preguntó.

Ella se dio la vuelta y levantó la vista. Era preciosa. Una de esas mujeres inmaculadamente bellas que podían (y probablemente lo hacían) elegir a cualquier hombre. La clase de mujer que uno no esperaba encontrarse regentando una cafetería.

Spencer habría sido un embustero o un eunuco si hubiera dicho que era inmune a sus encantos, si bien podía afirmar con sinceridad que Billie Bellini no era su tipo. Demasiado cara de mantener para un tipo corriente como él.

Una sonrisa tocó las comisuras de los labios carnosos de Billie Bellini.

—¿Sí? —dijo.

—Soy el detective Spencer Malone, del Departamento de Policía de Nueva Orleans —contestó él mostrándole su insignia.

Una ceja perfectamente arqueada se levantó.

—¿Qué puedo hacer por usted, detective?

—¿Conoce a una chica llamada Cassie Finch?

—Sí, es una de nuestras clientas habituales.

—Una clienta habitual. ¿Qué significa eso exactamente?

—Que pasa mucho tiempo aquí. Todo el mundo la conoce —su tersa frente se arrugó—. ¿Por qué?

Él ignoró la pregunta y replicó con otra.

—¿Y a Beth Wagner?

—¿La compañera de piso de Cassie? Pues no. Sólo ha estado aquí una vez. Cassie nos la presentó.

—¿Qué me dice de Stacy Killian?

—También viene con frecuencia. Son amigas. Pero supongo que eso ya lo sabe.

Spencer bajó la mirada. El anillo anular de la mano izquierda de Billie Bellini mostraba una enorme piedra y una alianza de oro tachonada de diamantes. Eso no le sorprendió.

—¿Cuándo vio por última vez a la señorita Finch?

Sus ojos adquirieron de pronto una expresión preocupada.

—¿A qué viene esto? —preguntó—. ¿Le ha pasado algo a Cassie?

—Cassie Finch ha muerto, señora Bellini. Ha sido asesinada.

Ella se llevó una mano a la boca, que había formado una O perfecta.

—Debe de haber algún error.

—Lo lamento.

—Perdóneme, yo... —buscó a tientas tras ella una silla y se dejó caer. Se quedó inmóvil un momento, luchando, sospechaba Spencer, por sobreponerse.

Cuando por fin levantó la mirada hacia él, no había lágrimas en sus ojos.

—Estuvo aquí ayer por la tarde.

—¿Cuánto tiempo?

—Un par de horas. De tres a cinco, más o menos.

—¿Estuvo sola?

—Sí.

—¿Habló con alguien?

Ella juntó las manos con fuerza sobre su regazo.

—Sí. Con todos los sospechosos habituales.

—¿Cómo dice?

—Disculpe —se aclaró la garganta—. Con otros clientes habituales. Vinieron los de siempre.

—¿Stacy Killian vino ayer?

Su expresión se crispó de nuevo.

—No. ¿Stacy está... está bien?

—Que yo sepa, sí —hizo una pausa—. Nos ayudaría inmensamente conocer los nombres de las personas con las que Cassie solía salir. Los clientes habituales.

—Desde luego.

—¿Tenía algún enemigo?

—No. Imagino que no, al menos.

—¿Tuvo algún altercado con alguien?

—No —le tembló la voz—. No puedo creer que haya pasado esto.

—Tengo entendido que era aficionada a los juegos de rol —hizo una pausa; al ver que ella no lo negaba, prosiguió—. ¿Traía siempre su ordenador?

—Sí, siempre.
—¿Nunca la vio sin él?
—No, nunca.
Él asintió con la cabeza.
—Me gustaría hablar con sus empleados, señora Bellini.
—Por supuesto. Nick y Josie llegan a las dos y a las cinco, respectivamente. Ésa es Paula. ¿Quiere que la llame? —él asintió con la cabeza y se sacó del bolsillo una tarjeta de visita. Se la entregó—. Si se le ocurre algo más, avíseme.

Resultó que Paula sabía aún menos que su jefa, pero Spencer le dio su tarjeta de visita de todos modos.

Salió de la cafetería a la mañana fresca y luminosa. La meteoróloga del Canal 6 había pronosticado que el mercurio alcanzaría los cuarenta grados, y a juzgar por el calor que hacía ya, no se equivocaba.

Spencer se aflojó la corbata y echó a andar hacia su coche, que había aparcado junto a la acera.

—¡Eh, Malone, espera!

Se detuvo y dio media vuelta. Stacy Killian cerró la puerta de su coche y corrió hacia él.

—Hola, Killian.

Ella señaló la cafetería.

—¿Has conseguido todo lo que necesitabas?
—De momento, sí. ¿En qué puedo ayudarte?
—Me estaba preguntando si habíais indagado ya sobre Conejo Blanco.
—Aún no.
—¿Puedo preguntar a qué se debe la tardanza?

Spencer miró su reloj y luego fijó la vista en ella.

—Según mis cálculos, esta investigación dura sólo ocho horas.
—Y la probabilidad de que el caso se resuelva disminuye con cada hora que pasa.
—¿Por qué dejaste la policía de Dallas, Killian?
—¿Disculpa?

Spencer notó que se envaraba ligeramente.

—Era una pregunta sencilla. ¿Por qué te marchaste?
—Necesitaba un cambio de aires.

—¿Fue ésa la única razón?

—No veo qué importancia tiene eso, detective.

Él entornó los ojos.

—Me lo preguntaba porque pareces estar muy ansiosa por hacer mi trabajo.

Ella se puso colorada.

—Cassie era amiga mía. No quiero que su asesino escape.

—Yo tampoco. Así que mantente al margen y déjame hacer mi trabajo.

Hizo ademán de pasar a su lado, pero ella lo agarró del brazo.

—Conejo Blanco es la mejor pista que tenéis.

—Eso dices tú. Yo no estoy tan seguro.

—Cassie había conocido a alguien que prometió introducirla en el juego. Habían planeado un encuentro.

—Podría ser una coincidencia. Todos los días se conoce gente, Killian. Las personas entran y salen de nuestras vidas, todos los días hay extraños que se cruzan en nuestro camino, nos entregan paquetes, se dirigen a nosotros en la cola del supermercado, se ofrecen a recoger algo que se nos ha caído... Pero no nos matan.

—Casi nunca —puntualizó ella—. Su ordenador ha desaparecido, ¿verdad? ¿A qué crees que se debe?

—Su asesino se lo llevó como trofeo. O pensó que le hacía falta uno. O quizá esté en el taller.

—Algunos juegos se juegan *online*. Puede que Conejo Blanco sea uno de ellos.

Él le apartó la mano.

—Te estás extralimitando, Killian. Y lo sabes.

—Fui detective diez años...

—Pero ya no lo eres —replicó él, cortándola—. Eres una civil. No te pongas en mi camino. No interfieras en la investigación. La próxima vez no te lo pediré con tanta amabilidad.

Lunes, 28 de febrero de 2005
11:10 a.m.

Stacy entró enfurecida en el Café Noir. «Estúpido, fanfarrón, engreído». Según su experiencia, los malos policías podían dividirse en tres categorías. El primero de la lista se hallaba el policía corrupto, lo cual no requería explicación. Luego iba el vago: policías que se contentaban con hacer lo mínimo con cualquier excusa. Por último estaban los fanfarrones. Para aquel grupo, el trabajo era un modo de exhibirse. Ponían en peligro a sus compañeros para pavonearse; arriesgaban las investigaciones negándose a ver todo lo que no redundara en su propio lucimiento.

O negándose a seguir la corazonada de otra persona.

Cierto, sólo era eso. Una corazonada. Basada en una coincidencia y en un instinto visceral.

Pero con el paso de los años Stacy había aprendido a confiar en sus corazonadas. Y no iba a permitir que aquel pistolero engreído y recién salido del cascarón echara a perder el caso. No pensaba quedarse de brazos cruzados mientras el asesino de Cassie seguía libre.

Respiró hondo, intentando calmarse, y procuró olvidarse de su reciente encuentro y concentrarse en el que la aguardaba.

Billie. Estaría deshecha.

Su amiga estaba en el mostrador. Con su metro ochenta, su melena rubia y su belleza, la gente volvía la cabeza para mirarla allá donde iba. Stacy había descubierto que era además excepcionalmente lista... y también excepcionalmente divertida, de un modo un tanto seco y socarrón.

Billie levantó la vista y se encontró con sus ojos. Había estado llorando.

Stacy se acercó a ella y le tendió la mano.

—Yo también estoy destrozada.

Billie le apretó la mano con fuerza.

—La policía ha estado aquí. No puedo creerlo.

—Yo tampoco.

—Me preguntaron por ti, Stacy. ¿Por qué...?

—Fui yo quien la encontró. Y a Beth también. Yo di el aviso.

—Oh, Stacy... Es espantoso.

Las lágrimas inundaron los ojos de Stacy.

—Dímelo a mí.

Billie le hizo señas a su empleada para que se acercara.

—Paula, estoy en la oficina. Llámame si me necesitas.

La joven las miró, pálida y llorosa. Sin duda Malone la había interrogado también a ella.

—Adelante —dijo con voz densa y temblorosa—. No te preocupes, yo me ocupo de la barra.

Billie condujo a Stacy a través del almacén, hasta su oficina. Cuando entraron entornó la puerta.

—¿Qué tal estás?

—Genial —Stacy notó el filo de su voz, pero sabía que era inútil intentar suavizarlo. Sufría. Ansiaba descargar su ira y su dolor contra alguien.

Cassie era una de las mejores personas que había conocido. Su muerte no era únicamente una pérdida sin sentido. El modo en que había muerto era una afrenta contra la vida.

Stacy miró a Billie.

—Podría haberla salvado.

—¿Qué? Tú no podías...

—Estaba en la puerta de al lado. Tengo una pistola, fui policía. ¿Por qué no me di cuenta?

—Porque no eres adivina —dijo Billie suavemente.

Stacy cerró los puños. Sabía que Billie tenía razón, pero la reconfortaba más la culpa que la inocencia.

—Me habló de ese tal Conejo Blanco. Tuve un mal presentimiento. Le advertí que tuviera cuidado.

Billie despejó la única silla que había en el pequeño despacho.

—Siéntate. Recapitula. Cuéntamelo todo.

Stacy le relató la historia. Billie la escuchaba con los ojos cada vez más húmedos. Cuando acabó, Stacy vio que su amiga luchaba por sobreponerse para hablar. Cuando lo hizo, le tembló la voz.

—Es horrible. Es... ¿Quién ha podido hacer esto? ¿Por qué? Cassie es... ella...

«Era».

En pasado.

Billie no pudo acabar la frase. Stacy sabía que era demasiado doloroso decirlo en voz alta. Se hizo cargo de la situación.

—Ese juego, Conejo Blanco, ¿has oído hablar de él?

Billie sacudió la cabeza.

—¿Estás segura?

—Absolutamente.

—Cassie estaba muy emocionada —prosiguió Stacy—. Dijo que esa persona aceptó organizar un encuentro entre ella y el experto en el juego.

—¿Cuándo?

—No lo sé. Llegaba tarde a clase y pensé que nos veríamos... —se le quebró la voz; no pudo acabar.

Más tarde. Había pensado que se verían más tarde.

Esta vez fue Billie la que intervino.

—¿Y crees que se vieron y que tal vez esa persona tenga algo que ver con su muerte?

—Es posible. Cassie era tan confiada... No me extrañaría que hubiera invitado a un desconocido a su casa.

Billie asintió con la cabeza.

—Puede que ese asunto del Conejo Blanco fuera una trampa. Esa persona, sea quien sea, quizá supiera que le gustaba jugar y lo usara como un señuelo para entrar en su casa.

—Pero ¿por qué? —Stacy se levantó y comenzó a pasearse de un lado a otro, demasiado agitada para estarse quieta—. Creo que a Cassie la mataron primero. Beth murió simplemente porque estaba allí. No parece que robaran nada, ni que las violaran —se detuvo y miró a Billie—. La policía me preguntó si tenía ordenador.

—A mí también.

—¿Qué más te han preguntado?

—Con quién salía Cassie. Por su grupo de juego. Si tenía enemigos. Si tenía problemas con alguien.

Lo de siempre.

—¿Te preguntaron por Conejo Blanco?

—No.

Stacy se llevó las manos a los ojos. Le dolía la cabeza.

—Creo que preguntaron por el ordenador porque no aparece.

—Cassie se lo llevaba a todas partes. Una vez le pregunté si dormía con él —a Billie se le llenaron los ojos de lágrimas—. Se rió. Dijo que sí.

—Exacto. Lo que significa que el asesino se lo llevó. La pregunta es por qué.

—¿Porque no quería que la policía viera algo que contenía? —dijo Billie—. Algo que pudiera conducirles a él. O a ella.

—Eso es lo que sospecho. Lo cual me conduce de nuevo a la persona con la que Cassie iba a encontrarse.

—¿Qué vas a hacer?

—Preguntar por ahí. Hablar con los amigos de Cassie. Ver si saben algo de ese Conejo Blanco. Descubrir si se juega por ordenador o en vivo. Puede que ella les hablara de esa persona.

—Yo también preguntaré. Por aquí vienen muchos jugadores. Alguno tiene que saber algo.

Stacy tomó a su amiga de la mano.

—Ten cuidado, Billie. Si captas alguna vibración negativa, llámame a mí o al detective Malone enseguida. Intentamos descubrir a alguien que ya ha matado a dos personas, dos personas a las que conocíamos. Créeme, no dudará en volver a matar para protegerse.

Martes, 1 de marzo de 2005
9:00 a.m.

La Universidad de Nueva Orleans se levantaba en una finca de gran valor frente al lago Portchartrain y ocupaba exactamente una superficie de ochenta y siete hectáreas. Construida en 1956 como antigua base de la aviación naval de Estados Unidos, daba servicio principalmente al área metropolitana de la mayor ciudad de Luisiana.

El campus no podía compararse con la Universidad Estatal de Luisiana en Baton Rouge, buque insignia de las universidades del estado, ni con el prestigioso colegio universitario de Tulane, situado en la parte alta de Nueva Orleans, pero había logrado afianzar una sólida reputación de calidad para ser una universidad de mediano tamaño. Las facultades de Ingeniería Naval, Gestión de Hostelería y Restauración, y Cinematografía eran particularmente apreciadas.

Stacy dejó el coche en el aparcamiento de estudiantes, cerca del Centro Universitario. El CU era el eje de la vida social del campus, debido a que la mayoría de los estudiantes vivía fuera de éste y tenía que desplazarse diariamente hasta allí. Si no estaban en clase o en la biblioteca, los estudiantes estaban de palique en el Centro Universitario.

Era allí, Stacy estaba segura, donde encontraría a los amigos de Cassie.

Entró en el edificio, buscó una mesa y dejó la mochila antes de recorrer con la mirada la enorme sala. No esperaba que hubiera mucha gente a hora tan temprana, y, en efecto, no la había. Aquello se convertiría en un hervidero en cuanto acabaran las primeras clases del día, y a mediodía, cuando los estudiantes se pasaran por allí para almorzar, el salón alcanzaría el máximo de su capacidad.

Pidió un café y una magdalena y se los llevó a la mesa. Se sentó y sacó el *Frankenstein* de Mary Shelley, la novela que estaba leyendo para la clase de Romanticismo Tardío, pero no la abrió.

Le puso azúcar al café y bebió un sorbo mientras sus pensamientos se precipitaban en tropel hacia la meta que se había trazado para ese día. Establecer contacto con los amigos de Cassie. Preguntarles por Conejo Blanco y la noche de la muerte de Cassie. Conseguir un indicio sólido a partir del cual seguir adelante.

La noche anterior había hablado con la madre de Cassie. La había llamado para darle el pésame y hablar de César. La señora Finch se hallaba en estado de shock y había respondido a sus preguntas como un autómata. Le había dicho que, en cuanto la oficina del forense les entregara el cuerpo, pensaba trasladar a su hija a casa, a Picayune, Misisipi, para enterrarla. Le había preguntado a Stacy si podía ayudarla a organizar el funeral. Le parecía mejor celebrarlo en el Centro Religioso Newman, en el campus.

Stacy había estado de acuerdo. Cassie tenía muchos amigos que agradecerían la oportunidad de despedirse de ella.

Y la policía agradecería la oportunidad de ver quién asistía a la ceremonia.

Era cosa sabida que los asesinos, y especialmente aquéllos que mataban por placer, solían asistir a los funerales de sus víctimas. Eran además proclives a frecuentar las tumbas de sus víctimas y a visitar la escena del crimen. De ese modo revivían la perversa gratificación que les deparaba el acto criminal.

¿Respondían las muertes de Cassie y Beth a un asesinato por placer? Stacy no lo creía. El uso de un arma de fuego carecía de los aspectos rituales de la mayoría de los asesinatos por placer, pero eso no excluía tal posibilidad. Stacy sabía muy bien que toda norma tenía su excepción. Sobre todo, en lo tocante al comportamiento humano.

Vio a dos miembros del grupo de juego de Cassie. Recordaba sus nombres: Ella y Madga. Iban caminando desde la cola del bar a una mesa, riendo con despreocupación.

Aún no se habían enterado.

Stacy se levantó y se acercó a su mesa. Ellas levantaron la vista y sonrieron al reconocerla.

—Hola, Stacy, ¿qué tal?

—¿Puedo sentarme? Tengo que preguntaros una cosa.

Al ver su semblante, sus sonrisas se borraron. Le indicaron una silla vacía y ella se sentó. Decidió indagar primero sobre el juego. En cuanto les dijera lo de Cassie, la ocasión de obtener una respuesta coherente sería remota.

—¿Habéis oído hablar de un juego de rol llamado Conejo Blanco?

Las otras dos se miraron. La primera en hablar fue Ella.

—Tú no juegas, Stacy. ¿Por qué te interesa tanto?

—Así que lo conocéis —al ver que no respondía, añadió—: Es muy importante. Tiene que ver con Cassie.

—¿Con Cassie? —la otra frunció el ceño y miró su reloj—. Creía que ya estaría aquí. Nos mandó un e-mail a las dos el domingo por la noche. Dijo que estuviéramos aquí hoy a las nueve, que tenía una sorpresa.

Una sorpresa.

El Conejo Blanco.

Stacy se inclinó hacia ellas.

—¿A qué hora os mandó el e-mail?

Se quedaron pensando un momento.

—A eso de las ocho de la tarde —contestó Ella—. ¿Y a ti, Magda?

—A la misma hora, creo.

—¿Habéis oído hablar de ese juego?

Se miraron de nuevo y asintieron con la cabeza.

—Pero nunca hemos jugado —añadió Magda.

Ella tomó la palabra.

—Conejo Blanco es muy... radical. Es totalmente secreto. Pasa de un jugador a otro. Para aprender a jugar, tienes que conocer a alguien que juegue. Como grupo forman una especie de clan.

—Un clan muy misterioso —añadió Magda.

—¿Qué me decís de Internet? Se podrá encontrar información sobre el juego, supongo.

—Información —murmuró Ella—, claro. Pero yo nunca he visto la biblia del jugador. ¿Y tú, Mag? —miró a la otra, que negó con la cabeza.

No era de extrañar que Cassie estuviera tan emocionada. Menudo golpe de efecto.

—¿Se juega *online*? ¿O en vivo?

—Las dos cosas, creo. Como la mayoría —Ella frunció un poco el ceño—. A Cassie le gusta jugar en tiempo real. A todos nosotros nos gusta reunirnos para jugar en grupo.

—Así te relacionas más —añadió Magda—. Jugar con el ordenador es para gente que no encuentra grupo o que no tiene tiempo para dedicarse al juego.

—O que simplemente se mete en esto por la emoción del juego.

—¿Y cuál es?

—Manipular y vencer a los oponentes mediante el ingenio y la estrategia.

—¿Os dijo Cassie que había conocido a alguien que jugaba a Conejo Blanco?

—A mí no —Ella miró a Madga—. ¿Y a ti?

La otra sacudió la cabeza una vez más.

—¿Qué más podéis contarme sobre ese juego?

—No mucho —Ella miró de nuevo su reloj—. Qué raro que no haya venido Cassie —miró a su amiga—. Mira tu mó...

Justo en ese momento, otra amiga del grupo, Amy, las llamó. Al volverse vieron que se acercaba a ellas. A juzgar por su expresión, ya sabía lo de Cassie. Stacy se preparó para la escena que se avecinaba.

—¡Dios mío! —exclamó al llegar a la mesa—. Acabo de enterarme de algo horrible. Cassie está... no puedo... está... —se llevó una mano a la boca y sus ojos se llenaron de lágrimas.

—¿Qué? —preguntó Magda—. ¿Qué le ha pasado a Cassie?

Amy empezó a llorar.

—Está... muerta.

Ella se levantó de un salto, volcando la silla. La gente de alrededor las miró.

—Eso no puede ser. ¡Hablé con ella hace nada!

—¡Yo también! —gritó Magda—. ¿Cómo...?

—La policía se pasó por la residencia esta mañana. También quieren hablar con vosotras.

—¿La policía? —dijo Magda, que parecía aterrorizada—. No entiendo.

Amy se dejó caer en la silla y se deshizo de nuevo en lágrimas.

—Cassie fue asesinada —dijo Stacy con calma—. El domingo por la noche.

Magda la miró con estupor. Ella se acercó a ella con el rostro contraído por la ira y el dolor.

—¡Eso es mentira! ¿Quién iba a hacerle daño a Cassie?

—Eso es lo que intento averiguar.

Se quedaron las tres en silencio un momento. La miraban anonadadas. De pronto Ella pareció comprender.

—Por eso nos has hecho todas esas preguntas sobre Conejo Blanco. ¿Crees...?

—¿El juego? —preguntó Amy entre lágrimas.

—Vi a Cassie el viernes —explicó Stacy—. Me dijo que había conocido a alguien que jugaba. Iba a presentarle al Conejo Blanco Supremo. ¿A ti te dijo algo, Amy?

—No. Hablé con ella el domingo por la noche. Me dijo que esta mañana tenía una sorpresa para nosotras. Parecía muy contenta.

—A nosotras nos mandó un e-mail diciendo lo mismo —añadió Magda.

—¿Algo más?

—Tuvo que colgar. Me dijo que había alguien en la puerta.

A Stacy se le aceleró el corazón. Alguien. ¿Su asesino?

—¿Mencionó algún nombre?

—No.

—¿Te dijo si esa persona era un hombre o una mujer?

Amy negó con la cabeza con expresión abatida.

—¿Qué hora era?

—Ya se lo dije a la policía, no me acuerdo exactamente, pero creo que eran sobre las nueve y media.

A las nueve y media, Stacy estaba enfrascada en su trabajo de literatura. Su hermana Jane la había llamado; habían estado charlando unos veinte minutos acerca del bebé, la asombrosa Apple Annie. Stacy no había oído ni visto nada.

—¿Estás segura de que no dijo nada más? ¿Nada en absoluto?

—No. Ojalá... si lo hubiera... —a Amy se le quebró la voz en un sollozo.

Ella se volvió hacia Stacy con la cara sofocada.

—¿Cómo es que sabes tantas cosas?

Stacy les explicó que se había despertado creyendo oír disparos y que había ido a investigar.

—La encontré. A ella y a Beth.

—Antes eras policía, ¿no?

—Sí, antes.

—¿Y ahora juegas a serlo? ¿Para revivir tus días de gloria?

El tono de reproche de la otra sorprendió a Stacy.

—Nada de eso. Para la policía, Cassie no es más que otra víctima. Para mí era mucho más que eso. Quiero asegurarme de que quien la mató no se salga con la suya.

—¡Su muerte no tiene nada que ver con los juegos de rol!

—¿Cómo lo sabes?

—Siempre nos están señalando con el dedo —a Ella le tembló la voz—. Como si los juegos de rol convirtieran a la gente en zombis o en máquinas de matar. Es absurdo. Harías mejor hablando con ese tarado de Bobby Gautreaux.

Stacy frunció el ceño.

—¿Lo conozco?

—Seguramente no —Magda se abrazaba y se mecía adelante y atrás—. Estuvo saliendo con Cassie el año pasado. Fue ella quien lo dejó. Y él no se lo tomó muy bien.

Ella miró a Magda.

—¿Que no se lo tomó muy bien? Al principio amenazó con matarse. ¡Y luego amenazó con matarla a ella!

—Pero eso fue el año pasado —musitó Amy—. Seguro que eso lo dijo en el calor del momento.

—¿No te acuerdas de lo que nos dijo Cassie hace un par de semanas? —preguntó Ella—. Creía que la había estado siguiendo.

A Amy se le dilataron los ojos.

—Dios mío, lo había olvidado.

—Yo también —reconoció Madga—. ¿Y ahora qué hacemos?

Se volvieron hacia ella, tres jóvenes cuyas vidas acababan de dar un giro irrevocable. Un giro precipitado por una espantosa dosis de realismo.

—¿Tú qué crees? —preguntó Magda con voz temblorosa.

«Que esto lo cambia todo».

—Tenéis que llamar a la policía y contarles exactamente lo que me habéis dicho. Enseguida.

—Pero Bobby la quería de verdad —dijo Amy—. Él no le haría daño. Lloró cuando Cassie lo dejó. Él...

Stacy la cortó con la mayor delicadeza posible.

—Lo creas o no, hay tantos asesinatos motivados por el amor como por el odio. Quizá más. Según las estadísticas, los hombres matan más que las mujeres, y en casos de violencia doméstica, las mujeres son casi siempre las víctimas. Además, hay más hombres que acosan a sus antiguas parejas y muchas más órdenes de alejamiento contra ellos.

—¿Crees que Bobby estaba acosándola? Pero ¿por qué iba a esperar un año antes de...? —se quedó callada. Saltaba a la vista que no se sentía con fuerzas de acabar la frase.

Pero de todos modos las palabras quedaron suspendidas pesadamente en el aire.

Antes de matarla.

—Algunos de esos tíos son bestias sin cerebro que atacan inmediatamente. Otros se lo piensan más y acechan esperando el momento oportuno. Se resisten a deshacerse de su ira. Si estaba siguiéndola, Bobby Gautreaux encajaría en esa última categoría.

—Me encuentro mal —gimió Magda, apoyando la cabeza entre las manos.

Amy se inclinó hacia ella y le frotó suavemente la espalda.

—No te preocupes, todo va a salir bien.

Pero, naturalmente, no era cierto. Y todas lo sabían.

—¿Dónde puedo encontrar a ese tal Bobby Gautreaux? —preguntó Stacy.

—Estudia ingeniería —respondió Ella.
—Creo que vive en una residencia —dijo Amy—. Al menos, vivía allí el año pasado.
—¿Estáis seguras de que todavía estudia aquí? —preguntó Stacy.
—Yo lo he visto por el campus este año —respondió Amy—. Lo vi el otro día, de hecho. Aquí, en el Centro Universitario.

Stacy se levantó y empezó a recoger sus cosas.

—Llamad al detective Malone. Decidle lo que me habéis contado.
—¿Qué vas a hacer? —preguntó Magda.
—Voy a ver si encuentro a Bobby Gautreaux. Quiero hacerle unas preguntas antes de que se las haga la policía.
—¿Sobre Conejo Blanco? —preguntó Ella con cierta aspereza.
—Entre otras cosas —Stacy se echó la mochila al hombro.

Ella se levantó.

—Olvídate de lo del juego. Es un callejón sin salida.

A Stacy le pareció extraño que una de las supuestas amigas de Cassie pareciera más preocupada por la reputación de un juego de rol que por atrapar al asesino. La miró fijamente a los ojos.

—Puede ser. Pero Cassie está muerta. Y no voy a descartar ninguna hipótesis hasta que sepamos quién la mató.

La expresión desafiante de Ella pareció esfumarse. Se dejó caer en la silla, apesadumbrada.

Stacy la miró un momento y luego dio media vuelta. Magda la detuvo. Stacy miró hacia atrás.

—No lo dejes en manos de la policía, ¿vale? Te ayudaremos en todo lo que podamos. Nosotras la queríamos.

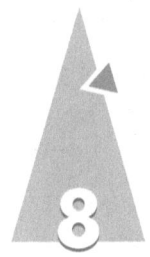

Martes, 1 de marzo de 2005
10:30 a.m.

La Universidad de Nueva Orleans, la mayoría de cuyos alumnos se desplazaba diariamente desde las zonas cercanas, sólo disponía de tres residencias de estudiantes, y una de ellas albergaba únicamente a estudiantes con familia. Bobby Gautreaux era de Monroe, de modo que Stacy supuso que vivía en una de las residencias para estudiantes solteros, bien en Bienville Hall, bien en Privateer Placer.

Supuso también que no llegaría a ninguna parte si intentaba conseguir su dirección en la oficina de matriculación, pero quizá sacara algo en claro si se pasaba por el departamento de Ingeniería.

Ideó rápidamente un plan y ensambló las piezas que necesitaba para llevarlo a cabo. Después se dirigió a la facultad de Ingeniería, situada respecto al Centro Universitario en el otro extremo del campus.

Cada departamento tenía su propia secretaría. La persona que ocupaba el puesto de secretario o secretaria conocía su departamento por dentro y por fuera, estaba familiarizada con los estudiantes y conocía a todos los miembros del claustro y sus peculiaridades. Los secretarios también solían arrogarse el papel de dioses en sus respectivos dominios.

Stacy sabía también por experiencia que, si les caías bien, eran capaces de remover cielo y tierra para ayudarte a resolver un problema. Pero, si no, lo tenías crudo.

Stacy reparó en que la señora al frente del feudo del departamento de Ingeniería tenía la cara tan redonda como la luna y una amplia sonrisa.

Una del tipo maternal. Bien.

—Hola —sonrió, acercándose a su mesa—. Soy Stacy Killian. Soy alumna de licenciatura del departamento de Filología Inglesa.

La señora le devolvió la sonrisa.

—¿En qué puedo ayudarte?

—Estoy buscando a Bobby Gautreaux.

La otra frunció un poco el ceño.

—Hoy no he visto a Bobby.

—¿No tiene clase los martes?

—Creo que sí. Déjame ver —se giró hacia su terminal de ordenador, accedió al archivo de alumnos y tecleó el nombre de Bobby.

—Veamos. Tenía clase temprano, pero no lo he visto. A lo mejor yo puedo ayudarte.

—Soy una amiga de su familia, de Monroe. Este fin de semana he estado allí, visitando a mis padres. Su madre me pidió que le trajera esto —levantó la tarjeta que acababa de comprar en la librería y en cuyo sobre había escrito *Bobby*.

La secretaria sonrió y le tendió la mano.

—Se lo daré encantada.

Stacy retiró el sobre.

—Prometí dárselo en mano. Su madre insistió mucho. Vive en Bienville Hall, ¿no?

Stacy vio que el semblante de la secretaria adquiriría cierta expresión de recelo.

—Pues no lo sé.

—¿Podría comprobarlo? —Stacy se inclinó un poco hacia ella y bajó la voz—. Es dinero. Cien dólares. Si se lo dejo y pasa algo... jamás me lo perdonaría.

La otra frunció los labios.

—Yo no puedo asumir la responsabilidad de quedarme con dinero, desde luego.

—Eso mismo me pasa a mí —dijo Stacy—. Cuanto antes se lo dé a Bobby, mejor.

La otra vaciló un momento mientras la miraba con fijeza,

como si la calibrara. Al cabo de un momento asintió con la cabeza.

—Voy a ver si tengo su dirección.

Volvió a fijarse en la pantalla del ordenador, introdujo algunos datos y se giró hacia Stacy.

—Sí, vive en Bienville House. Habitación 210.

—Habitación 210 —repitió Stacy con una sonrisa—. Gracias. Ha sido de gran ayuda.

Bienville Hall, una residencia de varias plantas, utilitaria y desangelada, databa de 1969 y estaba situada frente al comedor del departamento de Ingeniería.

Stacy entró en el edificio. Los días de las residencias para un solo sexo y cerradas a cal y canto habían corrido la misma suerte que los dinosaurios, y ninguno de los estudiantes con los que se cruzó le dedicó la menor atención.

Subió por las escaleras hasta el segundo piso y se dirigió luego a la habitación 210. Llamó una vez y, al ver que nadie respondía, volvió a llamar.

Pero no hubo respuesta. Miró a su alrededor, vio que estaba sola en el pasillo y, estirando el brazo tranquilamente, intentó abrir.

La puerta se abrió.

Stacy entró y cerró sin hacer ruido a su espalda. Lo que estaba haciendo era ilegal, aunque, ahora que ya no pertenecía a las fuerzas de la ley, suponía una infracción menor. Extraño, pero cierto.

Recorrió rápidamente con la mirada la pequeña habitación, que estaba muy limpia. Qué interesante, pensó. Los chicos solteros no tenían fama de limpios. ¿Qué otras convenciones desafiaría Bobby Gautreaux?

Se acercó a la mesa. Sobre ella había tres pulcros montones de papeles. Los hojeó uno por uno y abrió luego el cajón de la mesa. Rebuscó entre su contenido.

Al no ver nada que llamara su atención, cerró el cajón y se fijó en una fotografía que había clavada en un panel de corcho, sobre la mesa. Era de Cassie. Llevaba bikini y sonreía a la cámara.

Bobby había dibujado una diana sobre su cara.

Stacy apartó la mirada con nerviosismo. Había otras instantáneas de Cassie. A una, le había puesto cuernos de diablo y una cola afilada; en otra había escrito *Vete al infierno, zorra*.

O Bobby era inocente... o era increíblemente estúpido. Si había matado a Cassie, tenía que saber que la policía iría a interrogarlo. Dejar aquellas fotos en el corcho iba a darle muchos quebraderos de cabeza.

—¿Qué coño...?

Ella se giró. El joven que había en la puerta parecía haber pasado una pésima noche. Podía haber servido como modelo para ilustrar un póster de Alcohólicos Anónimos.

O bien una ficha policial.

—La puerta estaba abierta.

—Chorradas. Fuera de aquí.

—Bobby, ¿no?

Él tenía el pelo mojado. Llevaba una toalla sobre los hombros. Recorrió con la mirada a Stacy.

—¿Quién quiere saberlo?

—Una amiga.

—Mía no.

—Soy amiga de Cassie.

Una fea expresión atravesó su cara. Cruzó los brazos sobre el pecho.

—¿Y a mí qué? Hace siglos que no hablo con Cassie. Vete de una puta vez.

Stacy se acercó a él. Echó la cabeza hacia atrás para mirarlo a los ojos.

—Es curioso, por lo que me dijo tenía la impresión de que habíais hablado hace poco.

—Entonces no es sólo una zorra. También es una mentirosa.

Stacy dio un respingo, ofendida. Miró a Bobby de arriba abajo. Tenía el pelo rizado y oscuro y los ojos marrones, herencia de sus ancestros franceses. De no ser por su mal carácter, le habría parecido bastante guapo.

—Me dijo que sabías algo de Conejo Blanco.

Su expresión se alteró sutilmente.

—¿Qué pasa con Conejo Blanco?

—Conoces el juego, ¿no?

—Sí, lo conozco.
—¿Has jugado alguna vez?
Él titubeó.
—No.
—No pareces muy seguro.
—Y tú pareces una poli.

Ella entornó los ojos y pensó que aquel joven no era muy de su agrado. Era un niñato maleducado de la cabeza a los pies. Stacy había tenido que vérselas con muchos de su catadura durante sus años de servicio en la policía de Dallas.

Empapelar a gamberros como aquél era lo mejor de su trabajo. De pronto deseó tener una insignia. Le habría gustado verlo mearse en los pantalones.

Sonrió con sólo imaginárselo.

—Como te decía, soy sólo una amiga. Estoy investigando un poco. Háblame de Conejo Blanco.
—¿Qué quieres saber?
—Cosas sobre el juego. Cómo es. Cómo jugáis. Cosas así.

Él retrajo el labio superior. Stacy supuso que aquélla era su sórdida idea de una sonrisa.

—No es un juego corriente. Es oscuro. Y violento —hizo una pausa. Su expresión pareció cobrar vida—. Como si el Doctor Seuss se encontrará con Lara Croft, la de Tomb Raider. El escenario es el País de las Maravillas. Es una locura. Un mundo extraño.

Sí, parecía desternillante.

—Has dicho que es oscuro. ¿Qué significa eso?
—Tú no juegas, ¿no?
—No.
—Entonces que te jodan —dio media vuelta.

Stacy lo agarró del brazo.

—Hazme ese favor, Bobby.

Él miró la mano apoyada sobre su brazo y luego miró sus ojos. Su expresión pareció convencerlo de que hablaba en serio.

—Conejo Blanco es un juego de supervivencia. Sobreviven los más listos, los más capaces. El último que queda en pie se lo lleva todo.

—¿Cómo que se lo lleva todo?
—Matar o morir, muñeca. El juego no acaba hasta que queda un solo personaje vivo.
—¿Cómo sabes tanto si nunca has jugado?
Él le apartó la mano.
—Tengo contactos.
—¿Conoces a alguien que juega?
—Puede ser.
—Muy gracioso. ¿Sí o no?
—Conozco al jefazo. Al Conejo Blanco Supremo.
Bingo.
—¿Quién es?
—El inventor del juego en persona. Un tío llamado Leonardo Noble.
—Leonardo Noble —repitió ella, rebuscando aquel nombre en su memoria.
—Vive aquí, en Nueva Orleans. Le oí hablar en la Convención de Ciencia Ficción y Fantasía. Es muy amable, aunque un poco maniático. Si quieres saber algo sobre el juego, habla con él.
Ella dio un paso atrás.
—Lo haré. Gracias por tu ayuda, Bobby.
—No hay de qué. Es un placer ayudar a una amiga de Cassie.
Stacy percibió en su sonrisa algo casi viperino. Pasó a su lado en dirección a la puerta.
—¿Te has enterado? —dijo él alzando la voz—. A Cassie la han matado.
Stacy se detuvo en la puerta y se giró lentamente para mirarlo.
—¿Qué has dicho?
—Que se la han cargado. Ella, esa bollera amiga suya, me ha llamado. Estaba histérica. Me acusó de haberla matado.
—¿Y la mataste?
—Que te jodan.
Stacy sacudió la cabeza, asombrada por su actitud.
—¿De veras eres tan estúpido? ¿A qué viene eso? ¿Es que no lo entiendes? Ahora mismo eres el principal sospechoso. Te aconsejo que no te des tantos aires, amigo mío, porque la policía no necesita ninguna excusa para detenerte.

Dos minutos después, salió al día gris y ventoso. Hacia ella iban el detective Malone y su compañero.

—Hola, chicos —dijo alegremente.

Malone frunció el ceño al reconocerla.

—¿Qué haces aquí?

—Me he pasado a ver al amigo de una amiga. Eso no va contra la ley, ¿no?

Tony intentó contener la risa. Malone frunció más aún el ceño.

—Interferir en una investigación, sí.

—¿Alguien ha dicho que esté interfiriendo?

—Es sólo una advertencia.

—Tomo nota —sonrió y se alejó, notando sus miradas clavadas en la espalda. Se detuvo y miró hacia atrás—. Mirad el tablón de corcho de encima de la mesa. Creo que lo encontraréis interesante.

Martes, 1 de marzo de 2005
1:40 p.m.

El almuerzo de Spencer, un bocadillo de ternera asada del restaurante Mother's, se quedó frío sobre la mesa, delante de él. Al principio, Bobby Gautreaux se había mostrado desafiante. Les había largado una sarta de sandeces hasta que le señalaron la fotografía de la diana. Entonces su chulería se convirtió en un nerviosismo que poco después, al anunciarle que iban a llevarlo a comisaría para interrogarlo, se transformó en un terror que había dejado su cara blanca como una sábana.

Basándose en las afirmaciones de las amigas de Cassie Finch y en aquellas reveladoras fotografías, Spencer había pedido una orden judicial para registrar la habitación y el coche de Gautreaux. A diferencia de lo que ocurría en otros estados, para retener a un sospechoso la policía de Luisiana tenía que acusarlo de manera oficial. Con excepción de los casos relacionados con el narcotráfico, que había que despachar en el plazo de veinticuatro horas, disponían de treinta días para presentar una causa ante la oficina del fiscal del distrito.

A no ser que el registro les proporcionara alguna prueba de mayor contundencia, se verían obligados a soltar a Bobby.

—Eh, Niño Bonito —Tony se acercó y acomodó su oronda figura en la silla de delante de la mesa.

—Gordinflón. ¿Qué tal está el chaval?

—No muy bien. No para quieto. Creo que está a punto de vomitar.

—¿Ha pedido un abogado?

—Llamó a su papá. Él le va a buscar uno —miró el bocadillo de Spencer—. ¿Vas a comerte eso?

—¿Es que no has comido?

Tony hizo una mueca.

—Comida de conejo. Una ensalada con aliño libre de grasa.

—Betty te tiene otra vez a dieta.

—Dice que es por mi bien. No entiende por qué no pierdo peso.

Spencer arqueó una ceja. A juzgar por el polvillo de azúcar que había en la pechera de su compañero, esa mañana había vuelto a darse un atracón de dónuts.

—Será por los dónuts de caramelo. Podría llamarla y...

—Hazlo y te mato, Junior.

Spencer se echó a reír. De pronto estaba muerto de hambre. Se acercó el bocadillo y le dio un buen mordisco. Por los lados del pan francés rezumaban la salsa de carne y la mayonesa.

—Eres un capullín, ¿lo sabías?

Spencer se limpió la boca con la servilleta de papel.

—Sí, lo sé. Pero no digas «capullín». No suena bien. Por lo menos, cuando estés hablando con un tío.

Tony se echó a reír. Un par de policías que había por allí los miraron.

—¿Qué opinas de Gautreaux?

—¿Aparte de que es un niño mimado?

—Sí, aparte de eso.

Spencer titubeó.

—Es un buen sospechoso.

—Veo venir un «pero».

—Es demasiado fácil.

—Lo fácil es bueno, colega. Es una suerte. Acéptalo con una sonrisa y da gracias a Dios.

Spencer dejó a un lado el bocadillo para abrir la carpeta que había debajo. Dentro estaban los informes de la autopsia y de las pruebas toxicológicas de Beth Wagner y Cassie Finch. Había también notas tomadas en el lugar de los hechos. Fotografías. Nombres de familiares, amigos y conocidos.

Spencer señaló la carpeta.

—La autopsia confirma que murió por herida de bala. No

hay indicios de agresión sexual, ni de cualquier otro tipo de trauma físico. Las uñas estaban limpias. La chica ni se enteró. El patólogo ha fijado la hora de la muerte en las 11:45 p.m.

—¿Y las pruebas toxicológicas?

—No hay rastro de alcohol, ni de drogas.

—¿El contenido del estómago?

Spencer abrió la carpeta.

—Nada significativo.

Tony se recostó en la silla, que crujió.

—¿Algún otro rastro?

Spencer sabía que se refería a evidencias materiales.

—Algunas fibras y pelos. Está todo en el laboratorio.

—El asesino se la cargó deliberadamente —dijo Tony—. Eso encaja con Gautreaux.

—Pero ¿por qué iba a acosarla y a perseguirla abiertamente, a matarla y luego a dejar una prueba tan evidente en su tablón de anuncios?

—Porque es imbécil —Tony se inclinó hacia él—. La mayoría lo son. Si no, estaríamos listos.

—Ella lo dejó pasar. Era muy tarde. ¿Por qué iba a hacerlo si le tenía miedo, como dicen sus amigas?

—Puede que ella también fuera imbécil —Tony apartó la mirada y volvió a fijarla en él—. Ya aprenderás, Niño Bonito. Los malos son casi siempre unos cretinos y las víctimas son casi siempre tontas, ingenuas y confiadas. Por eso se las cargan. Triste, pero cierto.

—Y Gautreaux se llevó el ordenador porque le mandaba cartas de amor o amenazas furiosas.

—Eso es, amigo mío. En Homicidios, la mayoría de las veces lo que se ve es lo que hay. Vamos a seguir apretándole las tuercas a Gautreaux. Esperemos que en los resultados del laboratorio haya algo que lo relacione directamente con la víctima.

—Abrir y cerrar —dijo Spencer, tomando de nuevo su bocadillo—. Como a nosotros nos gusta.

Miércoles, 2 de marzo de 2005
11:00 a.m.

Stacy detuvo el coche delante del 3135 de Esplanade Avenue, la casa de Leonardo Noble. La información que le había proporcionado Bobby Gautreaux le había permitido hacer una búsqueda en Internet acerca del señor Noble. Había averiguado que era, en efecto, el inventor del juego Conejo Blanco. Y que, tal y como le había dicho Gautreaux, vivía en Nueva Orleans.

A escasas manzanas del Café Noir.

Stacy puso el freno de mano, apagó el motor y miró de nuevo hacia la casa. Esplanade Avenue era uno de los grandes bulevares antiguos de Nueva Orleans, amplio y sombreado por gigantescas encinas. Stacy había descubierto recientemente que la ciudad se hallaba situada varios metros por debajo del nivel del mar, y aquella calle, como muchas otras en Nueva Orleans, había sido antaño un canal colmatado posteriormente para construir una carretera. Stacy no lograba entender por qué a los exploradores les había parecido buena idea fundar un asentamiento en medio de un pantano.

Pero, naturalmente, el pantano se había convertido en Nueva Orleans.

A aquel extremo de Esplanade Avenue, cercano a City Park y a la Feria, se le conocía como el barrio de Bayou St. John. Aunque era antiguo y muy bello, se trataba de un vecindario en proceso de transformación, y junto a una mansión meticulosamente restaurada podía encontrarse otra en estado ruinoso, o una escuela, un restaurante o cualquier otro local comercial. El otro extremo del bulevar desembocaba en el río Misisipi, a las afueras del Barrio Francés.

En medio había un yermo, refugio de miseria, crímenes y desesperanza.

Su búsqueda por la red le había procurado algunos datos interesantes acerca del hombre que se consideraba a sí mismo un moderno Leonardo da Vinci. Noble vivía en Nueva Orleans desde hacía apenas dos años. Anteriormente había residido en el sur de California.

Stacy recordó su imagen. California le cuadraba mucho más que la muy tradicional Nueva Orleans. Tenía un aspecto poco convencional: una mezcla a partes iguales de surfero californiano, científico loco y empresario de *GQ*. No era guapo. Tenía el pelo ondulado y crespo, y gafas de montura metálica. Pero aun así resultaba atractivo.

Stacy repasó de cabeza la serie de artículos que había encontrado sobre el inventor y su juego. Noble había asistido a la Universidad de California en Berkeley a principios de los ochenta. Fue allí donde un amigo y él crearon Conejo Blanco. Desde entonces había creado algunos otros iconos de la cultura pop: campañas publicitarias, videojuegos y hasta una novela superventas que se había convertido después en una película de éxito.

Stacy había descubierto que Conejo Blanco estaba inspirado en la novela fantástica de Lewis Carroll *Aventuras de Alicia en el País de las Maravillas*. Una idea no muy original: muchos otros artistas se habían inspirado anteriormente en el relato de Carroll. Entre ellos, el grupo de rock Jefferson Airplane en su éxito de 1967 *White Rabbit*.

Stacy respiró hondo y procuró concentrarse. Había decidido seguir la pista de Conejo Blanco. Confiaba en que el culpable fuera Bobby Gautreaux, pero no se conformaba con eso. Sabía cómo trabajaba la policía. A aquellas alturas, Malone y su compañero habrían concentrado ya todas sus energías en Gautreaux. ¿Para qué perder un tiempo precioso siguiendo pistas más vagas teniendo a mano un sospechoso óptimo? Bobby Gautreaux era la opción más fácil. La alternativa lógica. La mayoría de los casos se resolvía porque quien parecía más culpable lo era en realidad.

La mayoría.

Pero no todos.

La policía tenía en sus manos un montón de casos; siempre confiaba en resolverlos rápidamente.

Pero ella ya no era policía. Y tenía un solo caso.

El asesinato de su amiga.

Abrió la puerta del coche. Si lo de Bobby Gautreaux se iba al traste, pensaba marcarles otra senda a los dos detectives, con miguitas de pan incluidas si era necesario.

Salió del coche. La casa de Leonardo Noble era una joya. De inspiración griega, bellamente restaurada, sus jardines, que incluían una casa de invitados, abarcaban una manzana completa. Tres enormes encinas adornaban el jardín delantero. De sus largas ramas colgaban jirones de musgo negro.

Se acercó a la verja de hierro forjado. Al pasar bajo las ramas de las encinas notó que empezaban a florecer. Había oído decir que la primavera en Nueva Orleans era admirable, y estaba deseando verlo con sus propios ojos.

Subió las escaleras hasta la galería delantera. No tenía insignia. No había razón para que los Noble hablaran siquiera con ella, y mucho menos para que le desvelaran información que pudiera conducir al asesino.

No tenía insignia. Pero pensaba dar la impresión de que la tenía.

Llamó al timbre mientras adoptaba una actitud policial. Era una cuestión de porte. De expresión. De tono de voz.

Un momento después una empleada doméstica abrió la puerta. Stacy sonrió amablemente, abrió su cartera para enseñarle su documentación a la mujer y volvió a cerrarla de inmediato.

–¿Está el señor Noble en casa?

Tal y como esperaba, una expresión de sorpresa cruzó el semblante de la mujer, seguida por una mirada curiosa. La asistenta asintió con la cabeza y se apartó para dejarla entrar.

–Un momento, por favor –dijo, y cerró la puerta tras ellas.

Mientras esperaba, Stacy observó el interior de la casa. Una amplia escalera curva se alzaba entre el vestíbulo y el primer piso. A la izquierda había un salón espacioso; a la derecha, un comedor formal. Enfrente, el vestíbulo se abría a un ancho pasillo que con toda probabilidad conducía a la cocina.

La decoración, que conjugaba lo cómodo y lo formal, lo moderno y lo clásico, encajaba a la perfección con su impresión inicial acerca de Leonardo Noble, aquella mezcla de surfero y científico chiflado. Los cuadros eran igualmente eclécticos. Un gran Perro Azul del artista de Luisiana George Rodrigue adornaba la escalera; junto a él había un paisaje convencional. En el comedor colgaba un retrato antiguo de un niño, una de esas horrendas representaciones en las que los pequeños semejaban adultos en miniatura.

—El retrato venía con la casa —dijo una mujer desde lo alto de la escalera.

Stacy levantó la vista. La mujer, en cuyos rasgos se evidenciaba su ascendencia asiática y mestiza, era preciosa. Una de esas bellezas frías y seguras de sí mismas a las que Stacy admiraba y despreciaba al mismo tiempo, por las mismas razones.

La miró mientras bajaba las escaleras. La otra se acercó a ella y le tendió la mano.

—Es horrible, ¿verdad?

—¿Cómo dice?

—El retrato. Yo casi no soporto mirarlo, pero por alguna extraña razón Leo le ha tomado cariño —sonrió de pronto con más pericia que calor—. Soy Kay Noble.

La esposa.

—Stacy Killian —dijo ella—. Gracias por recibirme.

—La señora Maitlin me ha dicho que es usted policía.

—Estoy investigando un asesinato.

Eso era cierto.

Los ojos de Kay Noble se agrandaron ligeramente.

—¿En qué puedo ayudarla?

—Confiaba en poder hablar con el señor Noble. ¿Está en casa?

—No, lo siento. Pero yo soy su representante. Quizá pueda serle de ayuda.

—Hace un par de noches fue asesinada una mujer. Era muy

aficionada a los juegos de rol. La noche que murió iba a encontrarse con alguien para jugar al juego de su marido.

—Mi ex marido —puntualizó la otra—. Leo ha creado unos cuantos juegos de rol. ¿A cuál se refiere?

—Al que se resiste a morir, supongo.

Stacy se dio la vuelta. Leonardo Noble estaba en la puerta del salón. Lo primero en que reparó fue en su estatura: era considerablemente más alto de lo que parecía en fotografía. Su sonrisa de niño le hacía parecer más joven, aunque Stacy sabía por lo que había leído sobre él que tenía cuarenta y cinco años.

—¿Y cuál es ése? —preguntó ella.

—Conejo Blanco, por supuesto —Noble cruzó con paso vivo el vestíbulo y le tendió la mano—. Soy Leonardo.

Ella se la estrechó.

—Stacy Killian.

—La detective Stacy Killian —añadió Kay—. Está investigando un asesinato.

—¿Un asesinato? —él levantó las cejas—. Esto sí que es una sorpresa.

—Una joven llamada Cassie Finch fue asesinada el pasado domingo por la noche. Era una fanática de los juegos de rol. El viernes anterior a su muerte, le dijo a una amiga que había conocido a alguien que jugaba a Conejo Blanco, y que esa persona había organizado un encuentro entre ella y un tal Conejo Blanco Supremo.

Leo Noble extendió sus manos.

—Sigo sin comprender qué tiene eso que ver conmigo.

Stacy se sacó del bolsillo de la chaqueta un cuaderno de espiral, del mismo tipo de los que llevaba cuando era detective de la policía.

—Otro jugador le mencionó a usted como el Conejo Blanco Supremo.

Él se echó a reír y a continuación se disculpó.

—Esto no tiene ninguna gracia, desde luego. Es ese comentario... El Conejo Blanco Supremo. Qué cosas.

—Se trata del creador del juego, ¿no?

—Eso dicen algunos. Me han convertido en un ser mítico o algo por el estilo. Una especie de dios.

—¿Es así como se ve a sí mismo? —preguntó ella.

Él se rió de nuevo.

—Desde luego que no.

—Por eso lo llamamos el juego que se resiste a morir —dijo Kay—. Los aficionados se obsesionan con él.

Stacy paseó la mirada entre aquella extraña pareja.

—¿Por qué? —preguntó.

—No lo sé —Leonardo sacudió la cabeza—. Si lo supiera, volvería a crear esa magia —se inclinó hacia ella, lleno de un entusiasmo infantil—. Porque eso es, ¿sabe? Magia. Conmover a la gente de forma tan íntima. Y tan intensa.

—Nunca publicó el juego. ¿Por qué?

Él miró a su ex mujer.

—No soy el único creador de Conejo Blanco. Mi mejor amigo y yo lo creamos en 1982, cuando estudiábamos en Berkeley. Dragones y Mazmorras estaba en su momento de mayor auge. A Dick y a mí nos gustaba jugar, pero nos aburrimos de Dragones y Mazmorras.

—Y decidieron crear su propio juego.

—Exacto. Tuvo éxito y se corrió la voz desde Berkeley a otras universidades.

—Enseguida comprendieron —añadió Kay con calma— que habían creado algo especial. Que tenían en sus manos un posible éxito comercial.

—¿El nombre de su amigo? —preguntó Stacy.

—Dick Danson —respondió Leonardo. Stacy anotó el nombre mientras él proseguía—. Montamos una empresa con intención de publicar Conejo Blanco y otros proyectos que teníamos a la vista. Pero discutimos antes de poder hacerlo.

—¿Discutieron? —repitió Stacy—. ¿Y eso por qué?

Leonardo Noble pareció incómodo; su ex mujer y él se miraron.

—Digamos que descubrí que Dick no era la persona que yo creía que era.

—Disolvieron la sociedad —añadió Kay—. Y acordaron no publicar ninguno de sus proyectos en común.

—Debió de ser difícil —dijo Stacy.

—No tanto como podría pensarse. Yo tenía montones de

oportunidades. Montones de ideas. Y él también. Y de todos modos Conejo Blanco ya estaba en la calle, así que pensamos que no perdíamos tanto.

—Dos Conejos Blancos —murmuró ella.

—¿Perdón?

—Su antiguo socio y usted. Como cocreadores del juego, los dos ostentan el título de Conejo Blanco Supremo.

—Eso es cierto. Si no fuera porque Dick está muerto.

—¿Muerto? —repitió ella—. ¿Cuándo murió?

Él se quedó pensando un momento.

—Hará tres años, porque fue antes de que nos mudáramos aquí. Se despeñó con el coche por un acantilado de la costa de Monterey.

Stacy se quedó callada un momento.

—¿Usted juega, señor Noble?

—No. Dejé de jugar hace años.

—¿Puedo preguntar por qué?

—Perdí interés. Me cansé de los juegos de rol. Como cualquier cosa que se hace en exceso, al final acaba perdiendo emoción.

—Así que buscó nuevas emociones.

Él le lanzó una sonrisa amplia y bobalicona.

—Algo parecido.

—¿Está en contacto con algún jugador de por aquí?

—No.

—¿Alguno se ha puesto en contacto con usted?

Él vaciló ligeramente.

—No.

—No parece muy seguro.

—Lo está —Kay miró con énfasis su reloj; Stacy advirtió el brillo de los diamantes—. Lamento poner fin a la conversación —dijo, poniéndose en pie—, pero Leo va a llegar tarde a una reunión.

—Claro —Stacy se levantó y volvió a guardarse la libreta en el bolsillo.

La acompañaron a la puerta. Ella se detuvo y dio media vuelta cuando ya había salido.

—Una última pregunta, señor Noble. Algunos artículos que

he leído sugerían un vínculo entre los juegos de rol y el comportamiento violento. ¿Qué opina usted al respecto?

Algo cruzó el rostro de los otros dos. La sonrisa de Leonardo Noble no vaciló, pero de pronto pareció forzada.

—Las pistolas no matan a la gente, detective Killian. Son las personas las que se matan entre sí. Eso es lo que creo.

Su respuesta parecía ensayada. Sin duda le habían hecho aquella misma pregunta muchas veces.

Stacy se preguntó cuándo había empezado a dudar de su respuesta.

Les dio las gracias y volvió a su coche. Al llegar a él, miró hacia atrás. La pareja había desaparecido en la casa. Qué extraño, pensó. Había algo en ellos que la inquietaba.

Se quedó mirando la puerta cerrada un momento mientras rememoraba su conversación, sopesando las impresiones que había extraído de ella.

No había tenido la sensación de que mintieran. Pero estaba segura de que no le habían dicho toda la verdad. Abrió la puerta del coche y se montó tras el volante. Pero ¿por qué?

Eso era lo que se proponía averiguar.

Jueves, 3 de marzo de 2005
11:00 a.m.

De pie al fondo de la capilla del Centro Religioso Newman, Spencer observaba salir en fila a los amigos de Cassie Finch y Beth Wagner. La capilla ecuménica, situada en el campus de la Universidad de Nueva Orleans, tenía un aspecto utilitario y desangelado, como todos los demás edificios del complejo universitario. Había resultado demasiado pequeña para dar cabida a las muchas personas que habían acudido a despedirse de Cassie y Beth. Se había llenado hasta rebosar.

Spencer intentó sacudirse el cansancio que lo aplastaba. Había cometido el error de quedar con unos amigos en el Shannon la noche anterior. Una cosa había llevado a otra y al final se había ido a la cama a las dos de la madrugada.

Esa mañana estaba pagando el precio de su inconsciencia. Y con creces.

Se obligó a concentrarse en las hileras de rostros. Stacy Killian, con expresión pétrea, acompañada por Billie Bellini. Los miembros del grupo de juego de Cassie, con todos los cuales había hablado ya. Los amigos y familiares de Beth. Bobby Gautreaux.

Aquello le pareció interesante. Muy interesante.

El chico no había mostrado remordimiento alguno un par de días antes; ahora, de pronto, parecía la efigie misma de la desesperación.

Desesperación por su propia suerte, sin duda.

El registro de su coche y su habitación en la residencia no

les había proporcionado un vínculo directo... aún. Los chicos del laboratorio de criminalística estaban examinando cientos de huellas y evidencias materiales encontradas en la escena del crimen. Spencer no había descartado a Gautreaux. El chico era su mejor baza, de momento.

Miró a Mike Benson, uno de sus compañeros, que se hallaba al otro lado de la capilla, le hizo una leve seña con la cabeza y se apartó de la pared. Salió detrás de los estudiantes a la mañana fresca y luminosa.

Tony había estado apostado fuera durante el servicio religioso. Había también fotógrafos de la policía camuflados, encargados de capturar en película fotográfica las caras de todos los allegados para formar un archivo que cotejarían con los posibles sospechosos.

Spencer paseó la mirada por el grupo. Si no era Gautreaux, ¿estaría allí el asesino? ¿Observando? ¿Reviviendo la muerte de Cassie? ¿O divirtiéndose? ¿Riéndose de ellos, congratulándose por su astucia?

Fuera como fuese, Spencer no tenía ninguna intuición al respecto. Nadie destacaba. Nadie parecía fuera de lugar.

La frustración se apoderó de él. Una sensación de incompetencia. De ineptitud.

Maldición, no estaba capacitado para llevar el caso. Tenía la sensación de estar ahogándose.

Stacy se separó de sus amigos y se acercó a él. Spencer la saludó inclinando la cabeza y adoptó el talante de buen chico que tan bien le sentaba.

—Buenos días, ex detective Killian.

—Guárdate el encanto para otras, Malone. Yo paso.

—¿Ah, sí, Killian? Por aquí a eso lo llamamos buenos modales.

—Pues en Texas lo llamamos chorradas. Sé a qué has venido, Malone. Sé lo que estás buscando. ¿Alguien te ha llamado la atención?

—No, pero no conocía a todos sus amigos. ¿Y a ti?

—No —ella soltó un bufido de exasperación—. Salvo Gautreaux.

Él siguió su mirada. El joven permanecía más allá del círculo de amigos de Cassie. Spencer sabía que el individuo que había a su lado era su abogado. Le daba la impresión de que el chico se esforzaba con ahínco por parecer destrozado.

—¿Ése que va con él es su abogado? —preguntó ella.

—Sí.

—Pensé que quizá esa pequeña sabandija estaría en prisión.

—No tenemos pruebas suficientes para pedir su procesamiento. Pero estamos buscándolas.

—¿Conseguisteis una orden de registro?

—Sí. Todavía estamos esperando los informes del laboratorio sobre las huellas y las muestras de tejidos.

Stacy esperaba en parte mejores noticias: el arma, o alguna otra prueba incontrovertible. Miró al joven y luego volvió a fijar la mirada en Spencer. Él advirtió su enojo.

—No lo siente —dijo Stacy—. Finge que está deshecho, pero no es cierto. Eso es lo que me saca de quicio.

Él le tocó ligeramente el brazo.

—No vamos a rendirnos, Stacy. Te lo prometo.

—¿De veras esperas que eso me tranquilice? —ella apartó la mirada un momento y luego volvió a mirarlo—. ¿Sabes lo que les decía a los amigos y familiares de todas las víctimas de los casos en que trabajaba? Que no iba a rendirme. Les daba mi palabra. Pero eran chorradas. Porque siempre había otro caso. Otra víctima —se inclinó hacia él con la voz crispada por la emoción y los ojos vidriosos por las lágrimas que no había derramado—. Esta vez no voy a tirar la toalla —dijo con énfasis.

Se dio la vuelta y se alejó. Spencer la miró marchar, sintiendo pese a sí mismo cierta admiración. Stacy Killian era muy dura, de eso no había duda. Y muy decidida. Obstinada. Y altanera de un modo en que pocas mujeres lo eran, al menos allí.

Y lista. Eso había que reconocerlo.

Spencer entornó los ojos ligeramente. Quizá demasiado lista para su propio bien.

Tony se acercó tranquilamente. Siguió la mirada de Spencer.

—¿Esa pijotera de Killian te ha dado algo?

—¿Aparte de dolor de cabeza? No —miró a su compañero—. ¿Y tú? ¿Te has fijado en alguien?

—No. Pero eso no significa que ese cabrón no esté aquí.

Spencer asintió con la cabeza y volvió a mirar a Stacy, que estaba con la madre y la hermana de Cassie. Mientras la observaba, ella tomó de la mano a la señora Finch y se inclinó hacia ella. Le dijo algo con expresión casi feroz.

Spencer se volvió hacia su compañero.

—Sugiero que no perdamos de vista a Stacy Killian.

—¿Crees que está ocultando algo?

Acerca del asesinato de Cassie, no. Pero creía, en cambio, que Stacy tenía capacidad y determinación suficientes para destapar la información que necesitaban. Y de un modo que tal vez llamara la atención. De la persona indebida.

—Creo que es demasiado lista para su propio bien.

—Eso no es necesariamente malo. Puede que resuelva el caso por nosotros.

—O que se deje matar —miró de nuevo a los ojos a su compañero—. Quiero que sigamos el rastro del Conejo Blanco.

—¿Qué te ha hecho cambiar de idea?

Killian. Su cerebro.

Sus agallas.

Pero eso no iba a decírselo a Tony. Si no, las bromas no acabarían nunca.

Se encogió de hombros.

—No tenemos nada mejor. Qué más da, ya que estamos.

Jueves, 3 de marzo de 2005
3:50 p.m.

—Ésa es —dijo Spencer, señalando la mansión de Esplanade Avenue donde vivía Leonardo Noble—. Para.

Tony detuvo el coche mientras silbaba por lo bajo.

—Parece que se gana dinero con los juegos y el entretenimiento.

Spencer masculló una respuesta sin apartar los ojos de la casa de Noble. Había hecho algunas pesquisas y descubierto que Leonardo Noble, el creador de Conejo Blanco, vivía, en efecto, en Nueva Orleans. También había descubierto que no tenía antecedentes penales, ni sanción alguna a sus espaldas. Ni siquiera una multa de aparcamiento.

Eso no significaba que no fuera culpable. Sólo que, si lo era, era también lo bastante listo como para escurrir el bulto.

Se acercaron a la verja de hierro forjado y entraron. No ladró ningún perro. No saltaron las alarmas. Miró la casa; no había rejas en ninguna ventana.

Saltaba a la vista que Noble se sentía seguro. Lo cual era arriesgado en un barrio marginal como aquél, sobre todo haciendo tal alarde de riqueza.

Llamaron al timbre y una mujer con vestido negro y delantal blanco abrió la puerta. Se presentaron y pidieron ver a Leonardo Noble. Un momento después, un hombre de cuarenta y tantos años, complexión atlética y cabello crespo y ondulado salió a recibirlos con cierto apresuramiento.

Tendió una mano.

—Leonardo Noble. ¿En qué puedo ayudarlos?

Spencer le estrechó la mano.

—El detective Malone. Mi compañero, el detective Sciame. Del Departamento de Policía de Nueva Orleans.

Él los miró con expectación, levantando las cejas inquisitivamente.

—Estamos investigando el asesinato de una estudiante.

—No sé qué más puedo decirles.

—Aún no nos ha dicho nada, señor Noble.

El otro se echó a reír.

—Lo siento, ya he hablado con una compañera suya. La detective Killian. Stacy Killian.

Spencer tardó un momento en comprender sus palabras y una fracción de segundo más en enfurecerse.

—Lamento decirle esto, señor Noble, pero ha sido víctima de un engaño. No hay ninguna Stacy Killian en la policía de Nueva Orleans.

Leonard Noble los miró con perplejidad.

—Pero si hablé con ella ayer...

—¿Le enseñó su...?

—Leo —dijo una mujer detrás de ellos—, ¿qué ocurre?

Spencer se dio la vuelta. Una bella mujer morena se acercó y se detuvo junto a Leonardo Noble.

—Kay, los detectives Malone y Sciame. Mi socia, Kay Noble.

Ella les estrechó la mano, sonriendo cordialmente.

—Y también su ex mujer, detectives.

Spencer le devolvió la sonrisa.

—Eso explica el nombre.

—Sí, supongo.

El inventor se aclaró la garganta.

—Dicen que la mujer que estuvo aquí ayer no era policía.

Ella frunció el ceño.

—No entiendo.

—¿Les enseñó su identificación, señora?

—A mí no, a la asistenta. Iré a buscarla. Discúlpenme un momento.

Spencer sintió una punzada de lástima por la asistenta. Kay Noble no parecía de las que toleraban errores.

Un momento después ella regresó con la asistenta, que parecía disgustada.

—Diles a estos señores lo que me has contado, Valerie.

La asistenta, una mujer de unos sesenta años, con el pelo gris recogido en un favorecedor moño francés, juntó las manos delante de sí.

—Esa señora me enseñó una insignia... o eso me pareció. Pidió hablar con el señor Noble.

—¿No vio bien su documentación?

—No, yo... —miró a su jefa—. Tenía pinta de policía, y hablaba como si... —su voz se apagó. Se aclaró la garganta—. Lo siento mucho. No volverá a pasar, se lo prometo.

Antes de que Kay Noble pudiera decir nada, Spencer se apresuró a intervenir.

—Permítanme asegurarles que no creo que esto les perjudique. Esa mujer es una amiga de la fallecida y fue policía. Aunque no de la policía de Nueva Orleans.

—No me extraña que los haya engañado —añadió Tony—. Se sabe al dedillo el numerito del policía.

La asistenta pareció aliviada; Kay Noble, furiosa. Leonardo los sorprendió a todos echándose a reír.

—Esto no tiene gracia, Leo —le espetó Kay.

—Claro que sí, cariño —dijo él—. Es muy divertido.

El color inundó la cara de su ex mujer.

—Pero podría haber sido cualquiera. ¿Y si Alicia...?

—No ha pasado nada. Como ha dicho el inspector, esto no nos perjudica en nada —le dio a su ex mujer un rápido abrazo y luego se volvió hacia Spencer—. Bueno, detectives, ¿qué puedo hacer por ustedes?

Media hora después, Spencer y Tony le dieron las gracias a Leonardo Noble y regresaron a su coche. El inventor había contestado a todas sus preguntas. No conocía a Cassie Finch. Nunca había estado en la Universidad de Nueva Orleans, ni en el Café Noir. Tampoco conocía a los jugadores locales de Conejo Blanco, ni mantenía contacto alguno con ellos. Les explicó que su amigo y él inventaron el juego, que nunca lo publicaron y que su amigo había fallecido.

Los dos detectives no hablaron hasta que estuvieron dentro

del coche, con los cinturones de seguridad puestos y el motor en marcha.

—¿Qué opinas? —preguntó Spencer.
—Killian uno, Niño Bonito cero.
—Bésame el culo, gordinflón.
Tony se echó a reír.
—Paso. Francamente, no me van esas cosas.
—Estaba hablando de Noble. ¿Tú qué opinas?
—Es un poco raro. Y eso de trabajar con su ex mujer... Yo no podría trabajar con la mía.
—Pero si Betty y tú lleváis casados una eternidad.
—Sí, pero, si no estuviéramos casados, me sacaría de mis casillas.
—¿Crees que está limpio?
—Me parece que sí, pero cuesta saberlo sin el elemento sorpresa.
—Killian —masculló Spencer—. Se está poniendo en mi camino.
—¿Y qué vas a hacer al respecto, jefe?
Spencer entornó los ojos.
—El Café Noir está en esta misma calle. Vamos a ver si esa entrometida anda por allí.

Jueves, 3 de marzo de 2005
4:40 p.m.

Stacy levantó la mirada y vio que los detectives Malone y Sciame se dirigían hacia ella, cruzando la cafetería. Malone parecía furioso.

Había averiguado lo de su visita a Leonardo Noble.

«Lo siento, colegas. Éste es un país libre».

—Hola, detectives —dijo cuando se acercaron a la mesa—. ¿Habéis venido a tomar un café? ¿O a hacerme una visita de cortesía?

—Suplantar a un agente de policía es un delito, Killian —comenzó a decir Spencer.

Ella sonrió dulcemente y cerró su ordenador portátil.

—Lo sé. Pero ¿qué tiene eso que ver conmigo?

—No te hagas la lista conmigo. Hemos hablado con Noble.

—¿Leonardo Noble?

—Claro que Leonardo Noble, quién si no. El creador de Conejo Blanco, ése al que sus fans llaman el Conejo Blando Supremo.

—Me alegra ver que has prestado atención.

Detrás de Spencer, Tony se aclaró la garganta. Stacy vio que intentaba no reírse y decidió que le gustaba Tony Sciame. Era bueno tener sentido del humor en aquella profesión.

—Aun así —prosiguió—, sigo sin entender qué tiene eso que ver conmigo.

—Le dijiste que eras detective del Departamento de Policía de Nueva Orleans.

—No —puntualizó ella—, él dio por sentado que lo era. O más bien su asistenta, en realidad.

—Que era exactamente lo que tú querías.

Ella no lo negó.

—Que yo sepa, eso no va contra la ley. A menos que aquí, en Luisiana, las leyes sean muy distintas a las de Texas.

—Podría detenerte por obstrucción.

—Pero no lo harás. Mira... —se levantó para quedar frente a frente con él—, podrías llevarme a comisaría, retenerme un par de horas, hacerme pasar un mal rato. Pero al final no podrías detenerme por falta de pruebas.

—Tiene razón, Niño Bonito —dijo Tony, y fijó su atención en ella—. Hagamos un trato, Stacy. No puedes ir por ahí interrogando a posibles sospechosos antes que nosotros. Necesitamos pillarlos por sorpresa, para evaluar sus reacciones. Pero eso ya lo sabes, fuiste policía. Sabes que no podemos permitir que pongas sobre aviso a los testigos. Que les des ideas. Eso empaña su testimonio. Yo diría que eso es obstrucción.

—Puedo ayudaros —dijo ella—. Y lo sabéis.

—No tienes placa. Estás fuera. Lo siento.

Ella no quería dar su brazo a torcer. Al menos, hasta que estuviera segura de que la investigación se hallaba en terreno sólido. Pero eso no pensaba decírselo a ellos.

—Entonces, consideradme una fuente. Una especie de soplona.

Tony asintió con expresión complacida.

—Bien. Si consigues alguna pista, pásanosla. Con eso no tengo ningún problema. ¿Y tú, Niño Bonito?

Stacy clavó los ojos en el más joven de los dos. Malone no se estaba dejando engañar por su aparente docilidad. Era más listo que la media, a fin de cuentas.

—No, ningún problema —dijo él sin mirar a su compañero.

—Me alegra que estemos de acuerdo —Tony se frotó las manos—. Bueno, ¿qué tienen de bueno por aquí?

—A mí me gustan los capuchinos, pero todo está bueno.

—Creo que voy a probar uno de esos granizados que beben los adolescentes. ¿Tú quieres algo?

Spencer sacudió la cabeza sin apartar la mirada de Stacy.

—¿Qué? —preguntó ella cuando Tony se alejó.

—¿Por qué haces esto?

—Ya te lo dije. En el funeral.

—Meterte en la investigación es una locura, Stacy. Ya no eres policía. Fuiste la primera en llegar a la escena del crimen. Es muy posible que fueras la última persona que vio con vida a Cassie Finch.

—La última no, eso seguro. O sería su asesina. Y los dos sabemos que no lo soy.

—Yo no sé nada.

Ella resopló, llena de frustración.

—Dame un respiro, Malone.

—Ya te lo he dado, Killian. Pero el juego se acabó —se inclinó un poco hacia ella—. El hecho es que yo soy la ley y tú no. Ésta es la última vez que te lo pido civilizadamente. Apártate de mi camino.

Stacy lo miró alejarse y reunirse con su compañero, que acababa de dar el primer sorbo a la mezcla de chocolate y café granizado que había pedido. Sonrió para sí misma.

«Que gane el mejor, colegas».

Viernes, 4 de marzo de 2005
10:30 p.m.

La biblioteca Earl K. Long se hallaba situada en medio del campus de la Universidad de Nueva Orleans, enfrente de la pradera. Con sus seiscientos mil metros cuadrados y sus cuatro plantas, había sido construida, como la mayoría de los edificios de la universidad, en la década de 1960.

Stacy estaba sentada en una mesa de la cuarta planta, donde se hallaba el Centro Multimedia, que incluía colecciones de audio, microfilmes, microfichas y vídeos. Había estado informándose sobre los juegos de rol desde que había salido de clase, esa tarde. Cansada y hambrienta, tenía un fuerte dolor de cabeza.

Pero aun así se resistía a irse a casa. La información que había descubierto acerca de los juegos de rol, y de Conejo Blanco en particular, le resultaba fascinante.

Y también perturbadora. Uno tras otro, los artículos que leía relacionaban los juegos de rol con suicidios, pactos mortíferos e incluso asesinatos. Había padres de jugadores que aseguraban que el comportamiento de sus hijos había sufrido un cambio radical, que su obsesión por el juego era tan intensa que temían por la salud mental de sus hijos. Algunos padres se habían organizado en grupos para intentar alertar a otros de los peligros de los juegos de rol y para forzar a los fabricantes a incluir en los juegos etiquetas que advirtieran de sus posibles perjuicios.

Las pruebas circunstanciales en contra de los juegos eran tan contundentes que varios políticos habían tomado cartas en el asunto, aunque de momento sin resultado alguno.

A decir verdad, cierto número de investigadores descartaba tales conclusiones, que consideraban alarmistas y carentes de fundamento. Pero incluso ellos reconocían que, en manos equivocadas, aquel material podía ser una poderosa herramienta.

No era el juego lo peligroso, sino la obsesión por el juego.

Una variante de la sentencia de Leon Noble: «Las pistolas no matan a la gente; es la gente la que se mata entre sí».

Stacy se llevó una mano a la cabeza y se frotó distraídamente la sien mientras deseaba un café bien cargado o una galleta de chocolate. Cualquiera de las dos cosas, o las dos, acabaría con su dolor de cabeza. Miró su reloj. La biblioteca cerraba a las once. Ya que estaba, podía quedarse hasta la hora de cierre.

Volvió a fijar su atención en los papeles que tenía ante ella. El juego sobre el que había más material era Dragones y Mazmorras, el primero que había salido al mercado y todavía el más popular. Pero, aunque Conejo Blanco se alejaba de la corriente principal de los juegos de rol, Stacy había encontrado algunos datos sobre él. Un grupo de padres lo tildaba de «impío»; otro, de «deplorablemente violento».

Un movimiento en los márgenes de su visión llamó su atención. Alguien que se iba, supuso, notando que la biblioteca estaba casi vacía. Otro bicho raro, igual que ella. Los demás estudiantes habían abandonado su búsqueda del saber (o de las buenas notas, pues a veces ambas cosas se excluían mutuamente) y se habían ido a casa a ver la tele o a tomar una copa con sus amigos.

A las once, el servicio de seguridad de la universidad comenzaba a desalojar la biblioteca, empezando por la cuarta planta.

Stacy se había quedado muchas veces hasta el cierre en su corta experiencia como estudiante universitaria.

Sus pensamientos se desplazaron suavemente hacia Spencer Malone. Pensó en su enfrentamiento. Tenía suerte de que no la hubiera llevado a comisaría. De haberse hallado en su lugar, ella seguramente lo habría hecho. Por una simple cuestión de principios.

¿Qué tenía el detective Malone que la impulsaba a arremeter contra él?

Había algo en él que le recordaba a Mac.

Al pensar en su ex compañero y amante, sintió una opresión en el pecho. ¿De tristeza? ¿O de anhelo? No por él, sino por el hombre al que había amado y que en realidad no existía. Por lo que había creído que había entre ellos. Amor. Compañerismo. Lealtad.

Respiró hondo. Esa parte de su vida era agua pasada. Había sobrevivido a la traición de Mac; eso era precisamente lo que la había impulsado a tomar las riendas de su vida. A cambiar. Ahora era más fuerte.

No le hacía falta un hombre, ni amor, para ser feliz.

Regresó obstinadamente a sus pesquisas. Varios estudios ofrecían una semblanza del jugador tipo: coeficiente intelectual superior a la media, creativo y dotado de una vívida imaginación. Por lo demás, aquellos juegos cruzaban todas las barreras sociales, económicas y raciales. Eran, al parecer, una espita para la fantasía. Ofrecían emoción y la oportunidad de experimentar cosas que, de otro modo, los jugadores no tenían esperanza de hallar en el mundo real.

Oyó un ruido tras ella, entre las hileras de estanterías. Levantó la cabeza y se giró. Oyó aquel ruido otra vez, como si alguien que contenía el aliento exhalara de pronto.

—Hola —dijo—. ¿Hay alguien ahí?

Le contestó el silencio. Se le erizó el vello de la nuca. Había sido policía tanto tiempo que siempre se daba cuenta de cuándo algo iba mal. Ya fuera por un sexto sentido policial o por un agudo instinto de supervivencia, lo cierto era que rara vez fallaba.

Sintiendo una efusión de adrenalina, se levantó despacio y echó mano automáticamente del arma.

Pero no llevaba sobaquera. Ni arma.

Ya no era policía.

Posó la mirada en su bolígrafo, un arma letal si se usaba con precisión y sin vacilar, más efectiva cuando el golpe se dirigía a la base del cráneo, a la yugular o a un ojo. Lo recogió y lo agarró con fuerza con la mano derecha.

—¿Hay alguien? —llamó de nuevo alzando la voz.

Oyó el traqueteo del ascensor de camino a la cuarta planta. El servicio de seguridad del campus, pensó. Estaban desalojando el edificio. Bien. Refuerzos, en caso de necesitarlos.

Echó a andar hacia las hileras de libros con el corazón acelerado y el bolígrafo a punto. Le llegó un ruido desde el otro lado. Se giró bruscamente. Las luces se apagaron. La puerta de la escalera se abrió de golpe y la luz entró a raudales al tiempo que una silueta cruzaba el vano a toda velocidad.

Antes de que pudiera darle el alto, se vio agarrada desde atrás y arrastrada contra un amplio pecho. Su agresor la sujetaba con fuerza con un brazo, apretándola contra él y trabándole los brazos. Con el otro, le tapaba la boca y le inmovilizaba la cabeza.

Un hombre, pensó, intentando dominar su miedo. Alto. Unos cuantos centímetros más alto que ella; al menos un metro ochenta y dos. Aquel sujeto sabía lo que hacía: le sostenía la cabeza de tal modo que le sería relativamente fácil romperle el cuello. Tenía la altura y la fuerza de su parte. Forcejear sería inútil. Sólo conseguiría perder una energía preciosa.

Agarró con fuerza el bolígrafo y aguardó el momento idóneo. Sabía que llegaría. Su agresor había utilizado el elemento sorpresa para atraparla; ella le devolvería el favor.

—Mantente al margen —susurró él con voz densa y sofocada a propósito, Stacy estaba segura de ello.

Le acercó la boca y le metió la lengua en la oreja. Stacy sintió la bilis en la garganta, amenazando con ahogarla.

—O te las verás conmigo —añadió él—. ¿Entendido?

Sí. Estaba amenazando con violarla.

El muy cabrón lamentaría aquella amenaza.

Llegó el momento. Convencido de que el miedo la había paralizado, él se movió. Stacy comprendió que pensaba empujarla. Y huir. Al darse cuenta, reaccionó. Cambió de postura, se giró de golpe, lo agarró con la mano izquierda y hundió la punta del bolígrafo en su estómago con la derecha. Sintió la sangre en los dedos.

Él gritó de dolor y cayó hacia atrás. Stacy tropezó y cayó contra un carro de libros. El carro se volcó, los libros se desparramaron por el suelo con estrépito.

El haz de una linterna hendió la oscuridad.

—¿Quién anda ahí?

—¡Aquí! —gritó, intentando Stacy incorporarse—. ¡Socorro!

Su agresor se levantó y echó a correr. Alcanzó la puerta de la escalera un momento antes de que el guardia encontrara a Stacy.

—Señorita, ¿está...?

Ella señaló con el dedo.

—Las escaleras —logró decir—. Ha huido por ahí.

El guardia no perdió tiempo. Echó a correr en aquella dirección, con la radio en alto, pidiendo refuerzos.

Stacy se levantó. Le temblaban las piernas. Oyó el golpeteo de las pisadas del guardia en las escaleras, aunque dudaba que pudiera atrapar a su agresor. Aunque iba herido, le sacaba mucha ventaja.

Las luces se encendieron. Aquel cambio repentino la hizo parpadear. Mientras sus ojos se acostumbraban a la luz, vio los libros y el carro volcado, el rastro de sangre que llevaba a la escalera.

Una mujer corrió hacia ella, alarmada.

—¿Está bi...? ¡Dios mío, está sangrando!

Stacy bajó la mirada. Tenía la camisa y la mano ensangrentadas.

—No es mía. Le he clavado el bolígrafo.

La mujer se puso blanca. Temiendo que se desmayara, Stacy la condujo hasta una silla.

—Ponga la cabeza entre las rodillas. Se encontrará mejor —cuando la mujer hizo lo que le indicaba, añadió—: Ahora respire. Profundamente, por la nariz.

Al cabo de unos instantes, la otra levantó la cabeza.

—Me siento tan estúpida... Es usted quien debería estar...

—No se preocupe por eso. ¿Está ya mejor?

—Sí, ha... —respiró hondo varias veces—... ha tenido mucha suerte.

—¿Suerte? —repitió Stacy.

Podrían haberla violado. Esas otras chicas...

—No tuvieron tanta suerte.

Stacy se dio la vuelta. El guardia que había acudido en su

ayuda había vuelto. Stacy vio que era joven. Tendría unos veinticinco años.

—No lo ha atrapado, ¿verdad?

Él parecía exasperado.

—No, lo siento —señaló su mano y su camisa manchada de sangre—. ¿Está herida?

—Le clavó el bolígrafo —respondió la bibliotecaria.

El guardia la miró con una mezcla de admiración y estupor.

—¿En serio?

—Fui policía diez años —dijo ella—. Sé defenderme.

—Menos mal —repuso él—. Este año ha habido tres violaciones en el campus, todas durante el trimestre de otoño. Creíamos que ese tipo se había ido a otra parte.

Stacy había oído hablar de las violaciones, su consejero académico la había advertido de que tuviera cuidado. Sobre todo de noche. Pero ella no creía que el sujeto que la había atacado fuera el violador. Si su intención era violarla, ¿por qué la había advertido que se mantuviera al margen? ¿Por qué la había soltado? Podría haberla tumbado en el suelo, haber intentando desnudarla.

No. Aquello no encajaba.

Stacy se lo dijo al guardia.

—El modus operandi es el mismo. Asalta a mujeres solas, de noche, en el campus. Las tres violaciones ocurrieron entre las diez y las once de la noche. La primera aquí mismo, en la biblioteca.

—No era él. Su intención no era violarme —relató la secuencia de los hechos. Cómo le había susurrado al oído que se mantuviera al margen—. Iba a soltarme. Fue entonces cuando le ataqué.

—¿Está segura de lo que oyó?

—Sí, absolutamente.

El guardia no parecía convencido.

—Eso también encaja con el modus operandi del violador. A las otras víctimas también les susurraba al oído.

Stacy frunció el ceño.

—Entonces, ¿para qué iba a soltarme tras hacerme una advertencia?

El guardia y la bibliotecaria se miraron.

—Está usted alterada. Es comprensible. Ha sufrido una fuerte impresión...

—¿Y no pienso con claridad? —concluyó Stacy por él—. He trabajado en Homicidios diez años. Me he comido marrones mucho más jodidos que éste. Sé lo que he oído.

El joven enrojeció y dio un paso atrás, Stacy supuso que acobardado por su lenguaje. Pero, maldita fuera, necesitaba hacerse entender.

—Sí, señora —dijo él con calma—. Tengo que llamar a la policía, para que vengan a recoger pruebas. Cuénteles a ellos su historia.

—Pregunte por el detective Spencer Malone —dijo ella—. De la División de Apoyo a la Investigación. Dígale que es sobre el caso Finch.

Sábado, 5 de marzo de 2005
12:30 a.m.

Spencer saludó al policía que montaba guardia a la puerta de la biblioteca universitaria. Era un veterano.
−¿Cómo va eso?
El otro se encogió de hombros.
−Bien. Ojalá llegue pronto la primavera. Todavía hace demasiado frío para estos pobres huesos.
Sólo un oriundo de Nueva Orleans se habría quejado de una temperatura nocturna que rondaba los veinte grados.
El agente le tendió un portafolios. Spencer firmó.
−¿Arriba?
−Sí. En la cuarta.
Spencer encontró el ascensor. Estaba en la cama cuando recibió la llamada. Al principio pensó que había entendido mal a la operadora. No había ningún muerto. Un intento de violación. Pero la víctima aseguraba que tenía algo que ver con el asesinato de Cassie Finch.
Su caso.
Así que se había levantado de mala gana y había puesto rumbo a lo que entonces le había parecido el fin del mundo: el campus de la Universidad de Nueva Orleans.
El ascensor llegó a la cuarta planta; Spencer salió y siguió las voces. El grupo apareció ante su vista. Se detuvo. Killian. Estaba de espaldas a él, pero la reconoció de todos modos. No sólo por su hermoso pelo rubio, sino también por su porte. Erecto. Dotado de una especie de aplomo ganado a pulso.

A su derecha permanecían de pie un par de guardias de seguridad y John Russell, de la Unidad de Investigación Criminal, Distrito 3.

Spencer se acercó a ellos.

—Los problemas te persiguen, ¿eh, Killian?

Los otros tres lo miraron. Ella se giró. Spencer vio que tenía la camisa manchada de sangre.

—Eso empieza a parecer —dijo ella.

—¿Necesitas atención médica?

—No. Pero puede que él sí.

A él no le sorprendió que le hubiera dado su merecido. Señaló la mesa que había más cerca. Se acercaron y tomaron asiento.

Spencer se sacó del bolsillo la libreta de espiral.

—Cuéntame qué ha pasado.

Russell se acercó tranquilamente.

—Intento de violación —comenzó a decir—. El mismo modus operandi que las otras tres violaciones, las que están sin resolver...

Spencer levantó una mano.

—Quisiera oír primero la versión de la señorita Killian.

—Gracias —dijo ella—. No ha sido un intento de violación.

—Continúa.

—Me he quedado estudiando hasta tarde.

Él miró el material que había sobre la mesa y leyó los títulos por encima.

—¿Estás documentándote?

—Sí.

—¿Sobre los juegos de rol?

Ella levantó ligeramente el mentón.

—Sí. La biblioteca estaba desierta, o eso parecía. Oí algo detrás de las estanterías. Llamé. No hubo respuesta y fui a echar un vistazo.

Hizo una pausa. Se pasó las manos por los muslos, su único signo externo de nerviosismo.

—Cuando llegué a las estanterías, se fue la luz. La puerta de la escalera se abrió de golpe y entró alguien. Me dirigí hacia él. Entonces fue cuando me agarraron desde atrás.

—Entonces, ¿había otras dos personas, además de ti?

El semblante de Stacy traslució algo semejante al asombro. Spencer sólo había repetido sus palabras de un modo distinto; saltaba a la vista que ella no había caído en la cuenta hasta ese momento.

Asintió con la cabeza. Él miró a los guardias.

—¿Alguna otra de las víctimas informó de la presencia de más de un agresor?

—No —contestó el más joven.

Spencer volvió a fijar la mirada en ella.

—¿Te agarró desde atrás?

—Sí. Y me sujetó de un modo que indicaba que sabía lo que hacía.

—Enséñamelo.

Ella asintió con la cabeza, se levantó y le hizo una seña al guardia.

—¿Le importa? —él dijo que no, y ella hizo una demostración. Un instante después, soltó al guardia y volvió a su asiento—. Era varios centímetros más alto que yo. Y bastante fuerte.

—Entonces, ¿cómo lograste soltarte?

—Le clavé un bolígrafo en la tripa.

—Tenemos el bolígrafo —dijo Russell—. Embolsado y etiquetado.

—¿Y qué tiene esto que ver con los asesinatos de Finch y Wagner?

Ella soltó un bufido exasperado.

—Ese tipo me dijo que me mantuviera al margen. O me las vería con él. Entonces me metió la lengua en la oreja. Y me preguntó si le había entendido.

—Parece una amenaza directa de violación —dijo Russell.

—Me estaba advirtiendo que no me metiera en la investigación —ella se levantó de un salto—. ¿Es que no lo ven? Le he tocado las narices a alguien. Me he acercado demasiado.

—¿Las narices de quién?

—¡No lo sé!

—Hemos alertado a la enfermería del campus por si aparece algún estudiante con una herida incisa.

Stacy dejó escapar un bufido de incredulidad.

—Habiendo al menos dos docenas de clínicas que atienden por internet en la zona metropolitana, ¿cree que irá a la enfermería?

—Puede ser —dijo el guardia, poniéndose a la defensiva—. Si es un estudiante.

—Yo diría que eso es mucho suponer, agente —Stacy miró a Spencer—. ¿Puedo irme ya?

—Claro. Te llevo.

—Tengo mi coche, gracias.

Spencer la recorrió con la mirada. Si, por alguna razón, la paraba un coche de la policía, sólo tendrían que echarle un vistazo y acabaría en comisaría.

Las camisas manchadas de sangre surtían ese efecto sobre la policía.

—Creo que, teniendo en cuenta tu estado, lo mejor es que te siga.

Pareció que ella se disponía a protestar. Pero no lo hizo.

—Está bien.

Spencer cruzó tras ella la ciudad y aparcó su Camaro en un vado. Bajó el parasol para que se viera la identificación policial y salió del coche.

La cinta policial recorría aún el lado de la casa donde había vivido Cassie Finch. Spencer anotó mentalmente que debía quitarla antes de irse. El lugar de los hechos debía haberse despejado para su limpieza hacía días. Le extrañaba que Stacy no le hubiera dado la lata con eso.

Stacy cerró con fuerza la puerta de su coche.

—Puedo ir sola desde aquí.

—¿Qué pasa? ¿Ni siquiera vas a darme las gracias?

Ella cruzó los brazos.

—¿Por qué? ¿Por acompañarme a casa? ¿O por pensar que estoy de mierda hasta el cuello?

—Yo no he dicho eso.

—No hace falta. Lo llevabas escrito en la cara.

Él enarcó una ceja.

—¿Escrito?

—Olvídalo.

Giró sobre sus talones y echó a andar hacia el porche. Él la detuvo agarrándola del brazo.

—¿Se puede saber cuál es tu problema?
—Ahora mismo, tú.
—Estás muy guapa cuando te enfadas.
—¿Y muy fea cuando no?
—Deja de poner palabras en mi boca.
—Créeme, no podría. Yo no hablo como un paleto.

Él se quedó mirándola un momento, dividido entre la exasperación y la risa. Por fin venció ésta última: se echó a reír y le soltó el brazo.

—¿Tienes café ahí dentro?
—¿Intentas ligar conmigo?
—No me atrevería, Killian. Es que se me ha ocurrido darle una oportunidad a tu teoría.
—¿Y eso por qué?
—Porque puede que se lo merezca —sonrió—. Cosas más raras se han visto.
—No me refería a eso, sino a lo otro. ¿Por qué no te atreverías a intentar ligar conmigo?
—Muy sencillo. Porque me darías una patada en el culo.

Ella lo miró un momento y luego le lanzó una sonrisa mortífera.

—Tienes razón, eso haría.
—Ya estamos de acuerdo en algo —se llevó una mano al corazón—. Es un milagro.
—No te pases, Malone. Vamos.

Subieron las escaleras y cruzaron el porche hasta la puerta. Ella abrió, entró y encendió la luz. Spencer la siguió a la cocina, situada en la parte de atrás del apartamento.

Stacy abrió la nevera, echó un vistazo y volvió a mirarlo.

—Esta noche no me basta con un café —sacó una botella de cerveza—. ¿Y a ti?

Él tomó la cerveza y giró el tapón.

—Gracias.

Ella hizo lo mismo y le dio un largo trago a la botella.

—Lo necesitaba.
—Una noche genial.

—Un año genial.

Spencer había llamado al Departamento de Policía de Dallas y sabía ya algunas cosas sobre el pasado de Stacy Killian. Era una veterana en la policía de Dallas, con diez años de servicio a sus espaldas. Muy considerada en el cuerpo. Dimitió de repente tras resolver un caso importante en el que se había visto implicada su hermana, Jane. El capitán con el que había hablado mencionó ciertas razones personales para justificar su dimisión, pero no le dio pormenores. Spencer no había querido insistir.

—¿Quieres hablar de ello?

—No —ella bebió otro trago.

—¿Por qué dejaste el cuerpo?

—Como le dije a tu compañero, necesitaba cambiar de aires.

Él hizo girar la botella entre las palmas de sus manos.

—¿Tuvo algo que ver con tu hermana?

Jane Westbrook. La única hermana de Stacy, aunque lo fuera sólo a medias. Una artista de cierto renombre. Objetivo de un complot para asesinarla. Un complot que había estado a punto de tener éxito.

—Has estado investigándome.

—Claro.

—La respuesta a tu pregunta es no. Lo de dejar el cuerpo tuvo que ver sólo conmigo.

Él se llevó la botella a los labios y bebió sin apartar los ojos de ella.

Stacy frunció el ceño.

—¿Qué?

—¿Alguna vez has oído ese viejo refrán que dice que puedes sacar al poli del trabajo, pero no el trabajo del poli?

—Sí, lo he oído. Pero no confío mucho en viejos refranes.

—Pues quizá deberías.

Ella miró su reloj.

—Se está haciendo tarde.

—Tienes razón —bebió otro trago de cerveza, ignorando su poco sutil indirecta para que se marchara. Apuró la cerveza parsimoniosamente. Dejó la botella con cuidado sobre la mesa y se levantó.

Ella cruzó los brazos, irritada.

—Creía que querías oír mi historia otra vez.

—Mentí —agarró su chaqueta de cuero—. Gracias por la birra.
Ella soltó un bufido. De estupor y de rabia, pensó Spencer. Reprimió una sonrisa, se acercó a la puerta y luego la miró.
—Dos cosas, Killian. Primero, está claro que no tienes ni idea de lo que es un paleto.
Ella esbozó una sonrisa.
—¿Y segundo?
—Puede que no estés tan llena de mierda, a fin de cuentas.

Sábado, 5 de marzo de 2005
11:00 a.m.

Stacy intentaba concentrarse en el texto que tenía delante. La *Oda a Psique*, de John Keats. Había decidido estudiar a los románticos porque su sensibilidad le parecía muy ajena a la del mundo actual, y también muy alejada de la brutal realidad de la que ella había formado parte durante una década.

Ese día, sin embargo, aquel canto a la belleza y el amor espiritual le parecía recargado y banal.

Se sentía aturdida y vapuleada, aunque no sabía muy bien por qué. Aquel individuo no le había hecho nada, aparte de un par de magulladuras. A decir verdad, salvo por la descarga de adrenalina, ni siquiera se había asustado. En ningún momento había tenido la sensación de que la situación escapara a su control.

Así pues, ¿por qué temblaba de pronto?

«Mantente al margen. O te las verás conmigo».

Una advertencia. Había conseguido que alguien se sintiera muy incómodo.

Pero ¿quién? ¿Bobby Gautreaux? No parecía probable, dado que la policía ya había centrado sus sospechas en él. ¿Alguna otra persona con la que había hablado de Conejo Blanco? Sí. Pero ¿quién?

La policía no le serviría de nada. Estaban convencidos de que su agresor era el violador de aquellas otras chicas, que había recrudecido sus ataques.

No se lo reprochaba; el modus operandi era casi idéntico al

de las violaciones. Repasó lo que le habían dicho sobre el violador del campus. Un sujeto corpulento que atacaba a mujeres solas, en el campus, de noche, agarrándolas por detrás. Le habían puesto de mote *Romeo* por las naderías que les susurraba al oído. Cosas como «te quiero», «estaremos juntos para siempre» y, la más sangrante de todas, «quédate conmigo».

«Puede que no estés tan llena de mierda, a fin de cuentas».

¿De veras la creía Malone? ¿O sencillamente le había tirado un hueso para cerrarle la boca?

«No me atrevería a ligar contigo, Killian. Me darías una patada en el culo».

Aquel comentario la irritaba. ¿Tanto intimidaba a los hombres? ¿Tan agria era? ¿Habría perdido en algún punto del camino la capacidad de hacerse accesible a los demás?

Killian *la rompepelotas*, la llamaban sus colegas de la policía de Dallas. Por lo visto estaba progresando: ahora sólo era una pateadora de culos. ¿Qué sería lo siguiente? ¿Una revientatripas?

—Hola, detective Killian.

Stacy levantó la vista. Leonardo Noble estaba cruzando el Café Noir en dirección a su mesa; en una mano llevaba un plato con un bollo y en la otra una taza de café.

—No soy detective —dijo ella cuando llegó a su lado—. Pero sospecho que ya lo sabe.

Sin preguntar si podía sentarse, Noble puso su café y su plato sobre la mesa, retiró una silla y tomó asiento.

—Y sin embargo lo es —dijo—. De homicidios. Diez años en la policía de Dallas. Varias veces condecorada. La última, el otoño pasado. Presentó su renuncia en enero para ponerse a estudiar literatura inglesa.

—Cierto —dijo ella—. ¿Pretende decirme algo?

Él hizo oídos sordos a su pregunta y tomó tranquilamente un sorbo de café.

—Si no fuera por usted, su hermana estaría muerta y el asesino libre. Y sin duda su marido estaría pudriéndose en prisión y usted...

Ella le cortó. No necesitaba que le recordaran dónde estaría. Ni lo cerca que había estado Jane de morir.

—Deje ya el informe, señor Noble. Lo viví en carne propia. Con una vez es suficiente.

Él probó el bollo, profirió una exclamación de placer y volvió a fijar su atención en ella.

—Es increíble cuántas cosas se pueden averiguar hoy día simplemente con pulsar un par de teclas.

—Ahora ya lo sabe todo sobre mí. Enhorabuena.

—Todo no —se inclinó hacia delante, los ojos iluminados por el interés—. ¿Por qué presentó su dimisión después de tantos años? Por lo que he leído, parece que nació para ese trabajo.

«¿Alguna vez has oído ese viejo refrán que dice que puedes sacar al poli del trabajo, pero no el trabajo del poli?».

—No debería creer todo lo que lee. Además, eso es asunto mío, no suyo —soltó un bufido de irritación—. Mire, lamento que el otro día se hiciera una idea equivocada. No pretendía...

—Tonterías. Claro que lo pretendía. Me confundió deliberadamente. Y, seamos sinceros, señorita Killian, tampoco lo lamenta. Ni siquiera un poquito.

—Está bien —Stacy cruzó los brazos—. No lo lamento. Necesitaba información e hice lo necesario para conseguirla. ¿Satisfecho?

—No. Quiero algo de usted —Noble masticó otro trozo de bollo mientras aguardaba su reacción. Al ver que ella no se inmutaba, continuó—. El otro día no fui del todo sincero con usted.

Eso sí que ella no se lo esperaba. Sorprendida, se echó hacia delante.

—¿Su respuesta a mi pregunta sobre la posibilidad de que el juego conduzca a comportamientos violentos?

—¿Cómo lo sabe?

—Como usted mismo ha dicho, fui policía diez años. Todos los días interrogaba a sospechosos.

Noble inclinó la cabeza con aparente admiración.

—Es usted muy sagaz —hizo una pausa—. Lo que dije acerca de que era la gente la que se mataba entre sí era cierto. Lo creo firmemente. Pero hasta la cosa más inocente en manos equivocadas...

Dejó que el significado de sus palabras quedara suspendido

entre ellos un momento; luego se metió la mano en el bolsillo, sacó dos postales y se las dio.

La primera era una ilustración a lápiz y tinta: un dibujo oscuro e inquietante de la Alicia de Lewis Carroll persiguiendo al Conejo Blanco. Stacy le dio la vuelta a la postal. Leyó la única palabra escrita al dorso.

Pronto.

Fijó su atención en la otra tarjeta. A diferencia de la anterior, era una postal del Barrio Francés, de las que podían comprarse en cualquier tienda de *souvenirs*.

Llevaba escrito: *¿Listo para jugar?*

Stacy clavó la mirada en Leonardo Noble.

—¿Por qué me enseña esto?

En lugar de contestar, él dijo:

—Recibí la primera hace más o menos un mes. La segunda, la semana pasada. Y ésta ayer.

Le entregó una tercera tarjeta. Stacy vio que se trataba de otra ilustración a lápiz y tinta. En ella se veía lo que parecía un ratón ahogándose en un pequeño estanque o un charco. Le dio la vuelta.

Listo o no, el juego está en marcha.

Stacy pensó en los anónimos que había recibido su hermana. En cómo la policía, incluida ella, los había considerado una broma macabra, en lugar de una amenaza. Hasta el final. Después había descubierto que se trataba, en efecto, de una amenaza.

—Conejo Blanco es distinto a otros juegos de rol —murmuró Noble—. En los demás siempre hay un maestro, una especie de referente que controla el juego. Inventa obstáculos para los jugadores, puertas ocultas, monstruos y cosas por el estilo. Los mejores maestros de juego son completamente neutrales.

—¿Y en Conejo Blanco? —preguntó ella.

—El Conejo Blanco es el maestro de juego. Pero su posición dista mucho de ser neutral. Anima a los jugadores a seguirlo, a bajar por su madriguera, a descender a su mundo. Una vez allí, miente. Hace favores. Es un tramposo, un embustero. Y sólo el jugador más astuto logra vencerlo.

—El Conejo Blanco juega con mucha ventaja.

—Sí, siempre.
—Yo creía que jugar con las cartas marcadas no tenía gracia.
—Queríamos darle la vuelta al juego. Desconcertar a los jugadores. Y funcionó.
—Me han dicho que su juego es el más violento de todos. Que el vencedor se lo lleva todo.
—El asesino se lo lleva todo —puntualizó él—. Enfrenta a los jugadores. El último que queda en pie se enfrenta con él —se inclinó hacia ella—. Y, una vez está en marcha, el juego no acaba hasta que todos los jugadores han muerto, menos uno.

El asesino se lo lleva todo. Stacy sintió que un escalofrío le recorría la espalda.

—¿Pueden unirse los personajes para derrotarlo?

Él pareció sorprendido, como si nadie le hubiera sugerido tal cosa.

—No es así como se juega.

Ella repitió su primera pregunta.

—¿Por qué me enseña esto?

—Quiero averiguar quién me las ha mandado y por qué. Quiero que me diga si debo tener miedo. Le estoy ofreciendo trabajo, señorita Killian.

Ella se quedó mirándolo un instante, momentáneamente desconcertada. Luego comprendió lo que quería decir y sonrió. Ella le había tomado el pelo; ahora él se tomaba la revancha.

—Ahora es cuando usted dice «la pillé», señor Noble.

Pero él no dijo nada. Al darse cuenta de que hablaba en serio, Stacy sacudió la cabeza.

—Llame a la policía. O contrate a un investigador privado. Yo no trabajo de guardaespaldas.

—Pero de investigadora sí —él levantó una mano, anticipándose a sus objeciones—. No me han amenazado abiertamente, ¿qué va a hacer la policía? Absolutamente nada. Y, si lo que temo es cierto, un detective privado estaría fuera de su elemento.

Ella entornó los ojos y reconoció para sus adentros que sentía curiosidad.

—¿Y qué es exactamente lo que teme, señor Noble?

—Que alguien haya empezado a jugar de verdad, señorita Killian. Y, a juzgar por esas postales, yo estoy en la partida, me guste o no —puso una tarjeta de visita sobre la mesa y se levantó—. Puede que su amiga también estuviera dentro. Puede que fuera la primera víctima de Conejo Blanco. Piénselo. Y luego llámeme.

Stacy lo miró alejarse mientras en su cabeza se agolpaban las cosas que le había dicho, las cosas que había averiguado sobre el juego. Volvió a pensar en el individuo que la había agredido la noche anterior.

La había advertido de que «se mantuviera al margen». ¿Al margen de qué?, se preguntaba. ¿De la investigación? ¿O del juego?

«No es el juego lo peligroso, sino la obsesión por el juego».

Stacy se detuvo ahí. ¿Y si alguien se había obsesionado con el juego hasta el punto de ponerlo en práctica en el mundo real, confundiendo realidad y fantasía?

¿Habría caído Cassie sin saberlo en aquella trama?

Un arma poderosa en las manos equivocadas.

Había tantas cosas en la vida que lo eran... El poder. Las armas. El dinero. Casi cualquier cosa.

Contempló el cuadro que Leonardo Noble había pintado ante sus ojos: un chiflado jugando de verdad a un juego de rol fantástico. Una partida en la que el único modo de ganar era liquidar a los demás personajes y enfrentarse luego al Conejo Blanco en persona, el personaje que controlaba el juego, el tramposo definitivo.

Un auténtico Conejo Blanco.

La relación entre Cassie y el cuadro que había pintado Leonardo Noble era endeble en el mejor de los casos, pero Stacy no podía evitar preguntarse si habría algún vínculo.

Cosas más raras habían pasado.

El año anterior, en Dallas.

Billie se acercó con una bandeja de degustación. Stacy vio que eran magdalenas de chocolate. Chocolate negro y de sabor intenso. La bandeja de degustación de Billie y la hora de su aparición constituían materia de bromas entre los clientes habituales de la cafetería. Si había líos a la vista o un plato jugoso que probar, la bandeja de degustación hacía acto de aparición. Billie parecía saber de manera innata cuál era el momento idóneo (y el pastellillo adecuado) para compartir con sus clientes.

Billie esbozó la enigmática sonrisa que le había permitido cazar a cuatro maridos, incluyendo a su actual esposo, el multimillonario y nonagenario Rocky St. Martin.

—¿Una magdalena?

Stacy tomó un trocito, consciente de que la golosina no le saldría gratis. Billie esperaba su recompensa... en forma de datos.

Como cabía esperar, dejó la bandeja en la mesa, retiró una silla y se sentó.

—¿Quién era ése y qué quería?

—Era Leonardo Noble. Quería contratarme.

Billie enarcó una de sus cejas perfectas y empujó la bandeja llena de trocitos de magdalena hacia Stacy.

Ésta se echó a reír, tomó otro trocito y volvió a deslizar la bandeja hacia Billie.

—Tiene que ver con Cassie. Más o menos.

—Eso me parecía. Explícate.

—¿Recuerdas que te dije que Cassie iba a encontrarse con un tal Conejo Blanco? —la otra asintió—. Ese hombre, Leonardo Noble, es el inventor del juego.

Stacy vio brillar el interés en los ojos de Billie.

—Continúa.

—Desde la última vez que hablamos, he descubierto algunas cosas sobre el juego. Que es oscuro y violento. Que el Conejo Blanco y el último jugador vivo se enfrentan a muerte.

—Qué encantador.

Stacy le habló de las postales que había recibido Noble y le explicó su teoría acerca de que alguien había empezado a jugar en la vida real.

—Sé que parece una locura, pero...

—Pero podría ocurrir —concluyó Billie en su lugar. Se inclinó hacia Stacy—. Hay estudios que demuestran que en personas que no distinguen claramente entre realidad y fantasía los juegos de rol pueden ser una herramienta peligrosa. Si a eso se le añade un juego como Dragones y Mazmorras o Conejo

Blanco, juegos con una implicación emocional y psicológica intensa... el resultado puede ser explosivo.

–¿Cómo sabes tú todo eso? –preguntó Stacy.

–En una vida anterior fui psicóloga clínica.

Stacy supuso que debía sorprenderse. O sospechar que Billie Bellini era una mentirosa patológica o una artista del timo. A fin de cuentas, en el tiempo relativamente corto que hacía que la conocía, Billie le había hablado de cuatro matrimonios y de sus experiencias como azafata de vuelo y modelo de pasarela. Y ahora, esto. Tan vieja no era.

Pero Billie siempre tenía datos o anécdotas que sonaban a auténticas para respaldar sus afirmaciones.

Stacy sacudió la cabeza y volvió a pensar en Leonardo Noble y en los acontecimientos de los días anteriores.

–Le he tocado las narices a alguien.

Lo dijo casi para sí misma, pero Billie arrugó la frente inquisitivamente. Stacy le contó en pocas palabras lo ocurrido la noche anterior. El asunto de la agresión, las palabras que aquel hombre le había murmurado al oído, el hecho de que el servicio de seguridad del campus creyera que era el mismo que había violado a tres alumnas unos meses antes, ese mismo curso.

–Sé lo que oí –concluyó.

Su amiga permaneció callada un momento y luego asintió.

–Lo sé. Fuiste policía, es uno de esos errores que no cometerías nunca –se levantó y recogió la bandeja. Miró a Stacy–. Te aconsejo que tengas mucho cuidado, amiga mía. No me apetece ir a tu entierro.

Stacy la miró alejarse mientras consideraba lo que le había dicho. La línea borrosa entre la fantasía y la realidad. ¿Habría trabado Cassie sin darse cuenta relación con un demente que había iniciado una partida en la vida real? ¿Le habría molestado ella de algún modo, habría atraído su atención?

Maldición. Sabía lo que tenía que hacer. Abrió su teléfono móvil y marcó el número de Leonardo Noble.

–Acepto el trabajo –dijo cuando él contestó–. ¿Cuándo quiere que empiece?

Domingo, 6 de marzo de 2005
8:00 a.m.

Leonardo propuso la hora de su encuentro y Stacy escogió el lugar: el Café Noir.

Los domingos por la mañana, antes de las diez, solía haber poco jaleo en la cafetería. Por lo visto la clientela habitual o bien iba temprano a los servicios religiosos o se quedaba durmiendo hasta tarde.

—Qué pronto has venido —le dijo Stacy a Billie al llegar a la barra.

—Tú también —Billie la recorrió con la mirada—. Vas a aceptar el trabajo, ¿verdad? ¿El que te ofreció el inventor del juego?

—Leonardo Noble. Sí.

Su amiga marcó en la caja el importe de su pedido sin preguntar lo que quería. No hacía falta; Billie sabía que, si quería algo aparte del capuchino de siempre, largo de café, se lo diría.

Stacy le dio un billete de veinte; Billie le devolvió el cambio y se acercó a la cafetera. Puso el café y batió la leche sin decir nada.

Stacy frunció el ceño.

—¿Qué pasa? —preguntó.

—No sé si esto me gusta.

—Pues peor para ti.

—¿Estás segura de que hablaba en serio?

—¿Qué quieres decir?

—Tengo la impresión de que alguien que inventa juegos de rol tiene que disfrutar jugando a ellos.

Stacy ya había considerado aquella idea. Pero el hecho de que Billie lo hiciera le causó cierta sorpresa.

—Eres muy lista, ¿lo sabes?

—Y yo que creía que sólo era otra cara bonita.

Stacy se echó a reír. Cuando una mujer tenía el físico de Billie, rara vez se la valoraba por su inteligencia. Incluso ella había caído en la trampa. Al conocer a Billie, la había clasificado como una rubia sin cerebro. Ahora sabía que no lo era.

—Se me da bastante bien averiguar cosas —dijo—. Si necesitas un topo, avísame.

Billie Bellini, la superespía.

—Estarías muy guapa con gabardina.

—Puedes apostar a que sí —sonrió—. Y no lo olvides.

No lo olvidaría, pensó Stacy mientras se alejaba de la barra. Sin duda Billie podía conseguir información que otros no conseguirían arrancar ni con una palanca.

Siempre y cuando sus fuentes fueran hombres.

Stacy eligió una mesa al fondo y se sentó. Mientras daba el primer sorbo al café caliente apareció Leonardo Noble. Solo. Stacy había creído que llevaría a Kay.

Él recorrió el local con la mirada, buscándola, y al verla sonrió. Le indicó por señas que iba a pedir un café y le preguntó si quería uno. Ella levantó su taza para decirle que ya estaba servida.

Café solo. El elixir de la vida.

Stacy lo observó mientras pedía. Él le dijo algo a Billie, que se echó a reír. ¿Iría en serio?, se preguntaba. ¿Serían auténticas las extrañas postales que había recibido? ¿O las habría fabricado él mismo?

Hasta que hubiera pasado más tiempo con él se reservaba la respuesta a todos sus interrogantes, incluida la cuestión de su honestidad.

Leonardo se acercó a la mesa. Su enérgico paso de siempre parecía haberse transformado en un soñoliento arrastrar de pies. Tenía los ojos hinchados. Su pelo estaba más revuelto que de costumbre.

—Veo que no es muy madrugador —dijo ella.

—Soy un noctámbulo —contestó él—. Sólo necesito dormir un par de horas al día.

Stacy enarcó una ceja.

—Pues no es ésa la impresión que me da.

Él sonrió y el primer indicio de vivacidad apareció en sus ojos.

—Confíe en mí.

—Le dijo la araña a la mosca.

Él bebió un sorbo de café. Stacy reparó en que había pedido el tamaño más grande. Por la montaña de espuma, supuso que era un capuchino.

—Entonces, a eso respondía esa mirada —dijo—. Era una mirada de desconfianza.

—¿Qué mirada? —ella bebió un trago de café.

—La que me ha lanzado cuando estaba pidiendo. He tenido la clara impresión de que me estaba diseccionando.

—Y con toda razón. Gajes del oficio —lo miró a los ojos sin vacilar—. Nadie está libre de sospecha, señor Noble. Incluido usted.

Él se echó a reír tranquilamente.

—Por eso precisamente quiero contratarla. Y llámame Leo o se acabó el trato.

Ella también sonrió.

—Está bien, Leo. Háblame de tu casa.

Él la miró por encima del borde de la taza.

—¿Qué quieres saber?

—Todo. Por ejemplo, ¿tienes el despacho allí?

—Sí. Y Kay también.

—¿Algún otro empleado?

—La asistenta, la señora Maitlin. Troy, mi chófer y mi chico para todo. Barry se encarga del jardín y la piscina. Ah, y el tutor de mi hija, Clark Dunbar.

Aquélla era la primera vez que Stacy oía hablar de su hija, y eso la resultó extraño. Al ver su expresión, Leonardo prosiguió:

—Kay y yo tenemos una hija, Alicia. Tiene dieciséis años. O, como a ella le gusta decir, casi diecisiete.

—¿Vive contigo o con Kay?

—Con los dos.

—¿Con los dos?

—Kay vive en la casa de invitados —la comisura de su boca se alzó en una especie de sonrisa ladeada y sagaz—. Veo por tu expresión que nuestro acuerdo doméstico te parece extraño.

—No estoy aquí para juzgar tu vida privada.

Como si la creyera a pie juntillas, él siguió hablando.

—Alicia es la luz de mi vida. Hasta hace poco se... —se detuvo un momento—. Es una superdotada. Intelectualmente hablando.

—Supongo que es normal. He oído decir que eres un moderno Leonardo da Vinci.

Él sonrió.

—Veo que no soy el único que ha estado curioseando por Internet. Pero Alicia es realmente un genio. Hace que Kay y yo parezcamos vulgares.

Stacy intentó digerir aquella información. Se preguntó por la carga que suponía un intelecto así. Cómo debía teñir aquello cada aspecto de la vida de una adolescente, desde sus intereses intelectuales a sus relaciones sociales.

—¿Ha ido alguna vez a una escuela normal?

—Nunca. Siempre ha tenido tutores privados.

—¿Y da resultado?

—Sí. Hasta... —entrelazó los dedos y por primera vez pareció intranquilo—. Hasta hace poco. Está empeñada en ir a la universidad. Se ha vuelto desafiante. Me temo que le hace la vida imposible a Clark.

Parecía la típica adolescente.

—¿A la universidad? —dijo ella—. ¿A Tulane o a Harvard, por ejemplo?

—Sí. Intelectualmente está preparada desde hace ya algún tiempo. Pero emocionalmente... Es muy joven. Muy inmadura. La verdad es que la hemos protegido mucho. Demasiado, me temo —se aclaró la garganta—. Además, el divorcio fue difícil para ella. Más difícil de lo que creíamos.

Stacy no podía concebir que alguien pudiera manejarse en la vida universitaria a los dieciséis años.

—Lo siento.

Él se encogió de hombros.

—Como el aceite y el agua, así somos Kay y yo. Pero nos queremos. Y queremos a Alicia. Así que llegamos a un acuerdo.

—¿Por Alicia?

—Por todos, pero sobre todo por Alicia —sonrió de pronto: una sonrisa sencilla y abierta—. Bueno, ya sabes todo lo que hay que saber sobre nuestra pequeña y extraña troupe. ¿Sigues dispuesta a unirte a nosotros?

Ella escudriñó su semblante y se preguntó de nuevo si hablaba en serio. ¿Cómo conseguía un hombre todo lo que había conseguido Leonardo Noble sin ser cruel? ¿Sin reservarse y al mismo tiempo explotar la información de que disponía?

Se inclinó hacia él, muy seria.

—Éste es el trato, Leo. Las notas anónimas como las que has recibido suelen enviarlas personas pertenecientes al círculo del destinatario.

—¿A mi círculo? No sé...

Ella lo cortó.

—Sí, a tu círculo. Las envían con ánimo de aterrorizar al otro.

—Y qué sentido tiene enviarlas si la persona que las envía no está lo bastante cerca como para asistir al terror de su víctima, ¿no es eso?

Muy listo.

—Sí. Cuanto más asustado estés, tanto mejor.

Él entornó los ojos ligeramente. Stacy notó que eran de un castaño suave.

—Pues que se jodan. Si no me ven asustado, se cansarán. Como esos matones de colegio que no causan el efecto que van buscando.

—Puede ser, si la persona que escribió esos anónimos se parece a las de su calaña. Envían notas y cartas porque les gusta mirar. Pero no quieren acercarse demasiado.

—En el fondo son unos cobardes.

—Sí. Les da miedo exponer su ira o su odio en una confrontación directa. Así que son una amenaza mínima.

—Eso es lo típico. ¿Y lo atípico?

Ella apartó la mirada, pensando en su hermana Jane. La persona que la había mantenido aterrorizada era tan atípica como cupiera esperar. Había planeado cuidadosamente cada paso, y con cada uno de ellos se había acercado un poco más al asesinato. Stacy volvió a fijar la mirada en él.

—A veces las llamadas o las cartas son sencillamente una especie de anticipo de la verdadera función —al ver su expresión de perplejidad, se inclinó ligeramente hacia delante—. Esos se acercan hasta tocarte, Leo.

Él se quedó callado un momento, como si intentara digerir sus palabras. Por primera vez parecía impresionado.

—Te agradezco muchísimo que hayas aceptado ayudarme...
Ella levantó una mano para atajarlo.

—En primer lugar, no voy a aceptar este trabajo para ayudarte a ti. Lo hago por Cassie, por si su asesinato y esas postales tienen algo en común. En segundo lugar, tienes que entender que estoy estudiando. Mis estudios son lo primero. Así tiene que ser. ¿Algún problema con esas dos condiciones?

—Absolutamente ninguno. ¿Por dónde empezamos?

—Voy a empezar por integrarme en tu casa. Por conocer a todo el mundo. Por ganarme su confianza.

—Crees que el culpable está allí.

—El culpable o la culpable —puntualizó ella—. Es posible. Muy posible.

Él asintió lentamente con la cabeza.

—Si quieres ganarte la confianza de todo el mundo, tendremos que inventar una razón verosímil para justificar tu presencia allí.

—¿Se te ocurre alguna idea?

—Podrías ser una asesora técnica. Para una nueva novela. El protagonista sería un inspector de homicidios de la policía de una gran ciudad.

—Por mí, bien —Stacy sonrió un poco—. ¿De veras estás escribiendo una novela?

—Sí, entre otras cosas.

—Supongo que querrás informar a tu ex mujer y a tu hija sobre la verdadera razón de mi presencia.

—A Kay, sí. A Alicia, no. No quiero asustarla.

—Está bien —Stacy se acabó su café—. ¿Cuándo empiezo?
Él sonrió.

—Por mí, ahora mismo. ¿Y por ti?

Stacy estuvo de acuerdo. Leo se levantó, ansioso por llegar a casa. Mientras cruzaba la cafetería tras él, Stacy miró a Billie y descubrió que la estaba observando.

Algo en la expresión de su amiga hizo vacilar su paso.

Leo miró hacia atrás.

—¿Stacy? ¿Ocurre algo?

Ella se sacudió aquella sensación y sonrió.

—Nada. Tú primero.

Martes, 8 de marzo de 2005
1:00 p.m.

Tras pasar dos días en la mansión de los Noble, Stacy se había hecho una idea cabal de por qué Leo había empleado la palabra «troupe» para referirse a sus moradores: aquella casa era como un circo de tres pistas. La gente entraba y salía constantemente. Entrenadores personales, manicuras, repartidores, abogados, socios comerciales...

Le había advertido a Leo que la tratara como a cualquier empleado, y había descubierto que eso significaba que se las arreglara ella sola para presentarse al personal. Leo le había asignado un despacho contiguo al suyo, y ella había pasado mucho tiempo vagando por la casa, fingiéndose atareada. Cuando se cruzaba con alguien, se presentaba ella misma.

Las reacciones de los demás moradores de la casa habían variado entre la frialdad y la cordialidad, pasando por la simple curiosidad. En aquellos tres días había conocido a todo el mundo, menos a Alicia, lo cual no dejaba de intrigarla.

Sobre todo porque conocía ya a Clark Dunbar, el tutor de la muchacha. Dunbar era más bien taciturno, como lo eran por general los intelectuales, pero parecía estar siempre observando y escuchando. Como un gato al que se ve pero no se oye.

La señora Maitlin procuraba evitarla. Cuando sus caminos se cruzaban, la asistenta parecía sobresaltarse. Miraba a todos lados, menos a Stacy. A pesar de que ésta se había disculpado por engañarla y le había dicho que Leo le había pedido que interpretara aquel papel, sospechaba que la señora Maitlin sabía que no estaba allí únicamente para ofrecer asesoramiento técnico. Sólo esperaba que se guardara sus sospechas para sí misma.

Troy, el chófer y factótum de Leo, era el más amable de todos, pero también el más bullicioso. A Stacy la inquietaban sus preguntas. ¿Respondían a simple curiosidad o acaso el chófer ocultaba motivos más oscuros?

Barry resultó ser el más callado. Se ocupaba del jardín y la piscina, y tenía por tanto muchas ocasiones de trabar conversación con la gente que entraba y salía de la casa, a pesar de lo cual nunca lo hacía. Era, por el contrario, muy reservado, aunque parecía estar al corriente de todo cuanto sucedía.

Stacy miró su reloj y recogió sus cosas. Había asistido a su clase de las ocho de la mañana, pero tenía que volver a la facultad para la clase de literatura medieval de las dos y media.

—Hola.

Stacy se dio la vuelta. En la puerta que daba al despacho de Leo había una chica adolescente. Era bajita y delgada, tenía el cutis y los rasgos exóticos de su madre y el pelo fosco y ondulado de su padre.

Alicia. Por fin.

—Hola —dijo, sonriendo—. Soy Stacy.

La chica parecía aburrida.

—Ya lo sé. Eres la poli.

—Ex poli —puntualizó Stacy—. Estoy ayudando a tu padre con unos rollos técnicos.

Alicia arqueó una ceja y entró tranquilamente en el despacho.

—Rollos —repitió—. Menudo tecnicismo.

Aquella no era una chica de dieciséis años normal. Stacy haría bien recordándolo.

—Soy su asesora técnica —repuso—. Sobre todo lo relacionado con los cuerpos de policía.

—¿Y con el crimen?

—Sí, por supuesto.

—Una experta en crímenes. Qué interesante.

Stacy ignoró su sarcasmo.

—Eso piensan algunos.

—Mi padre se ha puesto muy pesado para que bajara a presentarme. Sabes quién soy, ¿no?

—Alicia Noble. En honor de la Alicia más famosa de todas.
—La Alicia del Conejo Blanco.
—Una forma curiosa de expresarlo. Yo habría dicho el personaje de Lewis Carroll.
—Pero tú no eres yo.

La chica se acercó a las estanterías que flanqueaban las paredes. Recogió una fotografía enmarcada de sus padres y ella. Se quedó mirándola un momento y luego miró a Stacy.

—Soy más lista que ellos dos juntos —dijo—. ¿Te ha dicho eso mi padre?
—Sí. Está muy orgulloso de ti.
—Sólo un cuatro por ciento de la gente tiene un coeficiente intelectual de 140 o superior. El mío es de 170. Sólo una de cada siete mil personas tiene un coeficiente tan alto.

Su padre no era el único que estaba orgulloso.

—Eres una jovencita brillante.
—Sí, lo soy —Alicia frunció el ceño—. He pensado que debíamos hablar. Establecer las normas de partida.

Intrigada, Stacy dejó su mochila y pensó en su clase, consciente de que el tiempo pasaba.

—Dispara.
—No me importa para qué estés trabajando con mi padre. Pero apártate de mi camino.
—¿He hecho algo para ofenderte?
—En absoluto. Mi padre tiene siempre un montón de gorrones a su alrededor, y no me interesa conocerlos.
—¿Gorrones?

Alicia achicó los ojos ligeramente.

—Papá es rico. Y carismático. La gente acude a él como moscas. Algunos vienen deslumbrados por su fama. Otros son sinceros. El resto no son más que sanguijuelas.

Stacy cruzó los brazos, llena de curiosidad.

—¿Y yo? Acepté el trabajo que me ofreció, ¿me convierte eso en una sanguijuela?
—No es nada personal —la chica levantó un hombro—. Mi padre conoce a alguien nuevo, se entusiasma y luego se acabó. He aprendido a no encariñarme con nadie.

Qué interesante. Por lo visto algunas relaciones habían acabado mal dentro de la troupe de los Noble. ¿Les guardaría alguien rencor por ello?

—Da la impresión de que has pasado otras veces por esto.

—Así es. Lo siento.

—No es necesario que te disculpes. Haré lo que pueda por no cruzarme en tu camino.

En la boca de la chica apareció por primera vez algo parecido a una sonrisa que suavizó sus rasgos.

—Te lo agradezco.

Se fue del despacho y al salir pasó junto a su tutor. Clark Dunbar. Cuarenta y tantos años. Larguirucho y de cara chupada. Aficionado a la lectura. Guapo, aunque muy formal.

Él la miró marcharse y luego se volvió hacia Stacy.

—¿De qué iba todo eso?

Stacy sonrió.

—Estaba marcando las normas de partida. Poniéndome en mi sitio.

—Eso me temía. Los adolescentes pueden sacarlo a uno de quicio.

—Sobre todo si son tan brillantes.

Él se apoyó en el cerco de la puerta; su desgarbada figura parecía llenar por completo el vano. Stacy notó que sus ojos eran sorprendentemente azules y se preguntó si llevaba lentillas de colores.

—Hasta el don más maravilloso puede ser a veces una carga.

Stacy nunca había considerado la cuestión de ese modo, pero Dunbar tenía razón.

—¿Tienes experiencia con chicos superdotados?

—Me gustan los problemas.

—Entonces eres Clark, el supertutor.

Él se echó a reír.

—Siempre me he preguntado en qué estaban pensando mis padres cuando me pusieron el nombre de ese pobre diablo, tieso y relamido, que nunca se llevaba a la chica.

—¿Cuál es tu segundo nombre? ¿Alguna ayuda por ese lado?

Él titubeó.

—Ninguna, me temo. Es Randolf.

Stacy se echó a reír y le hizo señas para que entrara. Se sentó al borde de su mesa. Él tomó asiento en un sillón, frente a ella.

—¿Siempre has sido profesor privado?

—Siempre he sido educador —puntualizó él—. Pero esto está mejor pagado, y se trabaja menos. Y los estudiantes son mejores.

—Eso me sorprende. ¿Dónde has dado clase?

—En varias universidades.

Ella arqueó las cejas.

—¿Y prefieres esto?

—Suena raro, pero es un privilegio trabajar con un intelecto como el de Alicia. Es emocionante.

—Pero, si enseñabas en la universidad, seguramente muchos de tus alumnos...

—No como Alicia. Su mente... —hizo una pausa como si buscara la descripción adecuada—... me deja pasmado.

Stacy no sabía qué decir. Suponía que una persona tan corriente como ella no podía llegar a comprender un intelecto semejante.

Dunbar se inclinó un poco hacia delante con expresión malévola.

—La verdad es que soy un poco hippy. Me gusta la libertad que me ofrece dar clases privadas. Nosotros mismos fijamos las clases y los horarios. Nada es rutinario.

—A veces la rutina está bien.

Él asintió con la cabeza y se recostó en el sillón.

—Ahora estás hablando de tu propia experiencia. Una ex detective de homicidios convertida en asesora técnica. Apuesto a que ahí hay una buena historia.

—Sólo una chica dura que se ha vuelto blanda.

—¿Te cansaste de sangre y vísceras?

—Algo parecido —miró su reloj y se incorporó—. Odio dejarte así, pero...

—Tienes clase —dijo él—. Y yo también —sonrió con cierta melancolía—. Puede que alguna vez podamos hablar sobre los escritores románticos.

Al separarse, Stacy tuvo la clara sensación de que Clark Dunbar quería algo más de ella que hablar de literatura.

Pero ¿qué era?

Martes, 8 de marzo de 2005
9:30 p.m.

Stacy estaba sentada a una mesa de la segunda planta de la biblioteca de la Universidad de Nueva Orleans, rodeada de libros. Uno de ellos era una edición de *Alicia en el País de las Maravillas*. Había leído las 224 páginas del relato y se había puesto luego a hojear unos pocos ensayos críticos sobre el autor y su obra más célebre.

Había descubierto que Lewis Carroll era considerado por algunos el Leonardo da Vinci de su tiempo. Aquello le pareció interesante, ya que su nuevo jefe se consideraba un moderno Da Vinci. Se reservó aquella idea y fijó de nuevo su atención en las cosas que había aprendido acerca del autor decimonónico. A pesar de que en principio no había sido más que un cuento ideado para divertir a una muchacha durante un paseo por el parque, y de que sólo posteriormente había sido puesto por escrito, aquella historia se había convertido en un clásico.

Y no sólo en un clásico, sino en una obra analizada casi hasta el hartazgo. Según los ensayos críticos, *Alicia en el País de las Maravillas* distaba mucho de ser una fantasía infantil acerca de una niña que se cae en la madriguera de un conejo y aparece en un mundo rocambolesco, y ahondaba en temas como la muerte, el abandono, la esencia de la justicia, la soledad, la naturaleza y la educación.

Nada que ver, por tanto, con un alegre pasatiempo.

Stacy se preguntaba si los críticos y estudiosos inventaban aquellas cosas para justificar su propia existencia. Frunció el ceño al pensarlo. Aquellas ideas no serían del agrado de sus profesores.

Ya había conseguido que el profesor Grant la incluyera en su lista negra. Había llegado tarde a clase y Grant se había enfadado. Para colmo, no iba preparada y el profesor se había percatado de ello enseguida y le había dejado bien claro que el departamento esperaba algo más de sus estudiantes de licenciatura.

Stacy dejó el bolígrafo y se frotó el puente de la nariz. Estaba cansada, hambrienta y desilusionada consigo misma. La universidad era su oportunidad de cambiar de vida. Si la echaba a perder, ¿qué haría? ¿Volver a la policía?

No. Eso nunca.

Pero tenía que atrapar al canalla que había matado a Cassie. Se lo debía a su amiga. Si por ello le bajaban las notas, que así fuera.

Volvió a fijar su atención en el ensayo que tenía ante ella. *La idea subyacente de un mundo en el que la locura es cordura y las normas de...*

Las letras se emborronaron. Le escocían los ojos. Intentó contener las lágrimas, el deseo de llorar. No había llorado desde aquella primera noche, al encontrar los cuerpos. Y no lloraría. Era fuerte, podía evitarlo.

De pronto cobró conciencia de lo silenciosa que estaba la biblioteca. Tuvo la sensación de haber vivido ya aquel momento y un escalofrío le erizó la nuca. Cerró los dedos alrededor del bolígrafo.

Aguardó. Escuchó. Como en una repetición de la noche del jueves anterior, oyó un ruido tras ella. Una pisada, un susurro.

Se levantó de un salto y se giró bruscamente, con el bolígrafo en la mano.

Malone. Sonriéndole como el maldito Gato de Cheshire de Carroll.

Él levantó las manos en un gesto de rendición. Llevaba un ejemplar de las *Notas* de Cliff sobre *Alicia en el País de las Maravillas*.

Estupendo, los dos pensaban lo mismo. Ahora sí que tenía ganas de llorar.

Spencer señaló el bolígrafo.

—Tranquila. Voy desarmado.

—Me has asustado —repuso ella, irritada.

—Perdona.

Él no parecía sentirlo en absoluto. Stacy dejó el bolígrafo en la mesa.

—¿Qué haces merodeando por la biblioteca?

Él enarcó las cejas.

—Lo mismo que tú, por lo visto.

—Que Dios se apiade de mí.

Spencer se echó a reír, retiró una silla, le dio la vuelta y se sentó a horcajadas frente a ella.

—A mí también me gustas.

Stacy sintió que se sonrojaba.

—Yo nunca he dicho que me gustaras, Malone.

Antes de que Spencer pudiera contestar, a ella le sonaron las tripas. Él sonrió.

—¿Tienes hambre?

Ella se llevó una mano al estómago.

—Y además estoy cansada y tengo un dolor de cabeza que me está matando.

—Tienes bajo el nivel de azúcar, seguro —metió la mano en el bolsillo de su chubasquero y sacó una chocolatina. Se la ofreció—. Tienes que cuidarte más.

Ella aceptó la chocolatina. La abrió, dio un mordisco y dejó escapar una exclamación de placer.

—Gracias por tu interés, Malone, pero estoy perfectamente.

Dio otro mordisco. El azúcar surtió un efecto casi inmediato sobre su dolor de cabeza.

—¿Siempre llevas chocolatinas en el bolsillo?

—Siempre —dijo él solemnemente—. Para pagar a los soplones.

—O para sonsacar información a mujeres hambrientas y con jaqueca.

Él se inclinó hacia delante.

—Corre el rumor de que pasas mucho tiempo con Leo Noble. ¿Te importa decirme por qué?

—¿A quién estás siguiendo? —replicó ella—. ¿A mí o a Leo?

—¿Por qué ha contratado Noble a una ex detective de homicidios? ¿Para protegerse? Y, si es así, ¿de quién?

Ella no negó que trabajara para Noble. De todas formas, no serviría de nada. Malone ya lo sabía.

—Asesoramiento técnico. Está escribiendo una novela.

—Chorradas.

Ella cambió de tema y miró el libro que sostenía Malone.

—Estoy impresionada. Parece que estás haciendo tus deberes. Aunque sean los de literatura.

Él esbozó una sonrisa.

—No te hagas ilusiones. Aún no lo he leído.

—¿Demasiado para ti?

—No está bien morder la mano que te da de comer. Y tienes chocolate en los dientes.

—¿Dónde? —ella se pasó la lengua por los dientes.

—Hazlo otra vez —él apoyó la barbilla en el puño—. Me estás poniendo cachondo.

Ella se echó a reír a su pesar.

—Tú quieres algo —levantó una mano para detener la réplica mordaz que adivinaba—, ¿qué es?

—¿Qué relación hay entre ese juego del Conejo Blanco y *Alicia en el País de las Maravillas*?

Stacy pensó en las tarjetas que había recibido Leo.

—Muy sencillo, Noble utilizó el relato de Carroll como inspiración para su juego. El Conejo Blanco controla el juego. Los personajes de la historia son los personajes del juego, aunque todo esté metamorfoseado en algo mucho más violento e inquietante.

Spencer señaló los libros que había encima de la mesa, delante de ella.

—Si es tan sencillo, ¿a qué viene todo esto?

Ahí la había pillado. Maldición.

—Sé por otros jugadores que Conejo Blanco no es un juego corriente. No es como los demás juegos de rol. Sus fans son más sectarios. Más misteriosos. Por lo visto eso forma parte del atractivo del juego.

—¿Qué me dices de su estructura?

—Es más violenta, eso seguro —Stacy hizo una pausa, pensando en lo que había averiguado–. La principal diferencia en cuanto a estructura estriba en el papel del maestro de juego. La mayoría de los maestros son absolutamente imparciales. El de Conejo Blanco, no. Es un personaje como los demás, juega a ganar. Y todos los jugadores persiguen el mismo objetivo –concluyó–: matar o morir.

–O sobrevivir por cualquier medio, según se mire.

Ella abrió la boca para contestar; pero el sonido del teléfono móvil de Spencer la interrumpió.

–Malone.

Stacy observó su cara mientras escuchaba y advirtió la leve crispación de su boca. El modo en que sus cejas se juntaban en un ceño.

Era una llamada de trabajo.

–Entendido –dijo él–. Enseguida voy.

Stacy comprendió que tenía que irse. En alguna parte, alguien había muerto. Asesinado.

Él volvió a guardar el móvil en su funda y la miró a los ojos.

–Lo siento –dijo–. El deber me llama.

Ella asintió con la cabeza.

–Anda, vete.

Él se marchó sin mirar atrás. Su porte y sus andares rezumaban aplomo y determinación.

Stacy se quedó observándolo. Durante diez años había recibido llamadas como aquélla. Y las odiaba. Las temía. Siempre llegaban en el peor momento.

¿Por qué, entonces, experimentaba aquella lacerante sensación de vacío? ¿Aquella impresión de hallarse fuera, como una mirona?

Se volvió para recoger sus cosas. Y vio a Bobby Gautreaux caminando hacia las escaleras. Lo llamó lo bastante fuerte como para que la oyera.

Pero él no aflojó el paso, ni miró hacia atrás. Stacy se levantó y lo llamó de nuevo. Alzando la voz. Él echó a correr. Stacy salió tras él; llegó en cuestión de segundos a la escalera.

Bobby ya había desaparecido.

Bajó corriendo las escaleras de todos modos. La bibliotecaria la miró con enojo. Stacy se dio cuenta de que era una becaria y se acercó a ella.

—¿Has visto pasar a un chico moreno con una mochila naranja? Iba corriendo.

La joven miró a Stacy de arriba abajo con expresión abiertamente hostil.

—Veo a muchos chicos morenos.

Stacy entornó los ojos.

—La biblioteca no está tan llena. Iba corriendo. ¿Quieres cambiar tu respuesta?

Ella titubeó y luego señaló las puertas de la entrada principal.

—Se ha ido por ahí.

Stacy le dio las gracias y volvió arriba. No conseguiría nada persiguiendo a Bobby. Primero, dudaba de poder encontrarlo. Y, segundo, ¿qué demostraría con ello? Si la había estado espiando, él no lo reconocería.

Pero, si así era, ¿qué motivo tenía?

Llegó al segundo piso, se acercó a la mesa y comenzó a recoger sus cosas, pero se quedó paralizada al pasársele una idea por la cabeza. Bobby era muy corpulento. Más alto que ella. No tanto como le había parecido su agresor de la otra noche, pero, teniendo en cuenta las circunstancias, quizá se hubiera equivocado.

Tal vez Bobby Gautreaux no estuviera espiándola. Quizá sus intenciones fueran más oscuras.

Tendría que andarse con cuidado.

Martes, 8 de marzo de 2005
11:15 p.m.

Parado en la acera, delante del destartalado complejo de apartamentos, Spencer esperaba a Tony. Su compañero había llegado justo detrás de él, pero aún no había salido de su coche. Estaba hablando por el móvil; la conversación parecía acalorada. Sin duda la famosa Carly, pensó Spencer. Otra vez lo mismo.

Fijó su atención en la calle, en las hileras de casas, casi todas ellas viviendas multifamiliares. En una escala de preferencia, aquel barrio de Bywater no superaba el tres, aunque Spencer suponía que eso dependía de la perspectiva de cada cual. Algunas personas se morían por vivir allí; otras se matarían antes.

La comisura de su boca se alzó en una sonrisa amarga. A otros, sencillamente, se les venía la muerte encima.

Desvió la mirada hacia el complejo de cuatro apartamentos. Los primeros agentes habían acordonado la zona y la cinta amarilla se extendía ante el soportal. En sus buenos tiempos, el edificio había sido una vivienda de clase media con espacio suficiente para albergar a una familia numerosa. En algún momento, cuando aquella zona cayó en la desidia y el abandono, había quedado dividido en pequeños apartamentos, y su hermosa fachada fue recubierta con aquel espantoso papel embreado que tan popular se hizo tras la II Guerra Mundial.

Spencer se volvió al oír cerrarse la puerta del coche. Tony había acabado de hablar; aunque, por su cara de enfado, Spencer dedujo que la cosa no había acabado ahí.

—¿Te he dicho que odio a los adolescentes? —dijo Tony al llegar a su lado.

—Repetidas veces —echó a andar a su lado—. Gracias por venir.

—Últimamente aprovecho cualquier excusa para salir de casa.

—Carly no es tan mala —dijo Spencer con una sonrisa—. Es sólo que tú estás viejo, Gordinflón.

Tony lo miró con enfado.

—No te pases de listo, Niño Bonito. Esa chica me está sacando de quicio.

—El poli se cabrea. Mal asunto —Spencer levantó la cinta policial para que pasara Tony y luego pasó por debajo de ella. Un perro de mísero aspecto los miraba desde la valla de alambre del vecino. No había ladrado ni una sola vez, cosa que a Spencer le extrañaba.

Se acercaron al primer agente, una mujer con la que había salido su hermano Percy. La cosa no había acabado bien.

—Hola, Tina.

—Spencer Malone. Veo que has ascendido.

—En Nueva Orleans todo es posible.

—¿Cómo está el inútil de tu hermano?

—¿Cuál de ellos? Tengo varios que encajan con esa descripción.

—En eso tienes razón. Mejorando lo presente.

—Eso no se lo discuto, agente DeAngelo —Spencer sonrió—. ¿Qué tenemos?

—Ha sido en el apartamento de arriba. La víctima está en la bañera. Totalmente vestida. Se llamaba Rosie Allen. Vivía sola. Llamó el inquilino de abajo. Se le estaba mojando el techo. Intentó reanimarla, no pudo y nos llamó.

—¿Por qué nos has llamado a nosotros y no a la UIC?

—Esto tiene toda la pinta de ser un caso para la DAI. El asesino nos dejó su tarjeta de visita.

Spencer frunció el ceño.

—¿Oyó algo el vecino? ¿Vio algo sospechoso?

—No.

—¿Y los otros vecinos?

—Nada.
—¿Habéis llamado a los técnicos?
—Vienen de camino. Y el forense también.
—¿Habéis tocado algo?
—Le buscamos el pulso y cerramos los grifos. Y también apartamos la cortina de la ducha. Eso es todo.

Spencer asintió con la cabeza. Tony y él echaron a andar por la acera. Al llegar a la puerta abierta del edificio, Spencer se detuvo y se dio la vuelta.

—Le diré a Percy que has preguntado por él.
—Si quieres morir, hazlo.

Tony y él subieron riendo las escaleras, que desembocaban en el cuarto de estar del apartamento. La habitación había sido convertida en un taller, provisto de dos mesas con sendas máquinas de coser profesionales. A lo largo de una pared había una serie de canastos llenos de ropa; a lo largo de otra, percheros repletos de prendas colgadas, uno de ellos cargado de disfraces, de ésos que despertaban los mayores aplausos en el desfile gay de los carnavales. Montones de lentejuelas. Recargados hasta el extremo.

Contra la pared del fondo había un tresillo viejo. Delante de él, una mesa baja y desportillada. Sobre ella había apiladas un montón de novelas de bolsillo. Una de ellas estaba abierta boca abajo. Junto a ella había una linda taza de porcelana con su platillo. Parecía antigua. Y femenina.

Spencer se acercó a la mesa. En la taza sólo quedaban unos posos. Sobre el platillo había una galleta a medio comer.

Fijó su atención en los libros. Novelas de amor. Unas cuantas de misterio. Hasta una del oeste. No reconoció ningún título.

—No hay tele —dijo Tony, sorprendido—. Todo el mundo tiene tele.

—Puede que esté en el dormitorio.
—Puede.

Tras ellos oyeron el alboroto de los técnicos que llegaban. Como un rebaño de reses subiendo las escaleras de madera. Spencer, que no quería darles la bienvenida a sus compañeros, le indicó a Tony el cuarto de baño. Ellos habían llegado primero; tenían derecho a examinar en primer lugar la escena del crimen.

El apartamento tenía un solo cuarto de baño, situado en la parte de atrás, entre el dormitorio y la cocina. El suelo de baldosas blanquinegras estaba cubierto por varios centímetros de agua. Nada parecía fuera de su sitio, salvo los pies calzados con pantuflas y las piernas huesudas que asomaban por el borde de la bañera con patas en forma de garra.

Spencer recorrió la habitación con la mirada. La escena intacta de un crimen podía contar muchas cosas, en susurros que ahogaba el exceso de cuerpos calientes. No siempre. Pero a veces, si había suerte...

Entró en el cuarto de baño. Y sintió una especie de presencia. Algo parecido al eco del crimen, que hizo que se le erizara la piel.

Paseó la mirada por el cuarto, en el que apenas cabía la bañera, apoyada contra la pared del fondo. La cortina de vinilo, colgada de una barra circular, estaba apartada hacia un lado.

Se acercaron a la bañera. Tony masculló algo acerca de que se le estropearían los zapatos. Spencer no le hizo caso. No podía apartar los ojos de la mujer.

Ella lo miraba fijamente desde su tumba de agua, sus ojos de un azul desvaído. ¿Los habría descolorido la edad?, se preguntó. ¿O la muerte? El pelo le rodeaba la cabeza como un halo de algas grises y livianas. Tenía la boca abierta.

Llevaba puesta una bata de felpilla del mismo color que sus ojos. Bajo ella, un camisón de algodón blanco. Las zapatillas de pelillo rosa que colgaban de sus pies estaban secas.

Aquellos ojos, su mirada ciega, parecían llamarlo. Parecían suplicarle que los escuchara.

Spencer se inclinó. «Háblame. Estoy escuchando».

Ella se había preparado para irse a la cama. Estaba leyendo. Disfrutando de una taza de té y una galleta. A juzgar por el estado del baño y por las zapatillas secas, no se había resistido a su agresor.

Sus manos, que colgaban inermes bajo el agua, parecían limpias.

—Qué raro —dijo Tony—. ¿Dónde está esa tarjeta de visita?

—Buena pregunta. Vamos a ver el...
—Sonreíd, chicos.
Se giraron. La cámara soltó un fogonazo y el fotógrafo del equipo de criminalística les lanzó una sonrisa.

Empleados del Departamento de Policía de Nueva Orleans, aunque no fueran policías, algunos de los técnicos eran tipos extraños. Entre ellos, Ernie Delaroux. Spencer había oído decir que Delaroux guardaba un álbum con imágenes de cada crimen que fotografiaba: su propio libro de los horrores.

—Vete a la mierda, Ernie.

El otro se limitó a reír y entró ruidosamente en el cuarto de baño, levantando el agua como un niño de cinco años que chapoteara en un charco.

Disipando los susurros, pensó Spencer. Antes de que él tuviera ocasión de llegar a distinguirlos.

—Será mamón —masculló Tony, haciendo sitio para que el fotógrafo hiciera su trabajo.

—Te he oído —dijo Delaroux casi alegremente.

—Hola, chicos.

El saludo procedía de Ray Hollister.

—Hola, Ray. Bienvenido a la fiesta.

—Dudoso honor —Hollister miró el suelo—. Se me van a estropear los zapatos. Y me gustan estos zapatos.

—Lo mismo digo —dijo Tony.

La Oficina del Forense de la parroquia de Nueva Orleans tenía seis patólogos en plantilla. Todos ellos, a los que se llamaba también «investigadores forenses», podían acudir a examinar la escena de cualquier muerte violenta que se produjera en la parroquia. Junto a ellos iba un conductor, también empleado de la Oficina del Forense, cuyo deber consistía en envolver y cargar el cuerpo... y en fotografiar el lugar de los hechos. No se trataba únicamente de que la Oficina del Forense quisiera disponer de su propio archivo fotográfico: a menudo, los archivos dobles resultaban de incalculable valor en la sala de un tribunal.

Era esencial que las fotografías se tomaran antes de que se tocara el cuerpo.

Ray aguardó mientras los dos fotógrafos hacían su trabajo.

—¿Qué ha pasado? —preguntó.

—Esperábamos que tú nos lo dijeras.
—A veces llevo un conejo en la chistera y a veces no.
Spencer asintió con la cabeza. Cualquier policía que mereciera su salario sabía que así eran las cosas. Algunos casos se cerraban con toda facilidad y rapidez; casi por arte de magia. En otros, en cambio, iba surgiendo un muro de ladrillo tras otro, por más hábil y minucioso que fuera el equipo de criminalística.

La naturaleza de la bestia.

—Parece que la víctima se ha ahogado —dijo Spencer—. La posición de las piernas y de los pies indica un homicidio, pero no hay signos de lucha. Es extraño.

—He visto cosas más raras, detective Malone —los dos fotógrafos acabaron y fueron a fotografiar el resto del apartamento. Ray se puso unos guantes y se acercó a la bañera—. Va a ser un infierno extraer pruebas, con tanta agua.

—Dinos algo que no sepamos.

—Lo intentaré. Dadme cinco minutos.

Spencer y Tony salieron al cuarto de estar. Los técnicos ya se habían puesto manos a la obra buscando huellas. Spencer y Tony los rodearon y entraron en el dormitorio. La colcha estaba pulcramente retirada. En un cesto había ropa sucia. En la mesilla de noche, un vaso de agua intacto y, junto a él, una pequeña píldora blanca.

Nada fuera de lugar. Ni un solo indicio de que faltara algo.

Como un decorado de teatro, pensó Spencer. Un instante congelado en el tiempo. Daba escalofríos.

Examinaron los armarios y los cajones y entraron luego en la pequeña cocina. Estaba en orden, como el resto del apartamento. Una lata de galletas de mantequilla sobre la encimera. Una caja de té a su lado. Hora de dormir, pensó Spencer.

—Me encantan esas galletas —dijo Tony—. Pero mi mujer se niega a comprarlas. Dice que tienen demasiada grasa.

Spencer miró a su compañero.

—Es una mujer muy sabia, Gordinflón. Deberías hacerle caso.

—Bésame el culo, Niño Bonito.

—Gracias, pero paso. Los culos gordos y peludos no me van.

Tony se echó a reír.

—Bueno, ¿qué opinas? ¿Qué le pasó a Rosie?

—Iba a meterse en la cama. La bata, las zapatillas, la colcha retirada.

Tony asintió con la cabeza y prosiguió.

—Está sentada en el sofá, tomándose una taza de té y una galleta y leyendo unas pocas páginas antes de irse a dormir.

—Suena el timbre. Contesta y ¡bam! Adiós, Rosie.

—Conocía al tipo, en mi opinión. Por eso abre la puerta en bata, le deja entrar. Por eso no hay lucha.

—Pero ¿no se habría resistido al ver que la cosa se ponía fea? Sigo sin entenderlo.

—Él la incapacita, amigo mío.

—¿Cómo?

—Puede que Ray pueda decírnoslo.

Cuando llegaron al cuarto de baño, vieron que el patólogo ya había envuelto con bolsas de plástico las manos de la víctima.

—Las manos parecen limpias —dijo sin mirarlos—. No hay sangre, ni hematomas. No parece que tenga ningún hueso roto. Sospecho que encontraremos agua en sus pulmones.

—¿No hay rastro de un golpe en la cabeza o algo por el estilo?

—No.

—¿No puedes darnos nada, Ray?

Él los miró por encima del hombro.

—Tenéis un verdadero misterio entre las manos, chicos. Echad un vistazo a esto.

Apartó la cortina de la pared del fondo. Spencer inhaló bruscamente. Tony dejó escapar un silbido.

La tarjeta de visita. Un mensaje escrito en la pared de azulejos, detrás de la cortina, con lo que parecía lápiz de labios. Un espantoso tono anaranjado.

Pobre Ratoncito. Ahogado en un charco de lágrimas.

Miércoles, 9 de marzo de 2005
2:00 a.m.

El timbre del teléfono sacó a Stacy de un profundo sueño. Abrió los ojos, desorientada. «La central». Parpadeó, intentando despejar la bruma. «Alguien ha muerto. Tengo que...».

El aparato chilló de nuevo. Stacy agarró el auricular y contestó como cuando trabajaba en la policía.

–Aquí Killian.

–Tengo una pregunta.

Malone, pensó mientras se aclaraba la bruma. No era la central. Nueva Orleans, no Dallas. Fijó la mirada en el reloj de la mesilla de noche.

Las 2:05.

De la madrugada.

–Espero que sea buena.

–En *Alicia en el País de las Maravillas*, ¿se ahoga un ratón? ¿En un charco de lágrimas?

Stacy se incorporó, ya del todo despierta. Recordó el dibujo a lápiz y tinta que había recibido Leo, aquel animalillo en un charco que parecía sangre.

Se apartó el pelo de la cara.

–¿Por qué?

–Ha habido un homicidio. El asesino nos dejó un mensaje. Pobre ratoncito, ahogado en...

–Un charco de lágrimas –concluyó Stacy en su lugar.

–¿Está en la novela?

–No exactamente –respondió ella y miró de nuevo el reloj,

calculando cuánto tiempo tardaría en vestirse y llegar a casa de Leo–. Pero sí.

–No exactamente –repitió él–. ¿Qué quieres decir con eso?

–Que se acerca lo suficiente como para que haya una conexión. Lee las *Notas* de Cliff y lo entenderás.

–Tú sabes algo sobre esto, Killian. ¿Qué es?

«Genial, ahora se pone intuitivo».

–Son las tantas de la noche, Malone. ¿Te importa que vuelva a mi sueño reparador?

–Voy a ir a hablar con tu jefe.

–Éste es un país libre. Ya hablaremos cuando haya salido el sol –colgó antes de que él pudiera decir nada y marcó apresuradamente el número del despacho de Leo. Su jefe decía no dormir nunca; vería si era cierto.

Leo contestó a la segunda llamada.

–Ha ocurrido algo –dijo Stacy–. Voy para allá.

–¿Vas a venir? ¿Ahora?

–No hay tiempo para explicaciones. Quiero llegar antes que Malone y su compañero.

–¿El detective Malone?

–Confía en mí, ¿de acuerdo? –salió de la cama y se dirigió al cuarto de baño–. Y ve haciendo café.

Miércoles, 9 de marzo de 2005
2:55 a.m.

Quince minutos después, Stacy paró delante de la casa de Leo. Se había puesto unos vaqueros y una sudadera fina y apenas se había tomado el tiempo de recogerse el pelo en una coleta.

Salió del coche y subió corriendo por la acera. La casa estaba a oscuras, salvo por las lámparas del porche. Leo estaba sentado en el escalón de arriba, esperándola.

Se levantó cuando Stacy llegó a su lado.

—Ha habido otro asesinato —dijo ella sin preámbulos—. Parece estar relacionado con *Alicia en el País de las Maravillas*. Y con una de las tarjetas que recibiste.

Leo palideció.

—¿Con cuál?

Stacy le explicó en pocas palabras la llamada de Spencer y le contó todo lo que sabía.

—Creo que aparecerán en cualquier momento. He pensado que debíamos hablar primero.

Él asintió con la cabeza.

—Vamos dentro.

Leo la condujo a la cocina. Tal y como ella le había pedido, había preparado café. Aguardó mientras ella le ponía leche y azúcar. Estaba claro que comprendía el poderoso atractivo de la cafeína.

—¿Qué significa todo esto? —preguntó cuando ella hubo bebido un sorbo.

—Puede que entre ese asesinato y tú haya algún vínculo.
—El juego. El Conejo Blanco.
—He dicho que puede que lo haya. Tienes que enseñarle las tarjetas a la policía.
—¿Le has dicho a Malone...?
—¿Lo de las tarjetas? No. Pensé que debías hacerlo tú.
—¿Cuándo vendrán?
—En cualquier momento, creo. Aunque puede que esperen a mañana. Depende de lo que tengan y de la prisa que les corra.

El timbre sonó como a propósito. Leo la miró; ella le indicó con una seña que fuera a abrir y que esperaría en la cocina.

Un momento después, él regresó acompañado de los dos detectives.

—Suponía que estarías aquí —dijo Spencer al verla.

Ella sonrió levemente.

—Lo mismo digo.

—¿Café? —preguntó Leo.

Los dos rechazaron la invitación, aunque Tony lo hizo a regañadientes.

Spencer comenzó a hablar.

—Evidentemente, la señorita Killian le ha puesto al corriente de la situación.

—Sí —Leo la miró y volvió a fijar la vista en Malone—. Pero, antes de que prosigamos, hay algo que deben saber.

—No me diga —repuso Spencer, mirando a Stacy.

Ella ignoró su sarcasmo. Leo prosiguió.

—Durante el último mes, he recibido tres postales de alguien que dice ser el Conejo Blanco. En una hay un dibujo de un ratón ahogado en un mar de lágrimas. Las tarjetas llevan la firma *Conejo Blanco*.

Spencer frunció el ceño.

—¿El del juego?

—Sí —Leo les explicó rápidamente qué papel desempeñaba el Conejo Blanco en su juego y su temor de que alguien hubiera comenzado a representar aquel papel en la vida real—. He recibido muchos mensajes amenazantes a lo largo de los años —concluyó—, pero éstos... Hay algo en ellos que me pone nervioso.

—Por eso me contrató —agregó Stacy—. Para averiguar quién se los mandó. Y si esa persona es peligrosa.

—Me gustaría ver las tarjetas.

—Voy por ellas.

—Le acompaño —dijo Tony, y echó a andar a su lado.

Stacy los miró marcharse y luego se volvió hacia Malone.

—¿Qué pasa?

—¿Ahora te has metido a detective privado?

—Sólo estoy ayudando a un amigo.

—¿A Noble?

—A Cassie. Y a Beth.

—Crees que las tarjetas son del asesino.

No era una pregunta, pero Stacy contestó de todos modos.

—Podría ser.

—O no.

Leo y Tony regresaron. Tony le entregó a Spencer las tarjetas e intercambió con su compañero una mirada reveladora. Stacy comprendió por su expresión que estaba convencido de que tenían entre manos algo importante.

Spencer estudió las tres tarjetas. Levantó la mirada hacia Leo.

—¿Por qué no nos avisó?

—¿Y qué iba a decirles? No me han amenazado abiertamente. Y cuando las recibí no había muerto nadie.

—Ahora sí —repuso Spencer—. Ahogada en un mar de lágrimas —sacó una foto y se la entregó a Leo—. Se llamaba Rosie Allen. ¿La conoce?

Leo observó la fotografía, negó con la cabeza y se la devolvió.

—¿Qué pasa aquí?

Ellos se volvieron. Kay estaba en la puerta. Parecía muy fresca para ser tan tarde.

—Ha habido un asesinato —contestó Leo—. Una mujer llamada Rosie Allen.

Kay frunció el ceño.

—No entiendo. ¿Qué tiene que ver esa Rosie con nosotros?

Spencer tomó la palabra.

—Ha sido asesinada de un modo muy parecido a la ilustración de la postal que recibió su ex marido.

—El ratón en un charco de lágrimas —dijo Leo.

Spencer le tendió la fotografía.

—¿Ha visto alguna vez a esta mujer?

Kay se quedó mirando la fotografía y de pronto palideció.

—Es la costurera —musitó.

—¿La conoce?

—No... sí —se llevó una mano a la boca. Stacy notó que le temblaba—. Nos ha hecho algunos... arreglos.

Spencer y Tony se miraron. Stacy comprendió lo que significaba aquella mirada: no había coincidencia posible. Era un vínculo directo.

Leo se acercó a la mesa de la cocina, retiró una silla y se dejó caer en ella.

—Es lo que nos temíamos, Kay. Es cierto. Alguien está jugando de verdad.

Los detectives no hicieron caso.

—¿Cuándo fue la última vez que vio a Rosie Allen?

Kay miró a Spencer con perplejidad. Él repitió la pregunta. Antes de contestar, ella imitó a Leo y se sentó.

—El otro día. Un traje mío necesitaba unos arreglos.

—¿Y ella le tomó medidas?

—Sí.

—¿Pero no sabía usted cómo se llamaba?

—La señora Maitlin... ella se encarga de esas cosas.

Tony frunció el ceño.

—¿De qué cosas?

—De la gente que trabaja para nosotros. De fijar las citas. De pagarles por sus servicios.

—Habrá que interrogarla. Y al resto del personal de la casa también.

—Claro. Los demás llegan a las ocho. ¿Le parece bien a esa hora?

Los detectives miraron sus relojes y asintieron con la cabeza. Stacy, que se había visto en aquella situación, era capaz de seguir todos sus procesos mentales. Eran las cinco y media. Irían a casa a darse una ducha rápida, luego se encontrarían en alguna parte para comer un bocado. De ese modo estarían de vuelta en casa de los Noble a la hora en que llegara el servicio.

Tras decirle a Leo que llamaría más tarde, Stacy salió detrás de los detectives, apretando el paso para alcanzarlos. Tony ya se había ido, pero alcanzó a Malone cuando estaba abriendo la puerta del coche.

—¡Spencer! —llamó.

Él se dio la vuelta y esperó. Stacy llegó a su lado.

—El asesinato de esta noche, ¿tiene algún parecido con el de Cassie?

—Ninguno que yo haya visto —contestó él.

Ella intentó reprimir su desilusión. Y su frustración.

—Me lo dirías si lo hubiera, ¿verdad?

—Serás la primera en saberlo cuando detengamos a alguien.

—Bonita evasiva.

—Bastante decente, en mi opinión. No creas que te debo nada más.

—Haré un trato contigo, Malone. Cooperación mutua. Te contaré todo lo que averigüe, si tú haces lo mismo conmigo.

—¿Y por qué iba a hacer eso, Killian? Tú no eres poli. Yo sí.

—Sería lo más inteligente. Trabajo para Noble. Podría ayudarte.

—La conexión entre Noble y Cassie es fina como papel. Si no te das cuenta...

—Créeme, me doy cuenta. Pero es la única pista que tengo, así que voy a seguir adelante —le tendió la mano derecha—. ¿Cooperación mutua?

Él se quedó mirando un momento su mano tendida y luego sacudió la cabeza.

—Buen intento. Pero la policía de Nueva Orleans no hace ese tipo de tratos.

—Pues ellos se lo pierden. Y tú también.

Spencer montó en su coche y se alejó. Stacy lo siguió con la mirada y luego se acercó a su coche. Lo abrió y se metió dentro. Spencer cambiaría de opinión. Era arrogante, pero no estúpido.

Lo importante era resolver el caso. Y para eso la necesitaba a ella.

Sólo que no se daba cuenta. Aún.

Miércoles, 9 de marzo de 2005
10:40 a.m.

—Habéis llegado muy tarde esta mañana —les espetó la comisaria O'Shay al tiempo que sacaba un pañuelo de papel de la caja que había sobre su mesa.

—No hemos podido evitarlo, comisaria —dijo Spencer—. Hemos estado entrevistando a media docena de conocidos de la víctima desde las ocho de la mañana.

—¿Cuál es la situación?

—Una mujer muerta en la bañera. Una tal Rosie Allen. Tenía en su casa un taller de arreglos de ropa. Parece que murió ahogada. El informe del forense debería llegar esta tarde.

—No hay indicios de lucha —agregó Tony—. Ni heridas defensivas. Tenía las manos limpias. Suponemos que el asesino la drogó, quizá con una pistola de dardos.

—Iba a meterse en la cama —prosiguió Spencer—. Llevaba puesto el pijama y una bata. Pero de todos modos abrió la puerta.

La comisaria soltó un bufido y a continuación se sonó la nariz.

—Conocía a quien llamó a la puerta.

—Eso creemos. Pero aquí es donde la cosa se pone interesante. El asesino nos dejó un bonito mensaje. «Pobre Ratoncito, ahogado en un charco de lágrimas».

—Escrito en la pared del cuarto de baño, detrás de la bañera —dijo Tony—. Con lápiz de labios.

—¿El lápiz de labios? —preguntó O'Shay.

—Horrendo, un color naranja de vieja —Tony hizo una mueca de desagrado.

La comisaria lo miró con irritación.

—¿Dónde está?

—Ha desaparecido. El asesino se lo llevó como trofeo o para cubrirse las espaldas.

—¿Están seguros de que era de la víctima?

Tony se inclinó hacia delante.

—Afirmativo, comisaria. Todos sus conocidos han confirmado que se pintaba los labios de naranja.

Spencer puso a su jefa al corriente de la relación que unía a Rosie Allen y a los Nobles y la informó sobre las tarjetas que había recibido Leonardo Noble, así como de la teoría de éste acerca de que un fanático había comenzado a jugar en la vida real.

Cuando acabó, ella se quedó mirándolo con ojos vidriosos.

—No tiene buena cara, comisaria —dijo él.

—Es la condenada alergia —contestó ella—. Está todo en flor.

—Incluyendo su nariz —Tony sonrió—. Si no le importa que se lo diga.

Ella sacó otro pañuelo de la caja.

—En absoluto. Si a usted no le importa trabajar en Tráfico.

—Me retracto, comisaria. Soy demasiado viejo y demasiado gordo para eso.

Un esbozo de sonrisa asomó a la boca de O'Shay.

—Háblenme de ese juego.

—¿Ha oído hablar de Dragones y Mazmorras? Tuvo mucha repercusión en los medios hace unos años.

Ella asintió con la cabeza.

—En 1985 trabajé en un caso relacionado con un par de críos, un chico y una chica, que estaban muy metidos en el juego. Estaban enamorados, hicieron un pacto de suicidio y se mataron. La prensa hizo su agosto con el caso. Decían que el juego lavaba el cerebro a los chicos. Que los empujaba a cometer asesinatos y suicidios. Pero no era más que un bulo. La chica había sido diagnosticada clínicamente como depresiva, y los padres habían amenazado con separar a la pareja. El enfoque del juego complicó las cosas, nos hizo más difícil el trabajo.

Típico de los medios.

—Este juego es más oscuro que Dragones y Mazmorras. Por lo que he averiguado, es el más violento de todos. Está basado en la novela *Alicia en el País de las Maravillas*.

O'Shay masculló algo acerca de que nada era sagrado y volvió a sonarse la nariz.

—El juego consiste en matar o morir. El Conejo Blanco es el principal asesino.

—Y ahora ha cobrado vida —dijo O'Shay, mirándolos a ambos.

—Esa es la teoría de Noble —convino Spencer.

—Por el amor de Dios, que no se entere la prensa —la comisaria hizo una mueca—. Lo que nos hacía falta, una repetición del circo de 1985.

—Los Noble aseguran que ni siquiera sabían cómo se llamaba la víctima —dijo Tony—. Él no la reconoció cuando le enseñamos la foto.

—Era una de sus muchas sirvientas —dijo Spencer con sorna—. Según su ex mujer, Allen trataba sobre todo con la asistenta, la señora Maitlin.

—¿Han hablado con ella?

—Sí. Pero no aportó gran cosa —comprobó sus notas—. Apenas la conocía. La encontró a través de un anuncio. Allen quedó en pasarse por la casa para tomar las medidas, lo cual por lo visto no era muy corriente. La asistenta la describió como una mujer ratonil. Literalmente.

Patti O'Shay frunció el ceño.

—Qué interesante.

—Eso pensamos nosotros —añadió Tony—. Estamos comprobando la base de datos del Centro Nacional de Información Criminal en busca de antecedentes. Sobre Maitlin. Y sobre el resto del servicio.

—Ninguno de ellos recordaba haberla visto. Pero podrían estar mintiendo, claro.

—¿Algo más?

—Una buena noticia. Un respiro en los asesinatos de Finch y Wagner. Una de las huellas encontradas en la escena del crimen encaja.

—¿Gautreaux?

—Bingo. También tenemos un pelo de Finch sacado de su chaqueta. Y uno de la camiseta de la víctima que podría encajar con el de él. No es suficiente para presentar cargos, debido a su relación anterior, pero...

—Es suficiente para que un juez ordene un análisis de ADN. Si ese pelo resulta ser de Gautreaux, es nuestro —O'Shay se llevó un pañuelo a la nariz—. Llamen al juez...

—Ya lo hemos hecho. Tendremos el mandamiento dentro de una hora.

—Buen trabajo, detectives. Manténganme informada.

Sonó su teléfono; ella lo descolgó y les indicó con un gesto que la reunión había acabado. Spencer y Tony se levantaron y se dirigieron a la puerta. Allí Spencer se detuvo, se volvió hacia su tía y esperó a que acabara de hablar.

Ella colgó y lo miró inquisitivamente. Sus ojeras preocupaban a Spencer. Así se lo dijo.

Ella sonrió con desgana.

—No te preocupes. Cuesta dormir cuando no puedes respirar. La alergia me está pasando factura.

—¿Seguro que no es nada más?

—Absolutamente —ella se irguió y adoptó una expresión profesional—. Esta mañana oí algo que no me gustó nada.

Spencer se envaró ligeramente.

—¿De quién?

—La pregunta pertinente no es *de quién*. *Qué* sería más apropiado.

—Está bien. ¿Qué has oído?

—Que estuviste de juerga en el Shannon hasta que cerraron. La noche anterior a una operación de vigilancia importante.

Spencer sintió agitarse su rabia y procuró dominarse.

—No estaba de servicio.

—No, no estabas de servicio. Pero tres horas después, sí —se levantó para mirarlo directamente a los ojos—. Con resaca, en *mi* tiempo.

—Hice mi trabajo —contestó él poniéndose a la defensiva.

—Usa la cabeza, Spencer. Piensa en lo que te hizo vulnerable al teniente Moran.

Spencer sintió el impulso de protestar. Estaba enfadado. Cabreado con quien le había ido con el cuento a su tía.

Pero, sobre todo, estaba cabreado consigo mismo.

Ella apoyó las manos sobre la mesa y se inclinó hacia él.

—No vas a cagarla bajo mi mando. Antes te traslado. ¿Entendido?

De vuelta a la Unidad de Investigación Criminal. O peor aún. Su tía tenía mano en el Departamento. Sin duda se hallaba bajo el microscopio, presionada por los mismos sujetos que habían intentado aplacarlo a él asignándolo a la DAI.

Querían echarle. Imaginaban que no duraría.

Por eso le habían ofrecido aquella perita en dulce. Así el Departamento se ahorraba complicaciones legales... y sin ningún coste.

Spencer se irguió. Furioso. Sintiéndose traicionado por aquéllos en los que había confiado.

—Entendido, comisaria O'Shay. No se preocupe por mí, tengo los ojos bien abiertos.

Jueves, 10 de marzo de 2005
11:45 a.m.

En su primera visita al Barrio Francés, Stacy había comprendido que encontrar aparcamiento en la calle era prácticamente imposible. Había recorrido lentamente la red de callejuelas de un solo sentido sólo para darse por vencida al cabo de media hora y dejar el coche en un aparcamiento de pago de precios exorbitantes.

Esa mañana ni siquiera se molestó en buscar un sitio libre. Se metió en el primer aparcamiento que encontró, sacó un tique y le dio las llaves al empleado.

Nueva Orleans no dejaba de asombrarla. Allí se sentía como una extranjera en un país extraño. Dallas era una ciudad relativamente joven: sus moradores se ufanaban cuando podían remontar sus raíces hasta 1922. Nueva Orleans era, por el contrario, una ciudad histórica. Una ciudad que alardeaba de sus ricas tradiciones sociales, cimentadas en el linaje de cada cual, en una bella aunque deteriorada arquitectura y en unas cucarachas con un siglo a cuestas. O eso le habían dicho a Stacy.

Era Nueva Orleans una ciudad que se regodeaba en sus propios excesos. Comilonas. Risotadas. Borracheras. Todo perfectamente asumible en una ciudad cuyo lema –«Que sigan rodando los buenos tiempos»– era algo más que un eslogan del Departamento de Turismo.

Era un modo de vida.

Y en ninguna parte era tan patente esa actitud como en el Barrio Francés. Bares y clubes de destape, restaurantes, tiendas de antigüedades y *souvenirs*, discotecas, hoteles y casas de vecinos coexistían en las setenta y ocho manzanas que componían el asentamiento original de Nueva Orleans.

El Barrio albergaba además un sinfín de tiendas de carteles y galerías de arte. Arte de poca monta, muy alejado de aquél en el que las piezas llevaban etiquetas con precios de miles de dólares. Arte fácil y comercial, destinado al consumo masivo.

Por eso estaba allí Stacy.

Tenía intención de rastrear el posible origen de las postales de Leo. Una de ellas, saltaba a la vista, se fabricaba en serie y seguramente se vendía en un centenar de tiendas sólo en el Barrio Francés. Las otras dos, sospechaba Stacy, eran únicas.

Se quedó parada en la acera, en la esquina entre las calles Decatur y St. Meter. A su lado discurría un flujo de gente de todas clases, desde hombres trajeados hasta un travestido con medias de rejilla y minifalda de cuero rojo.

Stacy suponía que las tarjetas pertenecían a una edición limitada pintada por un artista local y vendida en un reducido número de tiendas. Leo le había dado la tarjeta en la que aparecía el Conejo Blanco guiando a Alicia por la madriguera. Spencer se había llevado la otra en calidad de prueba material. Si ella hubiera estado al frente del caso, se habría llevado las dos.

Pero, por suerte, no lo estaba.

Recorrió la manzana hasta llegar a la esquina que formaban Royal Street y una tienda de carteles llamada Dibuja esto. Entró.

El dependiente, un chico con el pelo corto, rizado y crespo, estaba en el mostrador, hablando por el móvil. Al verla, puso fin a la llamada y se acercó.

—¿Puedo ayudarla en algo?

Ella sonrió.

—Hola. Un amigo ha recibido esta tarjeta y estoy intentando encontrar una igual.

El chico miró la tarjeta y sacudió la cabeza.

—No la tenemos.

—¿Tienen alguna parecida?

—No.

Ella se la enseñó otra vez.

—¿Alguna idea de dónde puedo buscar?

Otro cliente entró en la tienda. El chico desvió la mirada y luego volvió a fijarla en ella.

—No, lo siento.

Las siguientes seis tiendas resultaron una copia casi exacta de la primera. Stacy llegó hasta el final de Royal Street y volvió hacia Canal Street. En la siguiente esquina había una tienda de carteles llamada Reflejos. Stacy entró y enseguida vio que el género de la tienda era más variado que el de las últimas que había visitado y tendía más hacia lo raro y lo exótico.

—¿Puedo ayudarla? —preguntó un hombre desde la puerta de la trastienda. Stacy vio que había estado almorzando.

—Eso espero —Stacy le lanzó una sonrisa confiada mientras cruzaba la tienda—. Quería saber si tenía este tipo de postales —le enseñó la tarjeta.

—Lo siento.

Ella no pudo disimular su decepción.

—Eso me temía.

—¿Me permite? —el dependiente tendió la mano. Ella le dio la tarjeta. Él observó la ilustración, juntando las cejas en un leve ceño—. Una ilustración muy interesante. ¿Dónde la ha conseguido?

—Le mandaron varias a un amigo. Me gusta mucho *Alicia en el País de las Maravillas* y había pensado comprar una caja, si no eran muy caras.

Él frotó una esquina de la tarjeta entre el índice y el pulgar.

—Nadie vende esto por cajas, me temo.

—¿Cómo dice?

—Esto es un original, no una copia impresa —levantó la tarjeta hacia la luz y entornó los ojos—. Lápiz y tinta —pasó el pulgar a lo largo del borde desigual—. Buen papel. Cien por cien textil. Y libre de ácidos. El artista conoce su oficio.

—¿Reconoce al autor?

—Podría ser.

—¿Podría ser?

—Nunca había visto esta ilustración, pero el trazo me recuerda a un ilustrador local. Pogo.

—¿Pogo? —repitió ella—. ¿Habla en serio?

Él se encogió de hombros.

—Yo no le puse el nombre. Dibuja cosas así. Inquietantes. En lápiz y tinta. Ha hecho un par de exposiciones y ha tenido buenas críticas. Pero nunca ha acabado de despegar.

—¿Sabe dónde puedo encontrarlo?

—No, lo siento —le devolvió la tarjeta—. Pero puede que en la Galería 124 lo sepan. Si no recuerdo mal, fue allí donde hizo su última exposición. En la esquina entre Royal y Conti.

Stacy sonrió y empezó a retroceder hacia la entrada de la tienda.

—Muchas gracias por su ayuda y su tiempo. Se lo agradezco mucho.

—Esas postales no le saldrán baratas —dijo él levantando la voz tras ella—. Podría enseñarle algo parecido...

—Gracias —repitió ella por encima del hombro—. Pero me encantan éstas.

Salió a la acera y se encaminó hacia Conti Street. La Galería 124 estaba exactamente donde le había dicho el dependiente.

Miró si venían coches y luego cruzó a toda prisa. Cuando entró en la galería tintineó la campanilla de la puerta. El chorro helado del aire acondicionado sopló sobre ella. Un instante después, se dio cuenta de que no era tan lista como creía.

Malone se le había adelantado.

El detective estaba de pie al fondo de la galería, obviamente esperando a hablar con la encargada, una mujer ataviada con una falda peligrosamente corta y una blusa de zíngara de colores chillones. Llevaba el pelo muy corto y de punta, tan oxigenado que parecía casi blanco.

La palabra que evocaba su imagen era «pija». Con P mayúscula. Stacy había visto a muchas como ella en las inauguraciones de Jane a lo largo de los años.

Malone miró hacia ella. Sus ojos se encontraron. Y él sonrió.

O, más bien, hizo una mueca sarcástica.

Bastardo engreído.

Stacy se acercó a él.

—Vaya, vaya, nunca dejo de asombrarme —dijo—. El detective Spencer Malone en una galería de arte. No parece tu estilo.

—¿De veras? Pues soy un gran aficionado al arte. De hecho tengo un par de piezas bastante buenas.

—¿En terciopelo negro?

Él se echó a reír.

—He oído hablar de cierto artista que creo va a interesarme. Un tío llamado Pogo.

Ella miró hacia la chica del pelo de punta y luego volvió a mirarlo a él.

—¿Cómo es que has llegado antes que yo?

—Porque soy mejor investigador.

—Y un cuerno. Has hecho trampa.

Antes de que él pudiera responder, la rubia acabó de hablar con su cliente y se acercó a ellos con una fresca sonrisa fijada en la cara.

—Buenas tarde. ¿En qué puedo ayudarlos?

Spencer le enseñó su insignia.

—Detective Malone, del Departamento de Policía de Nueva Orleans. Tengo que hacerle unas preguntas.

El semblante de la chica registró sorpresa y luego inquietud. Stacy intervino antes de que pudiera responder.

—Tengo un poco de prisa. Podría volver más tarde...

—¿Cómo? ¿Es que no vienen juntos? Pensaba que...

—No tiene importancia —Stacy se volvió hacia Spencer y sonrió con expresión de disculpa—. ¿Te importa? Estoy en mi hora de la comida.

Él arqueó una ceja oscura, divertido.

—Por favor. Tómate tu tiempo.

—Gracias, detective. Es usted un encanto —se giró hacia la dependienta—. Tengo entendido que representa a un artista llamado Pogo.

—¿Pogo? Sí, pero de eso hace más de un año.

—No me diga. Qué desilusión. Me había encaprichado con una de sus obras.

La chica pareció animarse, sin duda imaginando que tal vez pudiera hacer una venta de todas formas.

—¿Una ilustración?

—Un dibujo. En lápiz y tinta. Con imaginería basada en *Ali-*

cia en el País de las Maravillas. Muy oscuro. Muy poderoso. Vi una y me enamoré perdidamente.

—Suena a una de las obras de Pogo. Cuando trabajaba, claro.

—¿Cuando trabajaba?

—Pogo es su peor enemigo. Tiene mucho talento, pero no es muy de fiar.

—¿Conoce usted esa serie sobre *Alicia*?

—No. Debe de ser nueva —hizo una pausa como si sopesara sus opciones—. Podría llamarlo. Decirle que se pase por aquí y traiga su carpeta.

—Entonces ¿vive aquí?

—Sí, muy cerca, en el Barrio. Si consigo hablar con él, seguro que estará aquí en diez minutos.

Stacy miró su reloj como si no supiera qué hacer.

—Vive muy cerca —añadió la otra rápidamente—. En unos barracones, cerca de Dauphine.

—No sé. Quería algo que fuera una buena inversión, pero si es de poco fiar... —mientras la mujer abría la boca, sin duda dispuesta a asegurarle que su afirmación anterior no era del todo exacta, Stacy sacudió la cabeza—. Voy a pensármelo. ¿Tiene una tarjeta?

Ella se la dio. Stacy le dio las gracias y al pasar tranquilamente junto a Spencer lo saludó agitando los dedos.

—Gracias, detective.

Salió de la galería, cruzó el portal y esperó. Exactamente dos minutos y medio después, Spencer salió de la tienda y se acercó a ella con parsimonia.

—Muy astuta, Killian. Una actuación brillante.

—Gracias. ¿Se ha enfadado cuando le has preguntado por Pogo?

—Parecía más bien hecha un lío. Le he sacado su dirección, pero me gustaría ver cómo te las apañas. Así que te acompaño.

Ella se echó a reír.

—Me has sorprendido, detective. Y yo no me sorprendo fácilmente.

—Me lo tomaré como un cumplido. En marcha, Killian.

—Unos barracones en Dauphine. ¿Conoces la zona?

Él asintió con la cabeza y echaron a andar juntos. Una manzana más allá, ella lo miró de reojo.

—¿Cómo has dado con la Galería 124 tan rápidamente?

—Mi hermana Shauna estudió bellas artes. Le enseñé la tarjeta y no la reconoció, pero me mandó a Hill Tokar, el jefe del Consejo de las Artes de Nueva Orleans. Él fue quien me habló de la Galería 124.

—Y el resto es historia.

—¿Es admiración a regañadientes lo que noto en tu voz?

—Desde luego que no —ella sonrió—. ¿Shauna es tu única hermana?

—No. Sólo una entre seis.

Ella se paró y lo miró.

—¿Tienes seis hermanos?

Spencer se echó a reír al ver su cara de pasmo.

—Procedo de una buena familia católica irlandesa.

—El Señor dijo «creced y multiplicaos».

—Y el papa también. Y mi madre se toma muy en serio las recomendaciones del papa —siguieron andando tranquilamente—. ¿Y tú? —preguntó él.

—Sólo somos Jane y yo. ¿Cómo es formar parte de una familia tan grande?

—Una locura. A veces es molesto. Y siempre ensordecedor —hizo una pausa—. Pero es fantástico.

Al percibir el efecto de su voz, Stacy sintió ganas de ver a su hermana y abrazar a su sobrinita.

Llegaron al cruce de calles. Aquella zona era una astrosa mezcla de viviendas y comercios al por menor. Los edificios del siglo XVIII se apiñaban en diversos grados de deterioro. Todo ello formaba parte del encanto del Barrio.

—Está bien —Stacy le lanzó una mirada divertida—. Te apuesto un café a que consigo la dirección del señor Pogo en diez minutos.

—Eso no es nada, Killian. Que sean cinco y trato hecho.

Ella aceptó la apuesta y a continuación recorrió la calle con la mirada. Un colmado con un mostrador en el que se servían comidas. Un bar desvencijado. Una tienda de *souvenirs*.

Señaló el colmado.

—Espera aquí. No quiero que se asusten.

—Muy graciosa —Spencer sonrió y miró su reloj de pulsera—. El tiempo corre.

Stacy se dirigió al colmado y se detuvo nada más cruzar la puerta. Parecía un negocio familiar. Detrás del mostrador de comidas había un hombre de unos sesenta años; en la caja registradora, una mujer más o menos de la misma edad. ¿A quién acercarse? Consciente de que pasaban los segundos, Stacy se decidió por la mujer.

Se acercó a ella.

—Hola —insufló en su voz lo que confiaba fuera la combinación justa de sinceridad y simpatía—. Espero que pueda ayudarme.

La mujer le devolvió la sonrisa.

—Lo intentaré —tenía la voz raspona de una fumadora empedernida.

—Estoy buscando a un pintor que vive por aquí. Pogo.

La expresión de la mujer se alteró de un modo que sugería que aquel sujeto y ella no se tenían aprecio.

Stacy le mostró la tarjeta.

—Le compré esta postal el año pasado y quisiera comprarle algunas más. Le he llamado por teléfono, pero la línea estaba fuera de servicio.

—Seguramente se la habrán cortado.

—¿Qué pasa, Edith? —preguntó el hombre.

Stacy lo miró por encima del hombro.

—Esta señora busca a Pogo. Quiere comprarle unos dibujos.

—¿Va a pagarle en metálico? —preguntó él.

—Claro —respondió Stacy—. Si le encuentro, por supuesto.

El hombre miró a su mujer inclinando la cabeza. Ella garabateó la dirección al dorso de un tique de la caja.

—Es en el portal de al lado —dijo—. Cuarto piso.

Stacy le dio las gracias y regresó con Spencer. Él miró su reloj.

—Cuatro minutos y medio. ¿Tienes la dirección?

Ella le enseñó el trozo de papel.

Spencer lo comparó con el que le había dado la chica de la galería de arte y asintió con la cabeza.

—Yo habría elegido el bar. «De poco fiar» y «borracho» son dos conceptos que suelen ir de la mano.

—Sí, pero todo el mundo tiene que comer. Además, los camareros son más desconfiados. Va con el oficio.

—El café lo pago yo. Espera aquí. Voy a ver a ese tipo.

—¿Cómo dices? Yo creo que no.

—Esto es un asunto policial, Stacy. Ha sido divertido, pero...

—Pero nada. No vas a entrar ahí sin mí.

—Sí, voy a hacerlo.

Echó a andar hacia el edificio de viviendas. Stacy fue tras él y lo detuvo agarrándolo del brazo.

—Eso son chorradas y tú lo sabes.

Él inclinó la cabeza.

—Puede ser. Pero mi jefa me arrancaría la piel a tiras si interrogara a un sospechoso en presencia de un civil.

—Le vas a asustar. Yo puedo seguir con la farsa, hacerme pasar por una compradora de arte. Conmigo hablará.

—En cuanto vea la tarjeta se dará cuenta de que es una trampa. No pienso ponerte en peligro.

—Estás dando por sentado que es culpable de algo. Puede que le encargaran los dibujos y que no sepa para qué eran.

—Olvídalo, Killian. ¿No tienes clase o algo así?

—Eres el ser más irritante y cabezota con el que he tenido la desgracia de...

Sus palabras se apagaron al darse cuenta de que se había formado un pequeño revuelo ante el colmado.

Vio al hombre de dentro. Estaba junto a un individuo con barba y pelo largo y señalaba hacia ella.

No, pensó. No hacia ella. A ella.

Pogo.

Aquel hombre miró a Spencer. Stacy percibió el instante preciso en que se daba cuenta de que eran de la policía.

—Rápido, Spencer...

Demasiado tarde. El dibujante echó a correr en dirección contraria. Spencer lanzó una maldición y salió tras él, seguido de Stacy.

Estaba claro que Pogo conocía bien el barrio. Corría por calles laterales y atajaba por callejones. Además, era veloz. Un tipo bajito, delgado y fibroso. En cuestión de minutos Stacy los perdió de vista a ambos.

Se detuvo, jadeando, y pensó que no estaba en forma. Se dobló por la cintura y apoyó las manos en las rodillas. Maldición. Tenía que ponerse a hacer ejercicio.

Cuando recuperó el aliento, regresó al colmado. Vio que, en algún momento durante la persecución, Spencer había pedido refuerzos. Frente al edificio del dibujante había aparcados en doble fila dos coches de la policía. Uno de los agentes estaba interrogando al tendero y su mujer. A los demás no se los veía por ninguna parte.

Sin duda estaban peinando la zona en busca de Pogo. Interrogando a los vecinos del artista.

Stacy se ocultó tras un expositor de postales, frente a una tienda de *souvenirs*. No quería que el tendero la viera y le mandara al policía. A Spencer no le haría ninguna gracia que su participación en aquel incidente apareciera en un atestado policial.

Tony detuvo su coche, aparcó en un vado y salió. A Stacy se le ocurrió llamarlo, pero enseguida descartó la idea. Dejaría que Malone llevara la voz cantante.

Spencer regresó. Iba sudando. Y parecía enfadado.

Pogo se había escapado.

Maldición.

Él se acercó a Tony. Cruzaron unas palabras y luego Spencer se giró y escudriñó la zona. Buscándola a ella, supuso Stacy. Salió de detrás del expositor. Spencer la vio. Ella le indicó por señas que la llamara, dio media vuelta y se alejó de allí.

Jueves, 10 de marzo de 2005
2:00 p.m.

Consiguieron una orden de registro menos de una hora después. Spencer se la entregó al casero, que a su vez abrió la puerta del apartamento del dibujante.
–Gracias –le dijo Spencer–. Quédese por aquí, ¿de acuerdo?
–Claro –el hombre cambió el peso del cuerpo de un pie al otro–. ¿En qué lío se ha metido Walter?
–¿Walter?
–Walter Pogolapoulos. Todo el mundo lo llama Pogo.
Era raro. Pero parecía lógico.
–Bueno, ¿qué ha hecho?
–Lo siento, no podemos hablar sobre una investigación en marcha.
–Claro. Lo entiendo –asintió vigorosamente con la cabeza–. Estaré aquí al lado si necesitan algo.
Entraron en el apartamento. Tony sonrió a Spencer.
–Conque una investigación en marcha, ¿eh? Creía que el tío iba a mearse en los pantalones.
–Todo el mundo tiene que tener un hobby.
–Buen trabajo, por cierto –dijo Tony.
–¿No te has enterado? Se me escapó.
–Ya volverá.
Más le valía. Ya le habrían atrapado, si él hubiera estado arriba, esperándole, cuando llegara a casa, y no delante del edificio, jugueteando con Stacy y discutiendo como un novato en vez de cumplir con su trabajo.

—¿La que he visto abajo era Killian?
—No quiero ni oír ese nombre.
Tony se inclinó hacia él.
—Killian —susurró tres veces, y se echó a reír.
Spencer fingió zarandearlo y volvió luego a la tarea que tenían entre manos. El de Pogo era un típico apartamento de la parte vieja de Nueva Orleans. Techos de cinco metros, ventanas con cristales originales, molduras de ciprés de las que ya no se usaban en la construcción, ni siquiera en las casas de los ricos.

Paredes y techos de escayola resquebrajados. Pintura descascarillada y seguramente cargada de plomo. Sanitarios y muebles de cocina de los años cincuenta, sin duda de la última reforma que había sufrido el edificio. El olor mohoso de las paredes húmedas; el sonido de las cucarachas correteando por dentro de las paredes.

El cuarto de estar olía a trementina. Y estaba, cómo no, lleno de cuadros. Había dibujos y lienzos en diversos estadios de acabado colgados o clavados a las paredes, sobre las mesas y apoyados en los rincones. El apartamento parecía repleto de materiales de dibujo. Pinceles y pinturas. Lápices, carboncillos y pasteles. Y también otros utensilios cuyos nombres desconocía Spencer.

Qué interesante, pensó mientras recorría de nuevo la habitación con la mirada. No había fotos de familia ni curiosidades, ningún indicio de vida fuera de sí mismo y de su arte.

Un solitario.

—Aquí, Niño Bonito —dijo Tony.

Spencer se acercó a su compañero, que se había detenido junto a una mesa de dibujo que había en un rincón.

Extendidas sobre ella había media docena de macabras ilustraciones de *Alicia en el País de las Maravillas* en diversos estadios de ejecución. La más acabada mostraba a los naipes, el Cinco y el Siete de Espadas, partidos por la mitad. En otra aparecía la Liebre de Marzo tumbada sobre una mesa. De su cabeza manaba la sangre, formando un charco sobre la mesa.

Spencer miró a Tony.

—Dios bendito.

—Parece que hemos dado en el clavo, amigo mío.

Spencer agarró un pañuelo de papel y lo utilizó para pasar los dibujos sin contaminarlos. La Reina de Corazones, empalada en una estaca. El Gato de Cheshire con la cabeza ensangrentada flotando por encima del cuerpo. Y, finalmente, Alicia colgada del cuello, con la cara hinchada y amoratada. Al final había unos bocetos de las tarjetas que había recibido Leo.

—Si no es nuestro hombre —dijo Tony—, desde luego sabe quién es.

Y él debería haberlo atrapado. Lo había echado todo a perder.

—Quiero saberlo todo sobre Walter Pogolapoulos lo antes posible —Spencer le hizo señas a uno de los agentes uniformados—. Llame a los técnicos —dijo—. Quiero que registren minuciosamente el apartamento. Quiero acceso a sus cuentas bancarias y a la lista de sus llamadas telefónicas. Del móvil también. Quiero saber con quién ha hablado últimamente. Interroguen a los vecinos. Tenemos que averiguar quiénes son sus amigos y qué lugares frecuenta.

—¿Quieres que radie un aviso de búsqueda? —preguntó Tony.

—Desde luego que sí. El señor Pogo no va a escapárseme otra vez entre los dedos.

Jueves, 10 de marzo de 2005
5:40 p.m.

Stacy detuvo el coche delante de su apartamento. Al salir del Barrio Francés, se había ido a toda prisa a la universidad. Había llegado a clase, aunque tarde y sin prepararse. El profesor se había molestado por lo primero y había montado en cólera por lo segundo.

Le había afeado la conducta delante de toda la clase y luego otra vez en su despacho. Allí esperaban mejores cosas de sus alumnos, le había dicho. Sería mejor que se fuera organizando.

Stacy no había intentado excusarse. No había sacado a relucir la muerte de Cassie, ni el hecho de que fuera ella quien había descubierto el cadáver. A decir verdad, ella también esperaba mejores cosas de sí misma.

Apagó el motor y salió del coche, consciente de que estaba intelectual y emocionalmente agotada. Quizá debiera dejar correr todo aquel asunto. Decirle a Leo que estaba harta; que la policía se había hecho oficialmente cargo del caso. Malone había demostrado ser más capaz de lo que ella creía. Qué demonios, incluso había dado con Pogo antes que ella.

Pero ¿y en cuanto a descubrir al asesino de Cassie? No podía desentenderse de aquel asunto hasta que estuviera segura de que Malone iba por el buen camino.

Un movimiento en el porche llamó su atención. Vio que era Alicia Noble. La muchacha estaba sentada en el umbral de su puerta.

Aquello era cada vez más curioso.

—Hola, Alicia.

La chica se levantó con los brazos cruzados sobre la tripa, como si quisiera protegerse de algo.

—Hola.

Stacy llegó ante los escalones. Sonrió a la muchacha.

—¿Qué pasa?

—Estaba esperándote.

—Eso ya lo veo. Espero que no lleves mucho aquí.

—Un par de horas –levantó la barbilla–. No mucho.

—Anda, vamos. Estos libros pesan lo suyo –subió los tres escalones del porche, se acercó a la puerta y dejó caer su mochila–. ¿Quieres beber algo?

—Quiero que me digas la verdad.

—La verdad –repitió Stacy–. ¿Sobre qué?

—No estás ayudando a mi padre a escribir un libro.

Stacy no podía mentirle. Le sabía mal. Y Alicia Noble era demasiado mayor y demasiado lista como para ofrecerle explicaciones banales.

—Anoche estuviste en casa. Muy tarde. Con un par de tipos. Policías, supongo.

—Es con tus padres con quien tienes que hablar de esto. No conmigo.

Ella pareció disgustada.

—¿Están metidos en algún lío? ¿Corren peligro? –al ver que Stacy no contestaba, cerró los puños–. ¿Por qué no me dices qué está pasando?

Stacy extendió una mano.

—No me corresponde a mí hacerlo, Alicia. No soy tu madre. Habla con tus padres. Por favor.

—¡Tú no lo entiendes! Ellos no me lo dirán –su tono se volvió adulto... y amargo–. Me tratan como una niña. Como si tuviera seis años en lugar de dieciséis. Ya puedo conducir un coche, pero ellos tienen miedo, no confían en que pueda desenvolverme en el mundo real.

—No se trata de una cuestión de confianza –dijo Stacy suavemente.

—Claro que sí –Alicia la miró fijamente a los ojos–. Ha muerto alguien, ¿verdad?

Stacy se quedó paralizada.

—¿Por qué dices eso?

—Es la única razón por la que la gente llama en plena noche, ¿no? Las malas noticias no pueden esperar —Alicia agarró su mano y se la apretó con una fuerza que sorprendió a Stacy—. Si esos hombres eran de la policía, ¿qué significa su visita? ¿Ha habido un asesinato? ¿Un secuestro? ¿Y qué tiene que ver con mi familia?

—Alicia —dijo Stacy con calma—, ¿estuviste escuchando nuestra conversación anoche?

Ella no contestó. Su silencio convenció a Stacy de que, en efecto, había oído lo suficiente para sentirse aterrorizada.

—Por favor, dímelo —musitó la chica—. Mis padres no tienen por qué enterarse.

Stacy vaciló. Por un lado, Alicia era una adolescente, demasiado mayor para mantenerla en la ignorancia como a una niña pequeña. Y era, ciertamente, demasiado inteligente. Parecía más que capaz de enfrentarse a aquello. En opinión de Stacy, debían ponerla al corriente por su propio bien. El monstruo que se conoce es menos pavoroso que el que se desconoce.

Pero, por otro lado, Stacy no era su madre. Ni nada suyo, a decir verdad.

—¿Has venido en coche? —le preguntó.

—Andando —la boca de la chica se torció en una mueca agria—. Recuerda que tengo mi propio coche, pero tengo que pedir permiso para usarlo. Y para que me den permiso hace falta casi un milagro.

—Mira, estoy de tu parte en esto. Pero no tengo derecho a decirte nada. No quiero ir en contra de la voluntad de tus padres.

—Lo que tú digas.

Dio media vuelta para marcharse; Stacy la agarró del brazo.

—Espera. Te llevo a casa. Si está tu padre, hablaré con él e intentaré convencerle para que te lo cuente. ¿De acuerdo?

—Para lo que va a servir...

Stacy dejó la mochila en casa y luego se acercaron las dos a su coche. Montaron, se abrocharon los cinturones de seguridad y Stacy arrancó. Avanzaron en silencio, la muchacha hundida en su asiento, como la efigie misma de la infelicidad adolescente.

Stacy aparcó delante de la mansión; salieron ambas. Alicia no esperó a Stacy, sencillamente echó a correr hacia la casa y desapareció más allá de la puerta mientras Stacy llegaba al porche.

Stacy siguió a la muchacha al interior de la casa. Leo estaba al pie de la escalera, mirando hacia arriba. En el primer piso se cerró con estrépito una puerta.

Leo miró a Stacy con perplejidad.

—Creía que estaba arriba.

—Estaba en mi apartamento.

Él levantó las cejas.

—¿En tu apartamento? No entiendo.

—¿Podemos hablar?

—Claro.

La condujo a su despacho, cerró la puerta y esperó.

—Cuando llegué a casa, me encontré a Alicia en el umbral. Dijo que llevaba allí un par de horas.

—¿Un par de horas? Cielo santo, pero ¿por qué...?

—Está asustada, Leo. Sabe que está pasando algo. Que no soy tu asesora técnica. Quería que le dijera la verdad.

—No le habrás dicho nada, ¿no?

—Claro que no. Es tu hija, y tú me pediste que no le contara nada.

—No quiero asustarla.

—Ya está asustada. Vio a Malone y a Sciame aquí ayer. Y oyó al menos parte de lo que hablamos.

Leo palideció.

—Debería haber estado durmiendo. En la casa de invitados.

—Pues no lo estaba. Adivinó que eran de la policía. Incluso sospecha que ha habido un asesinato.

—Pero ¿cómo es posible? —Leo se apartó de la mesa con el rostro crispado por la preocupación.

Stacy levantó los hombros.

—Es una chica muy lista, ató cabos. Como ella misma me dijo, la gente sólo llama en plena noche cuando alguien ha muerto.

Una sonrisa reticente levantó las comisuras de la boca de Leo.

—Nunca deja de asombrarme.

—Teme que Kay y tú estéis en peligro. Tenéis que tranquilizarla. Tiene dieciséis años, Leo. Intenta recordar cómo eras tú a esa edad.

Él se pasó una mano por la cara.

—Tú no conoces a Alicia. Es muy nerviosa. Los superdotados suelen serlo. Necesita que la guíen mucho más que otros chicos de su edad.

—Su padre eres tú, por supuesto. Pero, según mi experiencia, lo que se conoce nos asusta mucho menos que lo que ignoramos.

Él se quedó callado un momento y luego asintió con la cabeza.

—Hablaré con Kay.

—Bien —ella miró su reloj—. Estoy rendida. Si no te importa, me voy a casa.

—Adelante —la detuvo cuando había llegado a la puerta—. Stacy... —ella lo miró interrogativamente—. Gracias.

Su expresión de gratitud la hizo sonreír. Salió del despacho. Al atravesar el vestíbulo, vio a Alicia rondando por el rellano de la escalera. Sus ojos se encontraron, pero antes de que Stacy pudiera decirle adiós, Kay apareció tras la muchacha.

Estaba claro que no había visto a Stacy. Y, a juzgar por la rapidez con que se volvió Alicia, Stacy tuvo la sensación de que no quería que la viera. Stacy dudó un momento y luego abandonó la mansión.

Unos minutos después estaba de camino a casa. Tenía hambre y se paró en el Taco Bell a comprar un plato de enchilada. Mientras esperaba que le sirvieran la comida, pensó en Spencer y se preguntó si habría encontrado a Pogo. Miró su móvil para comprobar que estaba encendido y que no tenía ninguna llamada perdida.

Aparcó delante de su casa, apagó el motor y entró. Dejó en la cocina la bolsa de la comida, miró el visor del contestador para ver si tenía mensajes (no había ninguno) y se acercó al cuarto de baño.

Decidió ponerse el pijama. Se daría una larga ducha caliente, se pondría el pijama y cenaría delante del televisor. Si a las diez Spencer no la había llamado, lo llamaría ella.

Metió el brazo en la ducha para abrir el grifo de agua caliente. Mientras el agua se calentaba, se desvistió. Empezó a salir vaho por detrás de la cortina y la apartó un poco para abrir el agua fría. Frunció el ceño. Un hilillo rosado se mezclaba con el agua clara que se iba por el desagüe formando un remolino.

Retiró la cortina. Un gemido escapó de su garganta. En parte de sorpresa. En parte de horror.

Una cabeza de gato. Suspendida del techo, sobre la bañera, con sedal de nailon. Era un gato rayado. Su boca se estiraba en una extraña mueca.

Parecía sonreírle.

Stacy se apartó, intentando calmarse. Respiró profundamente por la nariz. «Toma distancia, Killian. Es la escena de un crimen. Como las docenas, los cientos en las que has trabajado».

Haz tu trabajo.

Descolgó su bata del perchero de detrás de la puerta, se la puso y sacó su pistola de la mesilla de noche. Comenzó a registrar sistemáticamente el apartamento empezando por el dormitorio.

En la cocina descubrió cómo había entrado el culpable: había roto uno de los paneles de cristal de la puerta, había metido la mano y descorrido el cerrojo. Parecía haberse cortado al hacerlo, un error chapucero.

Pero una suerte para el equipo de criminalística.

El resto del registro no reveló nada inesperado. No parecía faltar nada, ni había desorden alguno. Ni rastro del resto del pobre gato. Estaba claro que quien había hecho aquello pretendía asustarla.

Regresó al cuarto de baño. Tragó saliva con esfuerzo y observó la cabeza, la forma en que había sido suspendida del techo. Nada complicado, pero hacía falta un poco de ingenio y de habilidad. Levantó la mirada. Una alcayata clavada en el techo. Hilo de sedal de nailon atado a la alcayata y a la cabeza del gato.

Stacy recorrió con la mirada los hilos; había dos, cada uno de ellos acabado en un anzuelo, clavado a su vez en una de las orejas del animal.

Bajó los ojos al fondo de la bañera. En el suelo, justo bajo la cabeza del gato, había pegada una bolsa de plástico. De las que se abrían y cerraban y se usaban para guardar la comida.

Vio que había algo en la bolsa. Una nota. O un sobre del tamaño de una tarjeta postal.

Se quedó mirando la bolsa ensangrentada mientras sentía el martilleo de su propio pulso en las sienes. Se obligó a respirar. A pensar con claridad.

«Déjalo. Llama a Spencer».

Mientras aquella idea cruzaba su cabeza, dio media vuelta y se dirigió a la cocina. Al fregadero y los guantes de goma que guardaba debajo. Se inclinó, sacó el paquete y extrajo un par.

Se los puso y regresó al cuarto de baño. Agachándose, despegó cuidadosamente la bolsa, la abrió y sacó la tarjeta.

Decía sencillamente: *Bienvenida al juego.*

Iba firmada por el Conejo Blanco.

27

Jueves, 10 de marzo de 2005
8:15 p.m.

Spencer cruzó a toda velocidad Metairie Road, City Park Avenue y el cruce de la I-10 y tomó el desvío de City Park. La luz roja de la sirena rebotaba enloquecida contra las paredes del paso subterráneo. La primera llamada de Stacy había llegado mientras Tony y él estaban en el despacho de la comisaria O'Shay. La segunda, cuando iba de camino a casa. Había dado media vuelta y regresado de inmediato al centro de la ciudad, antes incluso de que acabara la llamada.

Agarraba con fuerza el volante mientras sorteaba los vehículos que no se apartaban de su camino a tiempo. Stacy no había dicho gran cosa aparte de «Ven cuanto antes». Pero Spencer había percibido la crispación de su voz (un asomo de temblor), y había reaccionado sin hacer preguntas.

Había resuelto acudir solo al aviso. Ver qué había pasado y qué hacía falta. Sabía por experiencia que interponerse entre el Gordinflón y su cena no resultaba una experiencia agradable.

Llegó al edificio de Stacy. Ella estaba sentada en el escalón del porche, esperando. Spencer aparcó en el vado de la boca de riego, salió del vehículo y echó a andar hacia ella.

Al acercarse, vio que tenía la Glock sobre las rodillas.

Se detuvo ante ella. Stacy levantó la cara.

—Siento haberte llamado así. Recuerdo cómo era.

—No importa —escudriñó su semblante con preocupación—. ¿Te encuentras bien?

Ella asintió con la cabeza y se levantó.

—¿Va a venir Tony?

—No. He pensado que era mejor dejarle cenar en paz. El Gordinflón se pone hecho una fiera si no le dejas comer tranquilo. ¿Qué ha pasado?

Ella se acercó a la puerta y la abrió.

—Puedes verlo tú mismo.

A su voz le faltaba inflexión. Spencer ignoraba si se debía a la impresión o al esfuerzo de mantener a raya sus emociones.

Entró tras ella. Stacy lo condujo al cuarto de baño, situado al fondo de la casa.

Él vio enseguida el animal. Se paró en seco. No había duda de lo que tenía ante sus ojos.

El Gato de Cheshire, su cabeza sanguinolenta flotando sobre su cuerpo.

El dibujo de Pogo hecho realidad.

—¿Cómo entró? —preguntó, y su voz le sonó ronca incluso a él.

—Por la puerta de la cocina. Rompió uno de los cristales de la puerta, metió la mano y descorrió el cerrojo. Se cortó. Hay un poco de sangre.

—¿Has tocado algo?

—Sólo eso —señaló la bolsa de plástico ensangrentada y la tarjeta que había en el suelo. Junto a ambas cosas había un par de guantes amarillos de plástico, de los que Spencer había visto usar a su madre para fregar los platos.

Como si le leyera el pensamiento, Stacy dijo:

—Para no contaminar nada. Por si te preocupa, eran nuevos.

—No me preocupaba.

Ella frunció el ceño, pensativa.

—Estaba calentando el agua para darme una ducha. Metí la mano sin mirar. Puede que el agua se haya llevado alguna prueba.

Spencer miró a un lado y a otro. Vio el pantalón tobillero de color caqui y el jersey blanco de manga corta que ella se había puesto esa tarde. Había también un sujetador de encaje de un delicado color violeta.

Apartó la mirada rápidamente, sintiéndose como un mirón.

—Perdona —masculló ella, y recogió apresuradamente la ropa—. Estaba aturdida. Me puse una bata y...

Sus palabras se apagaron. Spencer movió la cabeza.

—No hace falta que te disculpes. Estás en tu casa, no debería haber mirado.

Ella se echó a reír de repente. Una risa perfectamente modulada y contagiosa.

—Eres detective. Me parece que en eso consiste tu trabajo.

Aquello disipó la tensión. Spencer se echó a reír.

—Tienes razón. Intentaré recordarlo.

Se puso un par de guantes, se acercó a la tarjeta y la recogió. El mensaje era tan sencillo como escalofriante.

Bienvenida al juego.

Iba firmado por el Conejo Blanco.

Spencer miró a Stacy. Ella le sostuvo la mirada sin vacilar. Fijamente.

—He hecho demasiadas preguntas —dijo—. Le he tocado las narices a alguien. Ahora estoy metida en el juego.

Spencer deseó poder tranquilizarla. Pero no podía.

—El Gato de Cheshire —prosiguió ella—. Un personaje con largas garras y montones de dientes. En la novela, la reina intenta decapitarlo, pero el gato desaparece antes de que pueda hacerlo —comprimió los labios un momento como si intentara ganar tiempo para dominarse—. Éste no tuvo tanta suerte.

—El gato aparece y desaparece a lo largo de la novela —dijo Spencer, pensando en las *Notas* de Cliff que había leído la noche anterior—. Otro indicio más de un mundo en el que la realidad ha quedado distorsionada.

—¿Soy yo el gato? —preguntó ella—. ¿Es eso lo que significa? ¿Que soy el gato y que ese sujeto piensa matarme así?

Spencer frunció el ceño.

—Tú no vas a morir, Stacy.

—Eso no puedes asegurarlo —juntó las cejas—. No puedes decirme que no voy a morir. Es la naturaleza de la bestia.

La bestia.

El hombre con voluntad de matar.

Spencer se acercó a la bañera, examinó la cabeza del animal y a continuación salió y registró por entero el apartamento. Se tomó su tiempo, haciendo anotaciones mientras avanzaba. Tras dejar la ropa en el cesto de la colada, Stacy lo siguió en silencio.

Dejándole espacio, permitiendo que llegara a sus propias conclusiones.

Spencer miró su reloj. Tony ya se habría saciado. Tenía que avisar al equipo de recogida de pruebas. A los expertos en dactiloscopia. Si tenían suerte, aquel malnacido habría dejado una huella dactilar que acompañara la sangre de la ventana rota.

—Adelante —dijo ella—. Llama —sonrió ligeramente al ver su cara—. No sé leer el pensamiento, por desgracia. Es sólo el siguiente paso del proceso.

Spencer abrió su móvil y marcó primero el número de Tony. Mientras hablaba con su compañero, que no parecía muy contento, se dio cuenta de que Stacy recogía una chaqueta y salía al porche delantero.

Acabó de hacer sus llamadas y la siguió fuera. Ella estaba de pie al borde del porche, junto a los peldaños. Parecía helada. Spencer levantó la mirada hacia el cielo oscuro y sin nubes y pensó que la temperatura había caído por debajo de veinte grados. Se arrebujó en su chaqueta y se acercó a ella.

—Vienen de camino —dijo.

—Estupendo.

—¿Estás bien? —preguntó por segunda vez esa noche.

Ella se frotó los brazos.

—Tengo frío.

Spencer sospechó que su frío no se debía a la temperatura. Deseó poder estrecharla contra su pecho, reconfortarla y darle calor.

Pero no cruzaría esa línea.

Aunque pudiera, ella no se lo permitiría.

—Tenemos que hablar. Enseguida. Antes de que lleguen los demás.

Ella se volvió. Lo miró a los ojos inquisitivamente.

—Es Pogo —dijo él—. Encontramos los bocetos de las tarjetas que recibió Leo. Y de otras.

La mirada de Stacy se aguzó, llena de interés. Se tornó intensa. Spencer casi podía seguir los movimientos de su intelecto digiriendo datos, categorizándolos, poniéndolos en orden.

—Háblame de esas otras —dijo ella.

—La Liebre de Marzo. Los dos naipes, el Cinco y el Siete de Espadas. La Reina de Corazones y Alicia. Todos muertos. Unas muertes espantosas.

—¿Y el Gato de Cheshire? ¿Estaba allí?

Spencer se quedó callado un momento y luego asintió con la cabeza.

—Decapitado, la cabeza flotando sobre el cuerpo.

Ella frunció los labios.

—Si el asesinato de Rosie Allen es el primero de una serie, entonces las personas que representan las cartas serán las víctimas.

—Sí.

—Incluyéndome a mí.

—Eso no lo sabemos, Stacy. Leo recibió las primeras tarjetas, y sin embargo no era el blanco del asesino.

Ella estuvo de acuerdo, aunque no parecía muy convencida. Llegó el equipo. Tony primero. La furgoneta de criminalística inmediatamente después. Spencer echó a andar hacia su compañero. Stacy lo detuvo agarrándolo del brazo.

—¿Por qué me lo has contado?

—Ahora estás metida en el juego, Stacy. Tenías que saberlo.

Jueves, 10 de marzo de 2005
11:30 p.m.

Stacy inspeccionó su apartamento habitación por habitación. Los técnicos habían acabado hacía un momento. Spencer se había ido tras ellos. No le había dicho adiós.

Ella tragó saliva. Sabía qué podía esperar, por supuesto. El polvillo negro dejado por los técnicos encargados de buscar huellas dactilares, el suelo recién aspirado para recoger cualquier evidencia material, la sensación general de caos.

Pero no esperaba sentirse así. Desnuda. Violentada. De nuevo se hallaba al otro lado. Y, de nuevo, aquella sensación la desagradaba.

Llegó a la puerta del cuarto de baño. Vio que se habían llevado la cortina de la ducha, y cruzó los brazos sobre la cintura. Había algo en aquella bañera desnuda que la golpeó como un mazazo. Sabía el aspecto qué presentaba el fondo de la bañera. Manchado de rojo, el color cada vez más oscuro a medida que avanzaba el proceso de desoxidación.

La policía recogía las pruebas de un crimen.

No limpiaba después.

Se acercó a la bañera, ajustó la cabeza de la ducha y abrió el grifo. El chorro de agua se mezcló con la sangre, tiñéndose de rosa.

Llevándosela.

Stacy contempló el remolino del desagüe.

—Lo siento, Stacy.

Ella miró hacia atrás. Spencer no se había ido. Estaba en la puerta, mirándola fijamente.

—¿El qué?
—Todo este lío. Que sea tan tarde. Que media docena de extraños haya revuelto tu casa. Que un chiflado haya entrado y te haya dejado ese asqueroso regalo.
—Nada de eso es culpa tuya.
—Aun así lo siento.

Stacy sintió el escozor de las lágrimas y se volvió rápidamente hacia la bañera. Cerró la ducha y secó luego el agua que había caído al suelo. Miró a Spencer por encima del hombro. Él no se había movido.

—Puedes irte —le dijo—. Estoy bien.
—¿No puedes quedarte esta noche con algún amigo?
—No es necesario.
—La puerta...
—Clavaré un tablón encima. Servirá por esta noche —sonrió agriamente al percibir su preocupación—. Además, tengo a mi viejo amigo el señor Glock para defenderme.
—¿Siempre has sido tan borde, Killian?
—Pues sí —escurrió la toalla y la puso sobre el borde de la bañera—. Era muy popular en la policía de Texas. Killian *la rompepelotas*, me llamaban.

Él no se rió de su intento de hacer una broma. Stacy soltó un bufido de exasperación.

—No va a volver, Malone. Puede que piense matarme, pero no esta noche.
—Y eres infalible, ¿no?
—No, pero estoy empezando a entender cómo funciona la mente de ese tipo. Esto es un juego. Acaba de introducirme en una batalla de ingenio. En una lucha de voluntades. Un gato y un ratón. Si hubiera querido matarme rápidamente, lo habría hecho.
—Si no quieres irte, me quedo yo.
—No, no te quedas.
—Sí me quedo.

Stacy se sentía en parte conmovida por su preocupación. Aquello la reconfortaba. Pero esa sensación le recordaba a Mac. Su compañero y amigo. Su amante.

Un mentiroso. Un traidor.

Le había roto el corazón. Y algo peor.

El modo en que la había hecho daño.

Se acorazó contra aquel recuerdo y se acercó a Spencer. Lo miró a los ojos.

—¿Qué crees, que voy a derrumbarme y que necesitaré un hombre que me consuele? ¿Crees que vas a tener esa suerte? —levantó la barbilla—. Voy a ahorrarte la decepción, Malone. No te hagas ilusiones.

Mientras pasaba a su lado él la detuvo agarrándola del brazo.

—Buen intento. Pero me quedo —ella abrió la boca para protestar, pero Spencer la atajó—. Me vale con el sofá. No quiero sexo, ni lo espero, ni, francamente, lo deseo.

Las mejillas de Stacy se cubrieron de rubor. Sabía que él lo notaría.

—No puedo obligarte a que dejes que me quede, pero dormir en el coche es condenadamente incómodo, así que te suplico que te apiades de mí. ¿Qué me dices, Killian?

Ella cruzó los brazos sobre el pecho. Sabía que Spencer cumpliría su promesa. Era incluso más testarudo que ella. Ella también había cumplido labores de vigilancia, y pasar la noche en un coche estaba a la misma altura que darse una ducha helada o pisar una mierda con los pies descalzos.

—Está bien —dijo—. Voy a enseñarte el cuarto de invitados.

Sacó una manta, un cepillo de dientes nuevo y un tubo de dentífrico de tamaño viaje.

—Vaya, hasta cepillo de dientes —dijo él cuando le dio las cosas—. Me siento abrumado.

—No quiero que me lo dejes todo hecho un asco.

—Eres toda corazón.

—Sólo para que lo sepas, voy a echar el cerrojo de mi habitación.

Él se quitó la sobaquera y comenzó a desabrocharse la camisa.

—Como quieras, cariño. Espero que tú y el señor Glock paséis una buena noche.

—Engreído —masculló ella—. Cabezota, testarudo, sabeloto...

Se mordió la lengua al darse cuenta de que todos aquellos epítetos también podían servir para describirla a ella. Al cerrar la puerta de su dormitorio, oyó reír a Spencer.

Viernes, 11 de marzo de 2005
2:10 a.m.

Spencer abrió los ojos, súbitamente despierto. Buscó su arma, que había guardado bajo el colchón, cerró los dedos sobre la culata y aguzó el oído.

El ruido que lo había despertado sonó otra vez.

Stacy, pensó. Llorando.

El ruido sonaba apagado, como si intentara sofocarlo. Sin duda para ella las lágrimas eran un signo de debilidad. Odiaría que él la oyera. Se avergonzaría si iba a interesarse por ella.

Spencer cerró los ojos e intentó bloquear aquel sonido. Pero no podía. El sufrimiento de Stacy, aquellos gemidos suaves y desesperanzados, le rompían el corazón. Eran tan ajenos a la imagen que había querido forjarse de ella...

No podía esperar a que dejara de llorar. Aquello iba contra su naturaleza.

Se levantó, se puso los vaqueros y se los abrochó. Respiró hondo y se acercó al dormitorio de Stacy. Se quedó parado junto a la puerta un momento y luego llamó.

—Stacy —dijo alzando la voz—, ¿te ocurre algo?

—Vete —respondió ella con voz densa—. Estoy bien.

No lo estaba. Saltaba a la vista. Spencer vaciló y llamó otra vez.

—Tengo un hombro excelente. El mejor del clan de los Malone.

Ella profirió un sonido estrangulado que sonó a medio camino entre una risa y un sollozo.

—No te necesito.

—Estoy seguro de ello.
—Entonces vuélvete a dormir. O, mejor, vete a casa.
Él agarró el pomo y lo giró. La puerta se abrió sin oponer resistencia.
Stacy no había echado el cerrojo, a fin de cuentas.
—Voy a entrar. Por favor, no dispares.
Mientras entraba en la habitación se encendió la luz.
Stacy estaba sentada en la cama, con el pelo rubio enmarañado y los ojos rojos e hinchados por el llanto. Sostenía la Glock con ambas manos, apuntándole al pecho.
Spencer se quedó mirando el arma un momento. Se sentía como un ladrón pillado in fraganti. O como un ciervo paralizado ante los faros de un camión. Un camión enorme y lanzado a toda velocidad.
Levantó las manos por encima de la cabeza, intentando sofocar una sonrisa. Cabrearla no era buena idea.
—¿Al pecho, Stacy? ¿No podrías apuntar a una pierna o algo así?
Ella bajó un poco el cañón.
—¿Mejor?
A Spencer se le encogieron las pelotas.
—Prefiero morir a pasar sin esa herramienta, cariño. ¿Te importa?
Ella sonrió y bajó la Glock.
—¿Tienes hambre?
—Yo siempre tengo hambre. Es genético.
—Bien. ¿Quedamos en la cocina a las cinco?
—Me parece bien —empezó a cruzar la puerta, pero se detuvo—. ¿Por qué eres tan amable conmigo?
—Me has hecho olvidar —contestó ella con sencillez.
Spencer salió del dormitorio dándole vueltas a su respuesta. Al giro de los acontecimientos. Stacy le había sorprendido. La invitación. La contestación sincera a su pregunta.
Stacy Killian era una mujer compleja y exigente. De ésas de las que él solía huir.
Así pues, ¿por qué demonios iba a encontrarse con ella para celebrar una especie de fiesta a medianoche?
Stacy se reunió con él en la cocina.
—¿Qué te gusta comer?

—De todo. Menos remolacha, hígado y coles de Bruselas.

Ella se echó a reír mientras se acercaba a la nevera.

—Por eso no tienes que preocuparte conmigo —miró dentro—. Enchilada. Sobras de pato a la pekinesa. Aunque yo primero le haría la prueba del olfato. Atún. Y huevos.

Él miró por encima de su hombro e hizo una mueca.

—No hay mucho donde elegir, Stacy.

—Recuerda que fui policía. Los polis siempre comemos fuera.

Era cierto. Su nevera estaba aún más vacía que la de ella.

—¿Qué te parecen unos cereales? —preguntó Stacy.

—Eso depende, ¿de cuáles tienes?

—Copos de avena o fibra con pasas.

—Copos de avena, no hay duda. ¿Leche entera o desnatada?

—Da igual.

Stacy sacó el cartón de leche de la nevera y cerró la puerta. Spencer notó que miraba la fecha de caducidad antes de poner el recipiente sobre la encimera. Ella extrajo dos cuencos de un armario y dos cajas de cereales de otro.

Llenaron los cuencos (ella eligió la fibra, cosa nada extraña) y se los llevaron a la mesita baja que había junto a la ventana.

Comieron en silencio. Spencer quería darle tiempo. Un poco de espacio. La oportunidad de sentirse a gusto con él. Y de decidir si le bastaba con olvidar o si necesitaba hablar con alguien.

Stacy no le había invitado a la cocina porque tuviera hambre. Ni porque la preocupara que la tuviera él.

Necesitaba compañía. El apoyo de otra persona, aunque ese apoyo se tradujera en compartir con ella unos cereales.

Mary, una de sus hermanas, la tercera en edad de los hermanos Malone, era igual. Dura como el pedernal, terca como una mula, demasiado orgullosa para su propio bien. Un par de años antes, durante su divorcio, había intentado callárselo todo, encargarse de todo (incluido su dolor) ella sola.

Finalmente se había confiado a Spencer. Porque él primero le había dejado espacio y le había dado luego la oportunidad de hablarle. Y quizá también porque creía que, habiendo cometido tantos errores en su vida, él la juzgaría con menos severidad.

—¿Quieres hablar? —preguntó Spencer por fin mientras rebañaba el cuenco con la cuchara.

Stacy no preguntó sobre qué; lo sabía. Se quedó mirando su cuenco como si preparara su respuesta.

—No quería que esto volviera a pasar —dijo al cabo de un momento, mirando a Spencer—. Nunca más.

—¿Desayunar cereales con prácticamente un desconocido?

Una sonrisa fantasmal asomó a la boca de Stacy.

—¿Alguna vez hablas en serio?

—Lo más raramente posible.

—Ése me parece un buen método.

Él pensó en el teniente Moran.

—Te aseguro que tiene sus inconvenientes —apartó un poco su cuenco—. Así que ¿dejaste atrás tu trabajo en la policía y te mudaste a Nueva Orleans para estudiar literatura y empezar una nueva vida?

—Algo por el estilo —contestó ella con un atisbo de amargura—. Pero no era mi trabajo en la policía lo que quería dejar atrás. Era su fealdad. Y el absoluto abandono de mi vida privada —dejó escapar un largo y cansino suspiro—. Y aquí estoy, metida otra vez hasta el cuello.

—Por decisión propia.

—El asesinato de Cassie no fue decisión mía.

—Pero meterte en la investigación, sí. Y trabajar para Noble también. Y cruzar cada puerta que se te abría.

Ella parecía tener ganas de contradecirle. Spencer estiró el brazo sobre la mesa y la agarró de la mano.

—No te estoy criticando. Lejos de eso. Estás haciendo lo más natural. Fuiste policía diez años. Los dos sabemos que trabajar en la policía no es un simple empleo, es un modo de vida. No se trata de a qué te dedicas, sino de quién eres.

Él había descubierto la verdad que encerraban esas palabras cuando fue falsamente acusado y suspendido y tuvo que afrontar la posibilidad de un futuro fuera del cuerpo.

—No quiero seguir siendo esa persona.

—Entonces déjalo estar, Stacy. Olvídate de ello. Vuelve a Texas.

Ella profirió un bufido de frustración y se levantó. Llevó el cuenco al fregadero y se dio la vuelta para mirarlo de nuevo.

—¿Y Cassie? No puedo marcharme sin más.

—¿Qué pasa con Cassie? Apenas la conocías.

—¡Eso no es cierto!

—Sí lo es, Stacy. Erais amigas desde hacía menos de dos meses.

—Pero no se merecía morir. Era joven. Y buena. Y...

—Y el depósito está lleno de personas jóvenes y buenas que tampoco deberían estar muertas y lo están.

—¡Pero para mí son extraños! Y Cassie... Cassie era como a mí me hubiera gustado ser —se quedó callada un momento; Spencer notó que luchaba por dominarse—. Y alguien la mató. La misma fealdad de la que quería escapar... me ha seguido hasta aquí.

Spencer comprendió lo que quería decir; se levantó y se acercó a ella. La tomó de las manos.

—¿Crees que esa fealdad te ha encontrado? ¿Que te ha seguido? ¿Que Cassie murió por eso?

—Yo no he dicho eso —ella movió la cabeza de un lado a otro, con los ojos llenos de lágrimas, e intentó apartar las manos.

Spencer se las apretó un poco más.

—La muerte de Cassie no tiene nada que ver con el lío en el que te has metido. No hay en su muerte nada parecido a los asesinatos del Conejo Blanco.

Ella sabía que tenía razón; Spencer lo advirtió en su expresión.

—¿Qué me dices de su ordenador?

—¿Qué pasa con él?

—Cassie se metió sin darse cuenta en algo peligroso. Algo que tenía que ver con el Conejo Blanco.

—Eso crees tú —contestó él—. Pero los hechos no te dan la razón —se inclinó hacia ella—. El culpable suele ser el más obvio. Tú lo sabes.

—Gautreaux.

—Sí, Gautreaux. Tenemos pruebas que lo relacionan con los asesinatos.

—¿Cómo? —preguntó ella, entornando los ojos—. ¿Qué pruebas?

—Una huella.

¿De él o de ella?

—De él. La sacamos del apartamento de Cassie. Y algunas otras pruebas materiales.

Stacy asintió con la cabeza. Su escepticismo parecía haberse transformado en excitación.

—¿Qué clase de pruebas?

—Cabellos. De ella. En la ropa de Gautreaux. Pero, como habían sido pareja, ninguna es lo bastante sólida como para demostrar su culpabilidad.

—Chorradas. Es imposible que hubiera una huella de Gautreaux en casa de Cassie. No rompieron amistosamente. Ese tío la seguía y la amenazaba. Ella no iba a permitirle entrar a charlar un rato. Además, rompieron el año pasado. ¿Es que no lava su ropa Gautreaux?

—Se trata de una cazadora —puntualizó Spencer—. Vaquera. No parece que haya visto nunca una lavadora.

Ella masculló una maldición y se levantó.

—Odio a los abogados defensores. Pueden tergiversar los hechos y...

—Espera, hay algo más. Encontramos en la camiseta de Cassie un cabello que podría ser de él. Conseguimos una orden para hacerle un análisis de ADN. Los resultados llegarán la semana que viene. Si tenemos suerte...

—El ADN lo vinculará con la escena del crimen. El muy capullo.

Spencer le devolvió su pregunta anterior.

—Pero ¿por qué se llevaría su ordenador?

—Para cubrirse las espaldas. Puede que le hubiera mandado mensajes amenazadores, que supiera que ella los guardaba. Así que, cuando la mató, se llevó las pruebas. O se llevó el ordenador como una especie de trofeo. O porque tenía la impresión de que era lo que más le importaba a Cassie. Mucho más que él, desde luego.

Spencer sonrió.

—Creo que tienes razón.

Ella frunció el ceño de repente.

—¿Cuándo le hicisteis las pruebas?

—Hace tres días.

—¿Y de veras crees que no se ha largado?

—No soy del todo un novato, ¿sabes? Pusimos un dispositivo de seguimiento por satélite en su coche. Si se acerca siquiera a la frontera del estado, lo detendremos —la tomó de la mano y se la apretó con suavidad–. Vuelve a Texas, Stacy. Tenemos al asesino de Cassie. Ella ya no necesita tu ayuda.

A ella le temblaron las manos; Spencer sintió su indecisión, el conflicto que se libraba dentro de ella.

Stacy quería hacerle caso.

Pero no era capaz.

Él le apretó un poco los dedos.

–Márchate. Ve a visitar a tu hermana. Quédate hasta que encontremos a ese chiflado del Conejo Blanco y lo metamos entre rejas.

Ella movió la cabeza de un lado a otro.

–En la universidad las cosas no funcionan así. No puedo estar yendo y viniendo. Además, me queda poco más de un mes para acabar este semestre.

Spencer frunció el ceño.

–Los dos sabemos que un mes es mucho tiempo. Pueden pasar muchas cosas en un mes.

Sabía que Stacy comprendía lo que quería decirle. Que la muerte podía encontrarla en un abrir y cerrar de ojos.

Y que aquello le asustaba.

–Me seguirá –dijo ella suavemente–. Ya lo sabe todo sobre mí.

–Eso es sólo una suposición. No lo sabes con seguridad...

–Sí, lo sé, Malone. Está jugando una partida. Y yo también. Y el juego no acaba hasta que sólo quede uno en pie.

Spencer le acarició las manos con los pulgares.

–Entonces vete a algún sitio donde no vaya a buscarte. A algún lugar con el que no tengas ningún vínculo.

–¿Y cómo sabemos que no me esperará? Durante años, quizá toda mi vida. Tengo familia, una vida aparte de esto. No pienso esconderme.

–Pero vamos a atrapar a ese tipo. Y no tardaremos años.

–Eso es sólo una esperanza.

Intentó apartar las manos; Spencer le apretó un poco los dedos.

–Yo lo atraparé, Stacy. Te doy mi palabra.

Viernes, 11 de marzo de 2005
9:20 a.m.

La despertó el ruido de la cisterna del cuarto de baño. Spencer. Gimió y se giró para ver el reloj. Se quedó mirando los números un momento, intentando concentrarse.

«Hoy es viernes. Seguramente el turno de Malone empezaba a las siete y media de la mañana, como en la mayoría de las unidades de investigación».

Se tumbó de espaldas. ¿Qué tenía que hacer ese día? La clase del profesor Schultze. Introducción a la Filología Inglesa. Tan excitante como ver crecer la hierba.

Bien podía regresar a Texas. De todos modos, lo más probable era que la echaran de la universidad.

Se quedó mirando el techo. Una grieta alargada lo cruzaba en diagonal, casi de rincón a rincón. ¿Debía hacerlo? ¿Regresar a Dallas con el rabo entre las piernas?

¿Y hacer qué? Había dejado su trabajo y vendido su casa. Podía irse a vivir con Ian y Jane un par de meses, y luego ¿qué? ¿Y con qué fin?

Creía en lo que le había dicho a Spencer, que el Conejo Blanco la seguiría. Que no sólo conocía su identidad, sino que la conocía a ella. Basaba aquel convencimiento únicamente en su instinto visceral... y en lo que le habían contado acerca del juego.

¿Quién era el Conejo Blanco? ¿Y por qué jugaba? La mayoría de los asesinatos tenían sus razones en el amor o en el odio, en la avaricia, en el deseo de venganza o en los celos.

El asesino en serie era un animal distinto, sin embargo. Normalmente hacía presa en extraños. Mataba para satisfacer una necesidad perversa e íntima.

¿A qué se estaban enfrentando? ¿Y por qué había quedado ella incluida en el juego?

Había una razón concreta, estaba segura de ello. Una razón que poco tenía que ver con el hecho de que se hubiera inmiscuido en lo que aquel sujeto consideraba un asunto privado. Ella le interesaba. Conejo Blanco quería jugar con ella.

Al escondite. Al gato y el ratón.

Frunció el ceño y se incorporó, la cabeza llena con la imagen del gato decapitado. Con su obscena sonrisa.

¿Era ella el gato? Se llevó una mano a la garganta. ¿Pretendía aquel individuo que muriera de tan espantosa manera?

Si el asesinato de Rosie Allen marcaba la pauta de otros por llegar, la respuesta a esa pregunta era sí.

Stacy sabía que tenían que meterse en la cabeza de aquel tipo. Averiguar qué era lo que lo impulsaba a actuar.

Y eso sólo había un modo de conseguirlo: entrar en el juego.

Salió de la cama trabajosamente y se puso la bata antes de dirigirse a la cocina. Encontró a Spencer de espaldas, haciendo café.

Se quedó mirándolo un momento y, al recordar sus lágrimas de la noche anterior, se preguntó qué pensaría ahora de ella. Si sería capaz de tomarla en serio.

Como una tonta, le había revelado hasta qué punto la había conmocionado la visita del Conejo Blanco. Lo mucho que la había perturbado.

Le había revelado que era una gran impostora. Stacy Killian la dura era como uno de esos rollitos de chocolate duros por fuera y blandos y masticables por dentro.

En cuanto un tío sabía que lo de dentro podía masticarse, eso era precisamente lo que hacía: te masticaba y luego te escupía. O se te tragaba trocito a trocito. Adiós al respeto. Adiós a la autoestima.

Ella ya había recorrido ese camino. Sabía que no llevaba a ninguna parte adonde ella quisiera ir.

Malone, no obstante, parecía diferente. Podía ser divertido. Y amable. Ciertamente, no era el paleto que le había acusado de ser.

Lo cual no significaba absolutamente nada. Los polis estaban descartados, y se acabó.

Como si sintiera su presencia, Spencer miró hacia atrás y sonrió.

—Buenos días. Iba a dejarte dormir un poco más.

—Tengo clase —le devolvió la sonrisa—. Pero gracias.

—De nada.

La cafetera comenzó a borbotear y Spencer se acercó a ella. Stacy notó que ya había encontrado las tazas; le observó mientras llenaba dos.

Spencer le ofreció una. Ella se acercó, tomó la taza y le puso leche y sacarina. Hecho esto, bebió un sorbo mirando a Spencer por encima del borde de la taza.

—He pensado que estamos abordando este asunto de manera equivocada.

—¿Abordando qué asunto? ¿Nuestro romance?

Ella se quedó un momento sin aliento. Se sacudió aquella impresión, cruzó la habitación y se sentó.

—Contrólate, Romeo. Me refería a atrapar al Conejo Blanco.

—Si no recuerdo mal, el detective soy yo. Tú eres una civil. El plural sobra.

Ella no le hizo caso.

—Me parece que, si le seguimos el juego, nos haremos una idea más precisa de a qué nos enfrentamos. Y a quién.

—Meterse en la cabeza del Conejo.

—Exacto. Si el asesino es alguien que ha empezado a jugar en la vida real, ¿qué mejor modo de predecir sus movimientos?

Spencer la miró con fijeza un momento y luego asintió con la cabeza.

—Estoy de acuerdo. Y Tony también.

—Bien. Hablaré con Leo sobre el mejor modo de organizarlo. A fin de cuentas, ¿quién mejor para ayudarnos a entender al Conejo Blanco que su creador?

Spencer asintió de nuevo, apuró su taza y la dejó sobre la

encimera. Se dirigió a la puerta, pero al llegar a ella se detuvo y miró hacia atrás.

—Llámame cuando tengas los detalles. Y Stacy...

—¿Mmm?

—Si no arreglas esa puerta, esta noche volveré a dormir aquí. Te lo prometo.

Ella lo miró marcharse con una leve sonrisa en la comisura de los labios.

Tenía que admitir que en parte le gustaría poner a prueba esa promesa.

Viernes, 11 de marzo de 2005
10:30 a.m.

–Buenos días, señora Maitlin –dijo Stacy cuando la asistenta le abrió la puerta de la mansión de los Noble–. ¿Qué tal está hoy?

La señora Maitlin frunció levemente el ceño.

–El señor Leo no se ha levantado aún. Pero la señora Noble está en la cocina.

Lo cual no contestaba a su pregunta, pero revelaba los sentimientos diferentes que abrigaba la asistenta hacia sus jefes. Stacy le dio las gracias y se dirigió a la cocina. La de los Noble era una cocina grande y anticuada, de casa de campo, con el suelo de ladrillo y las vigas del techo a la vista. Kay estaba sentada a una mesa que parecía una enorme tabla de carnicero. La luz del sol caía sobre ella, realzando las mechas negras de su pelo oscuro.

Levantó la vista al entrar Stacy y sonrió.

–Buenos días, Stacy. Creía que los viernes por la mañana tenías clase.

Aquella mujer tenía una cabeza como una trampa de acero.

–Me he quedado dormida –mintió Stacy a medias, y se acercó a la cafetera, una máquina nueva y sofisticada que molía los granos y destilaba una sola dosis de café excelente, desde un simple chorrito a una taza de medio litro llena hasta los topes.

Stacy codiciaba aquella cafetera. Pero suponía que tendría que vender el alma para permitirse comprar una.

—¿Te has quedado dormida? —repitió Kay en tono de desaprobación—. Ya tienes algo en común con Leo.

—¿Por qué será que tengo la sensación de que me estáis criticando?

Las dos se giraron. Leo estaba en la puerta, con los ojos legañosos y el pelo de punta. Estaba claro que acababa de salir de la cama y que se había puesto apresuradamente una camiseta y unos pantalones arrugados.

El regreso del científico loco, pensó Stacy, y se volvió hacia la cafetera para ocultar su sonrisa. Apretó los botones adecuados. La máquina se puso en marcha con un ronroneo, filtró y sirvió un café doble perfecto.

Su aroma llenó el aire.

—Leo —dijo Stacy—, hay algo de lo que quería...

—Café —gruñó él, acercándose a ella.

Kay soltó un bufido exasperado.

—Por el amor de Dios, eres como el perro de Pavlov.

No era el único. Stacy le dio la taza y se preparó otra. Cuando volvió a la mesa, Leo se había dejado caer en una silla y estaba bebiéndose el café. Ya había conseguido crear cierto desorden a su alrededor: sobre la mesa había granos de azúcar, leche vertida y una cuchara usada. Como un pequeño tornado, Leo entraba en una habitación y lo dejaba todo patas arriba.

Stacy se sentó.

—Leo, hay algo de lo que tenemos que...

Él levantó una mano.

—Todavía no —dijo—. Un trago más.

—Deberías dormir por las noches —dijo Kay—. Así no tendríamos que pasar por esto cada mañana.

—Por las noches es cuando más lúcido estoy.

—Eso no es más que una excusa para hacer lo que quieres —Kay miró su reloj y fijó luego la mirada en Stacy—. Estaría arruinado de no ser por mí. El resto del mundo no funciona conforme a su horario.

—Muy cierto —Leo se inclinó y le dio un beso en la mejilla a su ex mujer—. Te lo debo todo a ti.

La expresión de Kay se ablandó. Le puso una mano sobre la mejilla y lo miró con afecto.

—Me vuelves loca, ¿lo sabías?
—Sí —Leo sonrió—. Por eso me pediste el divorcio.
Como a propósito, ambos se volvieron hacia ella. Stacy parpadeó, ligeramente avergonzada, como si acabara de presenciar un instante de intimidad destinado sólo a ellos.
Intentó concentrarse.
—En cuanto a lo de ayer —comenzó—, estoy metida en el juego —les contó rápidamente lo del gato, cómo lo había encontrado y la nota que le habían dejado.
Bienvenida al juego.
—Dios mío —Leo se levantó y se acercó a la encimera, visiblemente afectado. Allí se detuvo como si no supiera qué hacer.
—No entiendo —murmuró Kay—. ¿Por qué pasa todo esto?
—Dímelo tú.
Ella pareció sobresaltarse.
—¿Cómo dices?
—Tengo la impresión de que los dos tenéis una idea más aproximada que yo de por qué está pasando todo esto. Yo, a fin de cuentas, soy una recién llegada.
Leo extendió las manos.
—Alguien está obsesionado con el juego.
—O contigo —replicó Stacy—. Por el juego.
—Pero ¿por qué? —preguntó él—. No tiene sentido.
—La naturaleza misma de la obsesión desafía la lógica.
La señora Maitlin apareció en la puerta de la cocina.
—Disculpe, señor Noble, esos dos detectives del otro día están aquí. Dicen que tienen que hablar con usted.
—Dígales que pasen, Valerie.
Leo miró a Stacy inquisitivamente. Ella creyó ver miedo en sus ojos. Sacudió la cabeza.
—Que yo sepa, no ha muerto nadie más.
La señora Maitlin hizo pasar a los detectives. Tras una ronda de saludos, Spencer comenzó a hablar.
—Hemos identificado al dibujante que hizo las tarjetas que recibió. Es un tipo de aquí. Se llama Walter Pogolapoulos. Pogo, abreviando. ¿Lo conoce?
Se miraron el uno al otro y luego movieron la cabeza negativamente.

—¿Habían oído alguna vez ese nombre?

De nuevo dijeron que no.

Tony les enseñó una fotografía.

—¿Lo han visto alguna vez? ¿Merodeando por el vecindario? ¿En el centro comercial, en el parque? ¿Algo así?

—No —dijo Leo con cierta frustración—. ¿Kay?

Ella miró fijamente la fotografía y luego cruzó los brazos como si se abrazara.

—No.

—¿Está segura?

—Sí. ¿Es el que... el que mató a esa mujer?

—No lo sabemos —contestó Tony, y volvió a guardarse la fotografía en el bolsillo—. Podría ser. O puede que simplemente le pagaran para que hiciera esos dibujos.

—Todavía no le hemos interrogado —añadió Spencer—. Pero lo haremos.

Leo pareció confuso.

—Si lo han identificado, ¿por qué no lo han interrogado...?

—Olió nuestra presencia y desapareció.

—Pero no se preocupe —añadió Tony—. Lo atraparemos.

Los Noble no parecían convencidos. Stacy no podía reprochárselo.

—¿Han recibido alguna otra tarjeta? —preguntó Spencer.

—No —Leo frunció el ceño—. ¿Espera que recibamos alguna más?

Spencer se quedó callado un momento. Stacy sabía que estaba decidiendo qué debía contarle y qué no.

Él comenzó a decir:

—Encontramos los bocetos de las tarjetas que recibió así como de otras en diversas fases de acabado.

—¿Otras? —repitió Leo.

Stacy intervino, a pesar de que sabía que ello quizá le granjeara la ira de Spencer.

—En una de las tarjetas aparecía el Gato de Cheshire con la cabeza ensangrentada flotando encima del cuerpo.

—Cielo santo —Kay juntó las manos.

—Si el asesinato de Rosie Allen marca la pauta, lo más probable es que yo sea el Gato de Cheshire.

Spencer la miró con irritación y prosiguió.

—Además del Gato de Cheshire, encontramos tarjetas en las que aparecían las muertes del Cinco y el Siete de Espadas, la Liebre de Marzo, la Reina de Corazones y Alicia.

—Alicia —repitió Kay débilmente—. ¿No creerán que es nuestra...?

—Claro que no es nuestra Alicia —exclamó Leo con voz ronca—. ¡Qué ocurrencia, Kay!

Spencer y Tony se miraron.

—¿Tan descabellado le parece, señor Noble?

Todos ellos sabían que no lo era. Leo frunció el ceño.

—Digamos simplemente que me niego a aceptar esa posibilidad. No tengo ni idea de qué va todo esto.

Kay se volvió hacia su marido. Saltaba a la vista que estaba angustiada.

—¿Cómo es posible que te dejes cegar de ese modo por el optimismo? Podría ser nuestra Alicia. Que nosotros sepamos, hasta yo podría ser la Reina de Corazones.

La habitación quedó en silencio. Stacy observó a los demás. Malone y su compañero ya estaban adelantándose a los acontecimientos, a la siguiente bala en su agenda. Leo y Kay, por su parte, intentaban dilucidar hasta qué punto corrían peligro.

—Esto no me gusta —dijo Kay, rompiendo el silencio—. Tal vez debería llevarme a Alicia a alguna parte. Podríamos decirle que son unas vacaciones, una excursión de madre e hi...

—Yo no pienso ir a ninguna parte.

Todos se giraron. Alicia estaba en la puerta, derecha como un palo, con los puños cerrados.

—Lo digo en serio. No voy a ir a ninguna parte.

Leo dio un paso hacia ella con la mano extendida.

—Alicia, cariño, ahora no es momento de discutir eso. Vete a tu cuarto y...

—¡Sí que es momento! No soy una niña, papá. ¿Cuándo vas a entenderlo?

—¡Vete a tu cuarto!

Ella se mantuvo en sus trece.

—No.

Leo se quedó boquiabierto, como si ni siquiera pudiera concebir tal desafío en labios de su hija.

—Sé que está pasando algo —la muchacha se volvió hacia Stacy—. Tú no eres una asesora técnica. Te interesa Conejo Blanco, el juego de papá. Y vosotros... —señaló a Malone y Sciame—, vosotros sois policías. Estuvisteis aquí la otra noche y ahora otra vez. ¿Por qué?

Kay y Leo se miraron. Kay asintió con la cabeza y Leo se volvió hacia su hija.

—La policía ha pedido nuestra colaboración para seguirle la pista a un asesino que dice ser el Conejo Blanco.

—Por eso estuvieron aquí la otra noche —dijo Alicia—. Porque había habido un asesinato.

—Sí.

Alicia paseó la mirada por entre los demás como si intentara decidir si le estaban diciendo la verdad.

—Pero ¿por qué alejarme a mí?

Kay dio un paso hacia ella.

—Porque tu padre podría... está...

—¿En peligro? —las palabras parecieron atascarse en la garganta de Alicia. De pronto parecía más joven. Y tan vulnerable como una niña.

Leo se acercó a ella y la abrazó.

—No estamos seguros, tesoro. Pero no queremos arriesgarnos.

Ella pareció digerir la respuesta de su padre.

—¿Estoy yo en peligro?

—En este momento —intervino Spencer—, no tenemos razones fundadas para creerlo.

La chica se quedó callada. Cuando volvió a hablar, aquella vulnerabilidad había desaparecido.

—Si no estoy en peligro, ¿por qué queréis alejarme de aquí? Me parece que sería papá quien debería marcharse.

—No queremos exponerte a ningún peligro —dijo Kay—. Si tu padre es el objetivo de algún loco...

—No pienso dejar a papá.

Leo suspiró. Kay parecía exasperada. Stacy sintió lástima por ellos. Se volvió hacia Spencer.

—¿Creéis que esto es seguro para Alicia?

Él frunció el ceño y luego asintió con la cabeza.

—De momento, sí. Pero eso podría cambiar.

Stacy miró a la muchacha.

—Si así fuera, ¿estarías dispuesta a irte?

—Tal vez —contestó ella—. Podríamos hablarlo.

Parecía mucho más mayor de lo que era. Poseía la capacidad de raciocinio de una persona adulta. Pero no lo era. Era una cría. Y no vivía en el mundo real. Debido a su intelecto. Y a su riqueza.

Alicia cuadró los hombros y miró fijamente a Spencer.

—Quiero ayudar. ¿Qué puedo hacer?

Leo le dio un beso en la coronilla.

—Tesoro, estoy seguro de que los detectives agradecen tu ofrecimiento, pero eres...

Stacy le interrumpió. La muchacha sabía lo suficiente como para estar asustada. Ayudarlos quizá aliviara sus temores.

—El detective Malone y yo tenemos una idea —dijo—. Quizá puedas ayudarnos, Alicia.

La chica se volvió ansiosamente hacia ella. Stacy ignoró la expresión de pasmo de los Noble.

—Hemos llegado a la conclusión de que debemos meternos en la cabeza de ese individuo. Dice ser el Conejo Blanco, así que...

—Queréis jugar una partida —dijo Alicia—. Claro. ¿Qué mejor manera de anticiparnos a sus movimientos?

Sábado, 11 de marzo de 2005
2:00 p.m.

Leo se había resistido a jugar; decía que lo había dejado hacía años. Kay, por su parte, se había negado en redondo. Conejo Blanco pertenecía a una época de sus vidas que prefería no recordar.

Stacy había intentado vencer la desgana de Leo explicándole que Alicia tenía razón al decir que pensaban utilizar el juego para comprender a quién se enfrentaban. Introducirse en la cabeza de un asesino era una técnica tan vieja como el crimen y la investigación, una técnica que el FBI había perfeccionado durante los años ochenta.

Los federales le habían dado el nombre de «elaboración de perfiles criminales», y a los investigadores que se especializaban en ella se los conocía como «perfiladores». Aquello era lo más excitante que podía ofrecer el trabajo policial: mucha atención mediática, el respeto y la admiración de la ciudadanía y de las fuerzas de orden público, y espectaculares estadísticas de éxitos.

Aun así, al final había sido Alicia quien había convencido a su padre. Se lo había suplicado. Ella organizaría el juego. Lo único que Leo tenía que hacer era aparecer. Sería divertido.

Así que allí estaba Stacy. Alicia salió a recibirla a la puerta. Llevaba un chaleco de retales de colores parecido al del conejo en el relato de Carroll.

–Date prisa –dijo la chica–. Llegamos tarde. Muy, muy tarde.

Stacy se disponía a contradecirla (en realidad llegaba puntual), pero enseguida se dio cuenta de que Alicia ya se había metido en su papel.

—Sígueme... sígueme...

La muchacha se dio la vuelta y corrió dentro, conduciéndola a la cocina. Daba la impresión de que un camión de aperitivos había estallado dentro de la habitación. La isleta central estaba cubierta de bolsas y cuencos llenas de aperitivos variados. Entre las patatas, las cortezas y los M&M's había una pequeña nevera.

Stacy se acercó a ella y vio que estaba llena de refrescos y de bebidas de café.

Sonó el timbre de la puerta y Alicia se apresuró a responder sin dejar de rezongar sobre la hora.

Un instante después volvió a entrar seguida de Spencer, Tony y Leo. Entre tanto, daba golpecitos con el pie con impaciencia, refunfuñaba y miraba una y otra vez su reloj de bolsillo.

—No es que quiera ser grosera —explicó Leo—. Es que está metida en el personaje.

Alicia le sonrió.

—Exacto. Y ahora mismo estoy fuera del personaje.

—¿Y todas estas guarrerías? —preguntó Tony, acercándose a la isleta.

—Son para los jugadores. Bebidas energéticas, cortezas, patatas fritas, cuanto más grasiento mejor.

—Estos juegos son los que a mí me gustan —dijo él, y metió la mano en el cuenco de las cortezas a la barbacoa.

—¿Bebidas energéticas? —preguntó Stacy—. ¿Como Mountain Dew?

—Montones de cafeína. Y, por insistencia de papá, también tenemos cafés dobles de Starbucks.

Allí estaban, en efecto. Stacy tomó un bote, le quitó la tapa y sirvió la bebida en un vaso lleno de hielo. Cuando todos se hubieron servido un refresco, se sentaron.

—Como sois todos novatos —comenzó Alicia—, he pensado que lo mejor sería jugar a una versión muy básica del juego.

Leo carraspeó.

—¿Novatos, dices?

Ella se echó a reír.

—Excepto mi padre, claro —prosiguió—. Entre los diversos personajes y el Conejo Blanco se dan por separado situaciones distintas. La historia básica es ésta: el Conejo Blanco se ha apoderado del País de las Maravillas. En otro tiempo, el País de las Maravillas era un lugar donde el tiempo se había detenido, un lugar de enloquecedora pero benigna belleza que él ha convertido en el reino de la muerte. Y de la maldad. La naturaleza vuelta del revés. Usando la magia negra, domina a las criaturas que moran en el País de las Maravillas. Alicia y su banda de héroes deben destruir al Conejo Blanco, salvando de ese modo no sólo el País de las Maravillas y a sus reyes, sino también el mundo de arriba. Porque el Conejo Blanco está a punto de adaptar su magia negra a nuestro universo.

—Como en cualquier buen libro o en cualquier película interesante —intervino Leo—, los mejores juegos de rol narran una historia y sus héroes desempeñan una gran misión. Las apuestas son muy altas, y el reloj avanza.

—Vaya —dijo Tony mientras mascaba unas cortezas—. Y yo que pensaba que sólo tendría que darle una patada en el culo a algún chiflado imaginario.

Leo se echó a reír.

—Lo hará, detective. Pero Conejo Blanco es algo más que un juego de hachas y cuchillos.

—¿Un juego de hachas y cuchillos? —preguntó Spencer.

—Así se llama a los juegos que consisten en poco más que una matanza infinita de personajes malvados... y de cualquier otra cosa que se ponga en el camino de los jugadores. A mí me parecen aburridos, pero algunos jugadores y maestros de juego no quieren otra cosa —Leo miró a su hija—. ¿Alicia?

Ella prosiguió.

—He elegido un personaje para cada uno de vosotros, cosa que suele hacer cada uno de los jugadores. La banda de héroes incluye a Alicia, claro. Ella es la líder. Los otros miembros del equipo de hoy son Da Vinci, Nerón y Ángel.

Recogió una bolsa de Crown Royal que había en el suelo, a su lado, la abrió, metió la mano dentro y sacó una figurita en miniatura. Hecha de cartón y pintada a mano, representaba a una niña.

—Es Alicia —dijo, y la deslizó hacia Stacy—. Tú eres la líder del grupo. Eres lista y valiente, y tienes una fuerza sobrehumana. Además de tu fortaleza física, vas armada con una ballesta. Alicia tiene corazón de guerrera y espíritu aventurero.

La muchacha sacó otra figura de la bolsa.

—Da Vinci —dijo, sosteniendo una réplica del famoso hombre vitruviano de Leonardo da Vinci. La puso sobre un soporte de plástico y se la pasó a Spencer—. Da Vinci es un genio, un maestro en hechizos y pociones. También posee la habilidad de leer la mente, aunque se le puede engañar. Sin embargo, es todo cerebro y nada de músculo.

Spencer torció la boca.

—Qué sexy.

Alicia sacó otra figurita: un hombre vestido con camiseta y vaqueros negros y gafas del mismo color.

—Nerón —dijo.

Algo en su tono picó la curiosidad de Stacy.

—¿Cuál es su historia?

—Nerón es el personaje más impredecible de todos. El más peligroso.

—¿Por qué? —Tony bufó un poco, dando por sentado que se trataba de su personaje.

—Es un nigromante.

—¿Un qué?

—Un hechicero especializado en magia negra. Es difícil de controlar y a menudo de poco fiar. Me preocupaba introducirlo en una banda con tan poca experiencia como la vuestra.

Stacy miró a Spencer. Sospechaba que estaba pensando lo mismo que ella: que era extraño que Alicia describiera a los personajes como si fueran reales y pudieran pensar por sí mismos.

—Siempre hay un traidor —añadió Leo—. La figura de Judas.

—¿Y soy yo? —preguntó Tony, algo menos molesto.

—No —Alicia puso la figurita en su soporte y la empujó hacia su padre.

Él levantó una ceja.

—Qué interesante.

Tony frunció el ceño.

—¿Y yo qué?

—A ti te he reservado un personaje muy especial: Ángel —dijo ella, y sacó la miniatura de la bolsa y la dejó sobre la mesa. Representaba a una mujer de pelo negro, vestida con un traje de superheroína pegado a la piel.

Tony miró la figura con fastidio.

—¿Soy una tía?

Spencer soltó una carcajada. Stacy se echó a reír y Alicia sonrió. Estaba claro que la adolescente disfrutaba ejerciendo su papel de Dios.

—Pero no una tía cualquiera —dijo la muchacha—. Una poderosa ilusionista que utiliza sus poderes para derrotar a sus enemigos.

Tony parecía enfadado.

—Una tía. ¿Por qué yo?

—Consuélate, Gordinflón —dijo Spencer—. Come más cortezas.

—Cuatro personajes, cuatro figuritas —murmuró Stacy—. Los héroes representan a personajes reales, ¿no?

—Menos Alicia. Lewis, a quien he decidido no usar hoy, representa a Lewis Carroll, el creador original del País de las Maravillas. Da Vinci es papá, y Nerón es su antiguo socio, con el que creó el juego. Ángel es mamá. Así es como la llamaba papá en aquellos tiempos.

Spencer frunció el ceño.

—Si esos son los personajes, ¿qué pintan el Lirón, la Liebre de Marzo y el Gato de Cheshire en la historia?

—En todos los juegos de rol —respondió Leo—, los héroes deben tener oponentes contra los que luchar. En Dragones y Mazmorras son monstruos. En nuestro juego, son los personajes originales del País de las Maravillas. Se han vuelto malvados y se hallan bajo el dominio del Conejo Blanco.

Stacy frunció el ceño.

—Pero yo creía que el juego consistía en que el asesino era el vencedor absoluto. Si somos un grupo de héroes, eso significa que debemos traicionarnos los unos a los otros.

Leo asintió con la cabeza.

—Todos los personajes pueden cambiar en cualquier momento. El más susceptible de cambiar es Nerón. Ángel es famosa por crear una sensación ilusoria de seguridad en sus camaradas cuando los espera una trampa.

—Y algunos —intervino Alicia— se sacrifican por el éxito de la misión. O por la salvación de un amigo.

—O —añadió Leo— han sacrificado a un compañero para salvar el mundo.

—Así que, recordad, al final de la partida sólo quedará uno vivo —Alicia se detuvo para dar énfasis a sus palabras mientras los recorría con la mirada—. ¿Cuál será?

Stacy se sintió atraída por el juego. Miró a cada uno de sus compañeros y se preguntó cuál de ellos salvaría el mundo. Ansiaba ser ella, pero estaba decidida a anteponer la seguridad de todos a su inmortalidad heroica.

—Vuestro éxito o vuestra derrota —continuó Alicia— dependen de vuestras decisiones y vuestras habilidades, y también de los dados.

—Explícate —dijo Spencer.

—Se juega con un dado de veinte caras. Si sacas veinte, es una puntuación crítica. Si sacas uno, también.

—¿Qué quieres decir?

—Si sacas veinte significa que tu hechizo, tu movimiento o lo que sea ha sido demasiado efectivo. Por ejemplo, si quieres detener el avance de un monstruo y sacas la puntuación máxima, no sólo detienes al monstruo, sino que lo destrozas. Y si te sale uno, al contrario. El monstruo no sólo te hiere, sino que te hace pedazos, te devora y luego se pasa media hora eructando.

—Bonita imagen —murmuró Spencer.

—¿Y una puntuación intermedia? —preguntó Stacy—. Digamos, un ocho.

—El maestro de juego es Dios, ¿recordáis? Él decide si tu acción tiene éxito o no y hasta qué punto. ¿Alguna otra pregunta?

No había ninguna y la muchacha los miró a todos con expresión muy seria.

—Una última advertencia. Escoged sabiamente. Colaborad entre vosotros. El Conejo Blanco es muy listo. ¿Listos?

—Sí. Es hora de empezar.

Los minutos pasaron rápidamente y Stacy comprobó que no tardaban mucho en acostumbrarse al funcionamiento del juego. Tenía que admitir que era divertido. Y emocionante. Se sentía absorbida por el juego. Ya no pensaba en sus compañeros como seres reales, sino como personajes. La atracción psicológica del juego era grande, y Stacy comprendió al fin por qué los juegos de rol asustaban a tantos padres. Y por qué Billie le había dicho que eran demasiado absorbentes para personas cuya percepción de la realidad fuera demasiado frágil.

Se enfrentaron al Sombrerero Loco, que hirió gravemente a Da Vinci antes de que Alicia lograra matarlo con su ballesta. Nerón quedó atrapado en la casa menguante del Conejo Blanco, y se vieron obligados a dejarlo atrás.

Ahora se enfrentaban al más formidable enemigo de cuantos les habían salido al paso: una oruga más grande que todos ellos juntos. Fumaba en una pipa cuyo bucle de humo verde resultaba mortalmente venenoso para cuanto entrara en contacto con él.

Da Vinci ofreció un antídoto en forma de poción. Debilitado como estaba, si no sacaba la máxima puntuación, moriría.

El maestro de juego preparó la tirada. Kay apareció en la puerta de la cocina.

—Disculpadme. ¿Leo?

Le temblaba la voz. Leo levantó la vista y la sonrisa murió en sus labios. Stacy se dio la vuelta. Kay estaba pálida como un fantasma. Parecía aferrarse al marco de la puerta para no caerse.

Leo se levantó.

—Dios mío, Kay, ¿qué ocurre?

Los demás adultos se levantaron tras él. Stacy miró a Alicia. La muchacha estaba paralizada y tenía la mirada fija en su madre.

—Venid a ver... Es... —se llevó una mano a la boca. Stacy notó que le temblaba—. Tu despacho...

—¿Mi despacho? —dijo Leo—. ¿Qué...?

-La señora Maitlin lo encontró... y me llamó.

—Leo —dijo Stacy en voz baja, tocándole el brazo—, tu hija.

Él miró a Alicia como si acabara de percatarse de su presencia.

—Quédate aquí —le ordenó.
—Pero papá...
—Ni una palabra. Quédate aquí.

Stacy frunció el ceño. Ella no era madre, pero tenía la impresión de que la situación requería un poco más de tacto. Era evidente que Alicia estaba asustada.

Salieron de la cocina. La asistenta merodeaba junto a la puerta del despacho de Leo. Parecía tan impresionada como Kay.

Stacy miró hacia el vestíbulo. Parecía haber cundido la noticia de que había pasado algo en la casa, porque Troy estaba en la puerta.

El chófer la miró. Llevaba gafas de sol de espejo, lo cual a Stacy siempre le resultaba desconcertante. Le desagradaba no verles los ojos a los demás y verse a sí misma reflejada en el cristal.

Freud se lo habría pasado en grande con eso.

—Stacy, ¿vienes? —preguntó Leo.

Ella apartó la mirada de Troy.

—Sí.

Stacy siguió a Spencer y a su compañero hasta el despacho. Leo entró tras ella.

Sobre el reluciente suelo de madera alguien había dibujado un corazón. Dentro había dos grandes naipes de los que usaban a veces los magos y los payasos en las fiestas de cumpleaños infantiles: el Cinco y el Siete de Espadas. Los dos estaban partidos por la mitad.

Dentro del corazón, el intruso había escrito un mensaje.

Las rosas ya son rojas.

Sábado, 12 de marzo de 2005
4:30 p.m.

Spencer despejó la habitación. Ordenó que nadie saliera de la casa, ni siquiera Leo y Kay.

Observó el mensaje garabateado.

Las rosas ya son rojas.

A juzgar por el trazo fluido e irregular, supuso que había sido escrito con una brocha mojada en pintura o en algún otro líquido.

No sabía a ciencia cierta qué significaba, pero tenía una idea bastante precisa.

Muy probablemente alguien había muerto.

—¿Eso es sangre? —preguntó Tony, refiriéndose a la sustancia utilizada para escribir el mensaje.

Spencer se agachó y tocó la última letra; luego se llevó el dedo a la nariz. Era un olor orgánico. Muy nítido. En nada parecido al de la pintura. Asintió con la cabeza mirando a su compañero mientras se frotaba los dedos para comprobar la viscosidad de aquella sustancia.

—Creo que sí. ¿Ves cómo se va oscureciendo a medida que se seca?

—Podría ser sangre de algún animal —sugirió Tony.

Podría ser. Pero Spencer suponía que no lo era.

—Diles a los técnicos que vengan cuanto antes. Quiero que analicen esto y busquen pruebas. Y quiero que lo empolven todo en busca de huellas.

Se giró. Stacy estaba en la puerta. Se acercó al mensaje.

—Visteis un boceto igual, ¿verdad?
—Sí.
Ella frunció el ceño.
—Crees que los naipes están muertos.
—No tengo pruebas...
—No estamos hablando de pruebas. En *Alicia en el País de las Maravillas*, Alicia se encuentra por casualidad con dos naipes, el Cinco y el Siete de Espadas, que están pintando de rojo unas rosas blancas. Si nos basamos en la pauta marcada por el ratón, esto significa que la persona o personas que representan esos personajes están muertas.

Él no contestó. Los dos sabían que no hacía falta. Naturalmente, eso era lo que Spencer pensaba.

—Si nuestro dibujante es el asesino, ¿por qué dejar los naipes en vez del dibujo original?

—Obviamente porque no tenía el dibujo en su poder. Porque nosotros ahuyentamos a Pogo.

Tony cerró de golpe su móvil y se acercó a Spencer. Habló en voz baja para que sólo él pudiera oírle.

—Si es sangre, el proceso de desoxidación nos ayudará a determinar desde qué hora lleva aquí esto.

Spencer asintió con la cabeza.
—Así podremos descartar a ciertas personas.
—Exacto.
—¿Quieres hacer tú los interrogatorios? ¿O prefieres que me ocupe yo? —preguntó Spencer.
—Este es tu *show*, Niño Bonito. Adelante.

Salieron del despacho y Spencer se acercó a Kay y Leo. Estaban sentados en el último escalón. Leo rodeaba los hombros de su mujer con el brazo.

—Tengo que hacerle unas preguntas. ¿Se siente preparada?
Ella asintió con la cabeza.
—Lo intentaré.
Spencer abrió su libreta de espiral.
—¿Quién ha tenido acceso a la casa hoy?
—¿Quién no, querrá decir? —Kay se pasó lentamente una mano por el pelo—. Este sitio es como una estación de tren incluso en sábado.

—¿Podría ser más concreta?
—Claro —exhaló un largo suspiro—. La familia. Usted, su compañero y Stacy. La señora Maitlin y Troy. Y Barry, el jardinero, también vino esta mañana.
—¿Qué me dice de Clark?
—Los fines de semana libra.
—¿Quién más?
Ella fue desgranando una lista de personas que habían entrado y salido de la casa a lo largo del día. Su entrenador personal y su manicura. El cartero. Y también un mensajero.
—¿En sábado?
—Sí, también se pueden mandar paquetes en sábado. Pero es más caro, por supuesto.
—¿Podría haber entrado alguien sin que se dieran cuenta?
Kay miró a Leo y se puso colorada.
—¿Cuántas veces te he dicho que teníamos que instalar un sistema de cámaras de vigilancia?
—Nadie ha sufrido daños, Kay. Si te calmaras un poco...
—¿Calmarme? ¡Han entrado en nuestra casa, Leo! —Kay se levantó bruscamente con los puños cerrados. Spencer sintió que no sólo estaba asustada, también estaba furiosa con su ex marido—. ¿Cómo quieres que me calme?
Leo parecía azorado.
—Están intentando asustarnos.
—¡Pues lo han conseguido!
—Respire hondo, señora Noble —dijo Spencer—. Descubriremos qué ha pasado.
Ella asintió con la cabeza mientras se esforzaba visiblemente por tranquilizarse.
—Adelante.
Spencer le hizo algunas otras preguntas y luego se volvió hacia Leo.
—¿Y usted, Leo? ¿A qué hora estuvo por última vez en su despacho?
Él se quedó pensando un momento.
—A las dos de la madrugada.
—¿A las dos de la madrugada?
—Sí.

Spencer frunció el ceño.

—¿Y desde entonces no ha vuelto a entrar?

—No. He dormido hasta tarde. Me cuesta despertarme.

—Rara vez pisa el despacho antes de mediodía —dijo Kay—. Hoy ni siquiera se molestó, por la partida.

—¿Y usted no ha entrado en el despacho esta mañana? —le preguntó a Kay.

Ella enarcó una ceja.

—¿Para qué iba a entrar?

—Para llevar algún papel. Para contestar al teléfono. Se me ocurren unas cuantas razones, señora Noble.

—Yo no soy una secretaria, detective.

Spencer entornó los ojos, molesto por su tono displicente. Pensó en apretarle un poco las tuercas y enseguida descartó la idea, les dio las gracias y concentró su atención en los demás moradores de la casa. La primera, la señora Maitlin.

—¿Se encuentra bien? —ella asintió con la cabeza—. Necesito que recuerde qué ha hecho esta mañana hasta que entró en el despacho del señor Noble. ¿Podrá hacerlo?

Ella asintió de nuevo.

—Iba a llevar unas flores frescas al despacho.

—¿Lo hace todos los sábados?

—No, normalmente lo hago los viernes. Pero ayer no pude ir a la floristería.

—Entonces ¿ha ido hoy? —ella contestó que sí—. ¿Estuvo mucho tiempo fuera?

—Una hora —al ver la expresión de Spencer, le lanzó una rápida mirada a su jefe—. Me pasé por el Starbucks. Había mucha cola.

—¿Qué hora era?

Ella miró nerviosamente su reloj.

—No lo sé, entre las nueve y media y las diez y media.

—¿No entró en el despacho en toda la mañana?

—No.

Él advirtió que no lo miraba a los ojos.

—¿Ni siquiera para llevarse las flores secas?

—Eso lo hice ayer —ella juntó las manos—. Las flores duran exactamente una semana. Al señor Noble no le gusta verlas marchitas.

¿Y a quién sí? Qué suerte tenía aquel mamón.
—Entonces, ¿entró en el despacho con las flores?
—Sí.

Algo en su voz y en sus gestos le hizo pensar que no estaba siendo del todo sincera con él.

—Llevó las flores al despacho y entonces ¿qué?
—Abrí la puerta. Entré y... —apretó los labios—. Vi las cartas y el dibujo y fui a buscar a la señora Noble.
—¿Y dónde estaba la señora Noble?
—En su despacho.
—¿Dónde están ahora?

Ella lo miró con perplejidad, parpadeando.

—¿Cómo dice?
—Las flores. No están sobre la mesa.
—No sé dónde... En la cocina. En la encimera, creo.
—Nosotros estábamos jugando en la cocina. No recuerdo haberlas visto allí.
—En la mesa de la señora Noble —dijo ella con alivio—. Fui a buscarla y dejé el jarrón sobre su mesa. Pesaba mucho.

Spencer se imaginó la secuencia de los hechos tal y como la había descrito la señora Maitlin.

—Gracias, señora Maitlin. Puede que más tarde tenga que hacerle alguna otra pregunta.

Ella asintió con la cabeza, empezó a alejarse y de pronto se detuvo.

—¿Qué significan? ¿Esas cartas, el mensaje?
—Aún no estamos seguros.

Llegaron los técnicos. Spencer los saludó y los condujo al despacho. Volvió a mirar a la asistenta y vio que estaba observando, pálida y abatida, los movimientos del equipo.

Al percatarse de que la estaba mirando, giró sobre sus talones y se alejó. Spencer la siguió con la mirada y frunció el ceño. Aquella mujer le estaba ocultando algo. Pero ¿qué? ¿Y por qué razón?

Spencer fue en busca de Troy, el chófer y chico para todo de Leo. Lo encontró lavando el Mercedes. Al verlo, se incorporó.

—Hola —dijo.
—¿Tiene un minuto?

—Claro —Troy tiró la bayeta sobre el capó del coche—. De todas formas necesitaba un pitillo.

Spencer esperó mientras el chófer sacaba un cigarrillo, lo encendía y daba una calada. Luego le lanzó una sonrisa blanca y radiante.

—Un mal hábito. Pero todavía soy joven, ¿no?

Spencer convino en que lo era.

—¿Ha notado hoy algo fuera de lo normal?

Él le dio otra chupada al cigarrillo y entornó los ojos, pensativo.

—No.

—¿Ha visto a alguien que le haya llamado la atención? —el chófer volvió a contestar que no—. ¿Estuvo aquí fuera toda la mañana?

—Sí, lavando y dándole cera al Benz. Lo hago todos los sábados. Al señor Noble le gusta que sus coches estén siempre a punto.

Spencer miró su Camaro, que estaba aparcado junto a la acera y necesitaba con urgencia un buen baño.

—¿Es suyo? —preguntó Troy, indicando con el dedo el Camaro.

—Sí.

—Muy bonito —tiró el cigarrillo—. No he estado aquí en toda la mañana. El señor Noble me mandó a buscar unas cosas para el juego.

—¿A qué hora fue eso?

—Entre las ocho y las diez y media. Más o menos. Y sobre las doce salí a comer un bocadillo.

—Gracias, Troy. ¿Va a estar por aquí todo el día?

El chófer sonrió y recogió su bayeta.

—Tengo que estar aquí por si me necesita el jefe.

—¿Niño Bonito?

Spencer se giró al oír la voz de su compañero. Esperó mientras Tony subía por el camino.

—¿Has conseguido algo? —preguntó.

—Nada importante. La señora de enfrente se ha quejado de las idas y venidas que hay aquí a todas horas. Asegura que los Noble están metidos en asuntos ilegales —hizo una pausa—. O que son alienígenas.

—Genial. ¿Y esta mañana?
—Más tranquilo que una tumba.
—¿Algo más?
—No —miró su reloj—. ¿Has acabado aquí?
—Todavía no. Tengo que interrogar al jardinero. ¿Te vienes?

Tony dijo que sí y se dirigieron juntos hacia la parte de atrás. El jardín era frondoso y estaba bien cuidado. Había un número asombroso de lechos de flores que atender. En ciertas épocas del año, como en ésa, probablemente hacía falta un trabajador a tiempo completo para que las flores tuvieran aquel aspecto.

El jardinero estaba de rodillas en el rincón más al sur de la finca, sembrando plantas anuales. Alegrías, notó Spencer al acercarse a él.

—¿Barry? —preguntó—. Policía. Tenemos que hacerle unas preguntas.

Spencer vio que no se trataba de un hombre, sino de un muchacho. Poco más que un niño.

Barry frunció el ceño y se quitó los auriculares.
—Hola.

Spencer le enseñó su insignia.
—Tenemos que hacerte un par de preguntas.

Distintas emociones cruzaron la cara del muchacho: sospecha, curiosidad, miedo. Asintió con la cabeza y se levantó, limpiándose las manos en los pantalones vaqueros cortos. Era alto, desgarbado y flaco.

—¿Qué pasa?
—¿Llevas aquí todo el día?
—Desde las nueve.
—¿Has hablado con alguien?

El chico titubeó un momento y luego sacudió la cabeza.
—No.
—No pareces muy seguro.
—No —se puso colorado—. Estoy seguro.
—¿Has visto a alguien?
—Llevo todo el día de rodillas, de cara a la valla. ¿Cree que he podido ver a alguien?

Qué suspicaz.

—¿Has plantado todo esto hoy? —Spencer señaló la ringlera de alegrías.

—Sí.

—Muy bonitas.

—Eso creo yo —sonrió, pero la curvatura de sus labios parecía rígida.

—¿Has entrado en la casa hoy, Barry?

—No.

—¿Y qué haces, mear en los arbustos?

—En la caseta de la piscina.

—¿Y el agua y la comida?

—Traigo todo lo que necesito.

—¿Has visto hoy a alguien a quien no conocieras?

—No —miró hacia la casa y volvió a fijar la vista en ellos—. ¿Les importa que vuelva al trabajo? Si no acabo hoy, tendré que volver mañana.

—Adelante, Barry. Estaremos por aquí..., si te acuerdas de algo.

El muchacho volvió a su tarea. Spencer y Tony echaron a andar hacia la casa.

—Se ha puesto muy a la defensiva para haberse pasado todo el día con la nariz entre el barro —dijo Tony.

—Lo mismo pienso yo —sonó su teléfono; Spencer respondió a la llamada—. Aquí Malone.

Escuchó y luego le pidió al operador que repitiera lo que le había dicho. No porque no le hubiera oído bien, sino porque deseaba no haberlo hecho.

—Vamos para allá.

Miró a Tony, que lanzó una maldición.

—¿Y ahora qué? Es sábado, joder.

—Walter Pogolapoulos ha muerto. Ha aparecido en la orilla del río Misisipi.

—Hijo de puta.

—Oh, la cosa es aún mejor. Su cadáver está en el paseo Moonwalk. Lo encontró un turista de Kansas City. Por lo visto el alcalde está que trina.

34

Sábado, 12 de marzo de 2005
6:00 p.m.

Cuando llegaron al paseo Moonwalk, en el Barrio Francés, el lugar de los hechos estaba ya acordonado por completo. La cinta policial y los coches patrulla habían atraído al gentío como la miel a las moscas.

Spencer aparcó el Camaro junto a las vías del tren. Abrió la guantera, sacó el frasco de Vicks Vaporub que guardaba allí y se lo metió en el bolsillo de la chaqueta.

Miró a Tony.

—¿Listo?

—Vamos.

Salieron del Camaro. El Moonwalk, un paseo construido sobre el dique del Barrio Francés, se hallaba situado entre Jackson Square y el río Misisipi, el Café du Monde y el centro comercial Jax Brewery.

Spencer paseó la mirada por la zona. Qué desconsiderado por parte de Pogo ir a aparecer allí. En términos de visibilidad, pocos lugares superaban a aquél. En términos de atención no deseada, aquel lugar era aún peor. Todo cuanto afectara al turismo, la principal actividad económica de la ciudad, despertaba el interés. Del gobernador. Del alcalde. De los medios de comunicación.

El alcalde pondría a caldo al jefe de policía, quien a su vez pondría a parir a su tía Patti. Quien, por su parte, les apretaría las tuercas a ellos.

Menuda mierda.

A Tony y a él se les iba a caer el pelo.

Se acercaron a uno de los policías uniformados que montaban guardia en el perímetro acordonado y firmaron el impreso.

—Infórmenos.

—Lo encontró un turista. El pobre hombre se puso malo —señaló hacia los coches patrulla. Spencer vio que uno de ellos tenía la puerta de atrás abierta y que en el asiento había un hombre sentado de lado, con la cabeza entre las manos—. Mi compañero le está haciendo de niñera.

—Chico —masculló Tony—, creo que ya no estamos en Kansas.

El agente se rió tontamente.

—El olor llega hasta el Café du Monde, pero creyeron que era alguien que había tirado ahí la basura.

Spencer se metió la mano en el bolsillo de la chaqueta y sacó el frasco de Vicks. Tras ponerse una pizca, le dio el frasco a Tony, que también se puso un pegote bajo la nariz.

Subieron las escaleras hasta el mirador. Tony iba jadeando cuando llegaron arriba. Se detuvo para recuperar el aliento.

—Soy demasiado viejo y demasiado gordo para esta mierda.

—Me tienes preocupado, Gordinflón. Apúntate a un gimnasio.

—Me temo que eso me mataría —cruzaron las vías y subieron los peldaños hasta el dique—. Ya casi he alcanzado el nivel de teleadicto. No quiero estropearlo ahora.

—No querrás palmarla antes de que te den la pensión y el reloj bañado en oro, ¿no? Piénsate lo del gimnasio y...

Fue entonces cuando el hedor del cadáver los golpeó como un mazazo. Spencer miró a su compañero y vio que se le estaban humedeciendo los ojos.

Bajaron las escaleras y se abrieron paso hasta el borde del agua. Spencer divisó a Terry Landry, un detective de la Unidad de Investigación Criminal del Distrito 8. Había sido compañero de su hermano Quentin antes de que éste decidiera abandonar el cuerpo.

Al verlos, Landry salió a su encuentro.

—Terror —dijo Spencer, saludándolo con el mote que le habían puesto cuando era un novato. Landry, un tipo vehemente y juerguista, se había quedado con el apelativo.

—Ya no me llaman «Terror», chaval. He sentado la cabeza. Me he reformado.

—Sí, ya —Tony sacudió la cabeza.

—Es cierto. Ahora sólo me voy de juerga con mi grupo de Alcohólicos Anónimos los jueves por la noche.

—¿Ésa es la víctima? —preguntó Spencer, señalando un fardo informe que había sobre las rocas de la orilla del río.

—Sí. Llevaba la cartera en el bolsillo.

Spencer levantó la cara hacia el cielo purpúreo.

—Habrá que poner unos focos por aquí.

—Vienen de camino.

—¿Le has buscado el pulso? —preguntó Tony con sorna.

—Sí, claro —contestó Terry—. Y le he hecho el boca a boca. Ahora te toca a ti.

Eran bromas de Homicidios. Comprobar el pulso, un procedimiento rutinario, resultaba innecesario en un caso como aquél. Spencer y Tony bajaron hacia lo que quedaba de Walter Pogolapoulos. Le habían seccionado la garganta. La herida formaba una sonrisa abierta y obscena. El proceso de descomposición, acelerado por el agua cálida, estaba muy avanzado.

—A veces odio este trabajo.

Tony miró hacia atrás, en dirección al Café du Monde.

—¿Os apetecen unos bollitos?

—Estás enfermo, cabrón, ¿lo sabías? —Spencer se puso los guantes y se acercó al cadáver. Se agachó a su lado, lo recorrió con la mirada detenidamente y observó la zona que lo rodeaba. Había cada vez menos luz y tuvo que forzar la mirada.

El cuerpo parecía machacado, pero eso no le sorprendió. Ocurría a menudo cuando un cadáver era arrojado al agua. Arrastrado por la corriente, iba rozando el suelo, arañándose con las ramas de los árboles y las piedras afiladas y acababa por lo general hecho una piltrafa. Spencer los había visto hasta seccionados por las hélices de las embarcaciones y mordidos por los peces.

El patólogo sabría diferenciar entre las heridas anteriores y posteriores a la muerte. Un cuerpo en aquel estado escapaba a su capacidad de análisis.

Por lo que podía ver, daba la impresión de que el asesino no había hecho ningún esfuerzo por lastrar el cadáver. O bien ignoraba que los gases generados por el proceso de putrefacción hacían emerger el cuerpo en cuestión de días (a tales cadáveres se los llamaba «flotadores»), o bien no le había importado.

Aun así, Pogo había salido a la superficie un poco antes de tiempo. No llevaba muerto ni sumergido el tiempo suficiente para haber desarrollado la adipocira, una sustancia grasienta y amarilla, de olor rancio, que se veía a menudo en los «flotadores». Spencer miró a su compañero.

—Deben de haberlo arrojado al agua río arriba. La corriente es muy fuerte, lo habrá arrastrado hasta aquí. ¿Tú qué crees? ¿Hacia Baton Rouge? ¿O por la zona de Vacherie?

—Es posible. Puede que el patólogo nos aclare algo.

Como a propósito, el patólogo hizo acto de aparición.

—¿Dónde demonios están el furgón y los focos? ¿Qué quieres que haga con eso a oscuras?

Parecía muy enfadado. Spencer se acercó a él y se presentó.

—Parece que su noche de sábado ha dado un giro a peor.

—Tenía entradas para el teatro —el forense frunció el ceño—. ¿Cuántos Malone hay, por cierto?

—Más que una banda, pero menos que una muchedumbre.

Una sonrisa asomó a la boca del forense; miró a Tony.

—Creía que te habías jubilado.

—No caerá esa breva, amigo mío. ¿Conoces a Terry Landry?

—Todo el mundo conoce a *Terror* —el patólogo inclinó la cabeza mirando al detective y luego frunció el ceño—. ¿Dónde está ese furgón?

Algunos furgones del departamento de criminalística iban equipados con potentes focos para el examen nocturno de escenarios de crímenes.

—Voy a ver —dijo Terry.

El patólogo se acercó al cuerpo; Tony lo siguió. Spencer abrió su móvil y llamó a Stacy.

—Hola, Killian.

—Malone.

Le pareció complacida. Sonrió.

—Para tu información, Pogo ha muerto.

Oyó que ella inhalaba bruscamente.
—¿Cómo?
—Aún no lo sabemos a ciencia cierta. Apareció en la orilla del río. Le han rebanado el pescuezo.
—¿Cuándo?
—Da la impresión de que fue hace un par de días. Es difícil decirlo, porque el asesino arrojó el cuerpo al río. Y ya sabes lo que le pasa a un cadáver sumergido en agua cálida.

El silencio de Stacy lo decía todo: la habían pifiado. Su mejor sospechoso estaba muerto. No tenían nada.

El asesinato de Pogo no era una coincidencia.

El Conejo Blanco lo había silenciado para que no pudiera hablar.

La zona se inundó de luz. El furgón había llegado.
—Tengo que dejarte, Stacy. Sólo he pensado que querrías saberlo.

Cerró el teléfono y se acercó a Tony tranquilamente. Su compañero le sonrió.
—¿Qué? —preguntó Spencer.
—La puntillosa señorita Killian, supongo.
—¿Y qué?
—Vas a estar muy guapo con una buena barriga, Niño Bonito.
—Vete a tomar por culo, Sciame.

La risa de Tony retumbó en el agua como un extraño complemento al cadáver en descomposición de Walter Pogolapoulos.

Sábado, 12 de marzo de 2005
7:00 p.m.

Stacy cerró su móvil. Pogo, muerto. Asesinado.

Respiró hondo y volvió a entrar en la mansión de los Noble, dirigiéndose al salón del frente, donde la esperaban Leo y Kay. A pesar de que la policía había registrado exhaustivamente la casa y los jardines, Stacy había hecho su propio registro. Y, al igual que la policía, no había encontrado nada.

Cuando entró en el salón, Leo se levantó bruscamente.

—¿Y bien?

—No he visto nada fuera de lo normal —dijo ella—. No hay indicio alguno de que forzaran la entrada. Hay un par de ventanas abiertas, pero supongo que es normal en esta época del año. Y ningún postigo parecía forzado.

Kay permanecía sentada en el enorme y mullido sofá del salón, con las piernas dobladas bajo el cuerpo y una copa de vino blanco en la mano. Miró a Stacy.

—¿Has mirado en todos los armarios y los trasteros?

—Sí.

—¿En el desván y debajo de las camas?

Stacy sintió lástima por ella.

—Sí —dijo con suavidad—. Te doy mi palabra de que no hay nadie escondido en esta casa.

Leo soltó un bufido. Casi un gruñido. Stacy se volvió y lo vio pasearse por la habitación. Sentía su rabia. No estaba acostumbrado a no controlar su destino.

—No os han amenazado —dijo ella—. Ésa es la buena noticia.

Él se detuvo. La miró a los ojos.

—¿En serio? Gracias, pero en mi opinión un absurdo mensaje escrito con sangre en el suelo de mi despacho resulta bastante amenazador.

Stacy se puso colorada. Recordó la cabeza del gato colgada sobre su bañera.

—No me cabe duda de ello —dijo con suavidad—. Sin embargo, no han amenazado vuestras vidas abiertamente. Y eso es bueno.

Kay dejó escapar un gemido.

—¿Cómo sabes que no somos los naipes?

—Lo sé. Si hubiera querido mataros, no os habría mandado un mensaje. Es una jugada.

A decir verdad, no se le escapaba que esa hipótesis servía lo mismo para ella.

Kay dejó el vino sobre la mesa tan bruscamente que se derramó por el borde.

—Odio todo esto.

—Vamos a pensar en el juego. Hemos jugado esta tarde. Intentemos imaginar qué está tramando ese tipo. Adelantarnos a él.

Leo asintió con la cabeza.

—Es el juego del Conejo Blanco. Él está al mando.

—Él crea la historia —agregó Stacy—. Ha creado ésta.

—Hay un grupo de héroes. Tienen la misión de salvar el País de las Maravillas. Y, en último término, el resto del mundo.

—El ratón está muerto. Estaba bajo el dominio del Conejo, lo cual significa que lo mató un héroe.

—Los naipes también están en peligro.

—O ya han muerto —Stacy miró a Kay. Ésta había apoyado la cabeza entre las manos—. Yo estoy dentro del juego. Puedo ser el Gato de Cheshire o...

—Uno de los héroes —Leo chasqueó los dedos—. ¡Claro! No puedes ser el gato porque está...

—Bajo el dominio del Conejo Blanco.

—Igual que nosotros —dijo Kay de repente, levantando la cabeza—. Gracias a Dios.

—Antes de que eches las campanas al vuelo, cariño, recuerda

que los héroes están siempre en peligro, amenazados por el Conejo o sus secuaces. Y a veces... –hizo una pausa–... también por otros héroes.

Kay profirió otro gemido; Stacy sacudió la cabeza.

–Alguien está jugando de verdad a ese juego. Un grupo. Como ése del que formaba parte Cassie. Parece improbable que Rosie Allen fuera uno de los jugadores, lo cual significa que ese cabrón elige a personas al azar para representar a los personajes.

–O puede que todo esto sea obra de un psicópata solitario –Leo hizo una pausa–. Si se trata de un grupo, podrían estar jugando en la red.

Las ideas se agolpaban en la cabeza de Stacy mientras sopesaba las distintas alternativas y ensamblaba las piezas, intentando extraer de ellas una impresión de conjunto.

–Puede que el grupo tome parte activa en los asesinatos. O...

–Que participen sin saberlo.

Se quedaron callados. Tenían que estrechar el campo. Stacy debía decirles lo de Pogo.

Se volvió y miró a los ojos a su jefe.

–Ese dibujante, el que hizo las postales, está muerto.

–¿Muerto? –repitió él, pasmado–. Pero el detective Malone y tú acabáis de...

–Ha sido asesinado, Leo. Le degollaron y arrojaron su cuerpo al Misisipi.

Kay se quedó sin respiración.

–Dios mío.

–¿Mamá?

Se giraron. Alicia estaba en la puerta, pálida y con los ojos muy abiertos.

–Tengo miedo –musitó.

Kay le lanzó a Leo una mirada furiosa mientras ambos corrían junto a la muchacha. Ella la abrazó y procuró reconfortarla, acariciándole el pelo y susurrándole palabras de consuelo.

Palabras que sonaban sinceras: promesas acerca de que todo saldría bien, de que no tenía nada que temer. Cosas que Stacy sabía que Kay no sentía en realidad. Aquella mujer era capaz de dejar a un lado sus propios temores para aliviar los de su hija.

Stacy la había considerado hasta ese momento fría y perfeccionista. Nunca volvería a verla de la misma manera.

Leo, por su parte, permanecía envarado y taciturno a su lado, con el aspecto de un pez fuera del agua.

Kay lo miró con reproche una vez más.

—Voy a llevarla arriba.

Él asintió con la cabeza, visiblemente abatido. Luego dio media vuelta y regresó al sofá. Se dejó caer pesadamente en él.

—Kay me culpa a mí.

Stacy estaba de acuerdo, pero no creía que decírselo sirviera de nada.

—Pero yo no he causado todo esto. No es culpa mía.

—Lo sé —dijo ella suavemente, sintiendo lástima por él—. Está asustada. No piensa con claridad.

—Odio no poder hacer nada. Alicia es... es lo más importante del mundo para mí. Verla tan angustiada y no poder... —acabó la frase con un bufido de impotencia—. Ese dibujante era la mejor pista que teníamos.

Su única pista verdadera.

—Sí.

—¿Qué vamos a hacer ahora?

—Esperar. Tomar precauciones. Y confiar en que la policía haga su trabajo.

—Que se vaya a paseo la policía. ¿Qué vamos a hacer nosotros?

—Sabemos que ese dibujante no era el asesino. Sólo era un colaborador pagado.

—El Conejo Blanco lo hizo.

—Podría ser. Pero tampoco lo sabemos con seguridad.

Leo se echó a reír de repente. Su risa sonó forzada.

—Claro que fue el Conejo Blanco. Tú crees tan poco como yo en las coincidencias. Cuando Malone y tú os acercasteis demasiado, mató al dibujante para proteger su identidad.

Stacy no respondió. Ésa era también su opinión, basada no en los hechos, sino en el sentido común... y en una fuerte intuición visceral.

—Es alguien cercano —dijo—. Alguien de tu círculo. De eso sigo convencida.

—Pues vente a vivir aquí.

—¿Perdona?

—Quiero que estés aquí. Con nosotros.

—Leo, no creo que...

—Kay está angustiada. Y ya has visto a Alicia. Se sentirían más seguras si vivieras aquí.

—Contrata a una compañía de seguridad privada. Cómprate un perro. Y pon una alambrada eléctrica. O el sistema de cámaras de vigilancia que sugirió Kay. Yo no soy experta en seguridad.

—Estaría más tranquilo contigo que con guardias de seguridad a sueldo.

—¿Por qué? Y no me digas que porque fui poli, porque no me lo creo.

—Porque tú no te limitarás a protegernos. También te estarás protegiendo a ti misma.

—No me preocupa lo que...

—Estás metida en el juego, Stacy. Será mejor que empieces a preocuparte por tu seguridad. Además, el desenlace de este asunto te interesa. Y, si estás aquí, es más probable que tomes parte en él.

Lunes, 14 de marzo de 2005
Mediodía

Finalmente, Stacy aceptó trasladarse a la mansión de los Noble. No porque creyera que podía proteger a la familia. Ni porque sintiera que estaría más segura en compañía de otros.

Sino porque, cuanto más cerca estaba de los Noble, más cerca estaba de la investigación. Estando allí, Malone no podría dejarla de lado.

Había insistido, no obstante, en que Leo instalara un sistema de cámaras de vigilancia y había recomendado enérgicamente que Alicia y Kay se mudaran de la casa de invitados a la residencia principal. Aunque Kay se había negado, había obligado a Alicia a trasladarse. Ese mismo día habían llevado la cama de Alicia a la habitación que le servía de cuarto de estudio.

Equipada con su ordenador, una conexión a Internet de alta velocidad y televisión por cable, la chica apenas tenía motivos para salir de la habitación. O de la guarida, como Stacy la llamaba ya para sus adentros.

La reacción de Alicia ante aquel cambio mostraba el cinismo típico de los adolescentes. La muchacha asustada a la que Stacy había vislumbrado se había convertido de pronto en una malhumorada adolescente. Stacy empezaba a descubrir que convivir con una joven de esa edad se asemejaba a vivir con alguien que sufriera un trastorno de personalidad múltiple.

Stacy recogió los libros que necesitaba para su clase de esa tarde, salió y cerró con llave la puerta de su cuarto.

—Eso es un poco paranoico, ¿no crees?

Stacy miró hacia atrás. Alicia estaba junto a la puerta de su cuarto de estudio. Parecía aburrida.

Stacy sonrió.

—Más vale prevenir que curar.

—Bonito tópico.

—Pero cierto. ¿Qué tal te va?

—De fábula —hizo una mueca—. Hablando de tópicos.

Stacy acusó el sarcasmo de la joven.

—No pienso ponerme en tu camino.

—Lo que tú digas.

—El otro día estabas asustada. ¿Ya no?

—No —levantó un hombro—. Ya sé qué está pasando. Has organizado todo esto para acercarte a mi padre.

Stacy sofocó una exclamación de sorpresa.

—¿Y por qué habría de hacer eso?

—Por la atracción de las estrellas.

Clark llamó a la niña para que volviera a sus estudios. El tutor miró a Stacy y levantó los ojos al cielo. Ella sonrió. Estaba claro que Clark había oído la conversación.

El resto del día pasó volando. Stacy estuvo enfrascada en un trabajo que tenía que presentar en clase la tarde siguiente. En lugar de trabajar en su cuarto, se instaló en la cocina para controlar quién entraba y salía de la mansión.

A la señora Maitlin no pareció entusiasmarle la idea.

—¿Quiere que le traiga algo? —le preguntó la asistenta mientras se preparaba una taza de café.

—No tiene que servirme —Stacy sonrió—. Pero gracias por el ofrecimiento.

La asistenta estaba parada junto a la encimera con su café y parecía incómoda.

—Siéntese —Stacy le indicó la silla que había frente a ella.

—No quiero molestar.

—Ésta es su cocina —Stacy cerró su ordenador portátil, se levantó y se sirvió una taza de café.

La señora Maitlin se sentó, pero no sin antes sacar una lata de finas pastas de chocolate.

Stacy tomó una y volvió a su sitio.

—¿Cuánto tiempo hace que trabaja para los Noble?

—Algo más de diecisiete años.

—Debe de gustarle su trabajo.

Ella no contestó, y Stacy tuvo la impresión de que había sobrepasado algún límite. O de que quizá la señora Maitlin no se fiaba de ella lo suficiente como para contestar a su pregunta.

—No soy una espía —le dijo con suavidad—. Sólo quería conversar.

—Sí, me gusta.

—Se vino a vivir con ellos. Supongo que fue una decisión difícil.

Ella levantó un hombro.

—No tanto. No tengo familia.

Stacy pensó en Jane.

—¿Ni siquiera hermanos?

—No, ni siquiera.

Los Noble eran su familia.

La señora Maitlin miró su café un momento y luego volvió a fijar los ojos en Stacy.

—¿Por qué está aquí? No es asesora técnica.

—No.

—Tiene algo que ver con esas tarjetas. Y con ese extraño mensaje.

—Sí.

—¿Debería tener miedo?

Stacy se quedó pensando un momento. Quería ser sincera con ella, pero la línea que separaba una respuesta prudente de una respuesta alarmante era fina como el filo de una navaja.

—Tenga cuidado. Esté atenta.

Ella asintió con la cabeza con expresión de alivio, se llevó una galleta a la boca y luego volvió a dejarla sin haberla probado.

—Esto ha cambiado. No es como... —se interrumpió. Stacy no quiso presionarla—. Llevo con la familia desde antes de que naciera Alicia. Era un bebé precioso. Y una niña muy dulce. Tan lista. Ella... —se interrumpió de nuevo. Stacy percibía en ella una profunda tristeza—. Antes la casa estaba llena de risas. No reconocería al señor y la señora Noble. Y a Alicia. Ella... —la señora Maitlin miró su reloj y se levantó—. Será mejor que vuelva al trabajo.

Stacy estiró el brazo y le tocó la mano.

—Alicia es una adolescente. Es una época difícil. Para ellos. Y para todos los que los quieren.

La señora Maitlin pareció sobresaltada. Sacudió la cabeza.

—No es lo que piensa. Cuando ellos dejaron de reír, también dejó de reír Alicia.

Inquieta, recogió su taza y la llevó al fregadero. Vertió su contenido, aclaró la taza y la puso en el lavavajillas.

—Señora Maitlin...

Ella miró hacia atrás.

—¿Puedo llamarla por su nombre de pila?

Ella sonrió.

—Me gustaría que lo hiciera. Me llano Valerie.

Stacy la miró alejarse mientras le daba vueltas a lo que le acababa de decir. ¿Cómo habían sido los Noble diecisiete años antes? ¿Por qué se habían divorciado? Se querían mucho, eso era evidente. Estaban comprometidos el uno con el otro y con Alicia, eso también saltaba a la vista. En esencia, seguían viviendo juntos.

Cuando ellos dejaron de reír, también dejó de reír Alicia.

Stacy miró su ordenador, luego se levantó y salió a la calle. Hacía un día radiante. La idea de seguir redactando su trabajo no la atraía, y le sentaba bien dar un rápido paseo por el jardín cada una o dos horas.

Levantó la cara hacia el cielo. En el horizonte iban acumulándose negros nubarrones. Daba la impresión de que la tarde soleada daría paso a una noche de tormenta.

Los del servicio de seguridad estaban instalando el nuevo sistema de vigilancia. Troy charlaba con uno de ellos mientras fumaba un cigarrillo. Antes había estado tomando el sol en una hamaca de la pradera de césped. Había colgado su polo amarillo en el respaldo de la tumbona. Stacy cayó en la cuenta de que sólo le había visto completamente vestido un par de veces.

Se sonrió. Hasta donde ella había visto, Troy tenía el trabajo menos estresante de la tierra. Rondaba por allí, esperando a que Leo le necesitara para algo: para hacer un recado o para llevarlo a alguna parte en coche. Tomaba el sol, lavaba los coches, fumaba.

Una vida dura. Stacy se preguntó cuánto cobraba y si ella podría solicitar el puesto.

El instalador apagó su cigarrillo y volvió al trabajo. Troy vio a Stacy y sonrió. Sus dientes resultaban casi sorprendentemente blancos en contraste con su rostro moreno.

—Hola, Stacy —dijo.

Ella se detuvo.

—Hola, Troy. ¿Trabajando un rato?

—Ya sabes, el típico día —señaló al instalador—. Están instalando un sistema de alta tecnología. Ese tío estaba intentando explicármelo —se encogió de hombros como diciendo que no había entendido nada—. El señor Noble, cuando compra algo, tiene que ser lo último. Sólo lo mejor —se rascó el pecho casi distraídamente—. Pero no entiendo por qué lo hace. Yo ando siempre por aquí. Vigilando.

—Puede que sea para cuando no estás.

Él asintió con la cabeza y frunció el ceño. Algo en su semblante sugería que él también, al igual que ella, estaba pensando en el sábado y en el mensaje que le habían dejado a Leo.

Quienquiera que hubiera escrito aquel mensaje había entrado y salido de la casa durante la hora que Troy y la señora Maitlin habían estado fuera.

El chófer guardó silencio, pensativo. Al cabo de un momento volvió a mirarla.

—¿Qué está pasando? El sistema nuevo. Alicia mudándose a la casa grande. Tú. ¿Alguien ha amenazado a Leo o a Alicia?

—Alguien está jugando a un juego enfermizo —contestó ella—. Leo sólo está tomando precauciones.

Troy se quedó mirándola un momento. Los dos sabían que no estaba siendo del todo sincera. Pero él no se lo reprochó.

Se encogió de hombros y echó a andar hacia su tumbona.

—Si necesitas algo, estoy aquí.

Ella lo vio acomodarse y después levantó la vista hacia las ventanas del primer piso.

Y descubrió a Alicia observándola.

Levantó una mano para saludar a la muchacha. Pero, en lugar de devolverle el saludo, Alicia se apartó de la ventana bruscamente.

Stacy sacudió la cabeza, divertida en parte. Al parecer, no tenía que hacer nada de particular para ofender a la joven señorita Noble. Empezaba a sospechar que bastaba con que respirara.

«Lo siento, pequeña. Tendrás que aguantarte conmigo».

Lunes, 14 de marzo de 2005
6:10 p.m.

La Taberna de Shannon, un bar frecuentado por obreros y policías, estaba situada en la zona de la ciudad conocida como «el Canal Irlandés». Regentado por un tipo grande como una montaña llamado Shannon, el bar era un buen lugar para aguardar a que pasara una tormenta.

Si uno lograba llegar allí antes de que se desatara.

Spencer y Tony no habían tenido tanta suerte. Irrumpieron en la taberna seguidos por una ráfaga de lluvia y viento. Shannon les echó un vistazo y meneó la cabeza.

–Polizontes.

–La culpa la tiene John junior –dijo Spencer, y agarró el paño que le lanzó el barman.

Se secó primero el pelo y luego el resto de la cara lo mejor que pudo. Había sido, en efecto, una llamada de John junior lo que le había llevado hasta allí. Sólo faltaban seis meses para las bodas de oro de sus padres. Había que empezar a planear la celebración inmediatamente. El hecho de que se hubiera acordado John junior no suponía ninguna sorpresa. Como era el mayor de los hermanos, a John junior le tocaba hacer siempre el papel del más responsable.

Afortunadamente. Porque, siendo siete que organizar y pastorear, hacía falta alguien que estuviera dispuesto a asumir esa tarea.

Tony le había acompañado porque Betty y Carly se habían ido a comprar un vestido para el baile de promoción de la chica e iba a cenar solo.

Shannon les sirvió algo más que una cerveza bien fría; sus hamburguesas se contaban entre las mejores de la ciudad: grandes, jugosas y a un precio asequible para el bolsillo de un policía.

Quentin y su mujer, Ana, fueron los siguientes en llegar. Spencer no podría haber deseado una cuñada mejor. Tenía el convencimiento de que había sido ella quien había dado fuerzas a Quentin para perseguir sus sueños.

—Hola, hermanito —dijo Quentin, dándole una palmada en la espalda—. Shannon, cerveza y un agua mineral.

—Anna —Spencer besó a su cuñada en la mejilla y se apartó para mirarla—. Estás preciosa.

Embarazada de tres meses de su primer hijo, su cuñada irradiaba felicidad.

—¿Cómo va el negocio de la escritura?

—De muerte —dijo ella con sorna—. Como siempre.

Anna era una exitosa novelista de suspense. Conocía a Tony a través de Quentin y se sentó de buen grado junto a los policías de más edad.

Percy y Patrick entraron hechos una sopa. Un momento después apareció John junior, acompañado de su mujer, Julie, enfermera titulada. Sauna y Mary llegaron después.

Altos, guapos y ruidosos, los hermanos Malone siempre llamaban la atención. Sobre todo de las mujeres. Pero en Nueva Orleans eso no era necesariamente así. Las hermanas Malone habían aprendido a usar el carisma de sus hermanos en beneficio propio. Mientras todas las mujeres disponibles en un lugar dado competían por las atenciones de sus hermanos, ellas podían elegir a su antojo entre todos los demás hombres.

Y, con frecuencia, aquello funcionaba.

Esa noche, sin embargo, tenían planes serios que discutir.

—La tía Patti y el tío Sammy van a venir —dijo Mary mientras iba besando a sus hermanos en la mejilla—. He hablado con ella de camino aquí. Llegan un par de minutos tarde.

—Es igual —dijo Percy al tiempo que le hacía una seña a Shannon—. De todas formas nunca hemos empezado una reunión familiar a tiempo.

—Me siento ofendido —repuso John junior, y le dio un largo trago a su cerveza de barril.

—Querrás decir que te sientes representado —añadió con sorna Patrick, el contable—. Recordad que estamos en época de pago de impuestos. A diferencia de vosotros, yo tengo que trabajar doce horas diarias durante el próximo mes. Así que que empiece el espectáculo.

Las respuestas de sus hermanos variaron entre quien hizo girar los ojos y quien comentó que era un quejica. Spencer sonrió. Patrick, el gruñón de la familia.

Se abrió la puerta de golpe y aparecieron la tía Patti y el tío Sammy. Con ellos entró otra ráfaga de viento y lluvia.

—Hace un día de perros —exclamó ella mientras cerraba el paraguas y lo dejaba en el perchero, junto a la puerta—. ¿No podrías haber elegido una noche peor, John junior?

Su comentario fue acogido con silbidos y aplausos. John junior se puso colorado.

—Sin mí, esta familia se iría a pique.

La pareja hizo su ronda de besos y abrazos. Al acercarse a Spencer, su tía se inclinó.

—Tenemos que hablar. Esta noche. Antes de que te vayas.

Su tono hizo fruncir el ceño a Spencer.

—¿Qué pasa?

Ella sacudió la cabeza levemente, indicándole que no podía hablar en ese momento. Spencer comprendió que, se tratara de lo que se tratase, tenía que ver con el trabajo. Y era serio.

Dos horas y media después, el grupo comenzó a disgregarse. A pesar de que eran alborotadores e indisciplinados, habían logrado ponerse de acuerdo. Habían hecho planes. Cada hermano tenía una misión que cumplir. John junior esperaría puntuales informes al cabo de una semana.

Spencer miró a su tía. Ella le indicó por señas que se verían en la sala de billar del fondo del local.

Spencer la encontró allí, de espaldas a él. Cuando se dio la vuelta, él frunció el ceño. Parecía agotada y pálida.

—¿Te encuentras bien, tía Patti?

—Sí —su tono expeditivo le hizo comprender que se había calado con firmeza la gorra de comisaria—. Hoy me han llamado de la DIP.

La División de Integridad Pública. El equivalente a Asuntos Internos en la policía de Nueva Orleans.

Spencer se quedó helado. El pasado pareció abatirse de pronto sobre él. Dos años antes, cuando su anterior capitán le había llamado a su despacho, había dos tipos de la DIP esperándolo.

Había sido una encerrona. La especialidad de la DIP.

—Me han preguntado por ti, Spencer. Por el caso.

—¿El caso? ¿El Conejo Blan...?

—Sí.

Él sacudió la cabeza.

—¿Por qué?

—No estoy segura —ella se frotó el pecho casi distraídamente—. Intentaban sondearme.

—¿A qué viene todo esto?

—Dímelo tú.

—No hay nada —escudriñó su memoria—. Lo hemos hecho todo conforme al reglamento.

—Hay algo más. Me llamó el jefe. Para hablarme de ti. Y del caso.

Aquello tenía mala pinta. El interés del jefe de policía siempre auguraba problemas.

Spencer sacudió de nuevo la cabeza.

—¿Por qué? No lo entiendo.

Ella le apretó el brazo.

—Tony y tú —dijo con voz tensa—, andaos con cuidado.

Spencer abrió la boca para decir algo, pero enmudeció al ver que la cara de su tía se crispaba de dolor.

—¿Tía Patti? ¿Qué te pasa?

Ella intentó hablar, pero no pudo. Se llevó una mano al pecho. Alarmado, Spencer llamó a voces a su tío y a su cuñada.

Los miembros de la familia entraron corriendo. Julie le echó un vistazo a la tía Patti y gritó que alguien llamara a emergencias.

Veinte minutos después, la tía Patti había sido enviada en ambulancia a la clínica Touro, donde se informó a la familia de que había sufrido un ataque al corazón.

El clan Malone se había presentado al completo, lo cual explicaba la expresión irritada de la enfermera de planta.

Spencer sabía que la enfermera tendría que ir acostumbrándose a las multitudes; los policías se cuidaban entre ellos. Era probable que su tía tuviera visitas las veinticuatro horas del día. Y sin duda alguna intentarían llevarle chucherías. Cosas como donuts Krispy Kreme. O hamburguesas Krystal.

La espera se hizo interminable. Luego, por fin, dejaron pasar al tío Sammy a ver a Patti, y después de él a la madre de Spencer, que acababa de llegar. Los demás tuvieron que esperar.

Cuando apareció el médico, un tipo que parecía demasiado joven para confiarle el cuidado de la tía favorita de nadie, les explicó que el infarto, producido por el bloqueo de una arteria, había sido leve. Le habían suministrado un potente medicamento para disolver el coágulo.

–Ha preguntado por Spencer –dijo el médico.

–Soy yo.

El médico lo miró.

–¿Es policía?

–Sí.

–No hable de trabajo con ella. No quiero que se excite.

–Entendido, doctor.

Spencer entró en la habitación. Para ser tan dura, su tía parecía muy frágil.

Sonrió débilmente.

–Creo que esta vez he dado con un delincuente duro de pelar.

–El médico dice que tienes bloqueada una arteria. Te ha dado un medicamento milagroso que se supone que resuelve el problema. Te pondrás bien.

–No estoy preocupada por... mí. Tú...

–Chist –Spencer le apretó la mano–. Yo sé cuidar de mí mismo.

–Pero...

Él le apretó la mano otra vez.

–Tendré cuidado. La investigación va por buen camino. Tony y yo nos aseguraremos de que sigue así. Tú concéntrate en ponerte bien. Ése es tu trabajo ahora.

Ella se adormeció. Spencer se quedó un rato con ella, viéndola dormir.

«Andaos con cuidado».

Aquellas tres palabras le devolvían a la época terrible en la que se encontraba a cada paso con la sospecha y todo el mundo parecía tenerlo enfilado.

¿Por qué había despertado el interés del jefe de policía y de la DIP?

La enfermera asomó la cabeza en la habitación.

—Se acabó el tiempo, señor Malone.

Él asintió con la cabeza, le dio un suave beso en la frente a su tía y regresó a la sala de espera.

Tony y algunos otros compañeros habían ido a presentarle sus respetos al tío Sammy y estaban agrupados, hablando.

Spencer se llevó a Tony aparte.

—Esta tarde, mi tía me dijo que habíamos llamado la atención del jefe de policía. Y de la DIP.

Tony puso unos ojos como platos.

—¿Por qué?

—No lo sabía. Le estuvieron preguntando por el caso del Conejo Blanco.

El más mayor de los dos frunció el ceño.

—Ese cretino de Pogo tenía que aparecer en el Barrio Francés.

Spencer asintió con la cabeza.

—Pero eso no explica qué pintan en esto los de la DIP. A esos suelen interesarles los casos de corrupción.

—Deja que pregunte por ahí. A ver si alguien ha oído algo.

John junior le hizo señas a Spencer para que se acercara. Spencer echó a andar hacia él, pero giró la cabeza hacia su compañero.

—Hazlo. Y mantenme informado.

Martes, 15 de marzo de 2005
9:30 a.m.

Alicia entró súbitamente en la cocina. Posó un instante la mirada en Stacy y luego se acercó a la asistenta.

—Me voy corriendo al Café Noir a tomarme un *moccaccino*.

Stacy rebuscó en su memoria. ¿Alicia frecuentaba el Café Noir? ¿La había visto alguna vez por allí? Muchos adolescentes acudían al Café Noir, sobre todo a última hora de la tarde y justo después de clase. Pero no recordaba haber visto por allí a Alicia.

La señora Maitlin, que estaba frente al fregadero, miró a la muchacha por encima del hombro.

—¿Y tus clases?

—Aún no he empezado. El señor Dunbar no se encuentra bien. Me ha preguntado si me importaba que empezáramos más tarde.

Saltaba a la vista que Alicia estaba encantada. A Stacy se le pasó por la cabeza la idea de que tal vez el pobre señor Dunbar hubiera sido envenenado.

La asistenta le lanzó a Stacy una mirada nerviosa y luego se volvió hacia la muchacha.

—Tus padres han dado órdenes estrictas de que no salgas sola de casa. Si me esperas unos minutos, te...

Alicia se enfurruñó.

—¡El Café Noir no está ni a seis manzanas de aquí! Seguro que no se referían a...

—Lo siento, tesoro, pero con todo lo que ha pasado...

—¡Esto es absurdo!

—Yo iré contigo —dijo Stacy, poniéndose en pie—. Me vendrá bien dar un paseo.

Alicia la miró con enojo.

—No, gracias. Prefiero que no vengas.

—Como quieras —se encogió de hombros—. Pero aun así necesito un paseo. ¿Quieres que te traiga algo?

La muchacha se quedó mirándola un momento con los ojos entornados.

—Está bien. Pero no quiero que vayas a mi lado. Puedes andar detrás de mí.

Por lo visto no le gustaba que le llevaran la contraria.

Stacy disimuló una sonrisa.

—Como quieras.

Unos minutos después, se aproximaron al Café Noir. Tal y como había prometido, Stacy se había mantenido varios pasos por detrás de Alicia. No le había prometido mantenerse a distancia en la cafetería, pero eso pensaba decírselo llegado el momento.

Cuando entró en la cafetería, Alicia ya estaba pidiendo en la barra. Billie levantó la vista y le dio la bienvenida con una sonrisa.

—Hola —dijo—. Cuánto tiempo sin verte. ¿Qué te ha pasado?

—He estado liada —Stacy se acercó a la barra; Alicia la miró con enfado—. Billie, ésta es Alicia, la hija de Leonardo Noble.

Billie sonrió a la muchacha.

—No me digas. Ahora por fin puedo ponerle nombre a su cara.

Alicia metió una pajita en su *moccaccino* con hielo extra grande.

—Hasta luego.

Stacy la miró alejarse y se volvió luego hacia Billie.

—Es la versión adolescente del doctor Jeckyll y míster Hyde.

Billie enarcó una ceja.

—Más Hyde que Jeckyll, según parece.

—¿Viene a menudo por aquí?

—A veces.

—¿Habló con Cassie alguna vez?

—Sí, puede ser.

Stacy no sabía qué la sorprendía más, su pregunta o la respuesta de Billie.

—¿Cassie y ella se conocían?

—No eran amigas, pero creo que hablaban. ¿Lo de siempre?

Stacy se dio cuenta de que Billie se refería a su bebida de siempre y negó con la cabeza.

—Un café con hielo. Grande.

Billie asintió, preparó el café, lo deslizó sobre el mostrador y, cuando Stacy se disponía a pagar, hizo un ademán para detenerla.

—Invita la casa.

—Gracias —Stacy frunció el ceño. Seguía pensando en Cassie y Alicia—. Cuando dices que hablaban, ¿te refieres a algo más que «hola» y «qué tal»?

—Hablaban de juegos.

De juegos de rol. Naturalmente. Tras aquella idea surgió otra. ¿Sería Alicia quien le había prometido a Cassie presentarle al Conejo Blanco?

—¿Qué ocurre? —Billie bajó la voz—. ¿Dónde coño te has metido? Y no me vengas con ese rollo de que has estado liada.

Stacy miró hacia atrás y vio que no había nadie cerca que pudiera escucharlas.

—Las cosas se han complicado un poco desde la última vez que hablamos. El Conejo Blanco reivindicó abiertamente un asesinato. Una tal Rosie Allen. Ayer dejó una tarjeta de visita en casa de los Noble. Según parece, hay otras dos víctimas más en camino. Y, no sé si te lo he dicho, pero a mí también me dio la bienvenida al juego.

—¿Al juego? —repitió ella—. Rebobina, guapa. Hasta muy, muy atrás.

—¿Recuerdas que te dije que Leo Noble creía que alguien, quizás un admirador perturbado, había empezado a jugar al Conejo Blanco en la vida real? ¿Que había recibido unas extrañas tarjetas que indicaban que le habían metido en ese juego en el que quien vence es el asesino?

Billie dijo que sí y Stacy prosiguió.

—Una de las tarjetas representaba una especie de ratón ahogándose. Una mujer llamada Rosie Allen fue encontrada ahogada en su bañera. El asesino dejó un mensaje en la escena del crimen. «Pobre ratoncito, ahogado en un charco de lágrimas». Esa mujer estaba relacionada con los Noble. Arreglaba la ropa de la familia. El sábado, el asesino dejó otra tarjeta de presentación en casa de los Noble. «Las rosas ya son rojas». El mensaje estaba escrito con sangre.

Billie se quedó callada un momento. Cuando por fin habló, lo hizo en susurros, como si no quisiera que la oyera algún empleado o algún cliente.

—Deja de hacer el tonto, Stacy. Tú ya no eres detective. No tienes el respaldo de un cuerpo de policía.

—Demasiado tarde. Por lo visto he picado la curiosidad del asesino. El jueves por la noche me dio la bienvenida al juego. Me dejó una cabeza de gato. El Gato de Cheshire, supongo. Me he mudado temporalmente a casa de los Noble para echarle un ojo a...

—Maldita sea, Stacy, estás jugando con...

—¿Con fuego? Dímelo a mí —miró hacia la puerta de entrada. Alicia estaba sentada en una mesa de la terraza—. Tengo que irme.

—¡Espera! —Billie la agarró de la mano—. Prométeme que tendrás cuidado o te juro que te doy una patada en el culo.

Stacy sonrió.

—Yo también me preocupo por ti. Ya te contaré.

Salió y se acercó a Alicia.

—¿Quieres compañía?

—No.

Stacy se sentó de todos modos. La muchacha soltó un bufido exasperado. Stacy sofocó una sonrisa. Su madre solía resoplar así. Cuando Jane o ella se ponían especialmente testarudas.

—Te vi mirando a Troy —dijo Alicia de repente.

—¿Ah, sí? ¿Cuándo fue eso?

—Ayer. En el jardín.

Cuando al levantar la mirada la había descubierto observándola.

—No te molestes en negarlo, les pasa a todas. Hasta a mi madre.

Qué interesante. ¿Estaría Kay enamorada del apuesto chófer?

Bebió un sorbo de su café con hielo.

—¿Y tú, Alicia? ¿Tú no lo miras?

La chica se sonrojó.

—Perderías el tiempo con él. Es gay.

Podría ser, pensó Stacy. Pero no lo creía.

—Gay o no, da gusto mirarlo.

Alicia frunció el ceño.

—¿No vas a preguntarme por qué lo sé?

—No.

—¿Por qué no?

La verdad era que tenía una idea bastante clara de cuál era la verdad. Alicia estaba enamorada de Troy. Había flirteado con él; y él la había rechazado. O bien Alicia pretendía hacerle pasar por gay para mitigar su resentimiento, o bien pretendía desalentar el interés de otras mujeres por el chófer.

—Porque no me importa.

Comprendió por su expresión que a la muchacha no le gustaba su respuesta.

—Sé lo de tu hermana —dijo Alicia—. Lo de ese tipo de la barca que estuvo a punto de matarla.

—¿Y?

Ella se quedó callada un momento.

—Nada. Sólo lo sé, eso es todo.

—¿Quieres que te hable de ello?

Stacy notó que deseaba decirle que no. Pero la curiosidad pudo con ella.

—Vale.

—Hicimos novillos. O debería decir que Jane hizo novillos conmigo y con unos amigos míos. Era marzo, y todavía hacía mucho frío. La desafiamos a meterse en el mar.

—¿Y la atropelló una barca? —dijo Alicia con los ojos como platos.

—Sí. La atropelló deliberadamente. O eso pareció. Nunca atraparon al culpable —Stacy respiró hondo—. Jane estuvo a punto de morir. Fue... horrible.

La muchacha se inclinó hacia ella.

—Le dejó la cara destrozada, ¿verdad?
—Eso es poco decir, en realidad.
—He visto una foto suya. Parece normal.
—Ahora. Después de muchísimas operaciones.
Alicia bebió de su pajita.
—Te echaba la culpa a ti, ¿verdad?
Stacy sacudió la cabeza.
—No, Alicia. Era yo quien se echaba la culpa.

Siguieron bebiendo en silencio. Al cabo de un momento, Alicia frunció el ceño.

—Siempre me he preguntado cómo sería tener una hermana.

Dijo aquellas palabras casi a regañadientes. Como si supiera desde el principio que iba a revelarle a Stacy más sobre sí misma de lo que pretendía. Pero, aun así, no pudo remediarlo.

En ese momento Stacy comprendió lo sola que estaba Alicia Noble.

—Ahora es fantástico —dijo—. Aunque no siempre hemos estado tan unidas. De hecho, durante años apenas nos hablamos.

Alicia parecía fascinada.

—¿Y eso?
—Había malentendidos y rencores entre nosotras.
—¿Por lo que le pasó?
—Hubo también otras cosas que contribuyeron, pero sí. Ya te lo contaré algún día.

Alicia volvió a sorber de la pajita con expresión ansiosa.

—Pero ¿ahora os lleváis bien?
—Es mi mejor amiga. Tuvo una niña en octubre. Su primera hija. Apple Annie —Stacy sonrió—. Así la llamo yo. Tiene unos mofletes muy redondos y sonrosados.

—Un bebé —repitió Alicia con melancolía—. Qué bonito.

Stacy apartó la mirada, temiendo que la chica viera compasión en sus ojos. A pesar de que de pequeña había deseado muchas veces ser hija única, no habría cambiado a su hermana por nada del mundo.

Alicia jamás conocería esa alegría.

—¿Las echas de menos? —preguntó la muchacha.
—Más que a cualquier otra cosa.

—Entonces, ¿por qué viniste a vivir aquí?

Stacy se quedó callada un momento, intentando decidir hasta qué punto debía ser precisa.

—Necesitaba empezar desde cero —dijo por fin—. Demasiados malos recuerdos.

La chica parecía perpleja.

—Pero tu hermana, su bebé, eso no son malos recuerdos.

—No, no lo son —Stacy dirigió de nuevo la conversación hacia Alicia—. ¿Tienes algún primo de tu edad?

Ella sacudió la cabeza.

—Pero tengo una tía que es genial. La hermana de mi padre, la tía Grace.

—¿Dónde vive?

—En California. Es profesora de antropología en la Universidad de Irvine. A veces nos vamos por ahí juntas.

Por lo visto la inteligencia era cosa de familia. Y también la falta de emociones.

Alicia miró su reloj.

—Será mejor que me vaya. Clark quería que estuviera de vuelta en una hora.

—Espera. Creo que conocías a una amiga mía.

Ella entornó los ojos, dubitativa.

—¿A quién?

—Era aficionada a los juegos de rol. Venía mucho por aquí. Se llamaba Cassie.

Los ojos de Alicia brillaron al reconocer aquel nombre.

—¿Rubia, con el pelo rizado?

—Ajá.

—No la he visto últimamente.

Stacy sintió una opresión en el pecho.

—Yo tampoco.

La muchacha frunció el ceño.

—¿Se encuentra bien?

Stacy ignoró la pregunta y respondió con otra.

—¿Alguna vez habéis hablado del Conejo Blanco?

Alicia sacudió la cabeza y bebió un poco más de café con la pajita.

—¿Ella juega?

—No. Pero mencionó que había conocido a alguien que jugaba. He pensado que tal vez fueras tú.

—Ya. ¿Y por qué no se lo preguntas a ella?

Las palabras de Alicia golpearon a Stacy con fuerza. Por un momento no pudo respirar, y menos aún hablar.

—Puede que lo haga —logró decir cuando recuperó el habla. Se levantó—. Deberíamos volver.

Alicia echó otro vistazo a su reloj, dijo que sí y se levantó. Miró a Stacy a los ojos con expresión ligeramente compungida.

—No hace falta que vayas detrás de mí.

—¿Estás segura? —bromeó Stacy—. No quisiera humillarte ni nada por el estilo.

—Creo que antes me porté como una idiota. Perdona.

No parecía sentirlo, pero Stacy le agradeció la disculpa. Recordaba lo que era ser una adolescente atrapada en circunstancias extraordinarias.

Cuando llegaron a la mansión, Alicia se fue en busca de Clark y Stacy regresó a la cocina. La señora Maitlin estaba vaciando unas bolsas llenas de comida.

Miró a Stacy.

—Presiento el principio de una tregua.

—Una pequeña tregua, creo. Pero no se haga ilusiones, puede que sólo sea temporal.

La señora Maitlin se echó a reír.

—El señor Noble la estaba buscando. Está en su despacho, creo.

—Gracias. Voy a verlo.

—¿Puede llevarle su correo? —la señora Maitlin recogió un fajo de cartas que había sobre la encimera—. Así me ahorrará un viaje.

—Claro, Valerie —Stacy tomó las cartas y se dirigió al despacho de Leo. Encontró la puerta entreabierta. Llamó. La puerta se abrió un poco más y ella asomó la cabeza—. ¿Leo?

No estaba allí. La policía había despejado la habitación para su aseo; un equipo de limpieza había pasado por allí hacía dos días. La sangre había dejado una leve mancha en la tarima. Stacy pasó por encima, se acercó a la mesa y dejó las cartas encima del ordenador Apple. Se quedó mirando el portátil un momento y pensó en Cassie, que tenía también un Apple, aunque un modelo distinto. Parpadeó, dándose cuenta de pronto de lo que estaba mirando: una postal de la Galería 124. Anunciando una exposición de arte.

La galería de Pogo.

Frunció el ceño y recogió la tarjeta. La habían enviado por correo a nombre de Leo. Lo cual significaba que estaba en la lista de correo de la galería. Leo Noble había visitado aquella galería. Quizás incluso hubiera comprado algo en ella.

¿Una coincidencia?

Stacy detestaba las coincidencias. Siempre le daban mala espina.

—Hola, Stacy. ¿Puedo hacer algo por ti?

Se giró bruscamente, poniéndose colorada.

—Leo. Valerie me pidió que te trajera el correo.

—¿Valerie?

—La señora Maitlin. ¿Querías verme?

—¿Yo?

—¿No?

Él sonrió y cerró la puerta.

—Supongo que sí. Aunque no recuerdo por qué. ¿Qué es eso?

Señaló la tarjeta, que ella tenía todavía en la mano.

—Un anuncio —dijo ella, levantando la tarjeta.

Leo se acercó a ella. Tomó la tarjeta. Stacy lo miró mientras la observaba, buscando algún signo de nerviosismo o de sorpresa, atenta al instante en que relacionara la tarjeta con lo sucedido.

Pero no vio nada. ¿Le había mencionado alguna vez el nombre de la galería de Pogo?

—No me gusta mucho el arte abstracto. No me dice nada.

—Me ha llamado la atención el nombre de la galería, no la exposición —al advertir su desconcierto, añadió—: Galería 124. Ahí es donde exponía Pogo.

—Qué pequeño es el mundo.

¿Tan pequeño?

¿Era Leo un consumado actor? ¿O de veras vivía en la ignorancia?

—Estás en su lista de correo. ¿Les has comprado algo alguna vez?

—No, que yo recuerde —dejó la postal sobre su mesa—. ¿Has dormido bien?

—¿Perdón?

Él sonrió, curvando sus labios de niño. Con malicia.

—Ha sido tu primera noche con nosotros. Quería asegurarme de que estabas cómoda.

—Sí —Stacy dio un paso atrás. De pronto se sentía incómoda—. Todo va bien.

Leo la agarró de las manos.

—No huyas.

—No estoy huyendo. Es que...

Él la besó.

Stacy dejó escapar un leve sonido de sorpresa y lo apartó empujándolo.

—No, Leo.

—Perdona —parecía casi cómicamente desilusionado—. Tenía ganas de besarte desde hacía tiempo.

—¿Ah, sí?

—¿No lo habías notado?

—No.

—Me gustaría hacerlo otra vez —posó un instante la mirada en su boca—. Pero no lo haré..., si no quieres.

Ella vaciló quizá demasiado, y Leo volvió a besarla.

La puerta del despacho se abrió.

—¿Leo? Clark y yo...

Al oír la voz de Kay, Stacy se apartó bruscamente de Leo. Se sentía avergonzada. Tanto que deseó poder acurrucarse bajo la mesa para esconderse.

—Lo siento —dijo Kay con voz crispada—, no sabíamos que estabais ocupados. Estamos buscando a Alicia.

Stacy se aclaró la garganta.

—Estuve con ella hace menos de media hora —dijo—. En el Café Noir.

Kay frunció el ceño y Stacy añadió:

—Nos encontramos por casualidad. Me dijo que Clark se encontraba mal. Me alegra ver que ya estás mejor.

Los Noble miraron a Clark. Estaba claro que era la primera noticia que tenían.

Él se llevó una mano al estómago.

—Anoche cené pescado. Creo que no estaba muy fresco. Hay que tener mucho cuidado con el pescado.

—Podéis preguntarle a la señora Maitlin si la ha visto —sugirió Stacy.

—Eso vamos a hacer —dijo Kay—. Gracias.

Salieron los dos del despacho cerrando con todo cuidado la puerta tras ellos.

—A ella no le importa, ¿sabes? —dijo Leo suavemente—. Ya no estamos casados.

Stacy lo miró, acalorada.

—Me ha mirado como si fuera una adúltera.

Leo se echó a reír.

—No es cierto.

—Entonces habrá sido mi mala conciencia.

—Ya te he dicho que no tienes por qué sentirte culpable. He sido yo quien te ha besado. Además, estoy libre.

Stacy pensó en cómo actuaban Kay y Leo, en el cariño con que bromeaban, en el evidente respeto que se profesaban.

Como una pareja casada. Una pareja muy enamorada.

—Tú me interesas, Stacy.

Ella no contestó, y Leo la tomó de las manos.

—Tengo la sensación de que yo también podría interesarte a ti. ¿Tengo razón?

Intentó estrecharla de nuevo entre sus brazos, pero Stacy se resistió.

—¿Puedo preguntarte algo, Leo?

—Pregunta.

—¿Qué os pasó a Kay y a ti? Es evidente que os queréis mucho.

Él se encogió de hombros.

—Éramos muy distintos... Nos fuimos distanciando. No sé, puede que perdiéramos la chispa que nos mantenía unidos.

—¿Cuánto tiempo estuvisteis casados?

—Trece años —él se echó a reír—. Kay aguantó mucho más de lo que habría aguantado la mayoría.

«Cuando pararon de reír, también paró Alicia».

—Kay y yo somos como el País de las Maravillas. El orden y el caos. La locura y la cordura. Y mis disparates pudieron al fin con ella.

Ella había pedido el divorcio. *Él* la había vuelto loca.

Stacy comprendió que todavía amaba a su mujer.

Apartó las manos.

—Esto no es buena idea.

—No hay razón para que no podamos estar juntos.

—Yo creo que sí la hay, Leo. No estoy preparada. Y tampoco creo que tú lo estés —Leo abrió la boca para protestar, pero Stacy lo atajó levantando la mano—. Por favor, Leo. Déjalo estar.

—Está bien, de momento. Pero no te prometo mantenerme alejado definitivamente.

Stacy retrocedió hacia la puerta, agarró el pomo, lo giró y salió.

Y se tropezó con Troy.

Él la agarró del codo para que no perdiera el equilibrio.

—Eh, ¿dónde vas con tanta prisa?

—Hola, Troy —azorada, ella dio un paso atrás—. Lo siento, estoy en las nubes.

—No importa. Luego nos vemos.

No fue hasta mucho después cuando Stacy se preguntó qué estaba haciendo Troy junto a la puerta de Leo. Y si los había estado espiando.

Miércoles, 16 de marzo de 2005
Medianoche

Stacy permanecía de pie junto a la ventana de su cuarto. La luna iluminaba el patio y el jardín lateral. La tormenta de dos noches antes había dejado todo verde y frondoso.

No podía dormir. Se había pasado una hora dando vueltas en la cama y por fin se había dado por vencida. No por culpa de la cama. Ni de la almohada.

Sino por una sensación de desasosiego. De hallarse en el lugar equivocado. Allí, en aquella casa. En aquella ciudad, en la Universidad de Nueva Orleans.

En su propia piel.

Frunció el ceño. ¿Cómo había llegado a aquel extremo? Se había trasladado a Nueva Orleans para empezar de cero. Para cambiar su vida a mejor.

Y, ahora, allí estaba. Enredada en una investigación por asesinato. Blanco del retorcido juego de un asesino. Había sido agredida. Habían entrado en su casa, le habían dejado la cabeza ensangrentada de un gato como regalo. Una amiga había sido asesinada; ella misma había encontrado su cuerpo. Estaba a punto de suspender el curso.

Y su jefe intentaba ligar con ella.

Fue entonces cuando pensó en Spencer. No había tenido noticias suyas desde que había llamado para contarle lo de Pogo. Al principio, había dado por sentado que estaba muy ocupado con la investigación. Ahora se preguntaba si habría decidido dejarla fuera.

Ella habría hecho lo mismo. Cuando era poli.

¿Qué la retenía allí? Echaba de menos a Jane. Y a la pequeña Apple Annie, que crecía y cambiaba cada día. No cabía duda de que su vida era mucho más complicada allí que en Dallas. Podía dejar el curso, hacer las maletas y volver a casa.

¿Volver con el rabo entre las piernas? ¿Dejar la muerte de Cassie sin resolver y a Leo y a su familia indefensos?

Esto último la ponía enferma. Ella no era la defensora de la familia Noble. Ése no era su trabajo. Era el trabajo de la policía de Nueva Orleans y del detective Malone.

Maldición. Entonces ¿por qué se sentía responsable de ellos? ¿Y de encontrar al asesino de Cassie? ¿Por qué siempre tenía la sensación de que debía cuidar de todo el mundo?

Porque aquel día, en el lago, no había cuidado de Jane.

El recuerdo de aquel día la asaltó de pronto, tan claro como si los hechos hubieran sucedido el día anterior y no hacía ya veinte años. Los gritos de Jane. Sus propios gritos. El agua gélida a la que se había lanzado. La sangre. Más tarde, el modo en que sus padres la miraban. Con reproche. Decepcionados.

Ella tenía diecisiete años. Jane, quince. Debería haber velado por ella. Debería haber sido más responsable. Lo ocurrido había sido culpa suya.

No, maldita sea. Sacudió la cabeza como si quisiera remachar aquella idea para convencerse a sí misma. No era culpa suya. Aquel día, en el lago, ella era una niña. Jane no la culpaba; ¿por qué tenía que culparse ella?

Un movimiento en el jardín, allá abajo, atrajo su mirada. Un hombre, pensó. Dirigiéndose hacia la casa de invitados.

Echó mano de su pistola, que guardaba en el cajón de la mesilla de noche. Al agarrar la empuñadura, vio salir a Kay de la casa de invitados. La luz iluminó el jardín. Ella corrió hacia el hombre. Él la tomó en sus brazos.

Stacy comprendió de inmediato que no era Leo. Pero ¿quién podía ser?, se preguntó mientras se esforzaba por distinguir su identidad. Al ver que no podía, levantó sigilosamente la ventana. El aire nocturno arrastraba las voces de la pareja. La risa aterciopelada de Kay. Los dulces susurros de su acompañante.

No era Leo. Era Clark.

Kay Noble tenía una aventura con el tutor de Alicia.

Stacy los siguió con la mirada mientras caminaban lentamente hacia la casa de invitados. Luego desaparecieron en su interior. Por un instante aparecieron silueteados en la ventana, fundidos en un abrazo.

Un momento después, la ventana se oscureció.

Stacy volvió a dejar la Glock con todo cuidado en el cajón y lo cerró mientras los pensamientos se atropellaban en su cabeza. Aquel emparejamiento no la sorprendía del todo. Clark era un tipo inteligente y mundano. Un estudioso.

Aunque anémico, pensó, comparado con Leo.

O con Malone, que Dios se apiadara de ella.

Pero quizá ése fuera el quid de la cuestión, siempre y cuando lo que Leo le había dicho sobre su relación con Kay fuera cierto.

¿Siempre y cuando? Pero ¿por qué pensaba eso?

¿Y por qué le parecía tan mal que Kay y Clark estuvieran teniendo una aventura?

Kay y Leo estaban divorciados. Pero Clark trabajaba para ellos. Era el tutor de su hija.

Y era evidente que Leo seguía enamorado de ella.

Stacy cerró la ventana y se apartó de ella. ¿Se habría negado Kay a mudarse a la casa principal precisamente por aquella aventura? ¿Habría estado con Clark mientras Alicia vivía todavía allí? Sin duda no.

La muchacha era brillante e intuitiva. Debía al menos sospechar que entre ellos había algo.

Stacy frunció el ceño al pensar en Alicia. La chica pasaba mucho tiempo delante del ordenador, de día y de noche. Con frecuencia la despertaba el sonido del ordenador de Alicia recibiendo un mensaje instantáneo.

Por lo visto, había heredado los hábitos de sueño de su padre.

Antes de que Stacy hubiera acabado de analizar aquella idea, sonó un golpe en la habitación de al lado. Seguido por un sollozo.

Con el corazón en la garganta, Stacy sacó de nuevo la Glock, corrió al pasillo y se acercó a la puerta de Alicia. Intentó abrirla, pero la encontró cerrada y comenzó a aporrearla.

—Alicia —llamó—, ¿estás bien?

La muchacha no contestó. Stacy pegó la oreja a la puerta. Silencio.

—Te he oído llorar. ¿Te encuentras bien?

—¡Vete! Estoy bien.

Su voz sonaba extraña. Temblorosa y aguda. A Stacy se le quedó la boca seca.

—Abre la puerta, Alicia. Tengo que ver con mis propios ojos que estás bien. Si no abres, voy a...

La puerta se abrió. Alicia apareció ante ella, con los ojos colorados y la cara enrojecida por el llanto. Por lo demás, estaba ilesa.

Stacy miró a su alrededor. La habitación parecía vacía. En el suelo yacía una figurita hecha pedazos.

Alicia había estado llorando. El golpe había sido el resultado de un arrebato de ira. Un típico drama adolescente.

Stacy se sintió estúpida.

—Oí el golpe y me pareció que llorabas y...

—¿Eso es...? —Alicia se interrumpió y sus ojos se agradaron—. Dios mío, tienes una pistola.

—No es lo que parece.

La chica se echó hacia atrás bruscamente.

—Apártate de mí, psicópata.

—No soy una psicópata, Alicia. Y hay una explicación razonable para...

Ella le cerró la puerta en las narices. Stacy oyó el chasquido del cerrojo.

Se quedó mirando la puerta cerrada un momento con una sonrisa confusa.

«¿Te diviertes, Killian?».

Contó hasta diez y volvió a llamar a la puerta. No confiaba en obtener respuesta y no esperó.

—Alicia, tengo permiso de armas. Sé disparar, tengo mucha experiencia, y tu padre sabe que tengo un arma —hizo una pausa para dejar que la muchacha digiriera sus palabras; luego se inclinó un poco más hacia la puerta—. No pretendía interferir, sólo quería asegurarme de que estabas bien. Si necesitas algo, a cualquier hora, estoy aquí al lado –le dio un momento para que asumiera también aquello y luego añadió–: Buenas noches, Alicia.

Regresó a su habitación y aguzó el oído, pero la chica había dejado de llorar, o bien había logrado ocultar el ruido de su llanto. Seguramente tenía la sensación de que ya ni siquiera podía llorar en su propio cuarto.

Stacy miró su teléfono móvil, que se estaba cargando en su soporte. La imagen de Jane ocupó su cabeza. Deseaba hablar con ella. Contarle todo lo ocurrido y pedirle consejo.

Se acercó al ordenador portátil, lo abrió y lo encendió. El aparato zumbó un momento antes de que el monitor cobrara vida. Stacy se introdujo en su programa de correo electrónico y buscó el mensaje que Jane le había mandado ese mismo día.

Fotografías de Apple Annie. Con un traje vaquero que Stacy le había enviado, con manzanas bordadas en la blusa y los bolsillos.

Contempló las imágenes con la garganta constreñida por las lágrimas, preguntándose qué demonios estaba haciendo.

Vete a casa, Stacy. Vuelve con los que te quieren.
Con las personas a las que quieres.

Deseaba hacerlo, tanto que podía paladear ya el regreso. Así pues, ¿qué la detenía? Marcharse no era huir. No era darse por vencida.

Hacían falta algo más que un par de amenazas y varios muertos para precipitarla al abismo.

Se quedó helada.

Precipitarla al abismo.

El socio de Leo se había precipitado al abismo.

Por un acantilado. Hacia su muerte.

Pensó en lo que le había dicho a Leo aquel primer día. Que había dos Conejos Blancos Supremos. Leo y su antiguo socio.

Contuvo el aliento. ¿Estaría vivo Danson?

Le echó un vistazo a su reloj. Eran las 12:35.

El hecho de que Leo fuera un noctámbulo estaba resultando muy útil; tenía que hacerle unas cuantas preguntas acerca de su antiguo socio.

Se puso la bata, salió al pasillo y bajó las escaleras. Como cabía esperar, salía luz por debajo de la puerta del despacho de Leo. Llamó.

—Leo —dijo—, soy Stacy.

Él abrió la puerta y esbozó aquella sonrisa bobalicona y ladeada que le era propia.

—Alguien más anda por ahí a medianoche —dijo—. Qué agradable sorpresa.

—¿Puedo pasar?

Al oír su tono formal, la sonrisa de Leo se desvaneció.

—Claro.

Ella entró; Leo dejó la puerta abierta. Concienzudamente abierta, pensó ella.

—Te debo una disculpa —dijo—. Por lo de esta tarde.

—Ya te has disculpado. Es agua pasada.

—¿Sí? No estoy tan seguro.

—Leo...

—Me siento atraído por ti. Y creo que tú también por mí. ¿Cuál es el problema?

Stacy apartó la mirada. Después lo miró fijamente a los ojos.

—Aunque estuviera interesada, tú sigues enamorado de tu ex mujer.

Él no lo negó, no intentó explicarse ni inventar excusas. Su silencio fue la respuesta que necesitaba Stacy. O, mejor dicho, la confirmación de que lo que ya sabía.

—No he venido por eso, Leo. Quiero que me hables de tu antiguo socio.

—¿De Dick? ¿Por qué?

—No estoy segura. Estoy trabajando en algo y necesito información. ¿Murió hace tres años?

—Sí. Cayó por un acantilado, en Carmel, California.

—¿Cómo te enteraste del accidente?

—Un abogado se puso en contacto con nosotros. La muerte de Dick liberaba los derechos de algunos trabajos que habíamos hecho juntos, incluido el Conejo Blanco.

—¿Te contó el abogado algo más sobre su muerte?

—No. Pero tampoco preguntamos.

Ella digirió aquella información.

—Me dijiste que os separasteis por motivos personales. Que no era como creías que era.

—Sí, pero...

—Escúchame, por favor. ¿Esos sentimientos tenían algo que ver con Kay?

Su expresión pasó de sorprendida a maravillada.

—¿Cómo lo sabes?

—Por una mirada que os lanzasteis Kay y tú el primer día. Pero eso no importa. Dime qué ocurrió.

Leo dejó escapar un suspiro resignado.

—¿Empiezo por el principio?

—Suele ser lo mejor.

—Dick y yo nos conocimos en Berkeley. Como ya sabes, nos hicimos buenos amigos. Los dos éramos inteligentes y creativos, a los dos nos gustaban los juegos de rol.

No había allí falsa modestia alguna.

—¿Cómo encaja Kay en todo eso?

—A eso voy. Yo conocí a Kay a través de Dick. Habían salido juntos.

Un móvil clásico. Un triángulo amoroso..., lo cual equivalía a celos y venganza.

Lo cual, a su vez, equivalía a toda clase de atropellos, incluido el asesinato.

—Sé lo que estás pensando, pero no fue así. Ellos rompieron antes de que yo apareciera en escena. Y siguieron siendo amigos.

—Hasta que tú empezaste a salir con Kay.

Él pareció de nuevo sorprendido.

—Sí, pero no desde el principio. Al principio, éramos como los Tres Mosqueteros. Estábamos como locos por el éxito de Conejo Blanco. Luego Dick comenzó a cambiar. Su trabajo se hizo más oscuro. Sádico y cruel.

—¿Y eso?

Leo se quedó callado un momento, como si ordenara sus pensamientos.

—En los juegos, no le bastaba con matar al enemigo. Tenía que torturarlo primero. Y descuartizarlo después.

—Qué bonito.

—Insistía en que ése era el camino que iban a seguir los juegos, que teníamos que mantenernos en primera fila —se detuvo de nuevo y Stacy notó lo desagradable que le resultaba todo aquello—. Discutíamos constantemente. Nos fuimos distanciando, no sólo a nivel creativo, también en lo personal. Luego él... —masculló una maldición y su labio se replegó en una expresión de asco—. Violó a Kay.

Stacy no pareció sorprendida. Tenía desde el principio la sensación de que, fuera lo que fuese lo sucedido entre ellos, no había sido una simple diferencia de opiniones. La inquina resultaba casi palpable.

—Kay quedó destrozada. Dick y ella habían estado muy unidos. Kay creía que eran amigos. Confiaba en él —profirió un sonido que era en parte de ira, en parte de dolor—. Esa noche, la engañó diciéndole que quería hablarle de mí. Que quería que le aconsejara sobre cómo arreglar las cosas entre nosotros.

—Lo siento.

—Yo también —Leo se pasó una mano por la cara; la vivacidad que le hacía parecer tan joven había desaparecido—. No hablamos de ello.

—¿Nunca?

—Nunca.

—¿Fue juzgado él?

—Kay no lo denunció —como si se anticipara a su respuesta, Leo levantó una mano—. Dijo que no podía soportar que el asunto se hiciera público. Que su vida íntima fuera sometida a escrutinio. Habló con un abogado. Él le dijo básicamente que su anterior relación, aunque no hubiera sido sexual, echaba por tierra el caso. Que Dick mentiría, y la que defensa la crucificaría.

Stacy deseó poder llevarle la contraria. Pero no podía. Con excesiva frecuencia, las mujeres temían dar la cara por esas mismas razones.

Y los violadores no sólo quedaban impunes, sino también libres para agredir a otras mujeres.

—Pensamos que, si lo dejábamos atrás, todo iría bien. Que Kay podría olvidar y seguir adelante.

Un error muy habitual. Esconderse del dolor no ayudaba a

sanar la herida; sencillamente daba ocasión para que se enconara.

Pero tal vez la experiencia de Kay hubiera sido distinta.

—¿Y fue así?

Él parecía abatido.

—No.

—¿Tienes una foto de él?

—Seguramente. Podría buscar por ahí...

—¿Podría ser ahora mismo?

—¿Ahora? —repitió él, desconcertado.

—Sí. Tal vez sea importante.

Leo dijo que sí y se puso manos a la obra. Empezó por rebuscar en los cajones de la mesa y en sus archivadores. Cuando había revisado la mitad de los archivos, se detuvo de pronto.

—Espera, ya sé dónde hay una foto de Dick —se acercó a la librería y sacó un anuario.

Lo hojeó, encontró lo que estaba buscando y le acercó el libro. Estaba abierto por la sección de clubes y asociaciones. Había allí una foto de un Leo muy joven y de otro muchacho al que ella no reconoció. Ambos sonreían, sosteniendo un diploma que parecía llevar el sello de una universidad. El pie de foto rezaba:

Leo Noble y Dick Danson, copresidentes del primer Club Universitario de Juegos de Rol.

Dos jóvenes desgarbados, con toda la vida por delante. Nada en la sonrisa o los ojos de Dick Danson auguraba que fuera capaz de un acto de violencia como el que Leo le había descrito. Pelo castaño, largo y greñudo. Gafas de metal y perilla desaliñada.

Stacy observó con detenimiento la fotografía. Se sentía frustrada y decepcionada. Había confiado en reconocerlo. En recordar haberlo visto alguna vez.

Pero no era así. A decir verdad, había sido una suposición muy aventurada. Pero no estaba dispuesta a descartarla por completo.

—¿Puedo quedarme con esto unos días?

—Supongo que sí. Si me dices por qué.

Ella cambió de tema.

—¿Tienes los documentos legales que te concedían los derechos sobre los juegos?

—Claro.

—¿Puedo verlos?

—Están en una caja fuerte. En un banco del centro. Te aseguro que son auténticos.

Ella volvió a mirar la foto.

—Tengo que hacerte una pregunta. ¿Podría estar todavía vivo Dick Danson?

—Me tomas el pelo, ¿no?

—Hablo en serio.

—Es altamente improbable, ¿no crees? —al ver que ella se limitaba a mirarlo fijamente, se echó a reír—. De acuerdo, es posible, claro. Quiero decir que yo no vi su cadáver.

—Puede que nadie lo viera. Algunos forenses son muy descuidados, sobre todo los de los pueblos pequeños. Como Carmel-by-the-Sea.

—Pero ¿por qué iba a hacerse el muerto? ¿Por qué cederme los derechos de los proyectos que hicimos juntos? No le veo la lógica.

Esta vez fue ella la que se echó a reír, aunque con cierta acritud.

—Es absolutamente lógico, Leo. ¿Qué mejor manera de buscar venganza que desde la tumba?

Miércoles, 16 de marzo de 2005
10:00 a.m.

Stacy esperó a que hubieran pasado las horas de mayor ajetreo en el Café Noir para hacerle una visita a Billie. No lograba desprenderse de la idea de que había algún vínculo entre la muerte de Cassie y Conejo Blanco. Y Billie nunca olvidaba la cara de un cliente. Si Danson había estado en la cafetería, Billie se acordaría.

Entró en el local con el viejo anuario de Leo bajo el brazo. Olía a café recién hecho y a galletas horneadas. Se le hizo la boca agua. Ya había desayunado, pero resultaría condenadamente difícil negarse a aceptar una galleta. Sobre todo de las de chocolate, caliente y recién salida del horno.

Billie sin duda le ofrecería una. Aquella mujer era una maestra cuando se trataba de venderse.

Había hablado sólo un momento con su amiga desde su visita a la cafetería con Alicia. La había llamado para asegurarle que estaba bien y para contarle lo de Pogo. Billie le había parecido distraída y la conversación había terminado pronto.

Billie y Paula estaban junto al mostrador de los dulces, ordenando los pasteles de modo que los que se vendían mejor a media mañana estuvieran a la vista. Al verla, su amiga sonrió.

—Sabía que vendrías hoy.
—¿Y eso por qué?
—Soy vidente.

Stacy hizo amago de reír, pero se detuvo de pronto. Algo en el semblante de su amiga sugería que hablaba en serio.

—¿Otro de tus muchos talentos?
—Desde luego.
Stacy se acercó a la barra y pidió un capuchino, procurando no mirar las galletas.
—¿Tienes un minuto para charlar?
—Claro. ¿Quieres una galleta para acompañar la charla? ¿De chocolate?
—No, gracias. No me apetece.
—Sí que te apetece.
—¿Y tú cómo lo sabes?
—Porque soy vidente.
Stacy hizo una mueca.
—Te odio.
Billie se echó a reír.
—Elige una mesa, enseguida voy.
Billie llevó el café y la galleta, todavía caliente y esponjada por el calor del horno. Stacy no pudo resistirse y partió un trozo.
—Te odio de verdad, ¿lo sabías?
Su amiga se echó a reír y se puso a comer la galleta.
—Ponte a la cola, amiga mía.
Tras tragarse el trozo de galleta con un sorbo de capuchino, Stacy abrió el anuario y lo empujó hacia su amiga. Señaló la foto de Danson.
—¿Has visto alguna vez a este hombre?
Billie observó la fotografía un momento antes de negar con la cabeza.
—Lo siento.
—¿Estás segura de que nunca ha venido por aquí? Ahora tendría veinticinco años más.
Billie entornó los ojos.
—Tengo mucha memoria para las caras, y de ésta no me acuerdo.
Stacy frunció el ceño.
—Confiaba en que fuera cliente tuyo.
—Lo siento. ¿Quién es?
—El antiguo socio de Leo.
—¿Y?

—Murió. Supuestamente.

Una lenta sonrisa curvó la boca de Billie.

—Esto empieza a ponerse interesante —partió otro trozo de galleta—. Explícate.

Stacy se inclinó hacia ella.

—La mayoría de la gente atribuye el título de Conejo Blanco Supremo a Leo...

—El inventor del juego.

—Sí. Pero no lo inventó él solo. Tenía un socio.

—Este tío.

—Sí. Se despeñó por un acantilado en Carmel-by-the-Sea, California, hace tres años. Leo y Kay se enteraron a través de un abogado. Su muerte liberó los derechos de algunos de los trabajos que habían hecho juntos.

—Qué interesante. Continúa.

Pero, en lugar de continuar, Stacy formuló una pregunta.

—La persona que se esconde detrás de esas cartas y de los asesinatos, ¿por qué lo hace?

—¿Porque está como una cabra?

—Aparte de eso.

—¿Por rabia? ¿Por venganza?

—Exacto. Por lo visto había mucho rencor entre los Noble y Danson, el socio.

—Ya entiendo. Ese Danson finge su propia muerte para poder sepultar en mierda a los Noble.

—Bingo —su intuición, la intuición que había convertido su expediente en uno de los mejores de la policía de Dallas, le decía que había dado en el clavo—. Puede que el abogado que visitó a los Noble fuera un estafador, alguien a quien Danson pagó para que mintiera. Aunque los papeles sean legales, ceder los derechos de esos proyectos no sería nada comparado con el placer de destruir la vida de Leo.

—Puede que incluso arrebatándosela —dijo Billie suavemente.

—Seguramente arrebatándosela —puntualizó Stacy, y tomó su café confiando en que su calor disipara el frío que se había apoderado de ella de repente—. Y a Kay también. Y puede que a Alicia. Saliéndose con la suya, además. A fin de cuentas, ya está muerto.

—Un plan muy ingenioso.

—No tanto. A fin de cuentas, yo voy tras él.
—¿Llevas encima el móvil?

Stacy lo llevaba en una funda sujeta al cinturón, una costumbre adquirida en el trabajo de la que no lograba deshacerse.

—Claro, ¿por qué?
—Dámelo.

Stacy se lo dio, aunque no sin preguntarle para qué lo quería. Billie levantó un dedo y le indicó que esperara. Abrió el teléfono y marcó un número.

—Connor, soy Billie —se echó a reír; su risa sonó aterciopelada y sensual—. Sí, esa Billie. ¿Qué tal te va?

Stacy escuchaba con incredulidad mientras su amiga charlaba y coqueteaba con el hombre del otro lado de la línea.

Billie era una devoradora de hombres profesional. ¿Cómo se adquiría aquella habilidad? ¿Alguien ofrecía un curso avanzado en aquella disciplina?

—Tengo una amiga que necesita información. Se llama Stacy. Te la paso. Gracias, amor, eres un cielo —otra risa, seguida por un murmullo—. Lo haré, te lo prometo —le pasó el teléfono—. El jefe Connor Battard.

—¿El jefe?
—De policía, boba. De Carmel-by-the-Sea.

Stacy agarró el teléfono, doblemente asombrada. ¿Acaso Billie conocía a todo el mundo?

—Jefe Battard, soy Stacy Killian. Gracias por aceptar hablar conmigo.

—Haría cualquier cosa por Billie. ¿En qué puedo ayudarla?

—Estoy investigando una muerte que ocurrió hace tres años. Dick Danson.

—La muerte de Danson, sí, claro que me acuerdo. Se despeñó con el coche por Hurricane Point. Hará unos tres años y medio.

—Tengo entendido que su muerte se consideró un accidente.

—Un suicidio.

—Un suicidio —repitió ella, pasmada—. ¿Está seguro?

—Absolutamente. Llevaba una bombona llena de gas propano en el maletero de su Porsche Carrera de 1995 y otra en el asiento de atrás. Quería hacer bien las cosas, y lo logró.

—Un buen petardazo, supongo.

—Sí. Ese Porsche lleva el maletero en la parte delantera, y entre el maletero y el depósito de gasolina no hay más que un cortafuegos. El coche se estrechó de morro. El forense identificó a Danson por la dentadura.

—¿Usted no vio el cuerpo?

—Vi lo que quedó de él.

—¿Recuerda algo extraño acerca del accidente?

—Aparte de las bombonas de propano y de la orden de arresto, nada.

—¿Una orden de arresto? ¿Por qué razón?

—El caso está cerrado, así que me encantaría enseñarle el expediente. En caso de que a Billie y a usted les apetezca hacer un viaje, claro.

En otras palabras, dame lo que quiero, que yo te daré lo que quieres.

La cooperación mutua hacía girar el mundo.

Tras darle las gracias, Stacy le devolvió el teléfono a Billie. El jefe y ella hablaron un momento más y luego Billie colgó.

—¿Cómo es que conoces a Battard? —preguntó Stacy mientras se guardaba el teléfono.

—Viví allí un par de años. Connor es un encanto —suspiró—. Estaba enamorado de mí.

Stacy levantó una ceja. ¿Acaso no lo estaban todos? Y, a juzgar por su respuesta a la llamada, no podía hablarse en pasado de los sentimientos del jefe de policía hacia Billie.

—¿Sabe que estás casada?

Billie levantó un hombro.

—Seguro que lo sospecha. Casi siempre lo estoy.

—¿Te apetecería volver a verlo?

Los ojos de Billie brillaron.

—¿Me estás proponiendo una escapada?

—Me gustaría ver ese expediente. Battard se ha ofrecido a enseñármelo —Stacy sonrió—. Aunque ha dejado bien claro que no sería bienvenida sin ti.

—Rocky está tan pesado últimamente que un viaje es justo lo que me hace falta para darle un buen escarmiento.

Jueves, 17 de marzo de 2005
9:00 a.m.

Stacy y Billie trazaron sin perder tiempo el itinerario del viaje. Descubrieron que al día siguiente había vuelos directos a San Francisco. Billie insistió en que alquilaran allí un coche e hicieran por carretera el trayecto hasta la costa de Monterey. Esperar un transbordo hasta el pequeño aeropuerto regional les habría llevado más tiempo que el viaje de dos horas en coche. Y, además, sería un pecado perderse un viaje tan hermoso por carretera.

Sobre todo, en un elegante descapotable europeo. O eso dijo Billie.

A Billie le gustaba viajar con estilo.

Stacy había decidido emprender el viaje con o sin el consentimiento de Leo. Sin embargo, cuando le expuso su plan, él no sólo le dio sus bendiciones, sino que se ofreció a pagar el viaje.

Lo cual fue una suerte, pues la reserva con tan poca antelación había disparado los ya exorbitantes precios de los pasajes.

Cosa que Billie podía permitirse. Y Stacy no.

Una tarjeta de crédito a reventar no era una perspectiva agradable.

Stacy cerró la cremallera de su bolsa de viaje, en la que había embutido todo lo que necesitaba para una estancia de dos días. Inspeccionó rápidamente el dormitorio y el baño para asegurarse de que no olvidaba nada.

Hecho esto, recogió su bolsa. Al salir al pasillo miró a la izquierda, hacia el cuarto de Alicia. Pensó en su llanto de la noche anterior. Seguramente la muchacha estaría en clase. Dejándose llevar por un impulso, Stacy se acercó a la puerta cerrada y llamó. Contestó Clark.

–Lamento interrumpir –dijo ella–. ¿Podría hablar con Alicia? Sólo será un momento.

Él bajó los ojos hacia su bolsa de viaje y luego volvió a fijarlos en ella.

–Claro.

Un instante después apareció Alicia.

–Hola –dijo sin mirar a Stacy a los ojos.

–Tengo que irme de viaje un par de días. Si me necesitas para algo, llámame –le anotó el número de su móvil en un trozo de papel y se lo dio–. Para lo que sea, Alicia. Lo digo en serio.

La chica se quedó mirando el papel y el número garabateado mientras tragaba saliva. Cuando levantó la mirada hacia Stacy, sus ojos estaban empañados. Sin decir nada, dio media vuelta y regresó al cuarto de estudio. Mientras la puerta se cerraba, Clark miró a Stacy.

Ella vio sus ojos justo antes de que la puerta se cerrara.

Se quedó clavada en el sitio y el vello de la nuca se le erizó.

Justo entonces sonó el timbre.

Billie. Stacy se quedó parada un momento más; luego volvió a colocarse la bolsa sobre el hombro y se dirigió al encuentro de su amiga.

El tráfico se puso de su parte y el viaje al Aeropuerto Internacional Louis Armstrong les llevó menos de veinte minutos. Una suerte, porque, a diferencia de Stacy, Billie llevaba dos maletas que facturar. Dos maletas muy grandes.

–¿Se puede saber qué llevas ahí que puedas necesitar durante las próximas cuarenta y ocho horas? –preguntó Stacy.

–Las cosas esenciales –contestó Billie alegremente, sonriendo al mozo de equipajes.

Éste hizo caso omiso de varias personas que había en la cola, delante de ellas, y preguntó si podía ayudarla.

Por extraño que pareciera, nadie protestó.

El mozo ignoró por completo a Stacy, lo cual no pareció tan extraño, y dejó que cargara con su propia bolsa.

Mientras se acercaban a la puerta de embarque, sonó su móvil. Stacy vio en el visor que era Malone.

—¿Vas a contestar? —preguntó Billie.

¿Iba a hacerlo? Si le decía a Malone lo que estaba tramando, quizás él echara por tierra su entrevista con el jefe Battard, con o sin Billie. Lo único que tenía que hacer era acusarla de estar interfiriendo en una investigación policial, y el expediente que Battard se había ofrecido a enseñarle permanecería sellado.

Además, no había tenido noticias de Spencer desde el sábado. Estaba claro que la había dejado fuera. Y eso iba a hacer ella también.

Sonrió para sí misma.

—No —dijo, y apretó el botón de apagado del teléfono.

Jueves, 17 de marzo de 2005
10:25 a.m.

—¿Has hecho ya la declaración de la renta, Niño Bonito? —preguntó Tony cuando hubieron cerrado las puertas del coche y salido a la acera.

La cinta policial se extendía por delante del edificio con rejas de hierro forjado del Barrio Francés, situado en la misma manzana que dos de los más afamados bares gays de Nueva Orleans, el Oz y el Bourbon Pub and Parade. Algunos grupos de hombres se habían congregado alrededor del lugar de los hechos. Unos lloraban; otros los reconfortaban y algunos otros tenían el rostro petrificado por la ira o el estupor.

—No. Todavía tengo un mes. Me gusta esperar hasta el último minuto. Es un acto de rebeldía —contestó Spencer.

—Muerte e impuestos, amigo. No me libro de ninguna de las dos cosas.

La muerte era la razón de aquel particular *tête-à-tête*.

Doble homicidio. El aviso lo había dado un amigo de las víctimas que había descubierto los cuerpos.

Debía de ser aquél, pensó Spencer al ver a un individuo acurrucado en un banco del frondoso patio del edificio.

Spencer y Tony se acercaron al agente de guardia y firmaron. Era muy joven y estaba algo verdoso.

Los dos detectives se miraron. Mala señal.

—¿Qué tenemos?

—Dos varones —le tembló ligeramente la voz—. Uno negro.

El otro hispano. En el cuarto de baño. Llevan muertos algún tiempo.

—Genial —masculló Tony, y procedió a sacarse del bolsillo de la chaqueta el frasco de Vicks—. Otro apestoso.

—¿Cuánto tiempo, en su opinión? —preguntó Spencer.

—Un par de días. Pero no soy patólogo.

—¿Nombres?

—August Wright y Roberto Zapeda. Decoradores. Hacía un par de días que nadie los veía. Su amigo, ése de ahí, estaba preocupado. Vino a ver si les pasaba algo.

Spencer observó el folio de registro de firmas. Los técnicos no habían llegado aún; ni tampoco el forense.

—Vamos a subir —dijo, y señaló el banco y a los hombres de la puerta—. Vigile a ésos. Volveremos para interrogarlos.

El chaval asintió con la cabeza.

—De acuerdo.

Subieron hasta el apartamento del segundo piso. Otro policía montaba guardia junto a la puerta. Un tipo llamado Logan. Pasaba mucho tiempo en el Shannon.

Spencer lo saludó con una inclinación de cabeza cuando pasaron a su lado. Parecía resacoso. Cosa nada extraña.

Antes de entrar, Tony le alcanzó a Spencer el frasco abierto de Vicks. Spencer se puso un poco de ungüento bajo la nariz y se lo devolvió.

Entraron en el apartamento. El olor sacudió a Spencer en una oleada que le revolvió el estómago. Se obligó a respirar hondo por la nariz y contó hasta diez; luego hasta veinte. Entre el Vicks y la fatiga de sus glándulas olfativas, el hedor comenzó pronto a hacerse soportable.

El cuarto de estar parecía intacto. Estaba elegantemente decorado con una mezcla de muebles antiguos y nuevos, asombrosos arreglos florales y cuadros de ricos y repetitivos diseños.

—Cuánta clase —dijo Tony mientras paseaba la mirada por la habitación—. Esos maricas tienen un don, ¿sabes?

Spencer le lanzó una mirada de soslayo.

—Eran decoradores, Gordinflón. ¿Qué esperabas?

—¿Alguna vez has visto ese programa de la tele? ¿*Ojo de reinona*? —Spencer dijo que no—. Agarran a un tío normal, como yo, y lo transforman en uno de esos que salen en el *GQ*. Es digno de verse.

—¿Un tío como tú?

Tony arqueó las cejas, indignado.

—¿Es que no crees que a mí pudieran arreglarme?

—Creo que te echarían un vistazo y se pegarían un tiro.

Antes de que su compañero pudiera contestar, aparecieron los técnicos.

—Hola —dijo Tony—. Eh, chicos, ¿vosotros habéis visto alguna vez *Ojo de reinona*?

—Claro —contestó Frank, el fotógrafo—. ¿No lo ve todo el mundo?

—Aquí junior dice que a mí me echarían un vistazo y se pegarían un tiro. ¿Vosotros qué creéis?

—Que sí —contestó otro con una sonrisa—. Si yo fuera tu mujer, me suicidaría.

—Se nos está agotando la luz del día, chicos —les interrumpió Spencer—. ¿Os importa?

Todos volvieron su atención hacia la escena del crimen, algunos rezongando. No había ni una revista ni una sola figurita fuera de su sitio. A Spencer siempre le extrañaba que pudiera reinar semejante calma a sólo unos pasos de la más horrenda violencia.

Unos instantes después descubrió que, en efecto, el cuadro era horrendo. Las víctimas habían sido atadas juntas y conducidas al cuarto de baño. Estaba claro que les habían ordenado, o convencido, para que se metieran en la bañera y se arrodillaran.

Allí los habían matado.

Pero eso no era lo más extraordinario. Era la sangre.

Por todas partes. Las paredes, los apliques del baño. El suelo.

Como si lo hubieran pintado todo con una brocha. O con un rodillo.

—Madre de Dios —masculló Tony.

—Lo mismo digo —Spencer se acercó a la bañera, oyendo el ruido que hacían las suelas de goma de sus zapatos al pisar el suelo embadurnado de sangre.

Era consciente de que podía destruir alguna prueba y se maldecía por ello, pero sabía que no le quedaba más remedio.

Las víctimas estaban la una frente a la otra, mirándose, con los brazos atados a la espalda. Parecían tener treinta y tantos años. Estaban en buena forma. Uno sólo llevaba puestos los calzoncillos. El otro, un pantalón de pijama de los de cinta.

A los dos les habían disparado por la espalda.

Spencer frunció el ceño. Daba la impresión de que ninguno de ellos se había resistido. ¿Por qué?

—¿Qué estás pensando, Niño Bonito?

Spencer miró a su compañero.

—Me estaba preguntando por qué no se defendieron.

—Seguramente porque defenderse no les habría salvado la vida.

Spencer asintió con la cabeza.

—El tío tenía una pistola. Los obligó a meterse aquí. Seguramente pensaban que iba a robarles.

—¿Por qué no les pegó un tiro sin más? ¿A qué viene toda esta exhibición?

—Quería sangre —Spencer señaló la bañera. El asesino había puesto el tapón para retener la sangre. Todavía quedaba un poco al fondo de la bañera—. Puede que forme parte de un ritual.

—Detectives...

Se volvieron. Frank estaba en la puerta del cuarto de baño.

—¿Me he perdido algo?

Había una bolsa de plástico pegada por dentro de la puerta. Spencer miró a Tony.

—¿Estás pensando lo mismo que yo?

—¿Que esto te suena?

—Ajá —Spencer se puso unos guantes y se acercó a la puerta—. ¿Tienes la cámara? —cuando el fotógrafo asintió, Spencer retiró con cuidado la bolsa.

Con la sensación de haber vivido ya aquel instante, sacó la nota. Decía simplemente:

Las rosas ya son rojas.

Jueves, 17 de marzo de 2005
Costa de Monterey, California
3:15 p.m.

Billie le había dicho la verdad; tras salir de la ciudad, el viaje en coche había sido delicioso. Cuando tomaron Carmel Way y llegaron a la famosa Carretera de las Diecisiete Millas, Stacy se quedó sin aliento. La carretera, densamente arbolada a ambos lados, se abría paso serpeando entre colinas de sobrecogedora belleza. Pero aquel trecho acababa pronto y se transformaba a continuación en una sinuosa autovía, flanqueada a ambos lados por fabulosas mansiones, desde la que se vislumbraba a ratos el océano Pacífico.

El amigo de Billie les había reservado habitación en el hotel Lodge de Pebble Beach; la Pebble Beach del famoso campo de golf, del que hasta Stacy había oído hablar, aunque nunca había jugado al golf, como no fuera en su versión mini. Ésa sí se le daba bien. De campeonato, en su opinión.

Aunque tenía la impresión de que aquello no impresionaría a nadie en Carmel-by-the-Sea.

Se inclinó hacia Billie.

—¿Qué pasa? ¿Es que no había habitaciones en algún hostal del pueblo?

—Calla —dijo Billie mientras un hombre se apresuraba a su encuentro.

Un hombre alto, elegantemente vestido y guapo, con las sienes plateadas. El director del hotel, supuso Stacy.

—Max, amor mío —dijo Billie mientras él la tomaba de las manos—, muchísimas gracias por hacernos sitio.

—¿Cómo no? —él la besó en las mejillas—. Has estado fuera demasiado tiempo.

—Y lo he pasado fatal cada minuto —ella sonrió—. Ésta es mi querida amiga Stacy Killian. Es su primera visita al Lodge.

Max saludó a Stacy, le hizo una seña al botones y volvió a fijar su atención en Billie.

—¿Vas a jugar al golf?

—Por desgracia, no.

—El relaciones públicas se llevará un disgusto.

Apareció el botones y Max dejó a Billie en sus manos..., tras hacerla prometer que lo llamaría si algo no era de su agrado. Cualquier cosa. Por pequeña que fuera.

Tras acomodarse en un cochecito de golf adaptado para llevar pasajeros y ponerse en camino hacia sus habitaciones, Stacy miró a Billie.

—Me sorprende que no me hayan pedido que vaya andando detrás del cochecito.

Billie se echó a reír.

—Relájate y disfruta.

—No puedo. Tu amigo Max sabe que soy una impostora.

—¿Una impostora?

—Este sitio no es para mí.

—No seas tonta. Si puedes pagarlo, es para ti.

—Pero no puedo.

—Lo va a pagar Leo. Es lo mismo.

Stacy frunció el ceño, poco convencida.

—¿Juegas al golf?

—Pues sí, y bastante bien, a decir verdad.

—Eso me parecía —el cochecito se detuvo delante de una glorieta a la que daba sombra una camelia cubierta de flores rosas—. ¿Cómo de bien?

—Fui campeona amateur de Estados Unidos tres años seguidos. Lo dejé por amor. Eduardo.

Eduardo. Cielo santo.

Se bajaron del cochecito y siguieron al botones. Tenían habitaciones contiguas a las que se accedía desde la glorieta. El botones abrió primero la de Billie (cosa nada sorprendente) y entraron.

–Dios mío –dijo Stacy.

La habitación, muy espaciosa, tenía un cuarto de estar y una chimenea de piedra de grandes dimensiones. Unas puertas correderas de cristales daban a un patio sombreado. Los almohadones de la inmensa cama parecían de plumón.

Billie juntó las manos, feliz como una niña.

–¡Sabía que te encantaría!

¿Cómo no iba a encantarle? Quizá se sintiera incómoda con la riqueza y el lujo, pero a fin de cuentas era humana.

El botones abrió su cuarto, aceptó la exorbitante propina de Billie y las dejó solas.

Stacy entró en la habitación, se detuvo junto a la chimenea y miró a Billie, que estaba de pie en la puerta con expresión alegre.

–No quiero saber lo que cuesta este sitio por noche.

–No, es mejor que no lo sepas. Pero Leo puede permitírselo.

–Todo esto es tan... extravagante. Y tan innecesario. Los polis no viven así.

–Primero, cariño, tú ya no eres poli. Y, segundo, la extravagancia no es nunca innecesaria. Te lo digo, créeme –antes de que Stacy pudiera responder, Billie añadió–: Prometí llamar a Connor en cuanto llegáramos al hotel. ¿Te importa?

Stacy dijo que no y aprovechó la ocasión para ir al cuarto de baño. Mientras estaba allí, comprobó su teléfono móvil y vio que Malone la había llamado de nuevo. Esta vez tampoco había dejado mensaje.

–Buenas noticias. Ahora mismo está libre.

Eso tampoco constituía una sorpresa. La zanahoria era Billie, al fin y al cabo.

El trayecto desde el Lodge al centro de Carmel-by-the-Sea les llevó menos de quince minutos, incluido el aparcamiento del Jaguar en un lugar de pago de Ocean Avenue.

Carmel-by-the-Sea era tan pintoresco como Stacy había imaginado. Más aún, en realidad. Como un pueblecito de cuento, sólo que habitado por humanos en lugar de hadas, elfos y hobbits.

Mientras subían paseando por Ocean Avenue, Billie le fue contando las peculiaridades del lugar. Le explicó que en Carmel no había direcciones postales. Todo el mundo tenía un apartado en la estafeta de correos, que servía tanto para recibir la correspondencia como a guisa de centro social. Más de una noticia se compartía (y se difundía luego) a partir de allí.

—¿Y las ambulancias? —preguntó Stacy con cierta incredulidad—. ¿Y los envíos por mensajería?

—Todo se hace mediante indicaciones aproximadas, por descripción o asociación. Por ejemplo —señaló Junipero Avenue—, la tercera casa desde la esquina entre Ocean y Junipero —señaló hacia otro lado—. O la casa que hay enfrente de la de Eastwood, en Junipero Avenue.

Stacy sacudió la cabeza. En un mundo dominado por la alta tecnología, parecía mentira que todavía hubiera comunidades que funcionaran así.

Stacy miró a su amiga.

—Por cierto, ¿cuándo has dicho Eastwood, no te referirías a...?

—¿A Clint? Claro que sí. Es un tipo genial. Muy sencillo.

Un tipo genial. *Muy sencillo*. Billie lo decía como si lo conociera personalmente. Como si fueran amiguetes, en realidad.

Ni siquiera iba a preguntar.

Llegaron a la comisaría; el agente del mostrador de información llamó al jefe, que las hizo pasar a su despacho.

Connor Battard las estaba esperando. Era un hombre guapo y robusto, con el pelo negro tirando a cano. Le tendió a Stacy la mano cuando Billie hizo las presentaciones.

Stacy se la estrechó.

—Gracias por recibirnos, jefe Battard.

—Es un placer servirles de ayuda.

Aunque se dirigía a ella, apenas podía apartar los ojos de Billie.

—Como le expliqué por teléfono, estoy investigando la muerte de Dick Danson.

—Tengo aquí el expediente. Está a su disposición —lo empujó

sobre la mesa hacia ella–. Lo siento, pero no puede salir del edificio.

Naturalmente. Procedimiento policial estándar.

Stacy no se movió para recogerlo. Prefería formular antes algunas preguntas.

–Por teléfono mencionó usted una orden de arresto. ¿Por qué era?

–Por desfalco, en una empresa para la que Danson diseñaba juegos.

–¿Cree que la acusación habría prosperado?

–Eso poco importa ya, ¿no cree?

–Puede que sí. Puede que no.

El jefe frunció el ceño.

–¿En qué está pensando?

Ella sacudió la cabeza. Aún no estaba dispuesta a compartir su teoría. No le apetecía salir de aquella habitación entre risotadas.

–¿Hasta qué punto está seguro de que fue un suicidio?

–Bastante seguro. Teníamos una orden de arresto contra él. Registramos su casa y resultó que no tenía barbacoa exterior, lo cual es curioso, dadas las circunstancias. Tampoco había ningún otro aparato que requiriera bombonas de propano. Esas bombonas estaban en su coche por una única razón: para causar una tremenda explosión. Se despeñó por Hurricane Point. Si hablamos de hacer bien las cosas, eligió el lugar idóneo. Y, para colmo, dejó una nota diciendo que no tenía nada por lo que vivir.

–¿La investigación corroboró ese extremo? ¿Tenía problemas económicos o sentimentales?

El jefe entornó los ojos. Saltaba a la vista que empezaba a cansarse de sus preguntas. Stacy supuso que no podía culparle por ello.

–Francamente –contestó él–, el caso se abrió y se cerró. Teníamos una identificación segura. Una nota de suicidio. Y un arresto pendiente. Danson visitaba a un psiquiatra. Digamos que a ese tipo no le sorprendió la noticia. No vi la necesidad de seguir indagando. Está todo en el expediente.

–Gracias –dijo ella, desilusionada. Se había convencido de

que andaba tras una buena pista, y de pronto se sentía como una idiota. Y, además, había derrochado un montón de tiempo y de dinero por una mala corazonada.

Su instinto ya no servía. Recogió el sumario.

—Billie y usted tendrán muchas cosas de que hablar. ¿Por qué no se van a cenar? Yo revisaré el expediente.

—Estupendo —el jefe Battard se frotó las manos con delectación ante, supuso Stacy, la idea de estar a solas con Billie—. Daré orden de que le dejen una sala de interrogatorios.

Stacy pasó un par de horas allí con la única compañía del expediente, una coca-cola y una bolsa de aperitivos de maíz que compró en la máquina expendedora. Mucho después de que los aperitivos y el refresco hubieran pasado a la historia, seguía leyendo.

Y descubrió pocas cosas nuevas. Detalles, por supuesto. Horas. Pero nada que apoyara su corazonada.

Dick Danson estaba muerto.

Y ella había dejado a Leo y su familia solos con un asesino.

Llamó a Billie para decirle que había acabado. Oyó música y risas de fondo. Connor propuso que uno de sus agentes la llevara en coche al Lodge.

Por lo visto, la noche todavía era joven.

El agente, un joven amable y recién salido de la adolescencia, la dejó en el hotel. Stacy encendió el fuego, llamó al servicio de habitaciones y se puso la bata.

Su móvil sonó. Vio que era de nuevo Malone. Esta vez contestó, lista para arrastrarse ante él si era necesario. Para admitir que su corazonada había fallado, que estaba quemada y que su instinto había errado el tiro.

Necesitaba oír su voz.

—Malone...

—¿Dónde estás?

Parecía tenso. No iba a gustarle su respuesta.

—En California. En el Lodge de Pebble Beach.

Siguió un largo silencio.

—¿Estás jugando al golf?

Ella sonrió al sentir su evidente confusión.

—No. He venido siguiendo una corazonada. Con Billie.

—¿Billie la devoradora de hombres?

Qué curioso, ella misma había pensado en su amiga en esos términos hacía poco.

—La misma.

—Killian, la superheroína. ¿Qué corazonada?

—La verdad es que me he llevado un buen chasco. Mis corazonadas son una mierda.

Él se echó a reír, pero su risa sonó crispada. Sin ganas.

—Los naipes están muertos. August Wright y Roberto Zapeda. Compañeros. En lo profesional y en lo personal.

—¿Alguna relación con Leo?

—Eran sus decoradores.

—Mierda.

—Eso diría yo. Tu jefe está con el agua hasta las rodillas.

—¿Leo? ¿Qué...?

—Tengo que irme.

—No, espera...

Él puso fin a la llamada. Stacy cerró el teléfono y se quedó mirando el fuego que chisporroteaba en la chimenea. Todo aquel lujo desperdiciado en ella.

Era hora de irse a casa.

44

Viernes, 18 de marzo de 2005
Carmel-by-the-Sea, California
6:30 a.m.

—Yo no quiero irme a casa —dijo Billie al deslizarse en el asiento del pasajero del Jaguar—. Me encanta esa habitación. Me encanta que me sirvan. Me encanta la costa.

—Deja de quejarte. Tienes un negocio que atender. Por no mencionar a tu marido.

Billie hizo una mueca.

—Rocky no habrá escarmentado aún. Necesito un par de días más para que se dé cuenta de lo que me quiere de verdad.

Por lo que Stacy había oído contar sobre Rocky St. Martin, querer *de verdad* a Billie requería más energías de las que le quedaban al pobre hombre. Incluso en un buen día.

—Afróntalo —dijo Stacy—, el viaje ha sido un fracaso. Y no sólo eso. Mientras estaba aquí, dejándome acunar por el lujo, los naipes aparecieron muertos.

—¿Quién se queja ahora?

Stacy la miró con el ceño fruncido.

—Quédate si quieres. Yo me voy a casa.

Billie exhaló un dramático suspiro, se puso las gafas de sol y recostó la cabeza en el respaldo.

—Connor se va a llevar un disgusto.

Stacy le lanzó una mirada de soslayo mientras arrancaba.

—¿Y tú?

—Yo quiero a mi marido.

Lo dijo como si lo sintiera, y Stacy notó que se quedaba boquiabierta de estupor.

—¿Qué pasa?

—Nada, es que... yo...

—¿Creías que me había casado con él por su dinero? ¿Porque es mucho mayor que yo? ¿Y por qué iba a hacer eso? Yo también tengo dinero.

—Lo siento —murmuró Stacy al tiempo que se alejaba de la acera—. No quería ofenderte.

—No me has ofendido. Pero, si voy a ser monógama, que lo soy, por lo menos reconoce mis méritos.

—Los reconozco.

—Gracias —suspiró de nuevo—. Maldita sea, voy a echar de menos la costa.

Stacy sacudió la cabeza, abrió su móvil y marcó el número de Malone.

Él contestó de inmediato.

—Aquí Malone.

—Voy de camino al aeropuerto.

—¿Tanto me echabas de menos?

—¿Qué quisiste decir con que Leo estaba con el agua hasta la cintura?

—Dije hasta la rodilla. Parece culpable de cojones.

—¿Leo, culpable? Eso no puede ser.

—Si necesitas convencerte de eso...

—¿Por qué dices eso?

—Por nada —su voz adquirió cierto filo—. Tengo que colgar.

—¡Espera! ¿Qué pruebas hay?

—Digámoslo así, muñeca: cuando aterrices en Luisiana, puede que estés en paro.

Spencer colgó y Stacy frunció el ceño.

—Eso no puede ser.

—¿El qué? —preguntó Billie.

—Malone dice que tienen pruebas de que Leo es culpable.

—¿De qué? ¿De tener un pelo espantoso?

—A mí me gusta su pelo.

—No puede ser —Billie la miró con pasmo—. Pero si parece que ha metido el dedo en un enchufe...

—No es cierto. Lo tiene revuelto y desaliñado. Como un surfero.

—O como un loco furioso... —Billie se interrumpió al darse cuenta de lo inapropiada que resultaba la comparación dadas las circunstancias—. A pesar de su pelo, a mí me parece bastante inofensivo.

—A mí también.

Stacy se quedó callada. Miró el reloj del salpicadero del Jaguar y masculló una maldición. Tenía que hablar con el jefe Battard. Enseguida.

—¿No sabrás el número de la casa de Battard?

—Claro que sí. Lo tengo en el móvil.

—¿Podrías llamarlo? Tengo que hacerle una última pregunta. Creo que es importante.

Billie hizo lo que le pedía. Un momento después, Stacy saludó al jefe de policía, que parecía soñoliento.

—Le pido disculpas por llamar tan temprano, pero tengo una última pregunta. No encontré la respuesta en el expediente.

—Dispare —dijo él, bostezando.

—¿Cómo se llamaba el dentista de Danson? ¿Se acuerda?

—Claro —dijo él—. El doctor Mark Carlson. Un tipo estupendo.

Ella miró el reloj del salpicadero. Tenían tiempo antes de que saliera su vuelo; incluso a pesar del trayecto por carretera y de tener que devolver el coche de alquiler. Suficiente, al menos, para hacer una rápida llamada al dentista.

—¿Cree que podría hablar con él antes de marcharme?

—Sería condenadamente difícil, señorita Killian. El doctor Carlson está muerto. Fue asesinado en el transcurso de un robo.

—¿Cuándo?

—El año pasado —hizo una pausa—. Fue el único asesinato que hubo en Carmel en 2004. Nunca lo resolvimos.

Un momento después, Stacy puso fin a la llamada.

—Te tengo, cabrón —dijo, y se apartó de la carretera para dar media vuelta.

—¿Qué?
—¿Recuerdas que me dijiste que siempre habías querido ser espía?

Billie se volvió hacia ella con las cejas levantadas.

—Puedes apostar a que sí.
—¿Qué te parecería pasar unos días más en el paraíso?

Viernes, 18 de marzo de 2005
Nueva Orleans
9:10 a.m.

Spencer llamó a la puerta de la habitación de su tía en el hospital. La oyó dentro, echándole la bronca a su médico. Sofocó una sonrisa. Patti insistía en que le dieran el alta. Exigía hablar con alguien de mayor autoridad. Alguien que de verdad hubiera acabado la carrera de medicina.

El médico conservó la calma, lo cual decía mucho en su favor. De hecho, parecía de buen humor.

Spencer entró en la habitación.

—Buenos días, tía Patti —dijo—. ¿Interrumpo algo?

—Sí —le espetó ella—. Le estaba diciendo a este mocoso...

—El doctor Fontaine —dijo él, acercándose con la mano tendida. Spencer se la estrechó.

—Detective Spencer Malone. Sobrino, ahijado de la paciente y azote de la División de Apoyo a la Investigación.

Ella lo miró con cara de pocos amigos. Tenía buen aspecto, pensó Spencer. Parecía sana y fuerte. Así se lo dijo.

—Claro que estoy sana. Y fresca como una rosa.

—¿Quieres que te saque de aquí? —le preguntó él.

—Cielos, sí.

El médico sacudió la cabeza, divertido.

—Se irá pronto, Patti, se lo prometo —le apretó un poco el hombro.

En cuanto el médico salió de la habitación, ella ordenó a Spencer que acercara una silla y se sentara. Quería noticias.

—¿Recuerdas a Bobby Gautreaux, el sospechoso del asesinato de Cassie Finch?

—Claro, ese jovenzuelo era un gusano.

—El mismo —una sonrisa asomó a la boca de Spencer—. Esta mañana hemos recibido los resultados de las pruebas de ADN. El pelo que encontramos en la camiseta de Cassie era suyo.

—Excelente.

—Hay algo más. Cotejamos los resultados con la sangre que recogimos de la agresión que sufrió Stacy Killian en la biblioteca de la universidad, y encajan.

Ella abrió la boca como si se dispusiera a preguntarle algo más; Spencer levantó una mano para detenerla.

—Aún hay más. Compararon los resultados con las muestras de semen extraídas de las chicas violadas en la universidad. Y encajan.

Ella pareció complacida.

—Buen trabajo.

Spencer también lo creía.

—Stacy Killian estaba convencida de que el tipo que la atacó quería advertirla de que no metiera la nariz en el caso Finch. Ahora se explica que fuera así.

—En aquel momento no la creíste.

—Entonces no teníamos los resultados de las pruebas de ADN de Gautreaux.

Su tía asintió con la cabeza.

—Dijiste que Killian le clavó el bolígrafo. Todavía debería tener la marca.

—La tiene. Hemos hecho fotografías, por supuesto. En lo que se refiere a los homicidios de Finch y Wagner, si sumamos la huella de Gautreaux que encontramos en la escena del crimen, el cabello de Finch que recogimos en su ropa y las amenazas que le hizo a la chica, creo que tenemos un caso bastante sólido.

El señor Gautreaux iba a pasar el resto de su juventud entre rejas.

—Estoy de acuerdo. Pero te vas a reservar de momento la acusación de asesinato y vas a investigar las violaciones.

Spencer sonrió.

—Exacto. Debido a la naturaleza serial de sus crímenes, el juez le denegará la libertad bajo fianza y podremos recabar tranquilamente las pruebas para encerrarlo por asesinato con premeditación.

Su tía murmuró unas palabras de aprobación.

—Es absurdo poner en marcha el reloj judicial mientras no sea necesario. ¿Está ya detenido?

—Se están presentando los cargos en este preciso momento.

—Bien. ¿Qué me dices del caso del Conejo Blanco?

—Los naipes han muerto.

—Me he enterado. ¿Pistas?

—Estamos trabajando en una. El inventor del juego.

—Mantenme informada —suspiró y miró el reloj de la pared—. Maldita sea, estoy deseando salir de aquí.

—Ya no tardarás mucho. ¿Qué tal se las apaña el tío Sammy sin ti?

—Cena pizza todas las noches, el muy idiota. La próxima vez lo ingresarán a él con una arteria taponada.

Spencer se levantó, riendo, se inclinó y le dio un beso en la frente.

—Luego me pasaré por aquí.

—Espera —ella lo agarró de la mano—. ¿Has tenido algún problema? ¿Algún contratiempo?

Él sabía que se refería a si había tenido noticias de la División de Integridad Pública.

Sacudió la cabeza.

—No. Tony ha preguntado por ahí y nadie sabe nada. Pero tengo una extraña sensación en la nuca, como de un aliento caliente.

Ella comprendió lo que quería decir y asintió con la cabeza.

—Cíñete al reglamento, Malone. No te salgas ni un milímetro.

Él hizo un saludo reglamentario y salió. Al salir del ascensor en el piso bajo, sonó su teléfono. Miró la pantalla y vio que era Tony.

—Gordinflón.

—¿Dónde estás?

—Acabo de ver a mi tía Patti. Ahora voy para la central.

—No te molestes. Vete a casa de los Noble.

Spencer se paró en seco. El cosquilleo que sentía en la nuca se agudizó.

—¿Qué pasa?

—Kay Noble ha desaparecido.

46

Viernes, 18 de marzo de 2005
11:10 a.m.

Cuando Spencer llegó a la mansión de los Noble, el oficial de guardia le dirigió hacia la casa de invitados. Allí encontró a Tony.

—Hola, Niño Bonito. Has tardado poco.

—Creo que he batido un récord de velocidad en tierra firme —paseó la mirada por la ordenada habitación, fijándose en el buen gusto con que estaba decorada. Parecía salida de la revista *Southern Living*. Se preguntó si los recién fallecidos Wright y Zapeda se habrían encargado de la decoración—. Ponme al día.

—Por lo visto Kay no se presentó a desayunar esta mañana. La asistenta no le dio mucha importancia. Aunque por lo visto la señora suele madrugar, de vez en cuando se queda durmiendo hasta tarde. Además, sufre de migrañas. También ocasionalmente —miró sus notas—. Ayer por la tarde se quejó de una.

—¿Quién dio por fin la voz de alarma?

—La cría.

—¿Alicia?

—Sí. A las diez y media, al ver que Kay no aparecía, Leo la mandó a ver cómo estaba su madre.

—¿La puerta estaba abierta?

—Sí.

—¿Por qué nos han llamado? Podría estar dando un paseo o haberse ido por ahí con sus amigas.

—No es probable. Echa un vistazo a esto.

Su compañero lo condujo al dormitorio. A diferencia del cuarto de estar, que estaba perfectamente ordenado, aquella habitación mostraba signos de lucha. La lámpara estaba volcada. Los cuadros torcidos. La cama deshecha.

Spencer se fijó en las sábanas revueltas. La colcha de seda, estampada con margaritas azules y beis, estaba salpicada de manchas oscuras.

Sangre. Se acercó a la cama. No había mucha, pero sí más de la que habría causado un rasguño o cualquier otra pequeña herida. En el suelo había un reguero que conducía a una puerta arqueada situada al fondo de la habitación. En el dintel del arco, la roja huella de una mano se destacaba sobre la pared pintada de un suave color azul.

Spencer se acercó. Observó la huella un momento y luego miró a Tony.

—Por el tamaño parece la mano de una mujer.

Tony asintió con la cabeza.

—Deberíamos compararla con las manos de otros miembros del personal de la casa. Ver si el zapatito de cristal encaja.

Quizá fuera la huella del culpable, no de la víctima. No parecía así, pero podía no significar nada en absoluto.

Spencer señaló la puerta.

—Un estudio —dijo Tony—. Y un patio más allá.

Spencer asintió con la cabeza. Esquivó el reguero de sangre para no alterar ninguna prueba. Cada gota de sangre sería recogida y analizada. Sólo las pruebas de laboratorio demostrarían si pertenecían a la misma persona.

En el estudio había también signos de violencia. Muebles torcidos. Figurillas volcadas y rotas. Como si Kay se hubiera resistido con uñas y dientes, agarrándose a los muebles.

Eso era buena señal. Significaba que entonces aún estaba viva.

Las puertas de cristal correderas que daban al patio estaban abiertas. Había más sangre en el marco y en el panel de cristal.

Spencer se acercó y miró fuera. El patio estaba rodeado de arbustos que hacían de él un lugar recoleto, una especie de glorieta interior. El agresor conocía la distribución de la casa, había elegido la ruta adecuada para evitar miradas curiosas. Se las había ingeniado para que se diera la voz de alarma lo más tarde posible.

—¿Los técnicos están de camino? —preguntó Spencer.

—Los he llamado yo mismo.

—¿Has hablado con alguien ya?

—No. Lo sé todo por Jackson.

Unidad de Investigación Criminal, Distrito 3.

—Entonces, ¿fue Noble quien llamó a la policía?

—Sí. Los de centralita contactaron primero con la UIC. Los chicos del Distrito 3 se dieron cuenta de que estaba relacionado con nuestro caso y me llamaron.

—Me pregunto por qué no nos llamó Noble directamente —murmuró Spencer más para sí mismo que para Tony.

Quizá para que se diera la alarma lo más tarde posible.

—Quiero interrogar a todos los de la casa. Empecemos por el amo en persona.

—¿Vamos juntos o por separado? —preguntó Tony.

—Por separado, así acabaremos antes. Tú empieza con la asistenta, y sigue a partir de ahí. Luego compararemos notas.

Tony estuvo de acuerdo y se dirigió a la cocina. Spencer encontró a Leo en su despacho. Estaba sentado a su mesa, con la mirada perdida y el semblante inexpresivo. Su hija, en cambio, permanecía acurrucada en un rincón del sofá, con las rodillas pegadas al pecho. A diferencia de su padre, parecía destrozada.

—Necesito hacerle unas preguntas, señor Noble.

—Leo —le corrigió él—. Adelante.

—¿Cuándo vio por última vez a su mujer?

—Ex mujer. Anoche. Sobre las siete.

—¿Se quedó trabajando hasta tarde?

—Cenamos todos juntos. ¿Verdad, tesoro?

La chica levantó la mirada como un ciervo paralizado ante los faros de un coche y asintió con la cabeza.

—Fuimos a comprar sushi.

Se le quebró la voz y apoyó la frente sobre las rodillas.

Spencer señaló la puerta.

—Quizá debiéramos hablar en el pasillo.

—Claro. Por supuesto —Leo se acercó a su hija—. ¿Tesoro?

—ella levantó la vista—. El detective y yo vamos a salir un momento al pasillo. ¿Estarás bien sola?

Ella asintió con la cabeza, a pesar de que parecía aterrorizada.

—Llámame si me necesitas, ¿de acuerdo?

Alicia le hizo una seña de que lo haría y los dos salieron de la habitación y cerraron despacio la puerta tras ellos.

—Me ha parecido mejor que no nos oyera —dijo Spencer con voz suave. Lo cual era cierto, si bien no por la razón que creía Noble. No quería que las respuestas del padre influyeran en las de la hija.

—Debería haberme dado cuenta —dijo Leo—. Yo la mandé a buscar a Kay. Es culpa mía que viera... —se le quebró la voz—. ¿Por qué no fui yo mismo?

Parecía sentirse sinceramente culpable. Pero ¿por qué? ¿Por haber enviado inadvertidamente a su hija a la que muy bien podía ser la escena del asesinato de su madre? ¿O por hallarse involucrado en el crimen?

—Volvamos a anoche —dijo Spencer—. ¿El nombre del restaurante donde compraron el sushi?

—Jardín Japonés. Está en esta misma calle, un poco más arriba.

Spencer hizo una anotación.

—¿Cenan juntos a menudo?

—Varias veces por semana. A fin de cuentas, somos una familia.

—Pero no una familia típica.

—El mundo es muy variado, detective.

—¿Y no volvió a verla después de la cena?

—No. Salí al porche de atrás a eso de medianoche...

—¿A medianoche?

—Sí, a fumar un puro. Sus luces estaban encendidas.

Lo dijo como si fuera lo más natural del mundo.

—En la cena, ¿comentó algo acerca de un dolor de cabeza?

—¿Un dolor de cabeza? No, que yo recuerde. ¿Por qué?

Spencer ignoró la pregunta y le lanzó otra.

—¿La señora Noble suele acostarse tarde?

—No. El noctámbulo soy yo.

—¿Alguna vez deja la puerta abierta?

—Nunca. Yo solía burlarme de ella, le decía que era una neurótica por hacer esas cosas. Siempre era muy detallista.

Spencer se extrañó al oírle hablar en pasado.

—¿Era? ¿Sabe usted algo que nosotros ignoramos, señor Noble?

Leo se azoró.

—Claro que no. Me refería a los años que estuvimos casados. Y a su capacidad para los negocios.

—En lo que se refiere a sus negocios, ¿qué papel desempeña Kay?

—Es básicamente mi representante. Colabora con los contables y los abogados, revisa los contratos, supervisa a los empleados... y suele dejarme a mí la parte creativa.

—La parte creativa —repitió Spencer—. Discúlpeme, pero eso suena bastante egoísta.

—Supongo que sí, para usted. La mayoría de la gente no entiende el proceso creativo.

—¿Por qué no me lo explica?

—El cerebro tiene dos lados, el derecho y el izquierdo. El izquierdo controla la organización y la lógica. Controla también el lenguaje y el habla, el pensamiento crítico y ese tipo de cosas.

—Así que tenía usted a Kay para que se ocupara de todas esas minucias del lado izquierdo del cerebro. ¿No podría haber contratado a otra persona para eso?

Leo pareció perplejo por la pregunta.

—Claro. Pero ¿por qué iba a hacerlo?

Spencer se encogió de hombros.

—Sospecho que habría tenido que pagarle menos. Dado que es su ex mujer, seguramente ella se siente con derecho a la mitad de todo cuanto posee.

Leo se sonrojó.

—Tiene ese derecho. Yo nunca se lo he negado. Sin Kay, no habría llegado donde estoy. Ella hacía que me mantuviera concentrado, encauzaba mi entusiasmo y mi creatividad de tal forma que pudiera ganar dinero usando mi imaginación.

—Dice que tiene derecho a la mitad de todo. ¿Es eso lo que le da?

—Sí. La mitad.

—¿De todo?

La expresión de Leo se alteró, como si de pronto comprendiera.

—¿Cree que tengo algo que ver con esto?

—Conteste a la pregunta, por favor.

—De todo —flexionó los dedos—. Yo no soy esa clase de hombre, detective.

—¿Qué clase de hombre?

—De ésos que anteponen el dinero a las personas. El dinero no significa tanto para mí.

—Ya lo veo.

Al sentir su sarcasmo, el rubor inundó la cara de Leo.

—Yo sé quién ha hecho esto, y usted también debería saberlo.

—¿Y quién es, señor Noble?

—El Conejo Blanco.

Viernes, 18 de marzo de 2005
3:30 p.m.

Spencer dejó el auricular del teléfono sobre su soporte y sonrió. Al conocer la desaparición de Kay Noble, el juez había accedido a dictar una orden de registro de la casa, la oficina, los vehículos y los archivos financieros y laborales de Leo.

Se levantó, se estiró y echó a andar hacia la mesa de Tony. Entre los dos habían interrogado a todos los moradores de la casa de los Noble. Las respuestas de todos ellos reflejaban como un espejo las de Leo, con una sola excepción. Sólo la asistenta recordaba que Kay tuviera dolor de cabeza.

—Hola, Gordinflón —Tony estaba sentado a su mesa, mirando una pequeña libreta—. ¿Qué tal?

En lugar de contestar, su compañero profirió un gruñido.

Spencer frunció el ceño y señaló la libreta.

—¿Qué es eso?

—Es para anotar los puntos.

—¿Cómo dices?

—Los Vigilantes del Peso. Mi mujer me ha apuntado —suspiró—. Cada comida tiene asignado un valor. Apuntas todo lo que comes y el resultado se lo restas al límite de puntos diarios que tienes asignado.

—¿Y cuál es el problema?

—Que ya me he comido todos mis puntos.

—¿Del día y de la noche?

—Sí. Y algunos de mis puntos-comodín de esta semana.

—¿Puntos-como...? —se interrumpió—. Olvídalo. Vamos a dar una vuelta.

—¿Adónde?

—A casa de los Noble. Pasando antes por el juzgado.

—Bingo, *baby*.

Al final, tras recoger la orden de registro, aprovecharon que estaban en el centro para ir a hacerle una visita al abogado de Noble. Winston Coppola era socio de Smith, Grooms, Mack & Coppola, un bufete enclavado en el edificio Place St. Charles.

Aparcaron en un vado (en el distrito financiero de la ciudad, los sitios para aparcar eran escasos y dispersos) y bajaron el parasol para que se viera su identificación policial. Mientras cruzaban la acera hacia la entrada principal del edificio, pasó traqueteando el tranvía de St. Charles Avenue.

Buscaron el bufete en el directorio del edificio, tomaron el ascensor y se encaminaron al décimo piso.

En la recepción había una joven bonita que les sonrió cuando se acercaron a su mesa.

—Spencer Malone, eso sí que es una sorpresa.

Él le devolvió la sonrisa a pesar de que no tenía ni idea de quién era. Por suerte, vio su nombre en el letrero de la mesa.

—¿Trish? ¿Eres tú?

—Sí.

—Vaya, qué coincidencia. ¿Cuánto tiempo hacía?

—Demasiado. He cambiado de peinado.

—Ya lo veo. Me gusta.

—Gracias —la joven hizo un mohín—. Nunca me llamaste. Nos lo pasamos tan bien esa noche en el Shannon que estaba segura de que me llamarías.

En el Shannon. Cómo no.

Debió de ser en unos de sus grandes días de borrachera.

—Creía que no te volvería a ver —dijo con lo que esperaba fuera la nota justa de sinceridad. Se imaginó a Tony a su lado volviendo los ojos al cielo—. Perdí tu número.

—Eso tiene remedio.

Le agarró la mano y le dio la vuelta. Escribió el número sobre su palma y luego le cerró los dedos.

—Llámame.

Tony carraspeó.

—Queríamos ver a Winston Coppola. ¿Está aquí?

—¿El señor Coppola? ¿Tenéis cita?

—Se trata de un asunto oficial.

—Ah... comprendo —dijo ella, visiblemente azorada—. Enseguida lo aviso.

Así lo hizo y, un momento después, colgó el teléfono y les indicó el despacho de Coppola. Mientras se dirigían a él, Tony se inclinó hacia Spencer.

—Te has salido bien por la tangente, Niño Bonito.

—Gracias.

—Menudo bombón. ¿Vas a llamarla?

A decir verdad, llamar a la linda Trish era lo más alejado de sus intenciones en ese momento. Bueno, quizá no lo más alejado, pero no era una necesidad urgente.

—Sería una locura no hacerlo, ¿no crees?

Tony no contestó porque habían llegado ante el despacho del abogado. Coppola los estaba esperando en la puerta. Guapo, bien vestido e impecablemente peinado pero con un bronceado ligeramente exagerado, a lo George Hamilton, el abogado parecía un casanova.

Spencer lo saludó.

—Los detectives Malone y Sciame. Tenemos que hacerle unas preguntas sobre Kay Noble.

Coppola frunció el ceño.

—¿Sobre Kay? ¿Les importaría enseñarme sus credenciales, detectives?

Tras inspeccionarlas, los hizo pasar al despacho. Ninguno de ellos se sentó.

Spencer se fijó en los diplomas enmarcados. Había fotografías sobre la mesa, en el aparador y las paredes. Vio que en una de ellas aparecía el abogado esquiando y en otra en la playa. Con razón estaba tan bronceado.

Tony miró a su alrededor con evidente admiración.

—Bonito despacho.

—Gracias.

—Tiene usted un nombre interesante, señor Coppola.

—Madre inglesa, padre italiano. Soy un poco mestizo, en realidad.
—¿Alguna relación con Francis Ford?
—Por desgracia, no. Ahora, en cuanto a la señora Noble...
—Ha desaparecido. Tenemos motivos para creer que pueda estar en peligro.
—Dios mío, ¿cuándo...?
—Anoche.
—¿Cómo puedo serles de ayuda?
—¿Cuándo la vio por última vez?
—A principios de esta semana.
—¿Puedo preguntarle cuál fue el motivo de la reunión?
—Un contrato de licencia.
—¿Cómo van los negocios? ¿Los de los Noble?
—Muy bien —deslizó las manos en los bolsillos de sus pantalones—. Estoy seguro de que entenderán que no puedo proporcionarles información confidencial.
—La verdad es que puede. Tenemos una orden —Spencer sacó el documento; el abogado le echó un vistazo y se lo devolvió.
—En primer lugar, este documento no me desvincula de mis deberes hacia mi cliente. Les permite acceder a la casa y el vehículo de Leo Noble y a los archivos financieros y laborales que encuentren allí. En segundo lugar, como abogado, entiendo el significado de la orden y de los motivos por los que ha sido dictada —se inclinó hacia ellos—. Pero están errando el tiro. Si le ha pasado algo a Kay, Leo no tiene nada que ver.
—¿Está seguro?
—Absolutamente.
—¿Y eso por qué?
—Se adoran mutuamente.
—Están divorciados, señor Coppola.
—Olvídense de sus prejuicios acerca de lo que eso significa. Leo y Kay los han solventado. Son amigos. Comparten la educación de su hija y sus negocios.
—¿Y cómo les van los negocios? —insistió Leo.
—Muy bien, a decir verdad. Acaban de firmar varios contratos de licencia francamente ventajosos.
—¿Hay mucho dinero de por medio? —preguntó Tony.

Coppola vaciló y luego asintió con la cabeza.
—Sí.
—¿Cuánto? —insistió Spencer—. ¿Hablamos de millones?
—Sí, de millones.
—¿Quién paga su minuta, señor Coppola?
—¿Cómo dice?
—Su minuta, ¿quién la paga? ¿Leo o Kay?
El abogado enrojeció.
—Esa pregunta me ofende, detective.
—Pero estoy seguro de que el dinero no.
—Noble no es sólo un cliente, es también un amigo. Mi minuta no tiene nada que ver con eso. Ni con cómo conteste a sus preguntas. Lo siento, pero tengo prisa.
Spencer le tendió la mano.
—Gracias por recibirnos. Estaremos en contacto.
Tony le dio una tarjeta.
—Si se le ocurre algo, avísenos.
El abogado les mostró la salida. Trish seguía sentada a su mesa, pero estaba tan ocupada que apenas levantó la mirada y sonrió cuando pasaron a su lado. En cuando la puerta del ascensor se cerró con un susurro, Tony miró a Spencer.
—Es curioso que los ricos siempre digan que el dinero no tiene importancia. Si no tiene importancia, ¿por qué se esfuerzan tanto por aferrarse a él?
Spencer asintió con la cabeza, recordando lo que Leo Noble le había dicho acerca de que el dinero no significaba gran cosa para él.
—Creo que Coppola piensa que Leo es quien maneja los hilos. ¿Te ha dado esa impresión?
—Sí. ¿Crees que eso ha influido en sus respuestas?
—Puede ser. A fin de cuentas, es abogado.
Los policías no solían tener en gran estima a los abogados. Salvo a los fiscales, como Quentin, el hermano de Spencer.
El ascensor llegó al piso bajo; las puertas se abrieron y salieron.
—Tú estás casado, Gordinflón, dame tu opinión.
—Dispara.
—Estoy hecho un lío con todo ese rollo de que todavía se

quieren y se respetan. Ese blablablá de que «se lo debo todo a ella, así que le doy la mitad». Supongamos que tu parienta se divorcia de ti. ¿Cómo te sentirías?

Llegaron al coche. Spencer lo abrió y se montaron. Tony se abrochó el cinturón y miró a Spencer.

—Llevo casado treinta y dos años y yo tampoco me lo explico. Nosotros nos queremos y nos respetamos, tenemos nuestros más y nuestros menos, pero seguimos juntos. Es el hecho de habernos comprometido el uno con el otro lo que nos mantiene juntos, lo que hace que nos esforcemos por salir adelante. Si ella me pidiera el divorcio, me cabrearía muchísimo.

—Y si, después de divorciarse de ti, se quedara con la mitad de todo lo que tuvieras..., lo pasado y lo futuro, ¿cómo te sentaría eso? ¿Podríais seguir siendo amigos?

—Imposible, colega.

—¿Por qué no?

—Después de acostarte con una mujer, no puedes ser su amigo.

—Eres un Neandertal.

—¿Cuántas amigas de ésas tienes tú?

Spencer frunció las cejas, pensativo. Exactamente... ninguna. Miró a Tony y luego se apartó de la acera.

—Todos los que los conocen nos vienen con la misma cantinela. Sus amigos. Sus empleados. Hasta su hija.

—Y crees que es una farsa.

No era una pregunta. En lugar de contestar, Spencer formuló otra pregunta.

—¿Quién sale ganando con la muerte de Kay Noble?

—Leo Noble.

—Exacto. Avisa para que un par de agentes uniformados se reúnan con nosotros en casa de Leo. Es hora de que comience la función.

Viernes, 18 de marzo de 2005
4:45 p.m.

El avión de Stacy aterrizó puntualmente en Nueva Orleans. Mientras se dirigía hacia la puerta de salida, Stacy repasó los acontecimientos del día. Tras averiguar que el dentista que había identificado los restos de Dick Danson había sido asesinado, había dado media vuelta y regresado al hotel. Billie se había registrado de nuevo y había vuelto a instalarse en su habitación antes siquiera de que la limpiaran. Desde allí, habían llamado al jefe Battard para informarle de que Billie iba a quedarse y preguntarle si Stacy podía reunirse con él enseguida a fin de explicarle los motivos de su cambio de planes. Y solicitar su ayuda.

De camino, Stacy había informado a Billie de lo que quería que hiciera: buscar los casos de personas desaparecidas en la zona de Carmel en la época del suicidio de Danson y, en caso de que hubiera alguno, descubrir si la persona en cuestión había sido paciente del doctor Mark Carlson. También quería que accediera a los historiales del dentista para cotejarlos con los que se habían utilizado para la identificación del cuerpo de Danson.

El jefe Battard le facilitaría las cosas. Resultaba casi imposible acceder a los historiales médicos sin una autorización oficial.

Se habían reunido con Battard en su despacho de la comisaría. Stacy le había explicado su teoría y le había pedido ayuda. Battard no se había echado a reír, lo cual decía mucho en su favor.

Y había aceptado ayudarlas.

Stacy sospechaba que la perspectiva de pasar unos cuantos días más con la bella Billie había influido en su buen talante.

Stacy salió del avión. En una cosa tenía razón, estaba segura de ello.

Dick Danson estaba vivo. Era el Conejo Blanco.

Y era un asesino.

En cuanto hubo salido de la terminal, encendió el teléfono. Tenía tres mensajes en el contestador. A juzgar por el número, eran los tres de Leo.

Había hablado con él a primera hora de la mañana. Le había dicho que su viaje había sido un fiasco y que volvía a casa.

Pero desde esa llamada habían sucedido muchas cosas.

Más, por lo visto, de las que ella creía.

Mientras se dirigía al aparcamiento, leyó los mensajes. La primera llamada era, en efecto, de Leo. Estaba disgustado. Le temblaba la voz.

Kay... ha desaparecido. Está... El Conejo Blanco... Puede que esté muerta. Llámame en cuanto aterrices.

El segundo era de Alicia, no de su padre. Estaba llorando, tanto que Stacy apenas pudo entender lo que decía. Su mensaje era en esencia casi idéntico al de su padre. Estaba asustada.

Stacy hizo una mueca amarga y apretó el paso. El tercer mensaje era de Leo. Según el registro de llamadas, la había llamado justo antes de que aterrizara su avión. Malone había conseguido una orden de registro y estaba en la casa. Leo no sabía qué hacer.

Una orden de registro.

La pelota había echado a rodar.

Salió de la terminal y el aire húmedo de Nueva Orleans la envolvió en un abrazo de oso. Cruzó los carriles destinados al tráfico, llegó al garaje del aparcamiento, buscó su coche, lo abrió y metió dentro la bolsa de viaje.

Unos minutos después, se hallaba en la carretera de acceso al aeropuerto, en dirección a la I-10 este. Calculaba que el trayecto le llevaría un cuarto de hora, en caso de que no hubiera accidentes, obras o un partido en el Superdome.

Intentó hablar con Leo, pero le saltó el buzón de voz y dejó un mensaje. Llamó a Malone, con idéntica suerte. Invirtió el resto del viaje en repasar lo que sabía sobre los acontecimientos recientes y en prepararse para lo que la aguardaba.

Los naipes estaban muertos. Kay había desaparecido. Malone y su compañero habían conseguido una orden de registro, lo cual significaba que tenían pruebas suficientes para convencer a un juez.

¿Qué tenían contra Leo?

Stacy pensaba averiguarlo.

Llegó a la mansión en lo que sospechaba había sido un tiempo récord. A juzgar por el número de coches aparcados frente a la casa, uno de ellos un coche patrulla del Departamento de Policía de Nueva Orleans, Malone y compañía seguían allí.

Aparcó, salió del coche y se acercó apresuradamente a la puerta.

La señora Maitlin, pálida y temblorosa, salió a abrir.

—Valerie —dijo Stacy, tendiéndole una mano—. Ya me he enterado. ¿Qué está pasando?

La mujer le agarró la mano y miró hacia atrás. Luego volvió a fijar la mirada en Stacy.

—Lo están revolviendo todo. Como si el señor Leo pudiera haberle hecho algo a la señora Noble. Y la pobre Alicia es la que... la sangre...

—¡Stacy! —Leo cruzó corriendo el vestíbulo—. Gracias a Dios —llegó a la puerta y la hizo entrar—. Esto es increíble. Es una locura. Primero desaparece Kay. Y ahora este registro...

—¿Has llamado a tu abogado?

—Sí. Ya habían ido a verlo, le habían enseñado la orden. Dice que parecía legal. Que no podía hacer nada, excepto cooperar.

—Si eres inocente, no tienes nada que...

Él la interrumpió con expresión dolida.

—¿Si soy inocente? ¿Es que dudas de mí, Stacy?

—No era eso lo que quería decir. Intenta concentrarte, Leo. No van a encontrar nada. Así que tendrán que buscar en otra parte.

Vio a Alicia por el rabillo del ojo acurrucada en un sofá del salón. Parecía desorientada.

Aunque se compadeció de la muchacha, Stacy no apartó su atención de Leo.

—¿Dejaron algún tipo de mensaje en la casa de invitados?

—No, que yo haya visto.

—Da la impresión de que sospechan que hay algo turbio. ¿Por qué? —él la miró sin comprender—. En el lugar de los hechos —dijo ella con suavidad—. ¿Había signos de lucha? ¿Sangre?

Él asintió con la cabeza, comprendiendo por fin.

—Sí. Yo... mandé a Alicia a buscar a Kay —se le quebró la voz—. Ella vio... Es culpa mía.

—¿Cómo entraron, Leo?

—No lo sé —se pasó las manos por la cara—. La policía me ha preguntado si Kay dejaba alguna vez la puerta abierta.

Lo cual significaba que no había indicios de que hubieran forzado la entrada.

—¿Qué les dijiste?

—Les dije que no.

Stacy posó una mano sobre su brazo para tranquilizarlo.

—¿Dónde están?

—Arriba.

—Enseguida vuelvo. Tú mantén la calma.

Stacy subió las escaleras y siguió el sonido de las voces. Vio que estaba todo revuelto. Típico de la policía, pensó al encontrarlos en su cuarto. Revolviendo el cajón de su ropa interior.

—¿Se divierte, detective?

Spencer miró hacia atrás.

—Killian.

—Son de la talla mediana. No muy sexys, pero cómodas.

Tony se echó a reír y Malone cerró el cajón, algo azorado.

—La orden de registro incluye toda la finca. Ya sabes cómo son estas cosas.

—Sí, lo sé. ¿Podría hablar un momento contigo?

Él miró a su compañero, que le indicó con una seña que se fuera, y luego se reunió con ella en el pasillo.

—El reloj está haciendo tictac.

—Así que iré derecha al grano. Te equivocas respecto a Leo.

—¿Ah, sí? ¿Y por qué estás tan segura?

—Dick Danson está vivo. Él...

—¿Quién?
—El antiguo socio de Leo. Leo y él se separaron en muy malos términos. Supuestamente, Danson se suicidó el año pasado.
—Se tiró por un acantilado en Carmel, California. Ahora empiezo a acordarme. Por eso estabas allí. Tu corazonada.
—Sí.
—Creía que esa corazonada se había esfumado.

Ella le explicó rápidamente lo del suicidio y el hecho de que Danson hubiera sido identificado a partir de su dentadura.

Malone miró deliberadamente su reloj.

—Para mí es prueba suficiente —dijo.

—Para mí también. Hasta que esta mañana me enteré de que el dentista que procuró los registros dentales fue asesinado poco después —hizo una pausa—. Nunca atraparon a su asesino.

Stacy pensó por un instante que le había convencido. Luego él la agarró por el codo y la alejó un poco de la puerta.

—Hemos hecho algunas averiguaciones sobre los asuntos financieros de tu amigo Leo Noble. Parece que le van muy bien las cosas. Realmente bien. Hace poco firmó un par de contratos de licencia. Por valor de millones, Stacy. Millones.

—¿Y qué? ¿Qué tiene eso que ver con...?

—Kay se lleva la mitad. De todo. Pasado, presente y futuro.

Ella se quedó mirándolo como si comprendiera al fin. Codicia. Uno de los motivos más viejos para el asesinato.

Sacudió la cabeza.

—Leo la quiere. Es la madre de su hija y su mejor amiga —mientras decía estas palabras, comprendió lo ingenuas que sonaban. Insistió, de todos modos—. Esta vez no había mensaje del Conejo Blanco, ¿verdad? —comprendió por su expresión que no lo había—. Ni mensaje, ni cuerpo. No encaja con el modus operandi del Conejo Blanco.

—Todas las víctimas están relacionadas con Leo. Él recibió las primeras tres notas y la última fue encontrada en su despacho. Y él conoce el juego mejor que nadie.

—Clark Dunbar está liado con Kay. ¿Lo sabías?

Stacy advirtió por su expresión que era la primera noticia que tenía.

—Los vi juntos. Una noche, muy tarde —señaló hacia su habitación—. Mi ventana da a la entrada de la casa de invitados.

Él sacó su libreta.

—¿Cuándo fue eso?

—La noche antes de irme a California. El miércoles.

Él tomó nota.

—¿Estás segura de que era Dunbar?

—Absolutamente. No podía distinguir quién era, así que abrí la ventana. Oí su voz.

Spencer levantó una ceja.

—¿Abriste la ventana?

—Me picó la curiosidad. ¿Has hablado con Dunbar?

—Está de viaje. Se ha tomado un largo fin de semana libre.

—Y la mujer con la que estaba liado desaparece, dejando detrás un montón de indicios sospechosos. Qué conveniente.

Spencer cerró la libreta de espiral y se la guardó en el bolsillo de la pechera.

—Lo comprobaremos.

Esta vez fue ella quien lo agarró del codo.

—Danson está vivo —dijo—. Es el Conejo Blanco. Y está intentando vengarse de Leo y de su familia.

—Piénsalo bien, Killian. Noble ha inventado toda esa historia del Conejo Blanco para matar a su mujer y salirse con la suya.

—Eso no tiene sentido.

—Claro que lo tiene. Es brillante. Una inmensa e intrincada pantalla de humo. Hasta tú formas parte del tinglado, Stacy —Malone se desasió de su mano y echó a andar por el pasillo.

49

Viernes, 18 de marzo de 2005
6:30 p.m.

Stacy lo siguió con la mirada sintiendo un nudo en la boca del estómago. El pasado la inundó de pronto, tan denso y amargo que estuvo a punto de ahogarla. No sería aquella la primera vez que se equivocaba. No sería la primera vez que la engañaban. Que alguien se aprovechaba de sus buenas intenciones.

Luchó por respirar con normalidad. Por dominar sus emociones.

El pasado no iba a repetirse. Ella ya no era la misma.

—¿Stacy?

Se volvió. Alicia estaba junto a la puerta de su habitación. Todo en sus ademanes sugería que podía derrumbarse en cualquier momento.

La muchacha se llevó un dedo a los labios, señaló la habitación que estaban registrando los detectives y le hizo señas de que se acercara.

Stacy miró a los policías, pasó después tranquilamente por delante de la puerta abierta y se introdujo en el cuarto de Alicia.

Alicia la condujo al otro lado de la habitación. Tenía las manos trémulas y pegajosas. Se detuvo ante la mesa y encendió el ordenador. El aparato cobró vida y empezó a cargarse rápidamente.

Stacy miró a la muchacha, extrañada, y vio que estaba al borde de las lágrimas.

—Sé lo que cree la policía. Los he oído hablar. Pero no es cierto. Mi padre no le ha hecho nada a mi madre. Ni a nadie más. Lo sé.

—¿Cómo, Alicia? ¿Cómo lo sabes?

Ella inclinó la cabeza y giró la pantalla del ordenador. Tocando unas cuantas teclas, hizo aparecer una pantalla en la que se veían varias entradas con sus respectivas fechas. Pulsó la más reciente, fechada ese mismo día a las tres de la tarde. Era un correo electrónico.

El Ratón, el Cinco y el Siete han sido eliminados. La Reina está comprometida. El Gato de Cheshire está a punto de hacer su movimiento. Sus garras son largas, sus dientes afilados.
¿Qué contestas?

Stacy sabía qué estaba mirando: una partida en marcha de Conejo Blanco.

Pero no cualquier partida.

La partida.

—He pensado que lo mejor sería... Quería que vieras esto primero. Por mi madre. Y por mi padre.

Su madre. La Reina de Corazones.

Stacy refrenó su excitación, el impulso de sacarle información a la muchacha a la fuerza.

—¿Quién es el Conejo Blanco, Alicia?

—No lo sé. Lo conocí en un chat sobre juegos de rol. Pero es amigo mío, no me haría daño ni a mí ni a nadie.

—¿Amigo tuyo? —Stacy intentó no levantar la voz—. Está muriendo gente, Alicia.

—Sé lo que parece, pero no puede... —juntó las manos—. Es sólo un juego. ¿Verdad?

La muchacha ansiaba que la convencieran, que la reconfortaran. Por desgracia, Stacy no podía hacerlo.

—Rosie Allen está muerta. Su asesino dejó un mensaje junto al cuerpo: «pobre ratoncito, ahogado en un charco de lágrimas». August Wright y Roberto Zapeda también han muerto. El asesino dejó un mensaje junto a sus cuerpos: «las rosas ya son rojas». A juzgar por las tarjetas y el mensaje que apareció en el despacho de tu padre, esa pareja representaba al Cinco y al Siete de Espadas –hizo una pausa para que sus palabras hicieran mella en la muchacha–. Ahora tu madre ha desaparecido. Y da la casualidad de que en vuestra partida la Reina de Corazones «está comprometida». ¿Es sólo un juego, Alicia? Dímelo tú.

La chica se derrumbó.

–Yo no... no lo sabía –logró decir entre sollozos–. Hasta que... mamá... entonces yo... comprendí que el Conejo Blanco me estaba... utilizando... y decidí...

–Vamos a resolver todo esto –dijo Stacy suavemente–. Lo haremos juntas. Descubriremos quién es y le detendremos.

Alicia se enjugó las lágrimas y la miró a los ojos.

–¿Cómo? Dime qué tengo que hacer.

Stacy asintió con la cabeza, sintiéndose orgullosa de la muchacha.

–Primero, la Reina está comprometida. ¿Qué significa eso?

–Es una estrategia de juego. Incapacitar a uno de los jugadores y pasar a otro. Regresar luego para... para matar.

Regresar para matar. Claro.

Kay todavía estaba viva.

–Tú sabes lo que eso significa, Alicia. Tu madre todavía está viva.

Los ojos de la muchacha se agradaron y volvieron a llenarse de lágrimas. Esta vez de alivio, supuso Stacy.

–¿Quién es? –preguntó de nuevo–. Debes de tener alguna idea.

–No. De verdad –se retorció las manos–. Nos conocimos en un chat. Nos hicimos... amigos. Me preguntó si quería jugar.

–¿Desde cuándo lo conoces?

–Desde hace unos ocho meses. Puede que un año.

–¿Te sugirió alguna vez un encuentro?

–No –levantó la barbilla–. Y, de todos modos, yo no habría ido. No soy tan estúpida.

Se sonrojó al darse cuenta de que tal vez lo era, teniendo en cuenta el cariz que habían tomado las cosas.

–Sé que es muy listo. Hablamos de todo tipo de cosas. De antropología, de psicología, de arte... Sabe de todo.

Un verdadero hombre del Renacimiento.

Stacy levantó la mirada hacia la estantería que había encima del ordenador. Se fijó en la ecléctica mezcolanza de títulos, desde ciencia ficción a textos jurídicos, pasando por manuales de juego. Alicia tenía incluso un ejemplar del *DSM-IV*, el *Manual diagnóstico y estadístico de los trastornos mentales*, la guía clínica de la enfermedad mental. El psiquiatra del Departamento de Policía de Dallas tenía un ejemplar en su despacho.

—¿Qué me dices de su edad? —preguntó Stacy.

Alicia contrajo la cara, pensativa.

—Es más mayor que yo, estoy segura. Parecía maduro.

Parecía maduro. Lo cual ejemplificaba uno de los peligros de conocer gente en la red, pensó Stacy: la imposibilidad de hacerse una idea clara de la edad o el carácter de esas personas. La dependencia de la versión de la realidad del otro.

—¿Más mayor? ¿Tanto como tu padre?

Alicia sacudió la cabeza.

—No tanto. Nos gustaba la misma música y esas cosas. Cuando le hablaba de mis padres, lo entendía todo perfectamente.

—De tus padres —repitió ella—. ¿Qué les contabas de ellos?

Alicia pareció avergonzada, entristecida.

—Me quejaba de que me trataban como a un bebé. De que no me dejaban ir a la universidad, cosas así —se le llenaron los ojos de lágrimas—. Teniendo en cuenta las circunstancias, ojalá pudiera retirar todo eso.

Stacy continuó insistiendo.

—¿Cómo se juega *online*?

—Es un cuerpo a cuerpo. Yo estoy luchando contra los monstruos del País de las Maravillas.

—El Ratón, el Cinco y el Siete de Espadas y así sucesivamente.

—Exacto. El argumento es el mismo, pero yo soy la única esperanza del futuro.

—Depende de ti matar al Conejo Blanco y a sus secuaces y salvar de ese modo el mundo.

Ella asintió con la cabeza.

—El Conejo Blanco controla absolutamente el juego. Crea las trampas, los monstruos, todo. Antes de iniciar la partida, se me informa de los monstruos a los que me tendré que enfrentar. Pero no de cuándo ni de cómo tendrá lugar la confrontación. También se me informa de sus poderes, de su fuerza y sus armas. Así la lucha es más igualada. Intentas desarrollar el poder o el arma necesarios para derrotar al oponente, y de ese modo se elimina la tentación de improvisar sobre la marcha.

—¿El juego lo determinan los dados, como en la versión en vivo?

—Sí. Los dados electrónicos. El Conejo Blanco me envía el resultado de todos los movimientos que se hacen contra mí. Y también el resultado de mis movimientos contra los otros jugadores.

—¿Cómo sabes que te está diciendo la verdad? Él tiene los dados.

—¿Qué sentido tendría mentir?

En una partida normal, con un maestro de juego normal, ninguno.

Pero ¿con un chiflado como aquél?

—Mi amiga Cassie, ¿podía formar parte de esta partida?

—No estoy del todo segura, pero creo que no.

—¿Hablaste con ella del Conejo Blanco o de esta partida en el Café Noir?

—No.

—Me estás diciendo la verdad, ¿no? Es muy importante.

—No hablé con ella de esto, te lo juro. Hablábamos de los juegos en general, pero no del Conejo Blanco. Eso no se hace, y menos aún con un extraño.

Stacy la creyó.

—¿Quién sabía que estabas jugando?

—Nadie.

Aquello le resultaba difícil de creer. Así se lo dijo.

—¡Es cierto! El Conejo Blanco es así. Supongo que papá lo sospechaba. Sabía que jugaba. No es raro que un jugador *online* juegue distintas partidas al mismo tiempo.

—¿Sabes qué monstruos quedan por delante?

Alice tecleó un código para acceder a la partida. Leyó en voz alta.

—El Sombrerero Loco y la Liebre de Marzo. El Rey de Corazones. El Gato de Cheshire. Y el Conejo Blanco.
—¿Cuándo tienes que mover?
—Pronto.
—¿No puedes darle largas? ¿Retrasar tu movimiento?
—No más de veinticuatro horas. Si no, quedo automáticamente eliminada.

Y en aquella partida quedar eliminada resultaba fatal.
—Creo saber quién es, Alicia.
—¿Quién? Papá, no.
—No, no es tu padre. Es Dick Danson.
—¿El socio de mi padre? Pero si está...
—¿Muerto? Puede que no —Stacy le habló de su viaje a California y de lo que allí había averiguado—. Aún no tengo pruebas, pero las tendré.
—¿Pronto?
—Voy a intentarlo. Lo primero que tenemos que hacer es hacer venir a Malone y Sciame. Tenemos que mostrarles lo que me acabas de enseñar.

Una expresión de pánico cruzó su semblante.
—¿Y si no me creen? ¿Y si creen que...?
—No lo harán —dijo Stacy, apretándole suavemente la mano—. Yo estaré contigo.
—¿Me lo prometes?

Stacy se lo prometió y después se acercó a la puerta y llamó a Spencer y a Tony. Malone asomó la cabeza por la puerta del dormitorio de al lado.
—Creo que deberíais echarle un vistazo a esto —dijo ella, haciéndole una seña.

Se acercaron al ordenador. Stacy giró el monitor hacia ellos y, mientras observaba el rostro de Spencer, advirtió el momento justo en el que él entendía qué estaba mirando.

Spencer miró a Alicia.
—Creo que tiene algo que explicarnos, señorita Noble.

Stacy se apresuró a informarlos de cuanto Alicia acababa de decirle: cómo se había introducido en el juego, dónde había conocido al Conejo Blanco, cómo se jugaba *online*. Y que, si tenían razón, Kay estaba todavía viva.

—Alicia no se dio cuenta de que estaba metida en esto hasta que desapareció su madre —concluyó—. Entonces hizo lo que debía y habló.

Spencer le lanzó una mirada que denotaba claramente que eso le correspondía juzgarlo a él.

—¿No tienes ni idea de quién puede ser el Conejo Blanco?

—No —ella miró a Stacy como si buscara su confirmación. Stacy notó que le temblaban los labios.

—Tendremos que confiscarte el ordenador —dijo él—. Podemos seguirle la pista y...

Stacy le interrumpió.

—¿Podemos hablar en el pasillo? Ahora mismo.

Él asintió con la cabeza, a pesar de que parecía irritado. La siguió al pasillo y la miró de frente, con los brazos en jarras.

—¿Qué pasa?

—No podéis llevaros el ordenador.

Spencer arqueó inquisitivamente una ceja.

—¿Y eso por qué?

—Alicia tiene que responder al Conejo Blanco en un plazo de veinticuatro horas o su personaje quedará eliminado. Y, en este juego, quedar eliminado significa el final.

—Mierda —Spencer desvió los ojos y luego volvió a fijarlos en ella—. ¿Alguna sugerencia, Killian?

—Copiad todos sus archivos. Apuesto a que el ordenador tiene una copiadora de CD incorporada, así que no llevará mucho tiempo. Lleváoslos a la central.

—¿Y dejar abierta la comunicación entre ella y ese cabrón?

—Cerrarla podría ser más peligroso para ella. Además, le haría sospechar que andamos tras él. Entre tanto, puedes conseguir una orden judicial para que su servidor de correo electrónico os entregue el nombre y la dirección del titular de la cuenta de correo del Conejo Blanco.

Spencer se quedó mirándola un momento con los ojos entornados y luego asintió con la cabeza.

Unos instantes después, Tony estaba colgado del teléfono móvil, poniendo en marcha su plan. Alicia se había dejado caer al borde de la cama, con los brazos cruzados sobre la tripa. Stacy estaba sentada a su lado, escuchando a Tony.

—¿Qué está pasando, Stacy?
Antes de que ella pudiera contestar, Alicia vio a Leo.
—¡Papá! —gritó.
Corrió hacia su padre y se arrojó en sus brazos.
—¡Yo no quería que esto pasara! ¡No lo sabía, te lo prometo!
—Nena, ¿qué...?
—Señor Noble —le interrumpió Spencer—, tiene que acompañarnos a comisaría para proseguir con el interrogatorio.
—¡No! —gritó Alicia. Se giró bruscamente hacia Spencer—. ¡Él no ha hecho nada! ¿Es que no ven que...?
—No pasa nada, tesoro —Leo se apartó de ella—. Sólo van a hacerme unas preguntas. Volveré dentro de una hora.

Viernes, 18 de marzo de 2005
8:10 p.m.

Stacy se quedó con Alicia e hizo cuanto pudo por consolarla mientras iban pasando los minutos. Le decía una y otra vez que su padre no había hecho nada malo y que, siendo inocente, como era, no tenía nada que temer.

Al cabo de un rato, le pareció que la chica ni siquiera la escuchaba. Era como si se hubiera escapado a un lugar donde Stacy no podía alcanzarla. Si había notado que hacía más de una hora que su padre se había ido, no dijo nada.

Stacy también se quedó callada. Se aseguró de que se comieran la cena que les había dejado la señora Maitlin y luego recogió la cocina. Mientras tanto, repasó de nuevos los hechos, consciente de que pasaba el tiempo.

El e-mail del Conejo Blanco había llegado a las tres de la tarde, lo cual significaba que tenían hasta la misma hora del día siguiente para atraparlo.

¿Por qué perdía Malone el tiempo interrogando a Leo? Danson estaba detrás de todo aquello. Se lo decían las tripas.

Pero necesitaba pruebas.

Miró su reloj, sabiendo que era la enésima vez que lo hacía en el espacio de unos pocos minutos. ¿Por qué no había llamado Billie? Tenía la esperanza de que su amiga hiciera algún hallazgo rápidamente.

La llamó al móvil, dejó un mensaje y luego empezó a pasearse de un lado a otro.

—Ya lo he descubierto —dijo Alicia de pronto.

Stacy se quedó parada y la miró. La muchacha estaba sentada a la mesa de la cocina, con un bolígrafo en las manos, mirando fijamente lo que parecían unos garabatos dibujados en su servilleta de papel.

—¿Qué has descubierto?

—Lo que está tramando el Conejo Blanco —señaló la servilleta—. El País de las Maravillas es un laberinto con forma de espiral.

Stacy se acercó a ella y vio que los garabatos eran en realidad una suerte de diagrama.

—Continúa —dijo.

—Yo estaba jugando la partida, avanzando por el País de las Maravillas. Cada víctima ha sido un paso que nos acercaba al epicentro del País de las Maravillas. El Rey y la Reina de Corazones —hizo una pausa—. Mis padres. Y yo.

A Stacy la asombró la serenidad de la muchacha.

—Pero ya habéis llegado a la Reina. Si está en el epicentro...

—El Conejo me dejó hacer el primer movimiento. Yo me salté el bosque gótico y llegué hasta ella. La incapacité y volví hacia atrás porque el bosque era un callejón sin salida. Desde allí no hay camino para llegar al Rey.

—¿Y el Gato de Cheshire? El e-mail decía que iba a hacer un movimiento.

—Es lógico. El Gato de Cheshire cambia de forma. Y es un luchador feroz.

—Con largas garras y dientes afilados.

Ella asintió con la cabeza.

—He intentado ponerme en el lugar del antiguo socio de mi padre. Si es él, busca venganza. Quiere castigar a mi padre. Y a mi madre. ¿Y qué mejor modo de hacerlo que utilizar el juego que papá le robó?

—¿Que le robó? No es eso lo que tengo entendido que ocurrió.

—Intento meterme en su cabeza, pensar como él. Está furioso. Resentido. Su vida fue un fracaso. Papá, en cambio, tuvo mucho éxito.

—Entonces, no está loco —murmuró Stacy—. Sólo quiere aparentar que lo está.

—No está loco —dijo Leo detrás de ellas—. Es brillante.
—¡Papá! —exclamó Alicia, y corrió hacia él—. ¿Estás bien?
Leo la tomó en sus brazos y la estrechó con fuerza.
—Estoy bien, tesoro.
Pero no lo estaba, pensó Stacy. Parecía haber envejecido diez años en las últimas diez horas. Las arrugas que rodeaban sus ojos y su boca eran más profundas, y la luz de sus ojos parecía haberse extinguido.
Los detectives le habían apretado las tuercas.
—¿Cómo ha ido? —preguntó ella quedamente.
—Estoy en casa —su sencilla respuesta hablaba por sí sola.
Alicia le apretó la mano.
—¿Tienes hambre? —al ver que él negaba con la cabeza, la muchacha frunció los labios—. Voy a hacerte un sándwich. Y queda un poco del *gumbo* de pollo que dejó la señora Maitlin.
—Un sándwich.
Alicia no le preguntó de qué lo quería. Stacy la observó mientras le preparaba a su padre un sándwich de mantequilla de cacahuete, miel y plátano. También le sirvió un vaso de leche.
Mientras los miraba, Stacy sintió un nudo en la garganta. Era una escena extrañamente dulce, la muchacha ocupándose del padre. A pesar de su jactancia de adolescente, Alicia adoraba a Leo.
La muchacha la miró.
—Papá y yo solíamos desayunar esto todos los sábados por la mañana.
—Mientras veíamos los dibujos animados —él tomó un bocado y se lo tragó con un sorbo de leche.
—Su favorito era el Correcaminos.
—Por el Coyote —dijo él.
—¿Cuál era el tuyo? —le preguntó Stacy a Alicia.
—No me acuerdo. Puede que el mismo —sus ojos se empañaron—. ¿Alguna noticia de mamá?
—No me han dicho nada —Leo dejó el resto del sándwich en el plato—. Estoy seguro de que la están buscando, Alicia.
El color inundó las mejillas de la muchacha.
—¡No, no la están buscando! Están perdiendo el tiempo interrogándote a ti.

Stacy estaba de acuerdo. Pero mantuvo la boca cerrada.

—Me han hecho muchas preguntas —murmuró Leo—. Sobre mi relación con Kay. Sobre nuestro acuerdo financiero, sobre mis últimos contratos de licencia. Sobre lo que hice anoche.

—¿El registro dio algún resultado?

—Claro que no.

—A veces, una cosa insignificante puede cobrar importancia en apariencia. Esas cosas suceden, Leo.

Él se removió, incómodo, y fijó la mirada en un punto por detrás de ella.

Stacy entornó los ojos ligeramente. ¿Había algo que Leo no quería decirle?

Él volvió a mirarla y sacudió muy levemente la cabeza. Como si dijera «aquí no».

Stacy comprendió. Además, su hija y él necesitaban estar solos.

Y ella tenía que hablar con Malone. Estaba empeñada en convencerle de que tenía razón.

Se disculpó, agarró su bolso y las llaves de su coche y salió. Al montarse en el coche llamó a Malone desde el móvil.

—¿Dónde estás? —le preguntó.

—En casa —parecía tan cansado como Leo.

—¿Dónde vives?

—¿Por qué?

—Tenemos que hablar.

Él se quedó callado un momento.

—Estoy harto de hablar, Killian.

—Alicia me ha contado algo más sobre el juego —una pequeña exageración, pero podría sobrellevarla—. Y no tengo muy buena memoria a corto plazo.

Él le dio apresuradamente su dirección y colgó.

Viernes, 18 de marzo de 2005
10:30 p.m.

Stacy llegó en un abrir y cerrar de ojos a la casa del Canal Irlandés. Malone vivía en una casita criolla en pleno proceso de remodelación, y Stacy se preguntó si estaría haciendo las reformas él mismo. Y, si así era, de dónde sacaba el tiempo.

La puerta se abrió justo antes de que llamara. Malone se apoyó contra el cerco, con los brazos cruzados sobre el pecho. La suave y gastada camiseta se tensó sobre sus hombros.

—¿No vas a invitarme a pasar?

—¿Tengo que hacerlo?

—Capullo.

Él se echó a reír y se apartó.

Stacy entró en la casa y él cerró la puerta a su espalda. Ella vio que había estado comiendo pizza. Una pizza encargada. Delante de la tele. Una cadena deportiva.

El típico tío.

—¿Una cerveza? —preguntó él.

—Gracias.

Spencer sacó dos, le dio la suya y apagó el televisor. Mirándola de frente, preguntó:

—¿La chica tenía información?

—Es sólo una idea, en realidad.

Él arqueó una ceja. Stacy sospechaba que ya la había descubierto: sabía que no había ido allí a ofrecerle información, sino a defender su causa. De nuevo.

Mantuvo la farsa, sin embargo, y le explicó lo que Alicia le había contado acerca de que el País de las Maravillas era una espiral en cuyo epicentro se encontraban el Rey y la Reina.

—Cada muerte llevaba al asesino, a través de Alicia, un paso más cerca de ellos.

—¿Y?

—Que entonces tiene sentido que Danson...

—¿Ya empiezas con eso otra vez?

—¿Qué quieres que diga? Soy monotemática.

—Exacto —Spencer esbozó una sonrisa ladeada—. Dispara.

—Alicia está jugando la partida, pero ninguna de esas muertes ha sucedido por casualidad. Los bocetos que encontrasteis en el estudio de Pogo demuestran que todos los asesinatos estaban previstos. El Conejo Blanco está ejecutando un plan cuidadosamente trazado y cuyo objetivo es crear el terror.

—O una cortina de humo.

Ella no le hizo caso.

—Está claro que para controlar el juego de ese modo hace falta alguien que lo conozca muy bien. Un jugador magistral.

Spencer abrió la boca para decir algo; Stacy lo atajó.

—Y también tiene que ser alguien que no dude en involucrar a Alicia en un asesinato.

—¿Y su padre no lo haría?

—Piénsalo, Spencer. Un padre incriminando a su hija en el asesinato no ya de extraños, sino de su propia madre. Eso lo convertiría en un...

—¿En un monstruo?

—Sí.

—¿Y cómo describirías tú a alguien capaz de matar por obtener una ganancia económica, sino como un monstruo? ¿Dónde trazas la línea?

—Escúchame. Danson también es el inventor del juego. Leo y él rompieron. Leo ha conseguido fama y riqueza y Danson...

—Se mató.

—O no. Es un tipo brillante. Idea un plan para castigar a Leo...

—Estás preciosa cuando te pones tan testaruda.

—No intentes distraerme.

—¿Por qué no? Ha funcionado.

Ella dejó escapar un bufido de frustración.

—¿Es que siempre tienes que tener razón, Killian? ¿Siempre tienes que llevar la voz cantante?

—No hagas de esto una cuestión personal.

Spencer dejó su botella de cerveza sobre el mostrador de la cocina.

—Está bien, vayamos a los hechos. Leo también inventó el juego. Es quien recibió los primeros mensajes del Conejo Blanco. Conocía personalmente a todas las víctimas. Y es quien más sale ganando con la muerte de Kay.

—Eso dices tú.

—Considéralo desde este punto de vista, Killian: entre los bocetos que encontramos en casa de Pogo, había dibujos de todos los personajes, menos del Rey de Corazones. ¿Qué crees que significa eso?

Que Spencer era mejor policía de lo que ella creía.

Stacy decidió desafiar a la lógica, de todos modos.

—Puede que sencillamente Pogo no hubiera empezado aún ese dibujo.

—Eso son chorradas y tú lo sabes. El hecho de que no hubiera boceto significa que la muerte del Rey de Corazones no estaba prevista. Porque el Rey de Corazones es el asesino.

Todo tenía sentido. Perfecto sentido. Pero ¿por qué ella no se lo tragaba?

—Leo estaba en la lista de correo de la Galería 124 —añadió él—. Le incluyeron en la época de la exposición de Pogo.

Con razón habían ido estrechando el cerco en torno a Leo, incluso antes de la desaparición de Kay.

—¿Qué me dices de Cassie? ¿Cuál es el vínculo con ella?

—No lo hay —contestó Spencer llanamente—. Esta mañana detuvimos a Bobby Gautreaux. Le hemos acusado de las tres violaciones de la universidad. Y pensamos acusarle muy pronto de los asesinatos de Cassie Finch y Beth Wagner.

Ella contuvo el aliento.

—¿Con qué pruebas?

—De ADN. Dejó un cabello en el lugar de los hechos. Le hicimos análisis y los resultados encajan. Cotejé las pruebas con la sangre que tu agresor dejó en la biblioteca...

—Y encajan —concluyó ella.
—Sí. Con la sangre de la biblioteca y con el semen de las violaciones.

Spencer bebió un sorbo de cerveza.

—Además, dejó una huella dactilar en casa de Finch y Wagner. Amenazó a Cassie y la acosaba. Encontramos cabellos de Finch en su ropa. Y a ti te advirtió que no metieras la nariz en la investigación.

Stacy apenas podía creer lo que estaba oyendo. Bobby Gautreaux era quien la había atacado. Era un violador en serie. Y había dejado pruebas materiales que lo relacionaban con el lugar de los asesinatos. Aquello parecía un caso sólido.

Se sintió contenta. Y aliviada.

Su objetivo había sido asegurarse de que el asesinato de Cassie no quedara impune.

Pero aquello no acababa de cuadrarle. ¿Por qué?

—¿Qué ha dicho él? —preguntó.

—Que es inocente. Que estuvo allí aquella noche, pero que no la mató. Que te susurró al oído. Tenías razón. Te advirtió que te mantuvieras alejada de la investigación. Porque había estado en casa de Cassie. Pero asegura que no fue él quien las mató.

Lo mismo que decían todos.

—¿Por qué fue a casa de Cassie esa noche?

—Quería hablar con ella. De su relación.

—No tenían ninguna relación. Hacía un año que habían roto.

—Claro que sí. Está mintiendo. Eso es lo que hacen las alimañas como Bobby Gautreaux. ¿Qué querías que dijera, que fue allí a cargársela?

—¿Crees que fue con intención de matarla?

—Me gusta la idea. Si hay premeditación, la fiscalía podrá acusarlo de asesinato en primer grado.

—¿Habéis encontrado el arma?

Él frunció ligeramente el ceño.

—No.

Stacy bebió un largo sorbo de su cerveza, que empezaba a calentarse.

—¿Por qué no me lo has dicho antes?

—He estado un poco liado.

—Esto no me hace cambiar de idea respecto a la inocencia de Leo...

—Puede que esto sí —Spencer dio un paso hacia ella—. ¿Recuerdas que acusé a Leo de crear una densa cortina de humo para matar a su mujer y escurrir el bulto? ¿Que, después de conocerte, te contrató para que lo ayudaras?

—¿Cómo iba a olvidarlo?

Spencer dio otro paso adelante.

—Está escribiendo un guión, Stacy. Sobre un inventor de juegos que recibe tarjetas amenazadoras con dibujos sobre las muertes de los personajes de su más célebre creación.

Ella sintió como si le hubiera dado un puñetazo.

—Tú estás en la historia, Stacy —agregó suavemente Spencer, poniéndose a su lado—. La ex policía con el alma herida que huye de su pasado.

Leo la había manipulado desde el principio.

El pasado se estaba repitiendo.

Stacy se apartó de él, se acercó a la ventana y se quedó mirando la oscuridad. ¿Qué ocurría? ¿Acaso tenía en la frente un letrero que decía: «Blanco fácil. Estúpida, crédula e ingenua».

—Y, al final —continuó él—, ella no puede resistirse a los encantos del inventor y cae rendida en sus brazos...

—Basta, Spencer —se giró para mirarlo—. Cierra la boca.

Le sostuvo la mirada mientras luchaba por distanciarse de lo que él acababa de decirle y por ensamblar todas las piezas del puzle, incluida aquélla.

Por separarse de la sensación de humillación que amenazaba con estrangularla.

—Lo habéis descubierto en el registro de hoy.

No era una pregunta, pero Spencer contestó de todos modos.

—Sí. Estaba guardado en un cajón de su mesa, bajo llave.

—¿Le habéis interrogado al respecto?

—Sí. Asegura que acababa de empezarlo. Que se había dado cuenta de su «potencial narrativo».

Eso era lo que significaba la expresión compungida de Leo

de esa noche. La razón por la que había evitado mirarla a los ojos y se había removido como si se sintiera incómodo.

—Potencial narrativo —repitió, y percibió el filo amargo de su propia voz—. Está muriendo gente.

—Para ser un hombre tan brillante —dijo Spencer con suavidad—, es bastante estúpido.

—Dejar una prueba tan incriminatoria no parece propio de un supergenio, ¿no?

—Quería decir que es estúpido por hacer enfadar a una mujer tan lista y tan hermosa —dijo él.

Ella profirió un gemido de dolor.

—Ahora mismo no me siento ninguna de esas dos cosas. Prueba con idiota y crédula.

Pasaron unos instantes. Spencer soltó una maldición y luego tomó su cara entre las manos.

—Fuerte. Inteligente. Decidida.

Mientras lo miraba fijamente, algo dentro de ella se transformó. O se abrió. Sin pararse a pensar en lo que hacía, lo besó. Al cabo de un momento, rompió el contacto.

—Creía que no querías ligar conmigo por si te daba una patada en el culo.

—Eres tú la que intenta ligar conmigo. Lo de la patada en el culo queda descartado.

Stacy sonrió.

—Eso puedo soportarlo.

Sábado, 19 de marzo de 2005
7:15 a.m.

Stacy se despertó temprano. Gimió, se desperezó y se sobresaltó al darse cuenta de dónde estaba. Y de lo que había hecho.

Mierda. Mierda. Joder. Joder.

¿Qué le pasaba?

Abrió los ojos un poco. Spencer estaba tumbado a su lado, durmiendo. Había apartado a puntapiés la manta y Stacy vio que estaba desnudo. Gloriosa, fabulosamente desnudo.

Cerró los ojos con fuerza. Él no había exagerado acerca de sus habilidades en la cama. Aquel hombre era tan ardiente que podía derretirse mantequilla sobre su espalda.

¿Qué habría pensado de ella?

No. No le importaba lo que pensara. Lo de esa noche había sido un tremendo error, un error estúpido. Otro que añadir a su cada vez más larga lista de meteduras de pata.

En otro tiempo, había sido una mujer muy lista. Muy capaz.

Apenas podía recordar qué se sentía siéndolo.

Se deslizó cuidadosamente hacia el borde de la cama para no despertarlo. Pensó en levantarse, recoger sus cosas y marcharse antes de que se despertara.

Así tendría tiempo para preparar su discurso del «olvidemos que esto ha pasado».

Se desplazó hacia el borde de la cama. El ángulo en que estaba tumbada le facilitaba una escapada de cabeza. Apoyó las manos en el suelo; deslizó el torso por el filo de la cama.

Cuando se disponía a hacer el descenso final, él la agarró del tobillo.

Mierda. Mierda. Joder. Joder.

Estaba despierto. Y allí estaba ella, colgando a medias de la cama. Desnuda. Y con el culo en pompa.

—¿Te importaría soltarme, por favor? —logró decir.

—¿Tengo que hacerlo? —Stacy advirtió su tono divertido e hizo una mueca—. La vista es espectacular.

—Gracias. Pero sí, tienes que hacerlo.

—¿Por favor?

Ella gruñó y él la soltó. Stacy se deslizó fuera de la cama y aterrizó en el suelo con escasa elegancia.

Spencer se inclinó sobre el borde y le sonrió.

—Te mueves con mucho sigilo esta mañana, Killian. ¿Estás cansada? ¿Demasiado dolorida para ponerte de pie?

Ella enrojeció.

—Sólo estaba... iba a...

—Al baño.

—A casa.

—¿Pensabas largarte sin decirme adiós? ¿O gracias por un buen rato? Qué cutre, Killian.

Ella arrancó la sábana de un tirón, se envolvió en ella y se levantó.

—No hagas esto más difícil de lo que ya es.

Spencer se apoyó en un codo.

—¿Es difícil?

—Ya sabes lo que quiero decir. Es violento. Y embarazoso.

—Ah, claro —apartó el lado de la manta que aún lo cubría y salió de la cama. Y se quedó parado, completamente desnudo, delante de ella—. Sé lo que quieres decir. Muy embarazoso.

Se merecía morir, pensó ella. Por desgracia, se había dejado la Glock en casa de los Noble.

Por fin se decidió por lo que tenía más a mano: una almohada. Se la tiró mientras él se dirigía al cuarto de baño. Falló, y la almohada golpeó el marco de la puerta del baño y cayó al suelo.

Con la risa de Spencer resonándole en los oídos, recogió sus bragas y se las puso sin soltar la sábana. Encontró su sujetador, se aseguró de que la puerta del baño seguía cerrada y dejó caer la sábana. Después fue por sus pantalones.

Estaban tirados sobre la cómoda. Los recogió y se puso colorada al recordar cómo se los había quitado y los había arrojado luego a su espalda.

Su teléfono móvil, enganchado a la cinturilla, estaba vibrando. Recordó que le había quitado el volumen. Lo desenganchó y vio que tenía un mensaje de texto.

El juego es emocionante, ¿verdad? Lo será aún más para ti.
Pronto, Stacy. Muy pronto.

Volvió a leer el mensaje con la sangre zumbándole en los oídos. Sabía que era del Conejo Blanco. Una advertencia.

Ella era la siguiente.

Miró su reloj. Eran las 7:20 de la mañana. El reloj de la partida seguía en marcha. Faltaban poco más de siete horas para que Alicia tuviera que hacer su siguiente movimiento. Contra el Gato de Cheshire.

¿Quién le había mandado el mensaje? ¿Leo? ¿Danson? ¿O ninguno de los dos?

La puerta del baño se abrió y Spencer salió. Se había atado una toalla alrededor de la cintura. Apenas le cubría, pero Stacy le agradeció el esfuerzo.

—Bonito conjunto —dijo él, refiriéndose a su sujetador y sus bragas.

—Ha contactado.

—¿Cómo dices?

—Un mensaje de texto, en mi móvil. Echa un vistazo.

Se acercó a ella, se quedó de pie a su espalda y leyó el mensaje por encima de su hombro. Cuando acabó, la miró a los ojos.

—¿Quieres devolverle la llamada?

—Me encantaría.

Ella apretó el botón de rellamada. El pitido de la línea sonó una vez y un instante después saltó un buzón de voz. Stacy ladeó el teléfono para que Spencer también lo oyera.

—*Hola. Ha llamado a Kay Noble, de Creaciones País de las Maravillas. Deje su mensaje y me pondré en contacto con usted.*

Stacy puso fin a la llamada.

—Esto no tiene buena pinta.

—No, maldita sea —Spencer se acercó a la cama, recogió su móvil y marcó un número—. Arriba, Gordinflón. Tenemos trabajo.

Mientras hablaba con su compañero, Stacy recogió el resto de su ropa y entró en el cuarto de baño para acabar de vestirse. Cuando regresó a la habitación, Spencer estaba completamente vestido y se estaba poniendo la sobaquera.

Ella se acordó del tiempo en que llevaba sobaquera. Recordó su peso, cómo se le ceñía al costado. Cómo se sentía cuando la llevaba.

—Tony está intentando que localicen desde dónde se ha hecho la llamada. La compañía telefónica podrá darnos una posición aproximada en el peor de los casos. En el mejor, con tecnología GPS, podrá establecer la localización exacta. Intuyo que eso será lo que ocurra. Dudo que Kay Noble no llevara un móvil último modelo.

—Crees que está muerta, ¿verdad?

Él se quedó parado y la miró.

—Espero que no.

Pero aquello no tenía buena pinta. Ni para Kay Noble.

Ni para ella.

Seis horas, cuarenta y cinco minutos. Y contando.

—Necesito que me hagas un favor —dijo.

Él arqueó una ceja inquisitivamente.

—Quiero hablar con Bobby.

—Eso va a ser difícil. Está en la prisión de Old Parish. Dudo que te haya incluido en su lista de visitas.

—Tú podrías conseguirme acceso.

—¿Y por qué iba a hacerlo?

—¿Porque me debes una?

—Después de lo de anoche, yo creía que era al revés.

Tenía razón, pensó Stacy esbozando una sonrisa. Pero se mantuvo en sus trece, de todos modos.

—Si yo no hubiera herido al señor Gautreaux, tú no tendrías la sangre que lo relaciona conmigo y con esas tres estudiantes violadas.

Spencer cruzó los brazos.

—Cierto.

—Mira, sólo quiero hablar con él. Quiero oír de sus propios labios que no mató a Cassie y a Beth.

Él se quedó callado un momento y luego suspiró.

—Está bien, veré qué puedo hacer. Pero tienes hasta las dos de la tarde.

—Y luego ¿qué? ¿Me transformo en calabaza?

—Luego pondré a una docena de hombres a seguirte los pasos. Si ese tipo intenta acercarse a ti, estaremos esperándolo.

Sábado, 19 de marzo de 2005
8:10 a.m.

Malone hizo un par de llamadas y logró que incluyeran a Stacy en la lista de admisión de la prisión. Pero, antes de hacerle una visita a Bobby, Stacy tenía que hablar con Alicia.

—¿Qué tal van las cosas por ahí? —preguntó cuando la señora Maitlin contestó al teléfono.

—Nunca he visto tan deprimido al señor Leo.

—¿Y Alicia?

—Está tranquila.

—¿Puedo hablar con ella?

La señora Maitlin dijo que sí y fue a buscar a la muchacha. Un momento después, Alicia la saludó.

—¿Stacy? ¿Dónde estás? —preguntó.

—Siguiendo una pista. ¿Estás bien?

—Sí. La policía ha mandado un agente. Está fuera, en la puerta. Seguramente pegando la hebra con Troy.

—Bien.

—Anoche no viniste.

—Me quedé en casa de una amiga. ¿Cómo está tu padre?

—Se está preparando para una reunión que tiene en el centro. ¿Quieres hablar con él?

Ella pensó en el guión.

—No, creo que no.

Alicia se quedó callada un momento. Cuando por fin habló, lo hizo en voz baja.

—Papá tiene miedo. No quiere admitirlo, pero lo sé.

¿Miedo a que lo mataran? ¿O a que lo atraparan?

—Todo saldrá bien, Alicia. No permitiré que te pase nada.

—¿Cuándo vuelves?

—Pronto. No hagas nada hasta que llegue, ¿entendido? No le mandes ningún mensaje al Conejo.

—Sí, señora —dijo la muchacha en broma.

Stacy sonrió. ¿Qué había sido de la agria adolescente que una vez la había advertido de que se apartara de su camino?

Stacy colgó tras recordarle a Alicia que, para tenerla a su lado, sólo tenía que llamarla.

Spencer había arreglado su acceso a la prisión a través de una prima suya que, casualmente, trabajaba allí. Le había dicho a Stacy que preguntara por Connie O'Shay. Iban a dejarla entrar en calidad de psicóloga designada por el juzgado.

—Gracias por hacer esto —le dijo Stacy a la pelirroja.

—Siempre encantada de ayudar a una colega.

Stacy no la sacó de su error y, al cabo de unos minutos, se hallaba mirando cara a cara a Bobby a través de un panel de Plexiglas irrompible.

Levantó el teléfono. Él hizo lo mismo.

—Hola, Bobby.

Él soltó un bufido.

—¿Qué quieres?

—Hablar.

—No me interesa.

Hizo amago de colgar, pero Stacy lo detuvo.

—¿Y si te dijera que no creo que mataras a Cassie y Beth?

Sus palabras la sorprendieron a ella tanto como parecieron sorprenderlo a él. Bobby regresó a su asiento.

—¿Es una broma?

—No. Puede que seas un violador, Bobby, pero no creo que seas un asesino.

—¿Por qué?

«Es sólo una corazonada, cerdo».

—Déjame hacerte unas preguntas.

—Vale —se arrellanó en la silla.

—¿Por qué fuiste a ver a Cassie esa noche?
—Quería hablar con ella.
—¿De qué?
—De volver juntos.
—Ya.
Él levantó un hombro.
—Soy un romántico.
—Entonces, ¿no fuiste allí a matarla?
—No.
—¿A qué fuiste? ¿A violarla?
—No.
—Ya veo por qué te ha detenido la policía, Bobby. No tienes credibilidad.
—Que te jodan.
—No, gracias —Stacy se levantó—. Que tengas una estancia agradable.
—¡Espera! Siéntate —le indicó la silla—. La vi salir del Luigi's, cerca del campus. Así que la seguí hasta su casa.
—¿Sólo porque sí?
—Sí. Como un puto idiota.
—¿Y?
—Me quedé sentado fuera. Mucho rato.
Stacy podía imaginarse al joven mirando la casa de Cassie, enfureciéndose por momentos. Odiándola. Deseando castigarla. Hacerle pagar por el daño que le había hecho. Por su ego.
Por rechazarlo.
—¿Y?
—Decidí hacerle entender a la fuerza.
A la fuerza. Mala palabra en boca de un violador en serie.
¿Qué pasó?
—Abrió la puerta. Me dejó pasar. Hablamos.
—De nuevo te falta credibilidad —él no contestó; Stacy insistió—. Ella no te habría dejado pasar voluntariamente, Bobby.
—¿No?
—No. Así que entraste a empujones. Estabas enfadado. Querías vengarte de ella por haberte rechazado. Por haberte humillado —se inclinó ligeramente hacia delante—. ¿Qué te detuvo?
—Alguien llamó a la puerta.

Stacy sintió un cosquilleo de emoción.

—¿Quién?

—No lo sé. Era un tío. No le había visto nunca.

—¿Podrías identificarlo si vieras una fotografía?

—Tal vez —al ver la mirada incrédula de Stacy, se puso a la defensiva—. Estaba enfadado. Celoso. Pensé que Cassie se lo estaba follando. Me marché.

—¿Lo llamó ella por su nombre? Piensa, Bobby. Es importante. La diferencia entre una condena por violación y una condena por asesinato es el resto de tu vida.

—No.

—¿Estás seguro?

—¡Sí, maldita sea!

—¿Le has dicho esto a la policía?

—Sí —se encogió de hombros—. Pensaron que estaba mintiendo.

Así que no iban a molestarse en comprobarlo. Ya tenían a su hombre.

—¿Era alto? ¿Bajo? ¿De estatura media?

—Entre mediano y alto.

—¿Moreno o...?

—Llevaba un gorro.

—¿Un gorro?

—Sí, un gorro negro, de punto, como los que lleva ese cantante de hip-hop, Eminem.

—¿Llevaba algo en las manos?

Bobby contrajo la cara como si pensara.

—No.

—¿Viste a César?

—¿El chucho de Cassie? —asintió con la cabeza—. El muy mamón intentó mearse en mis zapatos.

César estaba suelto cuando Bobby estuvo allí. Cassie lo había encerrado después de que se marchara.

—¿Tienes idea de qué clase de coche conducía ese tipo?

Él sacudió la cabeza y ella maldijo para sus adentros. Genial.

—¿Por qué me atacaste en la biblioteca?

—Porque estabas allí —dijo él con sencillez—. Y porque estaba cabreado contigo. Quería asustarte.

—Espero no haberte desilusionado mucho.

Bobby se miró las manos, las juntó y levantó después de la cara hacia ella. Sus ojos ardían lentamente, llenos de rabia.

—Será mejor para ti que no salga de aquí.

—Eso no me preocupa demasiado.

—Te crees muy lista, ¿eh? Muy dura —se inclinó hacia ella—. Si hubiera querido hacerte daño, te lo habría hecho. Si hubiera querido follarte, lo habría hecho, imbécil.

Stacy se levantó. Se puso con calma el asa del bolso sobre el hombro. Sabía que, cuanto más pareciera afectarla aquella sarta de inmundicias, más se crecería él.

Llegó a la puerta y miró hacia atrás.

—Si lo hubieras intentado, Bobby, te habría clavado el bolígrafo en un ojo. O te lo habría metido por el culo.

Salió de la prisión de Parish. El sol se derramó sobre ella. Aspiró profundamente, como si necesitara limpiarse de dentro afuera.

Bobby Gautreaux era una alimaña.

Pero ¿había matado a Cassie?

Podía haberlo hecho. Pero era muy posible que estuviera diciendo la verdad. Stacy cruzó el aparcamiento, abrió su todoterreno y montó. Hacía una semana que no visitaba su apartamento y suponía que era hora de ir a echarle un vistazo.

Lo primero que advirtió al llegar fue que el buzón estaba lleno a rebosar. Lo segundo, que las llamadas a su número fijo no habían sido desviadas a su móvil.

El piloto del contestador parpadeaba. Pulsó el botón de encendido y escuchó varias llamadas interrumpidas y algunos mensajes de su hermana y de su consejero académico.

—Stacy, soy el profesor McDougal. Estoy preocupado por ti. Llámame, por favor.

El profesor McDougal. Estupendo. Genial.

Se quedó mirando el contestador, a pesar de que sabía que, aunque se quedara mirándolo hasta Navidad, ello no alteraría el hecho de que la había cagado. ¿Cuándo era la última vez que había asistido a clase? El lunes tenía que entregar un trabajo.

Apenas lo había empezado. ¿Cuál era, se preguntó, el último día para anular la matrícula sin penalización académica? Estaba segura de que ya se le había pasado el plazo.

Agotada de pronto, se frotó los ojos. Se acercó al sofá y se dejó caer en él. Recostó la cabeza contra el respaldo y cerró los párpados. No iba a aprobar su primer semestre en la universidad, y, si no aprobaba, no sería bienvenida al año siguiente. Incluso en el caso de que sus profesores estuvieran dispuestos a dejar que intentara ponerse al día, no tenía tiempo para dedicarse a estudiar. Encontrar al Conejo Blanco era prioritario. Proteger a Alicia, salvar a Kay. Vivir para ver el siguiente semestre.

O quizá lo cierto fuera que no tenía espíritu de estudiante.

Zumbó su móvil. A pesar de que una parte de ella quería hacer oídos sordos a la llamada, agarró el teléfono.

—Aquí Killian.

—Aquí Billie Bellini, superespía.

Stacy se incorporó, espabilada al instante, y todos sus pensamientos acerca de la universidad se esfumaron de pronto.

—¿Qué has descubierto?

—No hay ninguna persona desaparecida, pero creo que te interesará saber que el doctor Carlson consagraba su tiempo y sus capacidades profesionales a ayudar a los necesitados. Una vez por semana, atendía a las personas que le enviaban los asilos y albergues del pueblo.

Stacy comprendió dónde quería ir a parar Billie: la desaparición de un indigente no solía notificarse a las autoridades. No había ningún jefe que diera la voz de alarma, ni familia, ni amigos que buscaran a esas personas.

El dentista podía haber elegido a alguien con una complexión parecida a la de Danson y haber cambiado sus registros dentales. Después, Danson se habría encargado del resto.

Danson lo planea todo cuidadosamente. Deja una nota de suicidio. Carga su coche con propano. Se ofrece a llevar en coche al pobre diablo. O le incapacita. El cuerpo calcinado es identificado gracias a la dentadura.

—¿Te ha dicho algo Battard acerca de tu descubrimiento?

—Va a echar un vistazo al archivo de pacientes de Carlson y a sus cuentas bancarias. Volverá a abrir el caso oficialmente si encuentra algún indicio sospechoso —Billie parecía orgullosa de sí misma—. Se ha puesto en contacto con Malone, de la policía de Nueva Orleans, y ha prometido mantenernos informadas. Si Charles Richard Danson está vivo, lo atraparemos.

A Stacy le chocó aquel nombre. Frunció el ceño.

—¿Cómo lo has llamado?

—Charles Richard Danson. Era su nombre completo, aunque todo el mundo lo llamaba Dick.

Charles Richard Danson.

Stacy se quedó paralizada mientras recordaba una conversación que había tenido con el tutor de Alicia acerca de su nombre. Él había bromeado acerca de los nombres tan poco atractivos que le habían dado sus padres.

Clark Randolph Dunbar.

Iniciales: C.R.D.

—Mierda —dijo Stacy—. Sé quién es.

—¿Qué?

—Tengo que dejarte.

—No te atrevas a colgar hasta que me lo digas...

—Danson ha cometido un error fatal. El mismo que comete mucha gente que intenta esfumarse o inventarse una nueva identidad. Eligió un nombre con las mismas iniciales que el anterior. Es una debilidad humana. Un deseo de aferrarse al mismo pasado del que intentan escapar.

—¿Y quién es? —preguntó Billie en voz baja, admirada.

—Clark Dunbar —dijo Stacy—. El tutor de Alicia.

54

Sábado, 19 de marzo de 2005
9:30 a.m.

Stacy cerró su móvil y se acercó a la puerta. Salió apresuradamente, cerró con llave y corrió a su coche, que había aparcado en la calle. Al verlo se detuvo y lanzó una maldición. La habían encajonado. El coche de delante y el de atrás se habían embutido en espacios demasiado pequeños, dejándole unos seis centímetros para maniobrar.

No era suficiente.

La casa de Leo estaba a poco menos de un kilómetro de allí. Podía llegar a pie en seis o siete minutos... y sin abollar ningún parachoques.

Echó a andar a toda prisa. Marcó a Malone. Él contestó enseguida.

—Malone.

—Investiga los antecedentes de Clark Dunbar, el tutor de Alicia —dijo ella.

—Hola, Killian. Estás un poco mandona esta mañana, ¿no?

—Hazlo.

Él adoptó un tono profesional.

—Ya hemos comprobado el NCIC. No tiene antecedentes.

—Da un paso más allá.

—¿Qué está pasando?

—Clark Dunbar es el Conejo Blanco —un coche pasó a toda velocidad con las ventanillas bajadas, vomitando hip-hop—. No puedo contártelo ahora, pero confía en mí.

—¿Dónde estás?

—Voy a casa de Leo. A pie —se detuvo ante un paso de cebra, miró en ambos sentidos y cruzó corriendo, ganándose un bocinazo—. No preguntes. Avísame en cuanto sepas algo.

Colgó antes de que él contestara y marcó el número de móvil de Leo.

—Leo, soy Stacy. Creo que Clark es el Conejo Blanco. Si lo ves, mantente alejado de él. Llámame en cuanto recibas este mensaje.

Luego llamó a la mansión. Contestó la señora Maitlin.

—Valerie, ¿han sabido algo de Clark?

—¿Stacy? ¿Se encuentra bien? Parece...

—Estoy bien. ¿Han sabido algo de Clark?

—Está aquí.

A Stacy se le encogió el corazón.

—¿Está ahí? Creía que se había ido de viaje el fin de semana.

—Sí. A mí también me sorprendió verlo. Dijo que había habido una confusión en su reserva o algo así. Espere un segundo.

Stacy oyó al fondo una voz de hombre y luego la respuesta de la asistenta. Un instante después, la señora Maitlin volvió a ponerse.

—Lo siento. ¿Qué me...?

Stacy la cortó.

—¿Ése era Clark?

—No, era Troy.

—Valerie, esto es muy importante. ¿Dónde está Clark ahora mismo?

—Fuera. Con Alicia.

Dios, no. Cambió el semáforo y Stacy atajó hasta Esplanade atravesando a toda prisa el cruce entre City Park Avenue y Wisner Boulevard. A su izquierda quedaba City Park, con sus pistas de tenis y su campo de golf, sus estanques y el Museo de Arte de Nueva Orleans.

—¿Y el policía? —preguntó—. ¿Sigue ahí?

—Sí, está fuera, en la puerta.

—Bien. Quiero que vaya a buscar a Alicia —dijo intentando modular la voz—. Dígale que la llaman por teléfono. No mencione mi nombre delante de Clark. ¿Me ha entendido?

—Sí, por supuesto.

—Cuando Alicia esté dentro, vaya a buscar al policía. Dígale que se quede junto a Alicia hasta que llegue yo.

—¿Qué está pasando? —la señora Maitlin parecía angustiada—. ¿Cree que debo llamar...?

—Vaya a buscar a Alicia. Ahora mismo, Valerie.

Stacy oyó que dejaba el teléfono e iba en busca de la muchacha. Contó los segundos con el corazón atronándole los oídos mientras rezaba porque Dunbar no presintiera que andaba tras él y le hiciera daño a Alicia.

Justo cuando empezaba a sudar, Alicia se puso al teléfono.

—Stacy, ¿qué...?

—Es Clark, Alicia. El Conejo Blanco. La señora Maitlin ha ido a buscar al policía de la puerta, y yo estoy a dos manzanas de allí.

—¿Clark? Eso no puede...

—Lo es —Alicia parecía aterrorizada—. No te muevas de ahí, ¿entendido? Hasta que entre el policía, finge que sigues hablando por teléfono.

Alicia dijo que sí. Stacy volvió a guardarse el teléfono y echó a correr. Todo tenía sentido. Clark tenía abiertas las puertas de la casa. Tenía acceso a todos los que habitaban en ella, conocía sus horarios y sus costumbres. Como tutor de Alicia, tenía también acceso a sus pensamientos y sus emociones. A su ordenador. Como amante de Kay, conocía los pensamientos más íntimos de aquella mujer.

La noche de su desaparición, Kay le había dejado entrar en la casa de invitados. Por eso no había indicio alguno de que hubieran forzado la entrada.

Hasta el dormitorio, cuando la había atacado. Hasta el momento en que ella se había dado cuenta de que no era quien decía ser.

Los había manipulado a todos. Con suma habilidad.

Pero eso era precisamente lo que hacía un maestro de juego.

Spencer y Tony llegaron a casa de los Noble un instante después que ella. Stacy los esperó ante la verja.

—Clark está aquí —dijo sin saludarlos. Les habló de su llamada a la mansión.

—Buen trabajo —dijo Tony.

—Gracias —miró a Spencer—. ¿Has averiguado algo sobre Dunbar?

—Clark Dunbar no existe. Es un farsante. No está registrado en el Departamento de Vehículos a Motor. ¿Cuánto te apuestas a que los Noble no se molestaron siquiera en comprobar sus referencias?

A Stacy nunca dejaba de asombrarla lo confiada que era la gente. Incluso personas con tanto que perder como los Noble.

—¿Cómo lo has sabido?

—Por Billie. Se enteró de que el verdadero nombre de Danson no era Dick. Era Charles Richard Danson. ¿Adivináis por qué letra empieza el segundo nombre de Clark?

—Por R.

—Bingo. Billie también ha descubierto que el dentista asesinado que identificó a Danson por su dentadura ofrecía sus servicios a los pobres y los desfavorecidos.

—Los pobres y los desfavorecidos —repitió Spencer—. La clase de gente que puede desaparecer sin que nadie dé la voz de alarma.

—Este chico se merece un premio.

—Así que fingió su propia muerte, se hizo la cirugía estética para cambiar de apariencia y...

—Y vino a Nueva Orleans para vengarse de su antiguo socio y su ex novia.

Llegaron a la puerta, que, como siempre, les abrió la señora Maitlin. Alicia estaba a su lado, aferrándose a su brazo.

—Se ha ido —sollozó la señora Maitlin—. Cuando llamé a Alicia, se acercó a su coche, se montó y se fue. Me di cuenta de lo que había pasado y fui a buscar al agente Nolan, pero Clark ya se había ido.

—¿Dónde está Nolan?

—Se fue detrás de Clark.

Spencer se giró hacia Tony.

—¡Contacta con él por radio!

Tony se puso en marcha. A Stacy la asombró que pudiera moverse tan deprisa. Le indicó a Spencer que ella se ocuparía de Alicia y de la señora Maitlin. Él asintió con la cabeza y Stacy las condujo dentro.

Esperaron en la cocina. La señora Maitlin se puso a hacer galletas y pidió a Alicia que la ayudara para distraer a la muchacha. Cuando el delicioso aroma de la primera tanda comenzaba a apoderarse de la cocina, Spencer apareció en la puerta. Le hizo una seña a Stacy.

—No os las comáis todas sin mí —dijo Stacy, intentando bromear.

Spencer la condujo al recibidor.

—Nolan le ha perdido. Hemos radiado una orden de busca y captura y hemos pedido una orden de registro de sus habitaciones.

Sonó el móvil de Stacy. Vio que era Leo. Le susurró su nombre a Spencer gesticulando sin emitir sonido y descolgó.

—Leo, ¿dónde estás?

—En el centro —la línea tenía interferencias—. Recibí tu mensaje. ¿Clark es el Conejo Blanco? Dios mío, ¿cómo lo has...?

—Hay algo más, Leo. Clark es Danson.

—¿Dick? ¿No querrás decir...?

—Sí. Fingió su propia muerte. Debió de operarse para cambiar de aspecto con intención de castigarte porque creía que le habías engañado.

Leo se quedó callado, tan callado que Stacy pensó que la conexión se había cortado.

—¿Leo? ¿Sigues...?

—Sí, estoy aquí. Estoy intentando digerirlo. Cuesta creer que... —se interrumpió y profirió un gemido de sorpresa—. ¡Qué...! Dios mío, eres...

Stacy oyó un ruido seco.

Un disparo.

—¡Leo! —gritó—. Mierda, Leo...

Spencer agarró el teléfono.

—¿Señor Noble? Soy el detective Malone. ¿Está bien? ¿Señor Noble?

Stacy lo observaba con angustia, consciente de que sus esperanzas eran inútiles.

Él la miró con amargura.

—No quiero que la niña se quede sola —dijo, y le devolvió el teléfono.

Ella miró la pantalla.

Llamada finalizada.

9:57 a.m.

Tragó saliva con dificultad, sintiendo lástima por la muchacha.

—Me quedaré con ella.

—Mejor aún, voy a mandarla a casa de Tony. Allí estará a salvo.

Sábado, 19 de marzo de 2005
5:20 p.m.

El distrito financiero del centro de Nueva Orleans a las cinco de la tarde, un sábado, parecía un decorado de película más que un bullicioso barrio comercial. El crepúsculo había comenzado a aposentarse sobre las cumbres de los rascacielos, a pesar de que llamarlos «rascacielos» era un poco como llamar «dónut» a una *beignet*, uno de los esponjosos bollos típicos de la ciudad. Ambos tenían elementos en común, pero al dónut le faltaba el factor *¡Ah!* de la *beignet*.

Spencer estaba de pie en la acera, al otro lado del perímetro acordonado, un estrecho callejón enfrente del International House Hotel. Tony paró su Ford y aparcó detrás del Camaro.

Habían encontrado a Leo. Tony y Spencer habían recibido el aviso nada más concluir el registro de las habitaciones y el guardamuebles de Danson. El registro preliminar había dado escaso fruto, aparte de procurar pruebas de que Clark era, en efecto, Dick Danson. Spencer confiaba en que allí tuvieran más suerte.

Leo había recibido un solo disparo. Justo entre los ojos.

–¿Cómo está la chica? –preguntó Spencer, refiriéndose a Alicia.

–Asustada –contestó Tony–. Carly la ha tomado bajo su protección.

–¿Hay noticias de su tía?

–Aún no. Le dejé un mensaje.

Alicia no sabía aún lo de su padre. Spencer rezaba porque su madre estuviera viva todavía, pero no se hacía muchas ilusiones.

Se acercaron al agente de guardia, firmaron y pasaron bajo la cinta policial. Los chicos del laboratorio de criminalística y el fotógrafo estaban haciendo su trabajo; les dedicaron apenas una mirada y una inclinación de cabeza al verlos llegar.

Spencer se acercó al cuerpo, que se hallaba a unos metros de la entrada del callejón.

Noble estaba tumbado de espaldas, con los ojos abiertos, mirando inexpresivamente hacia arriba. A juzgar por el orificio de entrada, le habían disparado a bocajarro, seguramente con una pistola de pequeño calibre. Junto al cuerpo se hallaban su teléfono móvil y su maletín.

Tony se arrodilló al lado de Noble.

—Todavía lleva el Rólex. Y el maletín parece intacto.

Spencer se puso unos guantes de látex y buscó a tientas la cartera de Noble. La encontró, la sacó y le echó un vistazo.

—Trescientos pavos. Tarjetas de crédito. Está claro que el móvil no ha sido el robo.

—¿Y eso te sorprende?

Spencer sonrió agriamente.

—¿Parezco sorprendido?

—Oh, sí. El muy hijo de puta, qué sangre fría. Lo ha hecho a plena luz del día. Y en pleno centro, al lado de Camp Street.

Spencer inspeccionó visualmente los alrededores del cuerpo y luego dirigió la mirada más allá.

—¿Dónde está su tarjeta de visita?

En ese preciso momento uno de los técnicos los llamó.

—Eh, chicos, echadle una ojeada a esto.

Se acercaron a él. Estaba apuntando con la linterna hacia un portal, en un rincón del cual había algunas basuras que el viento había arrastrado hasta allí.

Spencer vio inmediatamente lo que había llamado la atención del técnico: una bolsa de plástico Ziploc.

Se inclinó y recogió cuidadosamente la bolsa. El asesino había dibujado sobre ella una cara sonriente. Dentro había puesto una sola cosa. La carta del Rey de Corazones.

Tony se frotó distraídamente la barba que, a esa hora, comenzaba a asomarle.

—Me gustan los psicópatas que te dejan claro que han sido ellos. Así nos dejamos de adivinanzas.

—Métela en una bolsa y etiquétala —le dijo Spencer al técnico.

—Si es Dunbar, sabe que vamos tras él. Está claro que quiere acabar el trabajito, aunque eso signifique que lo atrapemos.

—Supongo que cree que ya lo tiene todo perdido —Spencer entornó los ojos—. Me alegro de que la chica esté en tu casa. Hasta que detengamos a ese cabrón, seguirá en peligro.

—Puede que ese tipo sólo quisiera cargarse a los peces gordos.

—No. Acuérdate de ese dibujo de Pogo en el que aparecía Alicia colgada del cuello, obviamente muerta.

—Sí. Pero el Rey de Corazones no estaba, y se lo ha cargado.

Spencer miró el cielo, que se iba oscureciendo rápidamente, y volvió a fijar la mirada en su compañero.

—Stacy tiene una teoría al respecto. Al dibujante sencillamente no le dio tiempo a llegar a esa ilustración. Entonces no me lo creí. Ahora, sí.

—Una chica lista. Quizá deberías decirle lo que ha pasado.

—Eso no sería precisamente ceñirse al reglamento.

—Que le den por saco al reglamento. Ella es de los nuestros —Tony señaló al agente de guardia—. Voy a decirle que empiecen a interrogar a la gente de por aquí. Puede que alguien de las oficinas viera algo.

Spencer asintió con la cabeza y miró alejarse a su compañero. Stacy *era* uno de los suyos.

Pero no era por eso por lo que quería llamarla.

Agarró su móvil y marcó el número.

—Hola —dijo cuando ella contestó—. ¿Estás bien?

—Sí. ¿Leo ha...?

—Sí. Ha muerto. Le dispararon entre los ojos.

—¿El Conejo Blanco?

—Sí, si el naipe que hemos encontrado en la escena del crimen quiere decir algo.

—Mierda. Pobre Alicia. Tenéis que encontrar a Kay.

—Estamos haciendo todo lo posible —miró hacia atrás; el forense y su chófer acababan de llegar—. Tengo que colgar, Killian. Luego te llamo.

Sábado, 19 de marzo de 2005
8:45 p.m.

Spencer hizo algo mejor que llamar a Stacy: fue a verla.
Llamó al timbre.
Stacy contestó a la puerta tras un par de timbrazos. Spencer no estaba seguro, pero tenía la impresión de que había estado llorando.

—¿No te has enterado? El juego ha acabado. Leo ha muerto.
Él levantó una bolsa de comida para llevar.
—Me he pasado por el Subway. ¿Has comido?
—No tengo hambre.
—¿Te apetece tener compañía?
—¿Por qué no? —ella dio media vuelta y entró en la casa. Spencer cerró la puerta a su espalda y la siguió.

Acabaron en la cocina. Él vio una botella de cerveza sobre la mesa. A su lado estaba la Glock.
Stacy se acercó a la nevera, sacó otra cerveza y se la dio.
—Gracias —Spencer quitó el tapón y dio un largo trago mientras veía a Stacy volver a la mesa y agarrar su botella—. Nada de esto es culpa tuya —dijo suavemente.
—¿No? ¿Estás seguro? —en su voz vibraba una mezcla de dolor y rabia—. Leo ha muerto. Lo más probable es que Kay también esté muerta. Me contrataron para protegerlos. Y, si es así, Alicia... —se le quebró la voz—... ahora es huérfana. He hecho un buen trabajo, ¿no crees?
—Lo has hecho lo mejor que has podido.
—¿Se supone que eso debe hacer que me sienta mejor? —ce-

rró los puños–. Estaba justo delante de mis narices. Todo el tiempo estuvo...

Spencer se acercó a ella, la hizo levantarse y tomó su cara entre las manos.

–Estuvo todo el tiempo delante de las narices de todos. Tú eres la única que descubrió lo que estaba pasando.

Los ojos de Stacy se llenaron de lágrimas.

–Para lo que ha servido...

Intentaba con todas sus fuerzas dominarse. Concentrarse en su furia. Fingir que no sufría. Que no se sentía impotente.

Spencer le acarició las mejillas con los pulgares.

–Lo siento.

–Déjalo. Deja de mirarme así.

–Lo siento, Killian, no puedo.

Se inclinó y la besó. A ella le temblaron los labios. Spencer sintió el sabor salobre de sus lágrimas.

Ella apoyó las manos abiertas sobre su pecho.

–Déjalo –dijo otra vez–. No hagas que me sienta débil.

–Porque tienes que ser fuerte.

Ella levantó la barbilla.

–Sí.

–Para poder enfrentarte a los malos. Darles una patada en el culo, quizás incluso salvar el mundo.

Stacy se apartó de él.

–Creo que deberías irte.

–¿Para que te quedes a solas con el señor Glock?

–Sí.

–Como quieras, Stacy. Si cambias de idea, tienes mi número.

Apuró su cerveza, recogió la bolsa de la comida y se fue. Se acercó al coche patrulla de la policía de Nueva Orleans que había aparcado enfrente del dúplex. Se inclinó y saludó a los agentes que había dentro.

–No le quiten ojo a la casa. Yo voy a dormir un par de horas y luego vuelvo.

57

Domingo, 20 de marzo de 2005
2:00 a.m.

Stacy se despertó sobresaltada. Se dio cuenta de que tenía mucho calor. De que estaba sudando. Paseó la mirada por la habitación a oscuras y la fijó en el dial iluminado del despertador.

Mientras cobraba conciencia de la hora que era, crujió la tarima.

No estaba sola.

Se dio la vuelta y echó mano de la pistola.

Pero no estaba allí.

—Hola, Stacy —Clark salió de entre las sombras con su Glock en la mano. Apuntándola—. ¿Sorprendida de verme?

Stacy se sentó apresuradamente, con el corazón atronándole en el pecho.

—Podría decirse así. Creía que alguien tan listo como tú se habría ido ya.

—¿De veras? ¿Y dónde iba a ir? —exhaló un suspiro exasperado—. Todo iba muy bien hasta que tú metiste las narices en mis asuntos. ¡En mis asuntos!

Ella luchó por mantener la cabeza fría y el miedo a raya. Por respirar pausadamente y dominar los latidos de su corazón. Evaluó su posición. Nadie la oiría gritar. No tenía armas.

Sólo su ingenio.

No podía perderlo.

Él se acercó a la cama y se quedó allí de pie, apuntándole directamente entre los ojos.

Entre los ojos. Allí era donde, según le había dicho Spencer, había disparado a Leo.

—¿Por qué lo has hecho? —preguntó—. ¿Por qué has arruinado así tu vida?

—¿Qué vida? —le espetó él, casi escupiendo las palabras—. Estaba de deudas hasta el cuello. Los polis daban vueltas como buitres esperando a apoderarse de mis restos. Y mientras tanto Leo vivía como un rey. Era yo quien se merecía vivir así. ¡Él me robó mis ideas! ¡Se negó a darme mi parte!

—Y Kay, ¿ella también te robó?

Él se echó a reír.

—No imaginas la satisfacción que me producía saber que me estaba follando a su mujer delante de sus narices.

Stacy se quedó mirándolo un momento, buscando algún parecido con el joven de la fotografía del anuario de Leo. No encontró ninguno.

—Ex mujer —puntualizó—. Creo que eso debería haber empañado un poco tu satisfacción.

Clark enrojeció. Iba a hacer su movimiento.

Stacy se giró hacia la derecha y echó mano del despertador, dispuesta a estrellárselo contra la cara. Pero no fue lo bastante rápida. Clark la agarró de la mano y apartó el reloj. Lo tiró a un lado; el reloj golpeó la pared y se hizo pedazos.

Un instante después, Clark estaba sobre ella, encañonándole la sien. Acercó la mano libre a su garganta.

—Podría matarte ahora mismo. Es muy fácil. Tengo la mano en tu cuello y la pistola en tu cabeza. Cuántas opciones.

—¿Qué te detiene? —preguntó Stacy, a pesar de que ya lo sabía.

Clark quería alardear. Quería revivir sus hazañas a través de las reacciones de Stacy ante su relato.

Él no la decepcionó.

—Fue divertido. Verlos retorcerse. Envenenar la mente de Alicia. Alejarla poco a poco de sus padres. La trataban como un bebé. Yo se lo decía constantemente. Le recordaba que era más lista que ellos dos juntos. Que sólo pensaban en sí mismos, en sus necesidades.

Mientras hablaba, Stacy observaba su cara, la luz de sus ojos. Aquel hombre era un maníaco.

Así se lo dijo.

Él se echó a reír.

—Aquel día, cuando Kay y yo os sorprendimos a Leo y a ti —dijo—, nos partimos de risa después. Leo todavía la quería. A su manera retorcida. Pero pensaba en ella como si fuera de su propiedad. Le habría dado un ataque si se hubiera enterado de lo nuestro. Ella me lo dijo. Me lo contó todo.

—¿Cuándo fue eso exactamente? ¿Antes de matarla? ¿O mientras la matabas?

—Te crees muy lista, pero no sabes una mierda —sonrió—. Tal vez deba enseñarte lo que puede hacer un hombre de verdad. Kay me dijo que yo era mucho mejor que Leo en la cama. Que él nunca la satisfizo como yo —su cuerpo la aplastó contra el suave colchón. Atrapándola. Asfixiándola—. Podría hacer lo mismo por ti.

Stacy luchó por respirar y procuró refrenar el impulso de defenderse. Si forcejeaba, sólo conseguiría obligarlo a actuar. Contó en silencio cada aspiración hasta llegar a diez y luego intentó otra táctica.

—Estabas enfadado —dijo en tono neutro—. Furioso con Leo. Y con Kay. Decidiste usar el mismo juego que Leo te robó para vengarte de él. Para matarlo y salirte con la tuya.

Él se echó a reír desdeñosamente.

—Zorra estúpida, yo no soy el Conejo Blanco.

Dadas las circunstancias, su afirmación pilló a Stacy por sorpresa. Clark lo notó y la miró con lascivia.

—El Conejo Blanco es tu querido Leo. Fue él quien montó todo ese asunto del Conejo Blanco para matar a Kay y escurrir el bulto. Porque ella se lleva la mitad de todo. La mitad que debería haber sido mía. El muy cabrón quería más, así que decidió librarse de ella. Kay me dijo que le tenía miedo —continuó—. Me dijo que temía que fuera él quien estaba detrás de esas notas. Que quizá le hiciera daño. Por el dinero.

—Ésa sería una explicación muy limpia, Clark. Si no fuera por una pequeña pega. Leo está muerto. Tú mismo lo mataste esta tarde.

Por un instante, el semblante de Clark se aflojó, lleno de sorpresa. De estupor. Le tembló la mano. Stacy notó que la pistola temblaba contra su sien.

Iba a apretar el gatillo.

Stacy pensó en su hermana Jane y en su hija; pensó en todas las cosas que no había hecho.

No quería morir.

—Vas a pasar mucho tiempo en prisión —dijo, y percibió la desesperación en su propia voz—. Matarme no cambiará eso. Saben quién eres. No tienes escapatoria. Si crees que...

—Si crees que voy a ir a la cárcel, estás loca, zorra.

Antes de que Stacy pudiera reaccionar, volvió la pistola hacia sí mismo y apretó el gatillo.

El grito de Stacy se confundió con el estruendo del disparo.

Los sesos de Clark Dunbar salpicaron el delicado papel de flores entre un chorro de sangre.

Domingo, 20 de marzo de 2005
3:12 a.m.

—Tenemos que dejar de vernos así.

Stacy levantó la cabeza y vio a Spencer de pie en la puerta de la cocina. Llevaba unos vaqueros azules de aspecto suave, una camiseta de la sala House of Blues y el chubasquero de aquella noche en la biblioteca. Stacy se preguntó si llevaría una chocolatina en el bolsillo.

—¿Estás bien? —preguntó él.

—Define «bien».

Spencer se acercó a ella, se agachó y depositó un beso sobre su coronilla. Aquel gesto hizo que a Stacy se le saltaran las lágrimas. Intentó dominarse.

No había llorado antes. No lloraría ahora.

Él retiró una silla, le dio la vuelta y se sentó a horcajadas.

—¿Puedes hablar de ello?

Ella asintió con la cabeza y se pasó una mano temblorosa por el pelo. Se había duchado y lo tenía todavía húmedo. Después de que los policías que montaban guardia frente a su casa la encontraran y la ayudaran a salir de debajo del cuerpo sin vida de Danson, había corrido al cuarto de baño para lavarse, para intentar borrar de su piel las huellas de aquella experiencia.

Le explicó a Spencer cómo se había despertado, cómo la había amenazado Danson con su propia pistola.

—Odiaba a Leo. Le culpaba de su propio fracaso. Reconoció que tenía una aventura con Kay. Dijo que había envenenado la mente de Alicia para ponerla en contra de sus padres. Que había disfrutado haciéndolo —apartó los ojos y volvió a fijarlos en él—. No era el Conejo Blanco.

—¿Cómo dices?

—Me dijo que era Leo. Que Leo había ideado un complejo plan para librarse de Kay. Por motivos económicos. Decía que Kay le tenía miedo a Leo. Que creía que podía hacerle daño, debido a su acuerdo financiero.

—Estoy seguro de que eres consciente de que esa teoría tiene un grave inconveniente.

—Sí. Él también se dio cuenta, cuando se enteró de que Leo había muerto —Stacy se mantuvo en sus trece—. No sabía que Leo estaba muerto. Cuando se lo dije... puso una expresión extraña. Sabía que estaba jodido. Que iba ir a la cárcel. Así que se voló la tapa de los sesos.

Él frunció el ceño.

—No sé, Stacy. Tal vez deberías consultarlo con la almohada.

—¿Sigues pensando que Danson era nuestro hombre?

—Lo siento.

Stacy supuso que no podía reprochárselo: él no había estado presente, no había visto la cara de Danson al enterarse de la muerte de Leo.

Se levantó y comprobó con estupor que le temblaban las piernas. Se sintió aún más perpleja cuando cobró conciencia de que no sabía qué hacer. Cuál debía ser su próximo paso. Se sentía indecisa y entumecida.

Al entumecimiento estaba acostumbrada. Los policías desconectaban sus emociones a menudo, algunos mediante el alcohol o las drogas. Ésa era una de las razones por las que el índice de divorcios era mucho mayor entre los policías que entre el resto de la población.

La indecisión era otro cantar. Ella siempre había sido una mujer proclive a la acción, aunque la acción fuera producto de un arrebato.

El hecho de no saber qué paso debía dar la aterrorizaba.

Spencer se acercó a ella y la agarró de las manos.

—Las tienes frías.

—Tengo frío.

Él la estrechó entre sus brazos y le frotó la espalda.
—¿Mejor?
—Sí —Spencer se movió como si fuera a apartarse de ella, y Stacy le apretó con fuerza—. No te vayas. Abrázame.

Él hizo lo que le pedía y su cuerpo fue calentando poco a poco el de ella. Stacy se apartó de mala gana. Al separarse, experimentó una sensación de despojamiento. Una punzada de pánico.

—Es muy tarde, ¿no?
—Sí. Deberías dormir.
—Buena idea. El problema es que cuando cierro los ojos... —apretó los labios trémulos. Odiaba mostrarse débil.
—Podría quedarme.

Ella le sostuvo la mirada y le tendió una mano.

Spencer se la dio y la condujo al cuarto de invitados.

Se tumbaron bajo las mantas, completamente vestidos, y se quedaron mirándose cara a cara.

Él había comprendido sin necesidad de preguntar, sin necesidad de que ella se lo dijera, que, al pedirle que se quedara, Stacy sólo le estaba pidiendo consuelo. Y compañía. No sexo, ni deseo carnal.

—¿Mejor ahora?
—Mucho mejor —ella curvó los dedos sobre su suave camiseta—. ¿Me creerías si te dijera que en otro tiempo controlaba las riendas de mi vida? Casi nunca cometía errores. Ahora... soy un completo fracaso.

Él se rió suavemente y le pasó los dedos por el pelo, apartándoselo de la cara.

—Tú, Stacy Killian, eres la antítesis del fracaso.
—«Antítesis» es una palabra muy seria.
—Me la he aprendido sólo para impresionarte. ¿Ha funcionado?

Ella ya estaba impresionada. Esbozó una débil sonrisa.

—Absolutamente.
—Me alegra saberlo. Me aprenderé otra para mañana —apoyó la frente sobre la de ella—. Es cierto, ¿sabes? Eres la mujer más capaz, más segura de sí misma y más dura que he conocido. Exceptuando a mi tía Patti, claro.

—¿Tu tía Patti?

—La hermana de mi madre. Mi madrina. Y mi jefa en la DAI.

—¿Es comisaria?

—Sí. La comisaria Patti O'Shay. Una de las tres únicas comisarias del Departamento de Policía de Nueva Orleans.

—Pero seguro que a ella no la suspendían en la universidad. Ni las personas a las que se suponía que tenía que proteger acababan asesinadas prácticamente delante de sus narices.

—Si quieres hablar de fracasos, yo soy el más indicado. Antes trabajaba sólo lo justo para cubrir el expediente. Nunca pensaba en las consecuencias de mis actos. Creía que la vida era una gran borrachera.

—¿Tú? No es ése el hombre que yo conozco.

—Tú has sacado lo mejor de mí, Stacy Killian. Me has hecho ver lo que quería ser. La clase de policía que quiero ser.

—Yo ya no soy policía.

—Los dos sabemos que eres policía en todos los sentidos, menos en uno —ella abrió la boca para protestar; pero Spencer la detuvo—. ¿Quieres saber qué es lo más humillante de todo? —preguntó con suavidad—. Que no me merezco estar en la DAI. No me lo gané. Fue un regalo.

—¿Por ser tan desastre?

—Estoy desnudando mi alma, Killian. Esto es serio.

Stacy sofocó una sonrisa.

—Perdona.

—Fue una especie de soborno —prosiguió—. Para que no demandara al Departamento.

Ella lo agarró de la mano y se la apretó, reconfortándolo en silencio.

—Por fin había llegado a detective. Mucho más tarde que mis hermanos. Y, a decir verdad, en parte gracias a ellos. Mi jefe en la UIC me tendió una trampa. Se llevó dinero y me hizo parecer culpable. Y todo el mundo se lo tragó por mi mala reputación.

—Apuesto a que no todo el mundo. Tony, no. Ni tu familia.

—No, ellos no —una sonrisa rozó su boca—. Por suerte.

—¿Qué pasó luego?

—Gracias a los pocos que me apoyaron y que no se dieron por vencidos, el teniente Morgan fue descubierto. A mí volvieron a admitirme en el cuerpo. Y me destinaron a la DAI para que no le creara problemas al Departamento. Yo... aproveché la ocasión.

Ella se quedó callada largo rato, pensando en el hombre que Spencer le había descrito y en el que ella había llegado a conocer.

—¿Te arrepientes?

—¿De que me destinaran a la DAI?

—De que ocurriera. Si pudieras repetirlo todo, volver atrás, a cómo eras antes, ¿lo harías?

Él se quedó mirándola un momento. Tenía una expresión curiosa, entre sorprendida y meditabunda. Luego una sonrisa curvó lentamente sus labios.

—¿Sabes?, creo que no.

—Bien —ella le devolvió la sonrisa—. Porque el hombre al que estoy mirando me gusta.

Él se movió para besarla y luego se detuvo y lanzó una maldición.

—Me está vibrando el móvil —se apartó, sacó el teléfono y se lo llevó al oído—. Aquí Malone. Espero que sea importante. ¿Cómo que se ha ido? ¿Cuándo? —su cara se tensó—. Maldita sea, Tony, ¿cómo coño...?

Stacy se incorporó, preocupada. Spencer levantó una mano para que aguardara un momento antes de preguntar. Él se detuvo a escuchar; cuando volvió a hablar, Stacy comprendió que había oído bien.

—Es peor de lo que crees, Gordinflón. Dunbar está muerto. Y puede que el asesino no fuera él.

Un momento después, colgó. Stacy ya se había levantado y estaba alisándose la ropa.

—Alicia ha desaparecido, ¿verdad?

—Sí.

—¿Cómo ha ocurrido? ¿Se fue, sin más?

—Básicamente, sí —Spencer se levantó—. Esta tarde, Betty creyó oír que sonaba su teléfono y que la chica contestaba. No le dio importancia. Un rato después, decidió ir a echarle un vistazo para asegurarse de que estaba bien. Y no estaba allí.

–¿Cuánto tiempo hace de eso? No puede haber ido muy lejos a pie.

–Un par de horas.

–Maldita sea. Esto no tiene buena pinta.

Spencer frunció el ceño.

–Por cierto, ¿dónde crees que vas?

–A buscar a Alicia.

–No creo.

–No pienso...

–Puede que la partida todavía esté en marcha. Quiero que te quedes aquí. ¿Entendido?

–Pero Alicia...

–Tony y yo la encontraremos. Tú quédate aquí. Puede que ella venga a buscarte.

Stacy abrió la boca para protestar, pero él la atajó con un beso. Al cabo de un momento, se apartó.

–No quiero que te ocurra nada. ¿Me prometes que no vas a hacer ninguna estupidez?

Ella se lo prometió, aunque, en cuanto Spencer se marchó del apartamento, comprendió que su promesa dependía de lo que él considerara «una estupidez».

Domingo, 20 de marzo de 2005
7:30 a.m.

Stacy se despertó. Había tenido sueños extraños. Sueños poblados por personajes de *Alicia en el País de las Maravillas*. Sueños que habían turbado su descanso y la habían dejado fatigada y nerviosa.

Spencer no había llamado. Lo cual significaba que no había encontrado a Alicia.

Ella les había dado una oportunidad.

Ese día, se uniría a la búsqueda.

Llena de resolución, se levantó y se fue derecha al cuarto de baño. Tras poner a hervir el café se duchó y se vistió.

El café había acabado de hacerse. Llenó un termo, añadió sacarina y crema, agarró una barrita de cereales y salió.

Pensaba registrar la mansión y la casa de invitados. Pasarse por el Café Noir. Por el City Park. Por las tiendas de juegos. Por cualquier lugar en el que pudiera haberse escondido Alicia.

Al acercarse al coche, vio que le habían dejado un folleto bajo el limpiaparabrisas.

No, no era publicidad, se dijo al recogerlo.

Era una bolsa de plástico con cremallera, de las que se usaban para guardar comida. Con una tarjeta dentro.

Sacó cuidadosamente la bolsa de debajo del limpiaparabrisas, la abrió y extrajo la tarjeta.

Se le aflojaron las rodillas; empezaron a temblarle las manos.

Un dibujo. Como los que había recibido Leo. Éste, de Alicia.

Colgada del cuello. Con la cara hinchada y amoratada por la muerte.

Tragó saliva con esfuerzo y se obligó a abrir la tarjeta.

La partida sigue en marcha. El tiempo pasa.

Se quedó mirando el mensaje con la boca seca. Danson le había dicho la verdad. Él no era el Conejo Blanco.

«Piensa, Killian. Respira hondo. Tranquilízate. Ensambla las piezas».

Si el Conejo Blanco se ceñía a la narración, la tarjeta significaba que Alicia seguía viva. Que el Conejo Blanco la tenía a tiro o, peor aún, en sus garras.

El tiempo pasa. Él iba a darle la oportunidad de salvar la vida de Alicia. La partida estaba en marcha y le tocaba mover a ella.

Sonó su teléfono móvil y se sobresaltó. Agarró el teléfono y contestó.

—Aquí Killian.

—Hola, Killian.

Un hombre. Una voz deliberadamente distorsionada.

El Conejo Blanco.

—¿Dónde está? —preguntó Stacy—. ¿Dónde está Alicia?

—Eso, yo lo sé y tú tienes que averiguarlo.

—Muy listo. Déjame hablar con ella.

Él se echó a reír y Stacy agarró con más fuerza el teléfono. Fuera quien fuese, se estaba divirtiendo inmensamente. Aquel bastardo estaba enfermo.

—Si quieres ver a Alicia viva, haz lo que te digo. Nada de polis. ¿Entendido?

—Sí.

—Toma Carrollton Avenue en la parte alta de la ciudad, hasta River Road. Hay un bar en la esquina entre River Road y Carrollton Avenue. El Cooter Brown. Entra. El barman tiene un sobre para Florence Nightingale.

—Vayamos al grano, ¿vale? ¿Qué es lo que quieres?

—Ganar la partida, por supuesto. Ser el último que quede en pie.

—¿Crees que eres lo bastante bueno?

—Sé que lo soy. Tienes treinta y cinco minutos. Uno más y se acabó, nena.

Tardaría al menos veinticinco minutos en llegar de Esplanade a Carrollton Avenue, en la parte del río. Quizá más, si había tráfico.

Lo cual le dejaba muy poco tiempo de sobra. Entró corriendo en su apartamento, sacó su Glock y dejó el mensaje del Conejo Blanco encima del mostrador de la cocina, donde Spencer pudiera verlo. Sólo por si acaso.

Cuando volvió a salir, recogió el termo que había dejado sobre el capó del coche, abrió la puerta y entró. Encendió el motor, miró por el retrovisor y se incorporó a la circulación.

El reloj del salpicadero marcaba las 8:55.

El tráfico que se dirigía a la parte alta de la ciudad se estancaba y fluía alternativamente. Entró en la zona de aparcamiento del Cooter Brown veintiocho minutos después. A un lado del edificio, un mural anunciaba que el bar servía cuatrocientas cincuenta clases distintas de cerveza embotellada. Stacy puso el freno automático y entró a toda prisa.

El interior estaba en penumbra y olía a tabaco. Un par de motoristas permanecían de pie junto a la mesa de billar, con los tacos en la mano. Dejaron de jugar y la siguieron con la mirada mientras cruzaba el bar.

El barman tenía pinta de duro. Era grande y musculoso, con la cabeza pelada y la barba tupida.

—¿Tiene algo para Florence Nightingale? —preguntó Stacy—. ¿Un sobre?

Él no contestó, se limitó a acercarse a la caja, la abrió y extrajo un sobre. Se lo entregó.

Stacy lo observó un momento y levantó luego la mirada hacia él.

—¿Qué puede decirme sobre la persona que me dejó esto?
—Nada.
—¿Y si le dijera que soy policía?

Él se echó a reír y se alejó. Stacy miró su reloj. Treinta y dos minutos. Desgarró el sobre.

Dentro había un número de teléfono. Nada más.

Sacó su móvil y marcó el número. Él contestó de inmediato.

—Te gusta vivir peligrosamente, ¿eh, Killian? Estás en la cuerda floja.

—Quiero hablar con Alicia.

—No me sorprende —Stacy notó una nota de humor en su voz—. La paciencia es una virtud, pero tú nunca la has tenido, ¿verdad? Tu hermana Jane, en cambio, es muy paciente, ¿no? Y, por cierto, me encanta el nombre que Ian y ella escogieron para su niña. Annie. Tan dulce. Tan sencillo...

Stacy se quedó fría.

—Si le haces daño a alguien a quien quiera, te juro que...

—¿Qué? Yo manejo todas las cartas. Tú sólo puedes seguir mis instrucciones.

Stacy se mordió la lengua y él se echó a reír.

—Toma River Road hacia Vacherie. Párate en el Walton's River Road Café y espera allí hasta que te llame. Una hora, Killian.

—¡Espera! ¡No sé dónde voy! Puede que una hora no sea...

Él colgó antes de que acabara. Stacy salió apresuradamente, jurando en voz baja, y entornó los párpados cuando el sol le dio en los ojos. Unos instantes después estaba en camino.

River Road se llamaba así porque seguía el cauce del río Misisipi. Era una carretera sinuosa que transcurría alternativamente por parajes naturales y zonas industriales. Si no le fallaba la memoria, llegaba hasta Baton Rouge y subía luego hasta St. Francisville, Natchez y más allá.

Se preguntaba hasta dónde pensaba llevarla el Conejo Blanco.

Divisó el Walton's River Road Café delante de sí: una linda casita criolla abrazada por una curva de la carretera. Un magnífico roble adornaba la parte delantera de la finca, tan grande que daba sombra a casi toda la construcción y a la mitad del aparcamiento.

Sonó su teléfono móvil. Stacy se sobresaltó y estuvo a punto de invadir el carril contrario. Agarró el teléfono y lo abrió.

—Aquí Killian.

—Hola. Pareces un poco tensa.

—¿Puedo llamarte luego?

El denso silencio de Spencer lo decía todo.

—Estoy en el cuarto de baño —dijo ella—. Hablamos dentro de cinco minutos.

Colgó y entró en el umbrío aparcamiento. Había sido sólo una mentirijilla, se dijo, porque al cabo de un minuto estaría usando los servicios del restaurante. Y, desde allí, por si acaso la estaban observando, llamaría a Spencer.

–Por favor, dime que me llamabas porque tienes a Alicia –dijo cuando él contestó.

–Lo siento.

–¿Alguna pista?

–No. Pero todos los policías de la ciudad tienen una foto suya. Estamos peinando el barrio de Tony. De momento, nadie parece haber visto nada.

–¿Registrasteis la mansión?

–Anoche y hoy otra vez. No ha habido suerte. Hemos dejado vigilancia, por si acaso.

Maldición. Ella no confiaba en que las cosas fueran de otro modo. Pero aun así todavía albergaba alguna esperanza.

–¿Qué haces? –preguntó él.

–Esperar.

–Me alegra oír eso.

Detrás del mostrador, un pinche dejó caer una bandeja llena de platos sucios. Stacy se sobresaltó.

–¿Qué demonios ha sido eso?

–Se me han caído unos platos. Intento mantenerme ocupada, así que me he puesto a limpiar la casa.

–¿A limpiar?

Ella soltó una risa forzada.

–No creías que pudiera hacerlo, ¿eh? Tengo muchos talentos.

–Sí, desde luego –Stacy oyó que Tony decía algo, aunque no entendió qué–. Tengo que dejarte. Te mantendré informada.

–Llámame al móvil. Lo tendré encendido.

Él se quedó callado un momento.

–¿Vas a ir a alguna parte?

–Puede que tenga que salir a correr un rato. Ya sabes cómo es esto.

–Sé cómo eres tú. Así que quédate ahí.

Colgó y ella salió del aseo de señoras. Nadie le prestó atención. Eligió una mesa junto a una vidriera que daba al aparcamiento. Teniendo su coche a la vista se sentía menos vulnerable.

La camarera, una chica todavía adolescente, se detuvo junto a su mesa. Stacy se dio cuenta de pronto de que estaba hambrienta.

—¿Qué es lo mejor de la carta?

La chica se encogió de hombros.

—Todo está bastante bueno. A la gente le gusta nuestra sopa. Es casera.

—¿De qué es hoy?

—De pollo con fideos.

Comida reconfortante. Una suerte, dadas las circunstancias.

Stacy pidió una taza de sopa y un sándwich de queso gratinado.

Hecho esto, se recostó en su asiento. Miró su reloj, pensando en el Conejo Blanco y en cuándo llamaría. Pensando en Alice con preocupación.

Y reconociendo al mismo tiempo que aquel tipo la tenía donde la quería.

Sola e incapaz de hacer nada hasta que él estuviera listo.

Domingo, 20 de marzo de 2005
6:20 p.m.

El Conejo Blanco llamó justo cuando la tarde empezaba a declinar. Y justo cuando ella empezaba a creer que la había engañado.

—¿Estás cómoda? —preguntó él con evidente sorna.

—Mucho —contestó ella—. Llevo aquí sentada tanto tiempo que se me ha dormido el culo.

—Podría haber sido peor —murmuró él—. Podría haberte hecho esperar en un sitio sin cuarto de baño. Ni comida, ni bebida.

Stacy notó que un escalofrío le subía por la espalda. ¿Había estado observándola él todo el tiempo? ¿Sabía que había ido al aseo y que había comido? ¿Que había hablado con Spencer? Paseó la mirada por el restaurante, fijándose en los demás clientes. Buscando a alguno que estuviera hablando por un móvil.

¿O lo que le había dicho el Conejo Blanco sólo era una suposición? ¿Adivinaba acaso de antemano cómo la afectaban sus palabras?

Una cosa era segura: estaba jugando con ella como si fuera una peonza.

—Ahórrate el teatro. ¿Qué quieres que haga ahora?

—Sigue carretera adelante por espacio de doce kilómetros. Gira hacia el río. Desde allí, gira hacia la izquierda en el primer camino sin señalizar que te encuentres. Deja el coche. Sigue el sendero de robles. Sabrás qué hacer. Tienes veinte minutos.

Colgó y Stacy volvió a guardar su teléfono, agarró la cuenta y se levantó. Tras dejar a la camarera una generosa propina por haber permitido que ocupara la mesa tanto tiempo, se dirigió apresuradamente a la puerta.

—¿Va todo bien, cielo? —preguntó la mujer de la caja mientras pagaba la cuenta.

—Muy bien, gracias —miró la etiqueta con el nombre de la mujer. Señorita Lainie—. ¿Puedo hacerle una pregunta?

—Claro, cielo. Dispara.

—Siguiendo por esta carretera, hacia el río, ¿qué hay?

La mujer frunció el ceño.

—Nada. Sólo lo que queda de Belle Chere.

Stacy le dio un billete de veinte dólares.

—Belle Chere, ¿qué es eso?

—No eres de por aquí, ¿no? —la campanilla de encima de la puerta sonó. La señorita Lainie levantó la vista y miró con cara de pocos amigos al joven alto que acababa de entrar—. Steve Jonson, ¡llegas tarde! Quince minutos. Vuelve a hacerlo y llamo a tu madre.

—Sí, señora.

Él le guiñó un ojo a Stacy y ella sofocó una sonrisa. Estaba claro que la forzada dureza de la señorita Lainie no hacía ninguna mella en el chico.

—Y súbete los pantalones.

Él pasó tranquilamente por delante de ellas, subiéndose los pantalones.

—Lo siento —dijo Stacy—, pero tengo que irme.

La mujer volvió a fijar su atención en ella.

—Belle Chere era una plantación de antes de la guerra. Dicen que en sus buenos tiempos era una de las mejores de Luisiana.

Eso era. Allí era donde el Conejo Blanco tenía a Alicia.

La mujer soltó un bufido de fastidio.

—Han dejado que se venga abajo. Mi marido y yo siempre hemos pensado que el estado debía hacer algo para...

—Lo siento —dijo Stacy, interrumpiéndola—, pero de veras tengo que irme.

Salió del café y corrió a su coche. Sin duda la señorita Lainie la consideraría una maleducada por cortarla de aquella manera y salir corriendo, sobre todo después de haber pasado allí varias horas de brazos cruzados, pero no podía hacer nada al respecto.

Quince minutos y contando.

Arrancó el coche, dio marcha atrás y salió a toda velocidad del aparcamiento, levantando una nube de gravilla. Abrió su teléfono y llamó a Malone. Un mensaje automático anunció que el teléfono marcado no se hallaba disponible y transfirió la llamada al buzón de voz.

–El Conejo Blanco tiene a Alicia. Dijo que la mataría si no iba sola. No te preocupes, no estoy sola. Llevo conmigo al señor Glock. Plantación de Belle Chere. Doce kilómetros más allá del Walton's River Road Café, en Vacherie.

Cerró el teléfono, consciente de que Spencer se pondría furioso con ella.

No podía reprochárselo. Si ella hubiera estado en su pellejo, también se habría puesto furiosa.

Siguió las indicaciones del Conejo Blanco y al cabo de un rato llegó a la plantación. Una cadena impedía el paso al sendero de entrada, una vereda despejada, flanqueada por una hilera doble de altos robles cuyas ramas formaban un magnífico dosel arqueado. A ambos lados del camino se levantaban sendos letreros en los que se leía: *No pasar. Propiedad privada.*

Stacy aparcó el coche lo mejor que pudo y salió. Echó a andar por el sendero de los robles.

Al ver por primera vez Belle Chere se quedó sin aliento. El edificio estaba en ruinas. Era un armazón decrépito y fantasmal. Gran parte del tejado parecía haberse hundido. Dos de las columnas se habían derrumbado, y sus ornamentados capiteles corintios yacían abandonados como soldados del ejército del tiempo caídos en combate.

Sin embargo, era un hermoso lugar. Un soberbio espectro que refulgía a la luz del crepúsculo.

Más allá de los restos de la casona se levantaba una construcción pequeña y destartalada. No parecía uno de los edificios originales. ¿La casa del guarda?, se preguntó Stacy. Por su aspecto parecía también abandonada.

Se dirigió a la mansión y subió por los escalones podridos

de la galería frontal. Las puertas habían desaparecido hacía largo tiempo, ya fuera por efecto de la podredumbre o por obra de los saqueadores, de modo que pudo entrar en el edificio asiendo con firmeza la Glock con las dos manos. El interior estaba casi a oscuras, y de pronto deseó haber llevado una linterna.

El interior olía a moho y a humedad. A decadencia.

—¡Alicia! —gritó—. ¡Soy Stacy!

Le respondió el silencio. Un silencio en el que resonaba como un grito la ausencia de vida humana. Todas las criaturas que moraban allí zumbaban, vibraban o se arrastraban con sigilo, devorando las paredes, los suelos y cuanto se ponía en su camino.

Alicia no estaba allí.

La casa del guarda.

Retrocedió con mucho cuidado. Cuando acabó de bajar los escalones, avanzó hacia la parte de atrás de la finca. En dirección a la casucha.

Del interior de la construcción no llegaba luz alguna. Tocó la puerta y ésta se abrió con un crujido. Se deslizó dentro con el arma en alto. Vio un pequeño cuarto de estar, vacío de no ser por unas latas de cerveza, un par de botellas de leche y un rastro de colillas de cigarrillos. Arrugó la nariz. Olía a orines. Más allá había dos puertas, una a la derecha y otra a la izquierda.

Se acercó primero a la de la izquierda. La puerta no tenía pomo. Vio que estaba entreabierta. Asiendo la pistola con ambas manos, la empujó suavemente con el pie.

A la leve luz que entraba por la ventana, vio a Kay y a Alicia acurrucadas en un rincón. Tenían las manos y los pies atados y las bocas tapadas con cinta aislante. Kay tenía un lado de la cabeza embadurnado con lo que parecía sangre seca. Le pareció que Alicia estaba ilesa.

Kay la miró con terror. No por su propia suerte, sino por la de Stacy.

Una trampa. Los juegos de rol eran famosos por ellas.

Él estaba detrás. O en el armario, justo enfrente de las dos mujeres.

Stacy no entró en la habitación. Le hizo la pregunta a Kay

gesticulando sin emitir sonido. La mujer dirigió los ojos hacia el armario.

Era lógico. El Conejo Blanco esperaba que corriera hacia ellas para liberarlas. Lo cual la pondría directamente en su línea de fuego.

Alicia se irguió de pronto, como si se diera cuenta de que estaba pasando algo.

Aquello alertó al Conejo Blanco.

La puerta del armario se abrió súbitamente. Stacy se giró, apuntó y disparó. Una vez, luego otra y otra, hasta vaciar el cargador.

Él cayó sin haber disparado un solo tiro.

Stacy vio que era Troy. De pronto se apoderó de ella una oleada de alivio. Aquello había acabado. El Conejo Blanco había muerto. Alicia y Kay estaban a salvo.

Pero había quizá también en su mirada una expresión de incredulidad porque Troy, aquel guaperas, aquel ligón de playa, fuera el Conejo Blanco. Era la última persona a la que Stacy habría atribuido inteligencia o ambición suficientes para orquestar aquella trama.

La habían engañado antes. Un hombre igual de guapo. Igual de cruel.

Stacy se apartó de Troy y se acercó a toda prisa a las mujeres. Desató primero a Kay y luego a Alicia, pero se quedó paralizada al oír el chasquido inconfundible del percutor de un revólver.

—Date la vuelta lentamente.

Troy. Aún estaba vivo.

Había ido preparado.

Stacy hizo lo que le ordenaba, maldiciéndose por haber vaciado el cargador. Lo miró a los ojos.

—¿Ya has resucitado?

—¿Creías que no esperaba que vinieras armada? ¿O que no sabía que eras una tiradora experta? —se dio un golpe en el pecho—. Un chaleco Kevlar, disponible en gran número de armerías.

Ella forzó una sonrisa altiva.

—Pero escuece de cojones, ¿eh?

—Merece la pena, porque ahora tu cargador está vacío. Otro movimiento predecible, por cierto —levantó su arma y le apuntó directamente a la cabeza—. Bueno, ¿qué vas a hacer ahora, heroína?

Ella se quedó mirando el cañón de la pistola, consciente de que había llegado su fin. Se le habían agotado las ideas y las alternativas.

—Se acabó el juego, Killian.

Él se echó a reír. Stacy oyó el grito de Alicia, el rugido de la sangre en su cabeza. El estallido del disparo ahogó ambos sonidos. Pero aquel instante de dolor desgarrador no llegó. En cambio, la cabeza de Troy pareció explotar repentinamente. Se tambaleó hacia atrás y se desplomó.

Stacy se dio la vuelta. Malone estaba en la puerta, con la pistola apuntando hacia el cuerpo inerme de Troy.

Domingo, 20 de marzo de 2005
7:35 p.m.

Los siguientes minutos pasaron en un torbellino. Malone había llamado a una ambulancia y a una unidad de criminalística. Informó a la central de que había una baja. Tony y Stacy condujeron a las dos mujeres fuera, a un coche.

Unos instantes después, Spencer se reunió con ellos.

—Todos vienen de camino. Incluida la ambulancia —se volvió hacia Kay—. ¿Se siente con fuerzas para contestar a unas preguntas, señora Noble?

Ella asintió con la cabeza, aunque Stacy notó que juntaba con fuerza las manos sobre el regazo, como si quisiera impedir que le temblaran o intentara darse ánimos.

—Estaba loco —comenzó a decir quedamente—. Obsesionado con Conejo Blanco. Alardeaba de lo listo que era, de cómo había jugado con todos nosotros. Incluso con Leo, el Conejo Blanco Supremo.

—Empiece por el principio —dijo Stacy con suavidad—. Por la noche que la secuestró.

—Está bien —ella miró a Alicia con preocupación y luego comenzó a hablar—. Llamó a mi puerta. Me preguntó si podía hablar conmigo. Le dejé pasar. No pensé... no... —se le quebró la voz; se llevó una mano a la boca, luchando visiblemente por dominarse—. Me resistí. Pataleé y arañé. Me golpeó. No sé con qué. Lo siguiente que recuerdo es que estaba en el maletero de un coche. Atada. Y que nos movíamos.

—¿Qué pasó entonces, señora Noble?

—Me trajo aquí —tragó saliva—. Iba y venía. Me habló de... de la muerte...

Alicia comenzó a llorar. Kay le rodeó los hombros con el brazo y la apretó contra sí.

—Presumía de haber eliminado al Rey de Corazones.

—¿A Leo?

Ella asintió con la cabeza y los ojos se le llenaron de lágrimas.

—A veces sólo divagaba.

—¿Sobre?

—Sobre el juego. Sobre los personajes —se enjugó las lágrimas de las mejillas—. Su meta era matar a Alicia —dijo Kay—. Lo dispuso todo para observar cómo su personaje mataba a un jugador tras otro. Luego, cuando estuvieran todos eliminados, la mataría a ella —miró a Stacy—. A ti no conseguía atraparte. Y no podía matar a Alicia hasta que te eliminara a ti.

Y Alicia era el cebo para atraerla hasta allí.

—Ha habido otras Alicias —dijo la muchacha en voz baja—. Yo no era la primera.

La boca de Spencer se tensó.

—¿Dónde? ¿Lo dijo él?

Las dos asintieron con la cabeza. Kay agarró la mano de su hija y se la apretó con fuerza.

—Pero ella era la definitiva. La verdadera Alicia. Nos encontró a través de entrevistas en Internet y de las nuevas publicaciones.

Llegó la ambulancia. Tony ayudó a Kay y a Alicia a subir.

Stacy se quedó mirándolas un momento y luego se volvió hacia Spencer.

—¿Cómo es posible que llegaras a tiempo? Estamos a dos horas de tu casa.

—No mientes tan bien como crees.

—¿El chico que dejó caer los platos?

—No. Tu promesa de no hacer ninguna estupidez. Conseguí permiso para instalar un dispositivo de seguimiento por satélite en tu todoterreno.

—¿Cómo conseguiste convencer al juez?

—Tergiversé un poco los datos.

—Supongo que debería enfadarme.

Él levantó una ceja.

—Tiene gracia, tengo la impresión de que soy yo quien debería enfadarse —se inclinó hacia ella y bajó la voz—. Ha sido una locura, lo sabes, ¿verdad?

Podría estar muerta. Lo estaría, si no fuera por él.

—Sí, lo sé. Gracias, Malone. Te debo una.

Martes, 12 de abril de 2005
1:15 p.m.

Marzo dio paso a abril. Muchas cosas habían sucedido en las dos semanas transcurridas desde aquella noche en Belle Chere. Stacy había declarado no menos de cuatro veces. Se descubrió que Troy era un vagabundo, un fracasado que utilizaba su físico para aprovecharse de las mujeres, dejándolas sin un centavo y con el corazón destrozado.

Troy era también muy astuto. Sin antecedentes penales, su conversión en el Conejo Blanco no encajaba en ningún perfil, pero demostraba que, en lo referente al comportamiento criminal, todo era posible.

La policía estaba contactando con los diversos lugares donde había vivido en busca de asesinatos sin resolver de muchachas cuyo nombre fuera Alicia.

De momento, no habían encontrado ninguno, pero la búsqueda acababa de empezar.

El caso del Conejo Blanco había quedado oficialmente cerrado. Leo había recibido sepultura. Spencer y el jefe Battard, de Carmel-by-the-Sea, California, se habían mantenido en contacto.

El accidente que la policía de Carmel había clasificado en principio como el suicidio de Dick Danson había pasado a ser un homicidio perpetrado por el propio Danson. La víctima permanecía anónima. El jefe Battard confiaba en poder aclarar ese extremo cuanto antes.

Bobby Gautreaux había sido oficialmente acusado de los asesinatos de Cassie Finch y Beth Wagner. Stacy seguía sin estar muy convencida de su culpabilidad, pero había llegado al final del camino. Sus pistas se habían agotado, y la policía y la fiscalía del distrito creían tener pruebas suficientes para conseguir una condena en firme.

¿Quién era ella para decir lo contrario? Ya no era policía. Por lo menos, eso seguía diciéndose a sí misma.

Naturalmente, tampoco era estudiante.

Paró el coche delante de su apartamento, aparcó y salió de su Bronco. Había anulado oficialmente la matrícula del curso. El jefe del Departamento de Filología Inglesa había admitido circunstancias atenuantes y había aceptado su regreso en el semestre de otoño. A fin de cuentas, hasta el asesinato de Cassie, se había defendido bastante bien.

Stacy agradecía su comprensión y su ofrecimiento, pero le había dicho que no estaba segura de lo que quería hacer.

Estaba quemada.

Aquello no era nada, sin embargo, que no pudiera resolverse regresando a Dallas. O eso decía su hermana. Habían hablado esa mañana. Jane había intentado convencerla de que volviera a casa, por lo menos hasta que supiera con certeza qué quería hacer. Le había puesto al corriente de las primicias de Annie: que había empezado a gatear, que dormía toda la noche de un tirón, que se reía al ver su cara en el espejo...

Stacy también echaba de menos a la pequeña. Ansiaba formar parte de la vida de Annie.

Luego estaba Spencer. Con él también había hablado esa mañana. Apenas se habían visto desde aquella noche en la plantación de Belle Chere. Y no porque ella no estuviera interesada.

Pero tenía que ocuparse de su vida, hacer lo mejor para ella a largo plazo.

Y un engreído detective de homicidios no era lo que más le convenía.

Por lo menos, eso se decía. Qué fastidio, se estaba volviendo una tiquismiquis y una pelmaza.

Subió los escalones del porche y se acercó a la puerta. Su

nueva vecina, una rubia petulante y flaca como un espárrago asomó la cabeza por su puerta.

–Hola, Stacy.

–Hola, Julie –la chica llevaba puestas unas mallas cortas de licra. De su apartamento salía el sonido de un vídeo de ejercicios de aeróbic–. ¿Qué tal?

–Tengo un paquete para ti.

Se metió dentro y al cabo de un momento regresó con una caja enviada por mensajería.

–Lo dejaron justo después de que te fueras. Les dije que te lo daría.

Stacy tomó la caja. Para su tamaño, era bastante pesada. La zarandeó y el contenido golpeó los lados.

–Gracias.

–De nada. ¡Que pases un buen día!

La chica desapareció dentro de la casa. Stacy se acercó a su puerta, la abrió y entró. Cerró con el pie tras ella, dejó el bolso y las llaves sobre la mesa de la entrada y fijó su atención en el paquete. Al instante notó que no había etiqueta de envío pegada a la caja y frunció el ceño.

Regresó a casa de su vecina y llamó.

Julie apareció en la puerta.

–Hola, Stacy.

–Una pregunta. El paquete no lleva etiqueta de envío. ¿Te la han dado a ti?

–No. Te he dado lo que me han dado.

–¿Has firmado tú?

La rubia pareció confusa.

–No. Pensé que no hacía falta, porque habrían dejado un impreso o algo así en tu puerta.

–No han dejado nada.

–No sé qué decirte, Stacy –su confusión parecía haberse convertido en fastidio.

–No impor... ¡Espera! Una última pregunta.

La rubia se detuvo en la puerta con expresión exasperada.

–El tipo de FedEx, ¿llevaba uniforme?

–Era una chica –puntualizó Julie, frunciendo las cejas como si intentara recordar–. No me acuerdo.

—¿Y la furgoneta? ¿La viste?

—Lo siento —cuando Stacy abrió la boca para hacer otra pregunta, la joven la cortó—. Me estoy perdiendo la mejor parte de los ejercicios. ¿Te importa?

Stacy dijo que no y regresó a su apartamento. Se acercó a la caja, agarró una de las solapas troqueladas, la levantó de un tirón y sacó el contenido. Dentro había un objeto envuelto en papel de burbujas. El envoltorio llevaba pegada una tarjeta.

Despegó la tarjeta y la abrió. Decía simplemente:

El juego no ha acabado aún.

Empezaron a temblarle las manos. El Conejo Blanco.

No podía ser.

Despegó cuidadosamente la cinta adhesiva. Apartó el envoltorio de burbujas.

Se quedó sin respiración. Un ordenador portátil. Un Apple de doce pulgadas. Una bonita carcasa blanca.

Un ordenador que ella conocía.

El ordenador de Cassie.

Mientras intentaba convencerse de que podía ser cualquier portátil Apple, lo abrió y pulsó el botón de encendido. El aparato cobró vida.

Se obligó a respirar mientras se cargaban los programas; luego el escritorio llenó la pantalla. Repasó las carpetas y se detuvo en el titulado *Mis imágenes*.

Lo abrió. En las preferencias se había seleccionado el visionado en miniatura de los iconos. Aparecieron varias hileras de pequeñas fotografías. Pulsó la primera. Una imagen llenó la pantalla. Cassie y Magda, vestidas con sombreros de Nochevieja y soplando unos matasuegras. En la siguiente aparecía una chica del grupo de juegos de rol bailando el cancán. Luego había una foto de la madre y la hermana de Cassie.

La siguiente hizo que el corazón se le subiera a la garganta.

Cassie y ella. En el Café Noir. Posando para la cámara.

Un grito escapó de sus labios. Se levantó de un salto y se acercó a la ventana. Se llevó las manos a los ojos y se los apretó, intentando refrenar el dolor. La sensación de pérdida.

Recordaba el día en que se tomó esa fotografía. La había

hecho Billie. Con la cámara de su móvil. Parecía que había sido ayer.

Cassie aún estaba viva. Y ahora ya no estaba.

Stacy cerró los puños con fuerza. Tenía que concentrarse. No en el pasado. Ni en el dolor. Sino en lo que estaba sucediendo. Y en por qué sucedía.

Bobby Gautreaux no había matado a Cassie y a Beth.

Pero ¿quién lo había hecho? ¿Y por qué le habían enviado a ella el ordenador?

Dejó caer las manos y se volvió hacia el aparato. Alguien quería que supiera que existía un vínculo entre el asesinato de Cassie y Conejo Blanco. Que la muerte de Troy no había puesto fin a la partida.

El Conejo Blanco seguía haciendo de las suyas.

Stacy respiró hondo bruscamente, se dio la vuelta y volvió al ordenador. Cerró la carpeta de las fotografías y recorrió el administrador de archivos hasta detenerse en una carpeta titulada «Conejo Blanco».

Bingo.

Pulsó la carpeta. Se abrió mostrando un menú con un solo archivo.

El Juego.

A juzgar por la fecha, el documento había sido creado el domingo 27 de febrero a las 10:15 de la noche.

La noche que Cassie había sido asesinada.

Stacy abrió el documento y comenzó a leer. Comprendió al instante que se trataba de una estrategia de juego cuerpo a cuerpo. El juego tal y como ella lo había jugado con Malone y los demás. El Conejo Blanco había reunido a todos los personajes. Da Vinci y Angel. El Profesor. Nerón. Alicia.

Y, tal y como en la partida que habían jugado, el ratón, los dos naipes y el Gato de Cheshire no se contaban entre los personajes.

Ellos eran los obstáculos. Los monstruos enviados por el Conejo Blanco para debilitar o matar a los jugadores.

Los jugadores.

Claro. Ahora estaban todos muertos. Incluso el Conejo Blanco.

Todos, excepto Angel y Alicia.

Stacy se levantó de un salto. ¡Eso era! Naturalmente. Claro, Leo se quedaba con todo si Kay desaparecía de escena.

Pero aquella idea funcionaba también a la inversa. Ninguno de ellos lo había tenido en cuenta.

Con la desaparición de Leo, Kay se quedaba con todo.

Stacy empezó a pasearse de un lado a otro. Estaba excitada. Kay era quien había contactado con Pogo, quien había puesto el nombre de Leo en la lista de correo de la Galería 124. Estaba compinchada con Troy. Pero por alguna razón sus planes se habían ido al traste.

Por culpa de ella. Tenía que ser eso.

Así pues, ¿por qué mandarle el ordenador?

Alicia.

Alicia lo había descubierto todo. Sabía que su madre era culpable. Que había matado a Leo.

El asesino se lo lleva todo. Todos los despojos. El patrimonio de Leo en su conjunto. Los beneficios de los lucrativos contratos de licencia firmados recientemente.

Stacy habría apostado a que Troy había empezado a trabajar para los Noble poco después de la firma de esos acuerdos.

Pero ¿y Dunbar? Stacy se frotó las sienes. ¿Le había reconocido Kay de inmediato? ¿Era eso lo que la había impulsado a actuar? ¿Se había dado cuenta de que Danson era un perfecto cabeza de turco y había recabado la ayuda de Troy?

Aquella mujer era brillante. El plan era brillante.

Soy más lista que ellos dos juntos. ¿Te ha dicho eso él?

Alicia. Ella se había dado cuenta de todo.

Naturalmente, pensó Stacy. Dos personajes todavía en pie. El juego no acababa hasta que todos los jugadores estaban muertos, menos uno.

El asesino se lo lleva todo.

Alicia necesitaba ayuda.

Stacy se llevó una mano a la boca. ¿Pensaba Kay matar también a su hija? ¿Más adelante, de un modo que no despertara sospechas?

¿Qué había dispuesto Leo en su testamento? ¿Era Kay la única beneficiaria de sus bienes? ¿O era una mera albacea?

Stacy agarró su teléfono móvil, marcó el número de Malone y colgó cuando le respondió el contestador. Marcó el número de la DAI. La operadora que contestó la informó de que el detective Malone estaba en una reunión y le preguntó si podía pasarla con alguna otra persona.

—¿El detective Tony Sciame está disponible?

Lo estaba y, un momento después, se puso al teléfono.

—Stacy, ¿qué ocurre?

—Estoy intentando hablar con Spencer. Es importante.

—Está con la comisaria y un par de tipos de la DIP.

La División de Integridad Pública. Asuntos Internos. La unidad que justificaba su existencia por el número de policías a los que empapelaba. Una reunión con aquellos tipos siempre era de mal agüero. Ella lo sabía por experiencia: justo antes de abandonar la policía de Dallas, se las habían hecho pasar moradas.

Frunció el ceño, preocupada.

—¿Qué está pasando?

—No estoy seguro. La comisaria se incorpora hoy y esos tipos aparecen avasallando. En cuanto nos descuidemos, le meterán un paquete a Malone.

—Tú eres su compañero, Tony. Tienes que tener alguna idea de qué está pasando.

Él se quedó callado un momento. Cuando habló, Stacy notó que elegía cuidadosamente sus palabras.

—Llevaba algún tiempo bajo el microscopio y últimamente ha habido algunas irregularidades.

¿Un juez aprobó ese dispositivo de búsqueda?

Tergiversé un poco los datos.

—Es por mi culpa, ¿verdad, Tony? ¿Porque me mantuvo informada?

—No sólo eso.

Ella masculló una maldición.

—¿Qué más?

—No puedo decírtelo.

—Estaría muerta si no fuera por Malone. Y Alicia también.

Pero no Kay. ¿Cómo había pensado explicarlo todo aquella mujer? ¿Matando a Troy? ¿Fingiendo que había logrado escapar?

—¿Stacy? ¿Estás ahí?
—Sí, estoy aquí. ¿Cuánto crees que tardará Malone?
—No lo sé. Pero ya llevan ahí dentro un buen rato.
—Dile que me llame al móvil. Es sobre el Conejo Blanco y Cassie Finch.
—¿El Conejo Blanco? Pero ¿qué...?
—No se ha acabado. No lo olvides, ¿de acuerdo? Es importante.
—Stacy, espera...
Ella colgó. No tenía un plan para enfrentarse a Kay Noble, sólo una sensación de premura que la impulsaba a actuar. Alicia la necesitaba. Ella dudaba de que Kay hiciera algún movimiento estando tan reciente la muerte de Leo, pero no iba a arriesgar la vida de la chiquilla.

Ni la suya propia.

Con eso en mente, guardó su Glock en el bolso.

Martes, 12 de abril de 2005
3:00 p.m.

Stacy detuvo el coche delante de la mansión de los Noble. Vio que Kay no había perdido el tiempo: un letrero de *Se vende* colgaba de la verja de hierro. En el camino de entrada había aparcado un monovolumen con el logotipo de una empresa de mudanzas.

Stacy aparcó, salió del coche y echó a andar hacia la casa. Cuando llegó al porche, Kay salía de la casa con un hombre al que Stacy no reconoció. Por cómo iba vestido y por el portafolios que llevaba en la mano dedujo que era de la empresa de mudanzas.

Kay y él se dieron la mano; él le dijo que se mantendrían en contacto y se marchó.

—Stacy —dijo Kay calurosamente, volviéndose hacia ella—, qué agradable sorpresa.

—Quería saber cómo estabais Alicia y tú. Ver cómo os va.

—Vamos tirando. Nos mudamos.

—Ya lo veo.

—Demasiados recuerdos —soltó un triste suspiro—. Ha sido especialmente duro para Alicia. Está muy callada.

«Apuesto a que sí. Seguramente tiene tanto miedo que no se atreve a hablar».

Stacy chasqueó la lengua, esperando parecer convincente.

—Es lógico. Ha perdido a su padre de un modo traumático. Se vio expuesta a una situación tan horrenda que habría escapado a la comprensión de la mayoría de las chicas de su edad.

—La he llevado al psicólogo. Su médico dice que tardará algún tiempo en mejorar.

Kay Noble era la viva imagen del amor y la preocupación maternales. Una actuación digna de un premio, pensó Stacy. Digna de un óscar.

—Sólo espero que algún día pueda olvidarlo.
—¿Puedo verla?
—Claro. Pasa.

Stacy la siguió al interior de la casa. Vio que ya habían empezado a reunir las cosas para empezar a embalarlas. Miró a su alrededor.

—¿Está Valerie? Me gustaría saludarla, si anda por aquí.
—Valerie se ha ido. Nos ha dejado.
—¿De veras? Qué extraño.
—La había contratado Leo, y ahora que él no está... supongo que no se sentía a gusto.

La señora Maitlin se consideraba a sí misma mucho más que una simple «contratada». Se consideraba un miembro más de la familia. Eso era evidente.

Stacy sintió lástima por aquella mujer. Pero sólo por un momento: dadas las circunstancias, estaba mejor fuera de allí.

Kay se acercó al pie de la escalera.

—¡Alicia! —gritó—. ¡Stacy ha venido a verte! —esperó un momento y luego volvió a llamar a su hija.

Al no recibir respuesta, miró a Stacy.

—Ésa es otra: apenas sale de su cuarto.

Seguramente tenía miedo de salir. Posiblemente no soportaba ver a su madre.

Kay comenzó a subir las escaleras.

—Te debemos la vida, Stacy. Y quiero que sepas cuánto te agradezco lo que hiciste por nosotras. Los riesgos que corriste.

Sus ojos negros se llenaron de lágrimas y Stacy la felicitó de nuevo para sus adentros por su actuación.

—Si no hubieras aparecido en nuestras vidas... No quiero ni pensarlo. Nunca te olvidaremos.

—Yo tampoco a vosotros, Kay.

Llegaron al cuarto de Alicia; Kay llamó a la puerta, que estaba cerrada.

—¿Alicia? Stacy ha venido a verte.

La chica salió a la puerta. Al ver a Stacy, sus labios se curvaron en una leve sonrisa.

—Hola, Stacy.

—Hola —dijo ella suavemente—. ¿Cómo estás?

La chica miró a su madre.

—Bien, supongo.

—Kay —dijo Stacy—, ve a hacer lo que tengas que hacer. Yo me quedo con Alicia un rato.

Kay vaciló un momento y luego asintió con la cabeza.

—Estaré abajo.

Stacy la vio salir de la habitación y luego condujo a Alicia al asiento de la ventana. Deseó poder cerrar la puerta, pero no quería despertar las sospechas de Kay.

Una vez sentadas, Stacy no perdió tiempo. Comenzó a decir en voz baja:

—Hoy recibí un paquete muy interesante —la chica no dijo nada y Stacy prosiguió—. Un ordenador portátil. Un Apple. ¿Sabes algo de eso?

Alicia miró hacia la puerta abierta, visiblemente atemorizada. Tragó saliva como si intentara hablar y no pudiera.

Stacy la agarró de la mano.

—Yo cuidaré de ti, te lo prometo. ¿Me has mandado tú el ordenador?

Ella asintió con la cabeza. Sus ojos se llenaron de lágrimas.

—¿De dónde lo has sacado?

—Me lo encontré —susurró Alicia—. En una caja de cosas que mamá separó para el camión de la basura.

El camión de la basura. Stacy flexionó los dedos, intentando contener la ira. Aquel ordenador había pertenecido a Cassie, era su más preciada posesión. El modo en que Kay se había deshecho de él era una metáfora perfecta del modo en que se había deshecho de la vida de Cassie.

—¿Por qué miraste en la caja? —preguntó.

—La vi meter en ella algunas cosas de papá. Cosas que yo quería. Lo hace sin parar. Ella... —su garganta pareció cerrarse sobre aquellas palabras, y carraspeó—. Sabía que discutiríamos, que diría que todo lo que yo quería no eran más que porquerías, así que, cuando se fue a dar un masaje, rebusqué en la caja.

—¿Y fue entonces cuando encontraste el ordenador?

—Sí. En una bolsa de basura negra. No sé por qué miré en la bolsa, pero en cuanto lo vi comprendí que había algo raro. Mamá nunca ha usado un Apple. Ninguno de nosotros tenía uno.

—¿Qué pasó luego?

—Yo... lo abrí. Y lo encendí —se le quebró la voz y se le saltaron las lágrimas—. Reconocí a tu amiga. Y me di cuenta de lo que pasaba.

Sonó el teléfono de la casa. Stacy oyó el timbre en el recibidor. Una, dos veces. El ruido cesó, seguido por el leve murmullo de Kay contestando.

—¿Por qué no avisaste a la policía?

—Porque yo... confío en ti. Sabía que no dejarías que se saliera con la suya —se miró las manos, que tenía unidas con fuerza sobre el regazo—. Me daba tanto miedo que descubriera lo que... había hecho. Lo que había encontrado. Creo que piensa...

—¿Qué, Alicia?

—Creo que piensa matarme a mí también.

Stacy también lo creía.

—Voy a llamar a Malone —dijo suavemente, y echó mano de la funda de su teléfono, pero descubrió que estaba vacía.

Se lo había dejado en el coche.

—¿Qué pasa? —preguntó Alicia.

—Me he dejado el móvil en el coche. Quédate aquí, enseguida vuelvo.

Ella la agarró de la mano y se la apretó con fuerza.

—¡No me dejes!

—Sólo voy al coche un momento. Te prometo que...

—Usa el teléfono de casa.

Stacy sacudió la cabeza.

—Demasiado riesgo.

—Entonces yo también voy.

Stacy le soltó la mano.

—Quédate aquí. No debemos despertar las sospechas de tu madre.

—Por favor, Stacy —le tembló la voz—. Tengo miedo.

Y no era de extrañar, pobre criatura. Su madre era una asesina a sangre fría.

Stacy miró por la ventana del cuarto de Alicia. Su coche estaba aparcado junto a la acera. Podía recoger el teléfono y volver en cinco minutos. O menos.

—Llevo la Glock en el bolso. ¿Sabes disparar?

Ella sacudió la cabeza.

—No.

—Apunta y aprieta el gatillo. ¿Crees que podrás? —la chica asintió con la cabeza—. Te dejo la pistola, pero no la toques a menos que no te quede más remedio, ¿entendido?

Ella dijo que sí y Stacy abrió la ventana.

—Llámame si me necesitas. Puedo volver en cuestión de segundos.

Miró un momento más a la muchacha antes de salir de la habitación. Alicia estaba acurrucada en el asiento de la ventana, con el bolso abrazado contra el pecho.

Pobre chiquilla. ¿Cómo iba a superar todo aquello?

Stacy bajó las escaleras, obligándose a avanzar despacio por si aparecía Kay.

Llegó a su coche, sacó el teléfono y marcó el número de Malone.

Él contestó. Parecía tenso.

—No puedo hablar.

La DIP.

—Entonces limítate a escuchar. Ven a casa de los Noble. Trae a Tony y a un par de agentes contigo.

—No tengo tiempo para juegos ahora...

—A decir verdad, te llamo por el juego. Todavía está en marcha.

—¿Estás...?

—¿Segura? Absolutamente.

—¡Stacy! ¡Ayuda!

Ella levantó la mirada; la silueta de las dos mujeres apareció en la ventana. Estaban forcejeando. Daba la impresión de que Kay intentaba reducir a su hija.

—¡Apártate de mí! ¡Te odio!

Stacy masculló una maldición.

—¡Tengo que colgar! Ven para acá.

—¿Qué está...?

—Ven para acá. ¡Enseguida!

Colgó y corrió hacia la casa.

—¡Asesina! —gritó Alicia—. ¡Tú mataste a papá!

Stacy llegó a los escalones, los subió a toda velocidad y cruzó el porche. El disparo sonó cuando llegaba a la puerta. A continuación se oyó un grito agudo.

«Dios, no. Por favor, que la chica esté a salvo».

Stacy subió las escaleras de dos en dos y alcanzó el rellano en cuestión de segundos. Llegó al cuarto de Alicia. La muchacha estaba de cara a la ventana abierta. Stacy vio que la mosquitera estaba arrancada.

—Alicia...

La chica se giró. La pistola cayó de sus dedos.

—La he matado.

—¿Dónde...?

Entonces lo comprendió. Corrió a la ventana y miró fuera. Kay yacía boca arriba en un cantero del jardín, con los ojos abiertos. Vacíos.

Alicia comenzó a llorar. El estrépito de las sirenas se mezcló con sus sollozos.

—Vamos —dijo Stacy suavemente y, rodeándola con el brazo, la condujo hacia la puerta—. Van a tener que hacerte algunas preguntas. Todo saldrá bien. Te doy mi palabra.

Martes, 12 de abril de 2005
4:10 p.m.

Llegaron Tony, Malone y dos coches patrulla. Stacy salió a recibirlos a la puerta, les explicó en pocas palabras lo sucedido y les dejó hacer su trabajo.

Se quedó junto a Alicia, pero entre tanto no dejó de imaginarse a los diversos equipos examinando el lugar de los hechos. Sabía qué cabía esperar. Por de pronto, su Glock era ahora prueba material en un caso de homicidio. Tardaría algún tiempo en recuperarla. Además, necesitarían una declaración detallada tanto de ella como de Alicia.

Y tendrían que llamar al Servicio de Protección de la Infancia para que se hiciera cargo de Alicia.

Iba a costarle mucho separarse de la muchacha. No sabía si sería capaz.

Después de lo que le pareció una eternidad, aunque en realidad apenas había transcurrido una hora, Spencer salió a buscarlas. Se agachó delante de Alicia.

—¿Te sientes preparada para contestar a unas preguntas?

La chica miró a Stacy con los ojos dilatados y expresión angustiada.

—¿Puedo quedarme con ella? —preguntó Stacy.

Cuando Spencer contestó que sí, la muchacha exhaló un audible suspiro de alivio. Empezó por contarles cómo había encontrado el ordenador, cómo había descubierto la verdad y cómo le había hecho llegar el ordenador a Stacy y por qué.

Le tembló la voz cuando llegó a la parte más reciente de su relato.

—Debió de oírnos hablar. Stacy se fue y ella apareció en la puerta. Estaba... furiosa. Me llamó zorra ingrata.

Se aferró a la mano de Stacy.

—Entró corriendo en la habitación. Se abalanzó sobre mí como una loca. No sabía qué hacer —musitó con voz débil y trémula—. Me había... me había agarrado. Me arrastró hacia la ventana... Yo tenía la pistola. La pistola de Stacy. La agarré y... y...

Entonces se derrumbó, sollozando. Sin duda por la traición de su madre. Por la muerte de su padre. Y por la desesperación que se había adueñado de su propia vida, alterada para siempre.

A Stacy se le rompía el corazón. Abrazó a la niña mientras lloraba e hizo su declaración entrecortadamente.

Tony se acercó tranquilamente al lugar donde estaban sentados.

—Buenas noticias —dijo.

Todos levantaron la mirada. Aquellas palabras habían sonado extrañas. Inapropiadas y fuera de lugar. ¿Podía haber algo bueno en un día como aquél?

—Acabo de hablar con tu tía Grace, Alicia —dijo Tony—. Ha podido reservar un vuelo que sale esta noche. Llegará sobre medianoche. Se me ha ocurrido ir a buscarla.

—La tía Grace —repitió Alicia con un temblor en la voz. Como si hubiera olvidado que aún le quedaba familia. Como si aquel recuerdo fuera el mayor regalo que podían hacerle en ese momento.

Spencer miró un instante a Stacy a los ojos.

—Vete a casa, Tony. Nosotros iremos a buscarla al aeropuerto. Los tres.

A medianoche, el aeropuerto de Nueva Orleans daba un poco de miedo. Una ciudad del tamaño de Nueva Orleans apenas recibía vuelos a esas horas de la noche. Sus pasos resonaban en la cavernosa terminal, en la que todas las tiendas y los quioscos permanecían cerrados, y cuyos mostradores sólo atendía un puñado de agentes de aspecto cansado.

Alicia apenas dijo nada, pero no se despegó de Stacy mientras aguardaban en un extremo de la terminal. Por suerte el vuelo de su tía llegó puntual. Alicia y ella se dieron un largo abrazo, aferrándose la una a la otra mientras lloraban. Stacy las condujo con la mayor delicadeza posible primero a recoger el equipaje y después al aparcamiento subterráneo.

—Nos hemos tomado la libertad de reservarle una habitación de hotel —dijo—. Si había previsto otra cosa...

—Gracias —dijo Grace—. No..., ni siquiera había pensado... Siempre me quedaba en...

Sus palabras se apagaron. Todos sabían lo que había estado a punto de decir.

Siempre se había quedado en casa de su hermano Leo.

Media hora después dejaron a Grace y a Alicia en el hotel. Stacy las acompañó dentro, se aseguró de que no había ningún problema con la reserva y regresó al coche.

Se abrochó el cinturón. Spencer la miró.

—¿Dónde te llevo, Stacy?

Ella le sostuvo la mirada.

—No quiero estar sola, Spencer.

Él asintió con la cabeza y se apartó de la acera.

65

Miércoles, 13 de abril de 2005
3:30 a.m.

Stacy se incorporó súbitamente en la cama. La había despertado la verdad.

–Dios mío –dijo, llevándose una mano a la boca–. Ha mentido.

–Vuelve a dormir –farfulló Spencer.

–No lo entiendes –lo zarandeó–. Ha mentido en todo.

Él entreabrió los ojos.

–¿Quién?

–Alicia.

Él frunció el ceño.

–¿De qué estás hablando?

En la cabeza de Stacy bullía el recuerdo del día en que llevó el correo de Leo a su despacho. Valerie le pidió que lo hiciera; ella dejó las cartas sobre su ordenador portátil. Concentró su atención en el correo, en la invitación de la Galería 124.

No en el ordenador.

Ahora, sin embargo, lo veía con toda claridad con el ojo de la mente. La carcasa de cromo, el logotipo de la manzana nítidamente en el centro.

–Alicia me dijo que al encontrar el ordenador de Cassie se dio cuenta de que había algo raro porque nadie en su familia usaba un Apple. Pero Leo tenía un Apple. Estaba encima de su mesa.

–¿Estás segura de eso?

–Sí, segurísima.

—Sería muy fácil comprobarlo.

Stacy luchó por asumir lo que estaba pensando. ¿Podría haber sido Alicia desde el principio?

—Los libros de leyes —dijo—. El *DSM-IV*. Estaba estudiando para cubrirse las espaldas. Sólo por si acaso.

Spencer se sentó.

—Te das cuenta de lo que estás insinuando, ¿verdad? Que la chica formaba parte del plan.

—No estoy insinuando eso en absoluto. Creo que el plan era suyo y sólo suyo.

Stacy notó que había captado por completo su atención. Toda traza de sueño había desaparecido del rostro de Spencer.

—¿Estás diciendo que Alicia planeó cada movimiento, ella sola?

—Sí.

—Y consiguió enredar a Troy.

—Sí.

Stacy sacudió la cabeza. Aquello le dolía. No quería que fuera cierto. No quería que Alicia fuera esa persona.

Spencer se quedó callado un momento.

—¿De veras crees que una adolescente de dieciséis años ha podido montar todo ese tinglado?

—Alicia no es una adolescente cualquiera. Es un genio. Una jugadora experimentada. Una estratega brillante.

Soy más listo que ellos dos juntos. ¿Te ha dicho eso él?

—Siempre se esforzaba en decirme lo lista que era. Estaba muy orgullosa de su coeficiente intelectual. Muy pagada de sí misma, en realidad.

Él se pasó la mano por la mandíbula.

—Pero ¿por qué iba a hacerlo, Stacy? ¿Por dinero? Estamos hablando de sus padres, por el amor de Dios.

—El dinero era secundario. Quería ser libre. Sentía que se lo merecía. Ellos intentaban retenerla. La protegían demasiado. Ella misma lo decía. No querían que fuera a la universidad, insistían en que recibiera clases particulares.

—Tú las oíste pelearse, viste que Kay intentaba matarla.

Stacy sacudió la cabeza.

—No, yo las vi forcejear. Oí que Alicia la acusaba a gritos de ser una asesina.

—Lo cual confirmó lo que ya creías.

—Sí —Stacy se pasó una mano por el pelo enredado—. Lo más probable es que Kay estuviera intentando averiguar qué demonios estaba pasando. Intentando calmar a Alicia, hacerla entrar en razón. ¿Por qué no me he dado cuenta hasta ahora?

—Si es que es cierto.

Stacy lo miró a los ojos con determinación.

—Lo es.

—Vas a necesitar pruebas. Algo más que pillarla en una mentira basada en un recuerdo que te asaltó mientras dormías.

Ella se echó a reír, pero su risa sonó crispada. Furiosa.

—No voy a permitir que se salga con la suya.

—¿Y qué vas a hacer, heroína?

Viernes, 15 de abril de 2005
10:30 a.m.

Alicia y su tía se hospedaban en una suite del hotel Milton, en Riverwalk. Stacy, que se había mantenido en contacto con ellas, le había dicho a la mayor de las dos que pensaba ir a hacerles una visita, de modo que Grace no se extrañó al verla.

Le abrió la puerta con una sonrisa.

—Stacy, qué amable has sido al venir.

—Le he traído un regalo, uno de sus favoritos —levantó un vaso de *moccaccino* granizado—. Tamaño gigante.

—Eso le gustará —murmuró Grace—. Apenas ha salido de la habitación. Sólo para comer y cuando vienen las camareras a arreglar la habitación —se le llenaron los ojos de lágrimas—. Es horrible. Debe de sentirse tan sola... Y tan traicionada...

Stacy habría descrito las emociones de Alicia más bien como satisfacción y euforia, pero se mordió la lengua. De momento.

—Odio dejarla sola —dijo Grace—, pero estoy intentando embalar todas las cosas de Leo y... —se le cerró la garganta.

Stacy sintió lástima por ella: había perdido a su único hermano.

Y estaba a punto de descubrir que quien lo había matado era su propia hija.

—Está teniendo una mañana espantosa —añadió Grace—. No sé qué hacer para animarla.

Stacy le apretó la mano mientras intentaba refrenar la ira que se iba apoderando de ella. Para Alicia, todo era un gran juego. La gente, sus emociones. Sus vidas. Una enorme competición que ganar.

Grace se acercó a la puerta del cuarto de Alicia y llamó.

—Alicia, cariño, Stacy Killian ha venido a verte.

Al cabo de un momento, la muchacha salió de la habitación. Tenía el aspecto de quien había hecho un viaje de ida y vuelta al infierno. Estaba tan demacrada que Stacy experimentó un instante de duda.

¿Se habría equivocado? ¿Sería nuevo el ordenador de Leo? ¿Sería sencillamente que Alicia no lo sabía, que había cometido un error?

No. No se equivocaba. Alicia había orquestado todo aquello, había planeado a sangre fría la muerte de sus padres.

Stacy compuso una sonrisa preocupada.

—¿Cómo estás?

—Voy tirando.

—Te he traído un *moccaccino*.

—Gracias.

—Alicia, cariño, voy a ir a ver a los de la mudanza. ¿Te importa quedarte sola una hora o dos?

—Yo me quedaré con ella —dijo Stacy—. No te preocupes por nada.

Grace aguardó la confirmación de Alicia, que asintió con la cabeza. Se marchó y Stacy estuvo charlando un rato con la muchacha, hasta que estuvo segura de que Grace no regresaría inesperadamente.

Entonces se encaró con Alicia.

—Está bien, corta el rollo, ¿vale? Ahora sólo estamos tú y yo.

Los ojos de la muchacha se agrandaron.

—¿De qué estás hablando, Stacy?

Ella se inclinó hacia delante.

—Lo sé, Alicia. Fuiste tú quien lo planeó todo. La culpable eres tú.

Alicia se dispuso a negarlo, pero Stacy la cortó.

—Eres brillante. Ellos pretendían retenerte. Te trataban como un bebé. Debiste pensar: «¿cómo se atreven?». A fin de cuentas, eras más lista que ellos. ¿Verdad? ¿O eso también te lo inventaste?

—Sí —dijo ella con suavidad—. Soy más lista de lo que lo eran ellos. Demasiado lista para dejarme engañar por esto.

—¿Por qué?

—Por tu patético intento de atraparme. Dame tu móvil.

—Mi móvil, ¿para qué? —preguntó Stacy, aunque era consciente de que había utilizado una llamada abierta del móvil para atrapar al hombre que había intentando matar a Jane.

—Porque lo sé todo sobre ti, por eso. Todo lo que has hecho. Yo hago mis deberes.

Stacy le lanzó el teléfono.

Ella lo agarró, lo miró y luego miró a los ojos a Stacy.

—Muy lista. Pero no lo suficiente.

Apretó el botón de fin de llamada y volvió a lanzárselo a Stacy.

—¿Quién estaba al otro lado de la línea? ¿Spencer Malone y su compañero el gordinflón?

Stacy mantuvo el tipo.

—¿Cómo lo sabías?

—Ya has usado ese truco antes. Cuando tu compañero intentó matar a tu hermana. Ya te he dicho que hago mis deberes.

—Bueno, ahora sí que estamos sólo tú y yo.

Alicia sonrió.

—Tú me has preguntado, ahora me toca a mí. ¿Qué me delató?

—Mentiste. Sobre el ordenador de tu padre. Leo tenía un portátil Apple.

Ella asintió con la cabeza.

—Lamenté esa mentira en cuanto salió de mis labios. Me preguntaba si te darías cuenta.

—Pues me he dado cuenta.

Alicia se encogió de hombros.

—Menuda cosa. Para lo que va a servirte. ¿No habría sido mejor seguir pensando que me salvaste la vida?

—La verdad es siempre mejor que la mentira.

Alicia se echó a reír. Su expresión se había transformado.

—Se suponía que mamá tenía que morir esa noche en Belle Chere. Igual que tú. Tu amigo Malone lo echó todo a perder.

—Por suerte para mí.

—Intenté librarme de él varias veces, pero era demasiado estúpido para darse por vencido, o demasiado afortunado, quizá.

—¿Librarte de él? ¿Cómo?

—Llamadas anónimas al Departamento de Policía de Nueva Orleans. Había involucrado a una civil en una investigación oficial.

—Eres una niñata muy lista. Toda cerebro, sin alma ni corazón. Igual que un personaje de Conejo Blanco.

Alicia dio un respingo.

—Necesitaba ser libre. Me lo merecía. Era ridículo cómo intentaban controlarme. Yo debería haberlos controlado a ellos.

—¿Y eso por qué? Eran adultos y tú su hija.

—Pero no eran mis iguales. Les daba mil vueltas a los dos.

—Así que ideaste un plan y ensamblaste cada pieza con todo cuidado hasta formar un cuadro impecable.

—Gracias —hizo una pequeña reverencia—. ¿Lo ves? Debería haber ido a la universidad hace tres años. Pero él se negaba. Y ella se ponía de su parte. Siempre lo hacía, hasta cuando se divorciaron. Así que me obligaban a soportar a esos estúpidos tutores.

—Como Clark.

Ella se echó a reír.

—Clark fue la primera pieza del puzle. Descubrí quién era poco después de que lo contrataran.

—¿Cómo?

—Registré su habitación. Encontré un recibo de un guardamuebles de la ciudad. Una tarde le robé la llave y, ¡ta-tá!, el verdadero Clark Dunbar apareció ante mis ojos.

Tenía recursos, eso había que admitirlo. Era malvada, pero capaz.

—Guardaba allí toda clase de cosas de su pasado. Fotografías. Cartas. Diplomas y papeles. Es curioso que no fuera capaz de deshacerse de esas cosas. Yo podría haberlo hecho.

—Sin duda. A fin de cuentas, fuiste capaz de asesinar a tus padres a sangre fría.

—Salvo a mi madre, yo no he matado a nadie.

—Lo hizo Troy.

—La segunda pieza del puzle.

—¿Dónde lo conociste?

—En Internet. En un chat sobre juegos de rol.

Stacy miró el cuadro que había en la pared del fondo, un paisaje abstracto.

—¿Cómo conseguiste convencerlo?

—Muy fácil. A Troy le gustaban las chicas jóvenes. Y le gustaba el dinero. Mucho.

Sus palabras ponían enferma a Stacy. Alicia prosiguió.

—Troy era vago y estúpido. Pero útil. Se le daba bien obedecer sin apartar los ojos del premio. Quería la zanahoria.

—¿Qué le prometiste?

—Un millón de pavos.

Un millón de dólares. El coste de todas aquellas vidas. Suficiente para persuadir a un hombre como Troy para que se convirtiera en un asesino.

Alicia se acurrucó en el sofá como un gato satisfecho. Bebió un sorbo de su granizado de café.

—¿Puedes creer que mamá dejó que yo comprobara las referencias de Troy? Era lo que me faltaba por ver. Yo sabía que era perfecto.

—¿Cuándo se te ocurrió la idea de utilizar el Conejo Blanco?

—Cuando supe quién era Clark en realidad. Era el perfecto culpable.

Stacy asintió con la cabeza.

—Podías amañar las pruebas a fin de conducir a la policía hasta su verdadera identidad. Una vez la descubrieran, no buscarían más.

—Igual que tú —dijo ella con altanería—. Pensé en todo.

—Y, una vez tus padres estuvieran muertos, serías libre.

—Y rica. Muy, muy rica.

—¿Y todas esas personas? ¿Sus muertes eran sólo un medio para un fin?

Ella se encogió de hombros.

—Básicamente. Sus muertes sirvieron para un propósito superior.

—Pero llegué yo y lo compliqué todo.

—No te des tanta importancia. Tú fuiste sólo un contratiempo, nada más. A mí me gusta improvisar. Me mantiene alerta.

Stacy deseó borrarle aquella expresión engreída de la cara.

—¿Y Cassie? —preguntó.

—Estaba en el lugar equivocado, en el momento equivocado. Yo estaba en el Café Noir, ella miró por encima de mi hombro y vio el juego. Me preguntó por él. Se convirtió en un cabo suelto. Lo siento.

No parecía sentirlo en absoluto. Stacy cerró los puños con fuerza.

—Así que le dijiste que le organizarías una cita con el Conejo Blanco Supremo.
—Sí.
—¿Troy?
—Sí, otra vez.
—No vas a salirte con la tuya.
—Eres demasiado vulgar para vencerme. Eso es un hecho.
—¿No te molesta que sepa toda la verdad?
—¿Debería? —bebió por la pajita un poco más de granizado—. Ve a la policía, no te creerán. No tienes pruebas. No hay pruebas, no hay caso.
—Define «pruebas».
—Por favor. Las dos sabemos lo que es una prueba. Y también cuántas harían falta para montar una acusación contra mí.

Stacy sonrió.

—Está bien. No definas «prueba». ¿Qué te parece una palabra que tú misma has usado antes? Un contratiempo. Como el que supuse yo para tu plan.

La chica se quedó mirándola fijamente. Por primera vez una emoción distinta a la autosatisfacción asomó a su rostro.

—No sé de qué estás hablando.
—¿Ves ese cuadro?

Alicia lo miró.

—Sí.
—¿Te gusta?
—No especialmente.
—Pues es una lástima, porque vas a pasar el resto de tu vida pensando en él. Y maldiciéndolo.

La adolescente soltó un bufido de impaciencia.

—¿Y eso por qué?
—Porque la policía está al otro lado de la pared, detrás de ese cuadro. Porque esta mañana, cuando te fuiste a desayunar, los técnicos del Departamento de Policía de Nueva Orleans instalaron un micrófono. Tienen tu confesión grabada de principio a fin.

El rostro de la muchacha se aflojó, lleno de estupor. Luego, con un aullido de rabia, se levantó de un salto y se arrojó hacia Stacy. Arañaba y pataleaba. Stacy la redujo con relativa facilidad y logró inmovilizarla sujetándole los brazos a la espalda.

—Tienes derecho a guardar silencio...

La policía irrumpió en la habitación. Pero de todos modos Stacy siguió leyéndole sus derechos a Alicia.

—Cualquier cosa que digas podrá y será utilizada en tu contra ante un tribunal de justicia. Tienes derecho a un abogado. Ahora y durante cualquier futuro interrogatorio. Si no puedes permitírtelo, se te designará uno de oficio. ¿Entiendes todos estos derechos tal y como te los he leído?

—Vete al infierno.

—No —murmuró Stacy—, ése será tu destino final.

Sólo entonces levantó la vista. Todo el grupo, incluidos Spencer, Tony y los técnicos, estaba en la puerta.

—Killian —murmuró Spencer—, tú ya no eres policía.

Ella se levantó.

—Cierto. Pero estoy pensando que tal vez tenga que ponerle remedio a eso.

Dos agentes uniformados se acercaron a Alicia y la ayudaron a levantarse, a pesar de que ella los insultaba sin cesar.

—Veo que no te han echado del cuerpo.

Spencer se abrió la chaqueta, dejando al descubierto su sobaquera.

—Otro día que vivo para servir a la ley.

—¿Y los de la DIP?

—Me echaron un buen rapapolvo por cómo manejé el caso. Me hicieron un montón de preguntas sobre ti. Ahora sabemos de dónde provenían sus sospechas.

—Bueno, Niño Bonito. ¿Y ahora qué?

—Ocúpate de la detenida. Yo me ocuparé de la declaración de la señorita Killian.

Tony se echó a reír. Spencer le tendió la mano a Stacy.

—¿Te parece bien, heroína?

Stacy le dio la mano y levantó la cara hacia él.

—¿Te he dicho ya que no eres tan insoportable como creí al principio?

—No hace falta, Killian. Ya lo sabía.

Títulos publicados en Top Novel

Bajo sospecha – ALEX KAVA
La conveniencia de amar – CANDACE CAMP
Lecciones privadas – LINDA HOWARD
Con los brazos abiertos – NORA ROBERTS
Retrato de un crimen – HEATHER GRAHAM
La misión mas dulce – LINDA HOWARD
¿Por qué a Jane...? – ERICA SPINDLER
Atrapado por sus besos – STEPHANIE LAURENS
Corazones heridos – DIANA PALMER
Sin aliento – ALEX KAVA
La noche del mirlo – HEATHER GRAHAM
Escándalo – CANDACE CAMP
Placeres furtivos – LINDA HOWARD
Fruta prohibida – ERICA SPINDLER
Escándalo y pasión – STEPHANIE LAURENS
Juego sin nombre – NORA ROBERTS
Cazador de almas – ALEX KAVA
La huérfana – STELLA CAMERON
En Peligro – CARLA NEGGERS
Un velo de misterio – CANDACE CAMP
Emma y yo – ELIZABETH FLOCK

www.ingramcontent.com/pod-product-compliance
Lightning Source LLC
LaVergne TN
LVHW030335070526
838199LV00067B/6289